김향숙 연작장편소설

스무 살이 되기 전의 날들

1993

차   례

열일곱 살의 풍경화

숲으로 들어서자 신선한 풀내음과 축축함이 깃들인 흙내음이 훅 끼쳐온다. 바람이라곤 불지 않는데도 대기는 서늘하다. 내가 걷고 있는 오솔길 오른켠의 산자락에는 전나무·소나무·히말라야시다 들이 빽빽이 들어서 있고 그것들의 초록빛들은 짙다 못해 검게 보이기조차 한다. 그러나 언뜻언뜻 스며든 햇살이 머무르고 있는 잡풀들은 아주 맑은 연둣빛이다. 연둣빛·초록빛 들이 햇살을 맞이하는 각도에 따라 그 농담이 얼마나 달라질 수 있나를 나는 놀라운 마음으로 바라본다. 그 미묘한 색감의 차이라니. 햇살이 닿지 못하는 곳의 초록은 어둠이고 박제된 비생명체 같은 느낌을 불러일으킨다. 여러 갈래로 뻗어오른 히말라야시다의 줄기들도 나무의 줄기라기보다 무슨 공룡의 꼬리들을 잇대어 펼쳐놓은 것처럼 보이는 것이다.

그러나 햇살이 닿으면 진초록의 완강함은 부드러운 연두의 속살로 변모한다. 햇살은 마법사의 입김이나 다름없다. 오솔길 여기저기엔 솔방울들도 흩어져 있는데 햇살의 투명한 입김을 받는 그것은 마치 갓 따낸 열매처럼 보이는 것이다. 그러나 진초록의 숲그늘에 내던져진 또 다른 솔방울은 메마르고 볼품없는 것으로 보여질 뿐이다.

나는 두 개의 아주 다른 느낌인 솔방울을 바라보느라 잠깐 동안 걸음을 멈추고 서 있었다. 메마르고 볼품없는 솔방울이 방금 전에 빠져나온 예령이네 별장에서의 내 모습일 거라는 생각을 했던 것이다. 예령이 어머니가 날 바라볼 때의 눈빛. 나는 나도 모르게 눈을 감는다. 그렇게 하면 예령이 어머니의 눈빛을 잊을 수 있기나 한 것처럼. 그러나 어쩐지 날 못마땅해하는 것만 같은 예령이 어머니의 시선을 잊을 수가 없다. 울음이 터져나올 것만 같다.

빠른 걸음으로 나는 걷기 시작한다. 제 모습을 드러내었다가 숨었다가 하는 푸른 하늘. 주위는 더없이 조용하다. 이 조용함을 몹시도 그리워했다는 생각이 든다. 예령이네 별장에 온 뒤로 난 나만의 시간을 전혀 가질 수 없었던 것이다. 예령이와 지낼 수 있는 단둘만의 시간은 거의 주어지지 않았다. 예령이 어머니는 어쩌면 예령이의 청에 못 이겨 날 집으로 놀러 오게 했지만 내가 처음부터 그닥 마음에 들지 않았던 것이 아니었을까.

난 지금이라도 집으로 돌아가고 싶다. 그러나 하루만 참으면 원래의 계획에 따르게 되는 셈이니 난 집으로 돌아가고 싶은 마음을 누르는 것이다. 그것이 예령이를 위하는 길이라고 생각하기 때문이다. 혼자만의 시간을 약간만이라도 가진다면 내 마음이 조금은 가라앉을 줄로 여겼지만 그러나 폭발할 것 같은 마음은 여전하다.

심호흡을 하며 주위를 둘러본다. 소나무의 빳빳한 솔잎 끝에서 햇살은 수정체처럼 빛나고 있다. 햇살을 전혀 받지 못하는 음지 식물이라는 느낌이 가시가 되어 내 목젖을 누른다. 아버지·어머니 얼굴을 떠올렸는데도 음지 식물의 징그러운 줄기들이 내 몸 곳곳으로 퍼져나가는 느낌은 줄어들지 않는다. 가슴이 죄어드는 것처럼 아파온다. 무슨 말인가를 하고 난다면 이 아픔이 조금은 줄어들 수 있으리라.

참아야만 한다. 예령이 어머니 눈에 내가 볼품없는 솔방울로 비쳤다면 그런 나 자신을 받아들여야 할 것이다. 나는 스스로에게 그렇게 말해주며 걷는다. 오솔길의 곳곳에는 낙엽들이 깔려 있다. 여름철의 낙엽은 전혀 뜻밖이지만 한 잎, 두 잎 정도가 아니라 제법 두텁게 쌓여 있는 것을 볼 수 있다. 문득 '가을의 엽서인 낙엽……' 이라는 구절이 내 머릿속 스크린에 떠오른다. 라디오 방송에서 들었거나 아니면 어느 잡지에서 읽었던 것만 같다. 내 머릿속에 가득한 누군가의 말들. 그리고 누군가가 쓴 글귀들.

　나만의 생각, 나만의 느낌을 가지고 있다고 말할 수 있는 때는 언제쯤일까. 작은 무엇인가가 오솔길 왼쪽 밤나무숲에서 튀어나와 비스듬한 경사를 이루고 있는 건너편 전나무 사이로 달려갔다. 나무들이나 풀이 아닌, 나처럼 움직이는 생명체가 여기에 있다는 것이 어쩐지 놀랍기만 한 느낌이다.

　그 움직이는 생명체가 조금만이라도 컸더라면 나는 어쩌면 무서움에 질려 그만 발걸음을 멈추게 되었을 것만 같다. 낯선 사람들을 포함한 움직이는 모든 것들은 내게 어떤 두려움의 감정을 불러일으킨다. 아니 두려움이라기보다…… 뭐가 뭔지 명확하지는 않다. 나는 다만 어떤 대상과의 부딪침이 내키지 않는 것이다. 부딪침, 혹은 만남은 나의 내부에 작은 흠집을 만들어놓곤 했다. 크고 작은, 수없이 많은 흠집들.

　전나무 밑둥에 올라앉은, 동그랗게 말려 올라간 꼬리가 예쁜 다람쥐는 한동안 옴찍하지 않는다. 나는 다람쥐 곁으로 다가가지 않는다. 다람쥐·토끼·강아지, 이런 동물들을 나는 그림책에서 보는 것을 더 좋아하는 것일까. 언젠가 친구 집에서 강아지를 안아본 적이 있는데 그때의 그 부담스러웠던 이물감은 쉽게 잊혀지지 않는다.

　다람쥐는 바스락대는 소리와 함께 내가 볼 수 없는 곳으로 사라져갔다. 내 마음속에서 소용돌이치는 이상한 슬픔은 왜 사라져가질 않는 것일까. 얼마 전부터 나는 자주 울음을 터뜨리고 싶어지곤 했었다. 그렇긴 해도 내가 가장 좋아하는 예령이와 함께 지내면서 울고 싶어진다는 것은…… 예령이와 함께 지내면서 알게 된 새로운 사실은 나와 있을 때의 예령이와 가족들 사이에서의 예령이는 어딘가 일치하지 않는 모습을 보여준다는 점이다.

　나에게 보내는 편지 속에서의 예령이는 자주적이고 대담하며 어른들의 허위에 찬 삶의 모습을 한껏 경멸하는 모습이었다. 그애와 같은 반이었던 중학교 3학년 때 난 그애를 어서 빨리 만나기 위해 아침 일찍 학교로 가곤 했었다. 그토록 오랫동안 찾아헤매었던 친구를 그제야 처음으로 만난 즐거움을 무엇에 비할 수 있었을까.

　예령이는 뛰어나게 공부를 잘하기도 했지만 그애는 다른 우등생들과 달리 어른들의 작은 복제품 같은 느낌이 없었다. 예령이는 예령이만의 눈으로 다른 사람들을 보고 있다고 생각했다.

　대조적이게도 나 자신 나한테서 예외적 존재로서의 어떤 특징을 발견해내기란 어려운 일이었다. 그랬기에 예령이가 날 친구로 여겨준 것만으로도 감격스럽기만 했던 것이리라. 고등학생이 되면서 배정받은 학교가 달라진 탓에 예령이를 자주 만날 수 없다는 것. 그 사실이 지난 한 학기 동안의 나의 가장 큰 고통이 아니었던가. 그리고 그 고통은 여름 방학의 며칠 동안 자신의 가족들과 함께 지리의 별장에서 지내지 않겠느냐고 예령이가 말해온 순간부터 크나큰 설레임으로 바뀌었다.

　이제 그 설레임은 내게 남아 있지 않다. 가족들 속에서 예령이는 가족들의 질서에 잘 따르는 모습이었다. 난 예령이가 자신의 어머니의 그다지도 착한 딸이라는 점에 아주 많이 놀랐다. 그리고 예령이와 단둘이만의 시간을 얻을 수 없다는 점이 날 얼마나 외롭게 했던 것이었을까.

　눕혀놓은 ㅅ자 모양의 두 갈래 길이 펼쳐져 있다. 하나는 산꼭대기로 향하는 길이고 또 하나는 별장들이 띄엄띄엄 자리잡고 있는 마을과 통하는 길이다. 그 두 개의 길은 오솔길이 끝나는 지점과 연결되어 있다. 어느 쪽으로 가야 할까. 마음을 정하지 못했으므로 나는 느릿느릿 걷는다. 산꼭대기로 향하는 길로 쏟아져내리는 햇빛. 표백제와도 흡사한 햇빛. 포장이 되지 않은 그 길은 광목을 펼쳐놓은 것처럼 보인다. 그리고 그것의 끝은 하늘과 닿아 있는 것도 같다. 그

길로 오르면 다시는 지상으로 내려올 수 없을 것 같은 현기증.

나는 마을로 향하는 길로 가야겠다고 생각했다. 뜨거운 여름 햇살의 후끈한 열기가 점점 가까이 다가온다. 오솔길의 그 기름진 초콜릿 빛깔인 흙 빛깔도 건조하며 메마른 다갈색 쪽으로 바뀌어져 있다. 햇살에 바싹 달궈진 흙내음도 맡을 수 있다. 진초록 숲의 터널에서 이제는 벗어나게 된 것이다. 숲은 나에게 고요함을 선물로 주었지만 내 안에서 드센 물살처럼 뒤채이는 여러 감정들을 누그러뜨리지는 못했다.

토해내지 않으면 비늘이 되어 내 위벽을 찔러댈 것만 같은 마음의 이 혹덩어리들. 불현듯 들려오기 시작한 휘파람 소리. 그리고 누군가의 발자국 소리. 누군가를 만나게 된다는 기대감과, 그 누군가가 위험 인물일지도 모른다는 위기감이 한꺼번에 날 사로잡는다. 난 소리를 내지 않으려고 조심한다. 휘파람 소리의 주인이 먼저 그 모습을 드러내는 것을 기다리며.

아. 다행스럽게도 그 누군가는 예령의 언니인 예진언니의 친구인 미형언니여서 날 기쁘게 했다. 정말이지 미형언니를 여기서 만나게 될 줄이야. 그런데 미형언니는 별로 놀라는 기색이 아니다.

"여기신 딜리 길 데가 없으니끼 정민이가 산으로 도망갔을 거라고 여겼댔지."

아주 짧은 흰색 반바지 아래로 드러난 미형언니의 두 다리는 가늘고 곧고 그러면서 더없이 탄탄해 보인다. 시원한 느낌인 커다란 두 눈. 남자애들 상고머리처럼 짧게 자른 머리는 약간 불량스럽고 거침없는 느낌을 자아낸다. 예진언니와는 너무나 대조적인 분위기여서 친구 사이라는 게 매우 이상하게 여겨질 정도이다. 예령의 어머니는 당신의 큰딸이 초대한 미형언니 역시 나처럼 별로 마음에 들지 않은 듯했다. 어쩌면 나보다도 더욱. 그리고 그 점을 미형언니 역시 나처럼 알아차리고 있음이 분명했다. 사람들 사이에서 좋아하거나 그렇지 않은 느낌만큼 쉽게 느끼는 것은 달리 없을 테니까 말이다.

“절 찾으신 거였어요?”

감격적인 내 목소리. 예령어머니와 달리 난 미형언니한테 이끌렸는데 그 미형언니가 날 생각해주었다는 것에 흥분하지 않을 수 없었던 것이다.

“예진이 어머니도 가족들만의 시간이 필요하실 것 같았거든.”

미형언니와 난 밤나무 그늘 아래의 편편한 바윗덩이 위에 앉았다. 바람이 일기 시작하는가. 발치께의 갈대들이 풍향계이기나 하듯 가벼이 몸을 움직이고 있다.

“그리고 나도 환기가 필요했고.”

예진이 어머니하고 오래 있으면 멀미 증세가 심해진다니까. 미형언니는 서슴없이 예령어머니의 흉을 본다. 갑자기 꼭꼭 막혀 있는 것만 같았던 내 마음속에 커다란 구멍이 뚫리는 느낌이다.

“불쌍한 예진이.”

혼잣말하듯 낮게 말하는 미형언니의 머리 위로 날아왔던 흰 나비 한 마리는 이윽고 뒷산 쪽으로 사라져갔다.

“그앤 이번 가을서부터 선을 봐야 한다는 모양이야.”

예진언니와 미형언니는 대학교 3학년. 21세이다. 나 같으면 엄마가 내 인생의 설계사 노릇을 하도록 내버려두지는 않을 텐데. 미형언니는 니네 집은 어떠하냐며 날 쳐다본다. 내가 무엇을 하고 싶은지 발견하기를 바란다는 어머니. 너의 삶을 이끌어가는 주인은 결국 너 자신임을 기억하라고 말하는 어머니는 예령어머니와는 다른 모습이다.

“우리 어머니는 예령어머니만큼 나한테 몰두하시지 않으세요.”

“우리 엄마가 예령엄마 같았다면 난 우리 엄말 반쯤 죽여놓았을 거야.”

깔깔대며 웃는 미형언니. 미형언니는 무슨 말을 하더라도 불유쾌한 사람으로 보이지는 않을 것만 같다. 상쾌한 활기로 가득찬 반짝이는 두 눈이 더없이 달콤하면서도 천진스런 느낌을 자아내는 때문이다.

"아아. 불쌍한 예진이와 예령이. 그애들은 옷 같은 것도 제 마음대로 입지를 못해."

나와 미형언니는 서로의 얼굴을 쳐다보며 웃는다. 엊저녁 저녁식사 시간에 나와 미형언니는 예령이와 예진언니의 옷을 빌려 입어야 했던 것을 생각하게 되었던 것이다. 엊저녁 식사는 이웃 별장 식구들과 함께하기로 되어 있었다. 예령어머니는 이웃 별장 식구들 눈에 딸의 친구들 옷차림이 초라한 것을 참을 수 없었던지 미형언니와 내가 옷을 바꿔 입어야 한다고 고집을 부렸던 것이다. 그 순간엔 얼마나 불쾌하고 내 자신이 초라하게 여겨졌던지. 이웃 별장 안주인이 나와 미형언니를 보며 어느 댁 따님들이신지 하고 물어왔을 때엔 난 정말이지 그 자리를 훌쩍 떠나고만 싶었다. 더욱 참기 어려웠던 것은 예령어머니가 날 쳐다보며 정민이 아버님께선 언론계의 중진이십니다 하고 말하던 순간이었다.

아버지가 십여 년 전 신문사에서 해직당한 것을 난 이미 예령이어머니에게 이야기했었고 현재 아버지가 나가시는 직장이 아주 작은 규모인 것도 예령어머니는 모르지 않는 터였다. 이곳에 온 첫날 예령어머니는 이미 아버지가 무슨 일을 하시느냐고 나에게 물었던 것이다. 그러니 예령어머니가 잘못 알고서 그렇게 대답한 것이라고는 생각할 수 없는 일이었다. 난 어젯밤의 불유쾌함을 미형언니에게 말했다. 미형언니는,

"시골 중학교 선생인 우리 아버지는 교육위원회에 계시는 분으로 변장하셨잖아."

하고 말하더니 머리를 크게 흔들었다.

"예진이 어머니가 우리를 불러주신 것은 고맙지만 난 그분을 좋아할 수가 없어. 예진이 어머니는 자신이 옳다고 생각하는 방식 이외의 삶은 모두 틀렸다고 생각하시는 것 같아."

그렇게 자기 확신이 강하면서 또 그다지도 다른 사람의 시선을 염

두에 두고 사는 분도 찾기 어려울 것이라는 미형언니의 말이 이어졌
다. 그분은 그분의 따님들이 가장 훌륭한 환경에서 가장 훌륭한 교
육을 받고 있다고 생각하시지. 그리고 당신의 따님들에게 자신이 누
리고 있는 것들보다 좀더 많은 것을 주어야 한다는 믿음 속에서 예
진이와 예령이를 조종하고 있으신 거야. 아직 영글지 않은 밤송이
하나가 내 오른쪽 운동화 위로 툭 떨어졌다.

"예진이, 예령이 둘 다 공부를 잘하지만 석사 이상은 안 된다고 지
금서부터 못박고 계시잖아. 사람들이 좋은 학벌을 원하니까 좋은 대
학에 다녀야 하는 것은 필수이다. 그러나 여자로서의 최상급 인생은
자기 자신의 세계를 만드는 것이 아닌, 부의 성채가 언제까지나 지
켜질 수 있는 부유한 가문의 안주인이 되는 것이다. 그렇게 세뇌시
켜서인지 예진이는 다른 삶은 생각하지도 않는 것 같아."

예령이는 그렇지 않다고 나는 항의하듯 말했다. 그애가 본질적으
로 원하는 것은 자신의 내면의 요구에 귀기울이고 그 요구를 따르는
삶이라고도. 그애의 참모습은 결국 그애가 나한테 보내준 편지 속에
있다는 믿음 때문일 것이다.

"문제는 예진이 어머니가 예진이, 예령이한테 미치는 힘이 너무나
크다는 점이 아니겠어? 그리고 무엇보다도 그애들은 어머니의 세계
속에서 지금까지 살아온 거니까."

지극히 겉치레적인 이야기가 오갔을 뿐인 어젯밤의 식사 시간을
통해서도 예령이는 나처럼 굳어 있지 않았다. 그애는 어쩌면 내가
자신의 어머니에 대해 품고 있는 불쾌함을 외면하고 싶어하는 것도
같았다. 예령이와 나 사이의 이 뚜렷한 거리감. 말을 하고 싶은 기분
이 아닌 나는 저 멀리로 은빛 양철을 펴놓은 듯한 고속도로를 본다.

햇빛의 반사 때문일까. 강물이 흐르는 것처럼 보이는 부분도 있
다. 고속도로 위를 오가는 자동차들은 흡사 장난감과도 흡사하다.
고속도로에서 이곳 별장들이 모여 있는 진입로로 들어서기 위해서는
인터체인지를 지나야 하는데 지금 그곳 언저리는 한적하다.

“여기에다 처음 별장을 짓기 시작한 사람은 뭘 볼 줄 아는 이였어.”

화제를 돌려 경쾌한 어조로 말하는 미형언니. 미형언니 말에 공감하는 나는 머리를 끄덕여준다. 예령이네 별장이 있는 이곳은 잘생긴 모습의 산들로 둘러싸여 있다. 오렌지빛 기와와 푸른 기와로 된 별장, 아니면 동화 속의 작은 궁전 같은 별장들은 드문드문 떨어져 있다. 별장들은 산 중턱께에 가장 많이 퍼져 있지만 높은 위치에도 여러 동 자리하고 있다. 인터체인지에서 미루나무가 늘어서 있는 좁은 길을 따라 이곳으로 들어와보지 않고서는 여기에 이러한 별장들이 모여 있다는 것을 결코 알 수가 없으리라. 산들이 외부 세계와 이곳을 가로막는 병풍 노릇을 하고 있었던 것이다.

“나중에 내가 부자가 되면…… 저기 저 집을 살까 해.”

미형언니는 손가락으로 왼쪽 산 중턱의 스페인 별장 같은 건물을 가리켰다. 또렷한 장난기가 깃들인 두 눈은 그 별장 아래의 풀장에 머무르고 있다. 풀장도 그 옆의 정구장도 텅 비어 있다. 한낮의 뜨거운 햇살을 피하고 싶어서인지 새벽녘 또는 해저물녘이 되어야 사람들은 그곳으로 모여든다.

“그러면 풀장이 우리집 것처럼 여겨질 테지.”

정민이 넌 어느 집을 짐찍어두었느냐고 니에게도 묻는 미형언니. 이곳의 별장들과 나와는 영원히 아무런 관계가 없을 것으로 믿는 나는 웃기만 했고 미형언니 역시 그저 해보는 소리였던 듯 더 이상 묻지 않는다.

“좀 걷지 않을래? 난 움직이고 있지 않으면 졸음이 쏟아지는 버릇이 있어.”

잠시 후 기지개를 켜는 시늉을 하며 바윗덩이에서 몸을 일으킨 미형언니는 산꼭대기로 뚫린 길을 향해 성큼성큼 걷는다.

“저기 저 꼭대기 별장에는 누가 사는지 구경가보자.”

혼자서는 내키지 않았던 일이라도 둘이서는 즐거운 마음으로 할 수 있다. 나도 가벼운 걸음으로 미형언니와 나란히 걷는다. 예령이와 함께라면 좀더 기쁘겠다는 생각을 떨쳐버리지 못한 채. 당근 케이크 만드는 실습은 끝난 것일까. 내가 예령이네 별장을 빠져나올 때 그애는 어머니의 지도로 당근 케이크를 만들고 있었다. 예령어머니의 자랑 중의 하나는 20여 년 동안 간직해온 요리 카드라고 했다. 그리고 그 세월 동안 수집해온 여러 나라의 그릇들. 엊저녁 식사 시간에도 그 그릇들은 식탁에서 저마다의 자태를 뽐내었다. 예령어머니는 예진언니와 예령이가 학교 수업에 도움이 되지 않는 독서에 시간을 소비하는 것을 금하는 대신 서양 요리와 우리나라 궁중 요리를 배워두기를 바란다고 했다. 책읽기를 몹시 좋아하는 예령이는 그런데 놀랍게도 자신의 어머니 앞에서는 아주 뛰어난 실습생 노릇을 아주 잘 해내었다. 예령이를 바라보는 예령어머니의 눈에서 출렁이는 깊은 애정의 힘이 예령에게 사랑스런 딸노릇을 받아들이게 하는 걸까. 잘 모르겠다. 내가 원하는 것은 오직 내가 알고 있는 예령이와의 만남. 그것뿐.

햇살은 여전히 따가운데 바람은 시원하다. 가문비나무와 단풍나무가 늘어선 구불한 길을 휘파람을 불며 걷는 미형언니와 나. 아주 옛날서부터 미형언니를 알아온 것처럼 여겨지는 것은 어째서일까. 삶은 곧 만남이라는 구절이 내 머릿속 스크린에 떠오르고 있다. 어떠한 만남들이 나의 앞날에서 이루어질까.

두렵고도 설레이는 나의 삶. 내가 살아갈 나날들. 컹컹컹컹 개 짖는 소리가 산속의 고요함을 순식간에 헝클어놓았다. 다가옴을 허용하지 않겠다는 경고의 발신음 같은 그 소리가 아니더라도 미형언니와 난 발걸음을 멈추어야 했다. 외부인의 출입을 금함이라는 검정색 페인트 글씨가 씌어진 팻말이 나타났던 것이다.

"여기서부터는 사유지인 모양이네."

미형언니는 입술을 비죽이며 단풍나무 줄기를 꺾었고 개 짖는 소리는 멈출 줄을 모른다.

"윌리. 파이팅."

개 짖는 소리에 섞여 들려오는 내 또래 여자 아이의 목소리는 더없이 쾌활하다. 곧 차에 시동 거는 소리도 들려온다. 미형언니와 나는 올라왔던 길을 천천히 걸어 내려간다. 곧 지프차가 우리 곁을 스쳐지났다. 지독한 흙먼지의 뭉게구름이 우리에게 남겨진 선물이었다.

「철의 사나이」「약속의 땅」「대리석의 사나이」「지휘자」「당통」, 안제이 바이다, 바로크적 스타일, 폴란드의 전통적이고 국가적인 정치의 상징화. 이런 말들을 쏟아내는 준하의 두 눈에는 열기가 가득하다. 그애의 눈동자 속에 꼬마 전등이 켜진 것도 같다. 안제이 바이다 감독의 영화를 본 적이 없어서일까. 바로크적 스타일이 어떤 것인지, 폴란드의 전통적이고 국가적인 정치의 상징화가 무엇을 뜻하는지를 나는 헤아릴 길이 없다.

그러나 정말 그것들이 궁금한 것이 아니어서 그냥 입을 다물고만 있는 것이다. 적어도 나 하나라도 말을 하지 않은 것 또한 나쁘지 않은 일일 것만 같았으므로. 햄버거 가게 안의 우리 또래 아이들은 모두들 준하처럼 떠들어대고 있었다. 특히 내 뒷자리에 앉은 여자 아이들은 무엇이 그리도 재미있는지 끼르르르 숨넘어갈 듯 웃어대었다. 그 목소리의 명랑함, 자신만만함이라니. 나는 어쩐지 내 뒷자리 여자애들과 나는 다른 세계에 속한다는 생각을 하지 않을 수가 없다.

언제서부터인가 나는 그늘진 부분에 발을 딛고 서 있다는 느낌에 빠져들게 되었던 것만 같다. 아이도 어른도 아닌 이상한 연대에 속한다는 생각을 하게 되면서 밝게 웃을 수 있는 아이들이 부러워지기 시작했으리라. 준하의 이야기는 어느덧 안제이 바이다 감독의 문학의 영상화에 관한 대목으로 옮겨와 있다.

"모든 문학이 영상에 적합한 것은 아니고 특별히 영상 언어로 전환시킬 수 있는 특성들을 함축한 문학이 있다는 거지. 구체적으로 말하자면 리얼리즘적 산문, 명확한 인물의 묘사, 인물들에 의해 발생하는 사건이 구체적이고 또 인물들간의 갈등이 확연히 드러날 경우 영상화 작업은 성공적이기 쉽다는 거야."

머뭇대지 않고 재빠르게 말하는 준하. 물론 다른 계열의 문학들, 모호하고 난해한 작품이나 인물들과 행위 사건들이 모호함 속에 용해되어버리는 작품들도 역시 영화로 옮겨질 수 있다. 그러나 이런 작품들을 영화화할 때 가장 주의해야 할 점은 텍스트 자체를 1차원적으로 영상에 복사하는 film maker가 되어서는 안 된다는 것 등에 대해서도 준하는 열정적인 어조로 들려준다. 이상한 준하. 준하는 프란시스 코플라가, 또는 첸 카이게가 이런 말을 했다는 말을 할 때면 어디서나 배경 인물인 것만 같은 흐릿한 느낌을 떨궈버릴 수가 있게 된다.

위대한 감독들이 한 말을 되풀이할 때면 준하 스스로도 그 위대함의 자장 속으로 포함된다고 느끼게 되어서일까. 나한테 이런 뾰족함이 있다는 것을 깨닫는 순간 어쩔 수 없이 준하한테 미안한 기분을 품게 된다. 준하는 그러나 이러한 내 마음속을 알 리가 없다. 일반적인 얘기이지만 영화 감독은 독자와 관객을 분명하게 구분할 줄 알아야 한다. 준하는 오직 나만을 쳐다보고 있다. 미니스커트 아래로 드러난 다리가 무척 예쁘게 생긴 여자 아이가 아이스크림과 감자 튀김이 올려진 쟁반을 들고 준하 옆을 지나가지만 준하의 눈길은 움직일 줄을 모른다.

독자는 혼자서 책을 읽다 중단하고 싶으면 언제든지 책장을 덮어버리거나 또는 첫 장으로 돌아갈 수도 있다. 하지만 전혀 낯선 이들과 예술적 감동을 공유하는 관객은 영화가 시작하고 끝날 때까지 임의로 중단시킬 수 없다. 문학과 영화에서 사용되어지는 언어의 차이점도 이러한 서로 다른 예술 경험자들에 의해 영향을 받는다.

준하는 안제이 바이다 감독의 대담 기사를 완전히 외운 모양이다. 그애는 곧 안제이 바이다 감독이 연출한 「철의 사나이」를 볼 수 있으리라는 말을 덧붙였다. 나는 고개를 끄덕여준다. 약간 지루한 느낌이 드는 것을 감추려고 애쓰면서. 준하를 만나 지금까지 내가 한 일이라곤 그애의 청중 노릇을 한 것뿐.

내가 원했던 것은 무엇이었을까. 갈피를 잡기 어려운 미궁 속 같은 내 마음을 드러내기였을까. 그러나 준하를 만나면 그럴 수가 없다. 하고 싶은 말이 너무나 많은 준하. 영화에 관계된 이야기를 하는 동안엔 준하의 얼굴에 깃들였던 무거움은 사라져갔다.

그렇지 않을 적이면 그애는 늘 더듬대며, 몹시 수줍어하는 어조로 말하곤 했다. 말을 해야 한다는 것이 고통스럽기만 하다는 듯. 그러니 나는 준하의 말을 가로막을 수가 없는 것이다. 누군가에게 도움이 되고 있다는 것은 나쁘지 않은 일이었다. 바란다면 준하의 이야기가 길어지지 않았으면 하는 점이다. 그것이 다만 안제이 바이다 감독에 대한 나의 무관심 탓이기만 할까.

어쩌면 나는 준하로부터 소외되어 있는 느낌에 붙들려 있는지도 모른다. 준하를 이성으로 좋아한다고는 생각하지 않는데도 그러하다. 준하는 아마도 준하의 아버지가 원하는 대로 의과대학엘 가게 될 것이다. 아버지가 벽이라고 말하는 준하. 그러나 내게는 준하 스스로 벽에 갇혀 있다고 여겨질 뿐.

어느 때의 내 모습 같기도 한 준하는 안제이 바이다 감독이 이끌었다는 X유니트에 대해 이야기를 계속하는 중이다. X유니트는 커뮤니즘 시대의 폴란드의 정치·사회적 상황 속에서 창출된 시대적 산물이었다. 특히 X유니트는 1920년, 30년대 서구에서 발생한 예술 그룹과는 본질적인 차이점이 있었다. X유니트는 어떤 예술적 경향으로부터 완전히 자유로웠던 것이다.

왜 준하가 앵무새처럼 여겨지는 것일까. 하품이 나오려고 한다. 문득 준하를 참기 어려워진다. 그애는 내가 지루해할지도 모른다는 생각을 왜 할 수가 없는 것일까. 햄버거집 유리벽 너머의 거리에는 어느덧 햇살이 사라지고 엷은 어둠이 번져나가고 있다. 조금 전까지 몹시 누추해 보이기만 했던 주단집, 카페, 속기 학원, 양과자점, 그리고 소극장이 모여 있는 건너편 상가 건물들도 지금은 그다지 흉한 느낌이 들지 않는다.

거리를 오가는 사람들도 한결 많아졌다. 어둠은 그 사람들에게 마음의 문에 걸쳐두었던 빗장을 열라고 속삭이는 것 같다. 그리고…… 나를 찾아오는 이상한 목마름. 이제 곧 집으로 돌아가야 한다는 생각을 떠올린 때문일 것이다. 집이 아닌 어떤 곳을 향해 떠나고 싶다는 충동이 회오리바람처럼 일어날 때가 바로 이 시각이다. 집을 떠나면…… 학교를 떠나면……

무엇인가를 마셔야겠다. 준하 앞의 종이컵도 비어 있다. 그애는 한 잔의 밀크 셰이크, 또 한 잔의 커피를 마셨다. 이번에는 어떤 것을 마시려고 할까. 내가 눈으로 물어보려는데 그때 누군가가 준하의 옆으로 다가와 섰다.

"엇쭈. 유준하 이 친구. 뜻밖에도 제법이네."

청바지에 검정 가죽 점퍼를 입은 남자애가 준하의 어깨를 주먹 쥔 손으로 내려치며 말했다. 그러는 동안 가죽 점퍼 남자애의 쌍꺼풀진 두 눈은 날 재빠르게 훑는다. 강한 눈빛. 그러나 지금은 몹시 지쳐 보인다. 나는 가죽 점퍼 남자애의 눈길을 피하지 않는다. 아마도 가죽 점퍼 남자애의 눈길에서 날 조무래기 취급을 하는 느낌이 전해온 때문인지도 모르겠다.

준하는 어째선지 낭패한 기분을 숨기지 못하는 얼굴이 되어 반쯤 일어선 듯한 엉거주춤한 모습이다. 오랜만이구나. 우물대는 목소리로 말한 준하는 여긴 혼자 온 거냐고 묻는다. 패거리들은 2층에 있지만 갑자기 지겨워져서 빠져나가려던 참이라는 말을 하며 가죽 점퍼 남자애는 준하의 옆자리에 앉는다.

준하는 가죽 점퍼 남자애를 나한테 소개를 시켜야 할지, 곤혹스런 표정이다. 가죽 점퍼 남자애는 준하가 소개의 말을 할 때까지 기다려야 할 필요가 없다는 듯 날 쳐다보며,

“난 이건우라고 해.”

하고 말하더니 불쑥 손을 내밀었다. 준하의 양미간이 좁아지는 것을 보면서도 나는 망설이지 않고 이건우의 손을 잡아준다. 대단한 이건우의 손아귀의 힘. 악수를 하면서 상대방의 손을 힘껏 쥐는 사람은 흔히 지배욕이 강한 성격이기 쉽습니다. 잡지에서 보았던 구절이 생각났는데 그러나 나는 이미 이건우의 눈에서 그러한 지배욕을 읽었던 터였다.

“얜…… 김정민이라고 한다.”

내키지 않는 투로 말한 준하는 곧 팔목시계로 눈길을 떨구었다. 준하는 우리가 곧 일어서야 할 것임을 그렇게 나타내고 싶었던 모양이다.

“정민이 어머니는 얼마 전까지 내가 다니는 학교에 상담 교사로 나와주셨어.”

준하의 말이 끝나기도 전에 이건우는 피식 웃더니 지금은 김정민이를 상담 교사로 여기고 있질 않느냐고 반문했다. 그런 다음 이건우는 가죽 점퍼 주머니에서 꺼낸 담배에 불을 달아 조금은 두터운 듯한 입술 사이로 밀어넣으며 내게 한쪽 눈을 찡긋해 보인다. 준하는 손톱을 물어뜯기 시작했다. 준하는 어쩌면 지금, 모델이 장래 희망이며 2년 전 미스코리아 선이 자신의 이모라는 우리반 윤화 옆에 서야 했을 때의 내 기분과 흡사한 것은 아닐까.

“준하한테 강의를 듣고 있던 중이었어.”

준하가 좀더 당당하게 어깨를 펴주기를 바라는 마음이었던 나는 준하의 영화로 향한 열정에 감탄하고 있다고 덧붙였다.

“우리가 처음 만났던 곳이 영상 자료실이었어.”

이건우가 오른손으로 머릿속을 긁으며 그렇게 받아 말했다. 영화 이야기를 꺼낸 것이 별로 준하를 위해 도움이 되질 않았구나, 하는 점을 나는 준하의 얼굴을 통해 확인할 수 있다.

“건우는 영화 감독이 되고 싶어해.”

열패감이 깃들인 준하의 목소리.

"사실은 영화배우가 되었으면 좋겠지만…… 이 얼굴로는 어깨 역할밖에 할 수 없다고 해서 말이지."

이건우는 오른쪽 다리를 왼쪽 무릎 위에 올려놓으며 말했다. 나는 그만 이건우를 향해 웃어주지 않을 수 없다. 그애의 솔직함이 좋아졌던 것이다. 나도 한때 영화배우가 되고 싶었던 적이 있었지만 누구에게도 그 희망을 말하지는 못했다.

"영화배우처럼 멋진 인생을 살 수 있는 사람들은 없는 거야. 매번 다른 삶을 산다는 것. 흥분되질 않냐? 게다가 예쁜 여배우들과 침대에서 뒹굴 수도 있지."

이건우의 목소리는 컸다. 쟁반을 들고 오가던 몇몇 아이들이 이건우를 쳐다보며 저희들끼리 낄낄대며 웃는다. 그런 아이들을 향해 이건우는 자신이 스타이기나 하듯 손을 흔들어준다. 손톱 씹는 것을 멈출 수 없는 준하는 날 보는데 여간 미안해하는 표정이 아니다. 괜찮다고 나는 준하한테 말해주고 싶다. 그러나 내 입술은 꼬옥 닫혀 있다. 어떤 하나의 영상이 내 머릿속 스크린에 떠오르고 있는 중이었다. 남자의 몸 하나. 여자의 몸. 그리고 침대. 그것들이 불분명한 형태로 내 머릿속 스크린을 채우면서 혼곤한 느낌 또한 내 몸을 에워싸기 시작했다. 무엇인가 결핍되어 있다는 느낌 역시도.

"내가 무슨 못 할 말을 한 것도 아닌데 준하 넌 왜 벌레 씹은 쌍통이냐?"

준하의 어깨를 툭툭 치는 이건우.

"우리끼리만 있는 게 아니질 않냐?"

항의하듯 말하는 준하는 창 너머를 본다. 내가 어서 집으로 가야 한다는 말을 해주기를 바라는 표정을 하고서.

"준하 넌 아직도 여자들을 천상의 하늘하늘한 식물쯤으로 여기고 있는 거냐?"

준하 쪽으로 담배 연기를 내뿜는 이건우의 시선은 내 얼굴에 닿아 있다. 내가 무슨 말을 해올까 기대하는 열망과 뭔가 채워지지 않아 허기져하는 느낌이 함께 깃들여 있는 이건우의 눈빛은 자극적으로 빛난다.

상대방이 누구이건 날 향해 눈을 빛낸다는 것을 지켜보는 일은 기분 나쁘지 않다. 준하와 함께 있으면 끝이 없는 터널 속을 걷는 기분이 될 때가 많지만 이건우는 그렇지 않다. 내가 잘 알지 못했던 내 안의 어떤 열기가 내 마음을 덥게 하는 것을 느낄 수 있다. 주저하지 않고 내 생각 모두를 솔직하게 말할 수 있을 것도 같다.

내가 원해온 것은 마음속 열어 보이기였다. 내가 느끼는 것을 모두 말하고 싶다고 생각해왔다. 남김없이 세세하게 말할 수 있을 때, 나는 혼자가 아니라는 충족감을 맛볼 수 있을 것만 같았다. 그러나 그럴 수 있는 기회란 얼마나 드물었던가.

"여자애들도 말이지. 속마음으로는,"

"우리는 이제 가보아야 할 것 같아."

준하가 이건우의 말을 가로막듯 서두르는 어조로 말했다.

"나한테 입마개를 씌우고 싶은 게구나."

이건우는 머리를 흔들었다. 왜 언제나 포장지로 싼 말들만 주고받아야 하는지 모르겠어. 웃음기가 걷힌 이건우의 얼굴에는 한 순간 무섭도록 쓸쓸해하는 느낌이 감돌고 있다.

"내 입이 전염병균을 퍼뜨리는 상자라도 된다는 얘기냐?"

이건우는 주먹으로 자신의 입을 때리는 시늉을 했다.

"무슨 얘기냐. 난 그저 정민이를 데려다주어야 한다는 얘길 하려던 참이었어."

준하는 다시 한번 손목시계를 들여다본다. 좀더 짙어진 거리의 어둠. 갖가지 빛깔들로 피어나는 불빛들. 소극장에서 쏟아져나오는 젊은이들. 그들 대부분은 아직 영화의 세계에 빠져 있는 모습들이다.

"하루중에서 가장 기분이 고약할 때가 바로 지금이라구."

이건우가 준하 앞의 빈 종이컵에다 피우던 담배를 비벼 끄며 의자에서 일어섰다. 또 하루 죽음 곁으로 다가가고 있다는 말을 이건우는 중얼거리듯 낮게 말했다. 준하와 나는 서로를 쳐다본다. 우리끼리 나가버린다는 것이 뭔가 잘못된 일이라는 느낌을 떨쳐버릴 수 없었던 것이다.

다른 약속이 없다면 우리집에 함께 가도 좋으리라는 말을 할까, 말까. 나는 얼마 동안 망설였다. 이건우가 어쩐지 가여워 보이긴 했어도 준하가 이건우와의 동행을 좋아하지 않을 수 있다고 여겨져서였다. 그러나 그뿐이었을까. 나는 아무래도 내가 먼저 손 내미는 일은 하고 싶지 않았던 것이 아니었을까.

나의 친절함이 단순한 배려에서 나온 것일 때도 남자애들은 그렇게 받아들이지 않는다는 것을 나는 이미 경험한 터였다.

"이렇게 하면 어떻겠냐?"

정민이를 데려다준 다음에 준하 넌 나랑 영화를 보러 가질 않겠느냐는 제안을 하는 이건우는 어느덧 무거운 기분과는 완전히 헤어진 얼굴 모습이었다. 그리고 그 제안은 준하를 몹시 기쁘게 했다.

"사실은 「댄싱 히어로」를 보지 못했거든."

억압적인 제도, 예술의 자유, 젊은이들간의 사랑과 갈등, 바즈러만. NIDA. 86년 체코슬로바키아의 브라티슬라바, 국제 연극 경쟁, 바즈러만의 제작상과 감독상 수상. 이런 말들이 준하의 입에서 흘러나온다.

"쓸모없는 것들을 머릿속에 담아 다니는 버릇, 여전하구나."

딱해하는 표정으로 준하를 쳐다본 이건우는 오렌지빛 인조피 의자에서 몸을 일으켜세웠다. 처음 그애를 보았을 때는 잘 몰랐는데 이건우는 생각보다 키가 크지 않다. 어깨는 좀 지나치게 넓은 것도 같다. 쌍꺼풀진 두 눈도 어쩐지 부자연스런 느낌이다. 그런데 이상한 것은 조금 전까지의 그애로 향한 친밀감이 어디론가 사라져버린 점이다. 아니 이상한 일이라고는 할 수 없다. 난 이건우가 날 빼고서 준하와 함께 영화를 보러 간다는 말에 기분이 상한 것이다.

그 말은 이건우가 나한테 아무런 관심 없음을 나타내주었던 것이다. 그리고 어두워지기 시작하는 시각이면 여자애들은 집으로 돌아가야 한다는 불문율을 생각나게 해준 때문이기도 했다. 여자애들은 제한된 시간, 제한된 공간에서의 삶을 받아들여야 한다. 나는 그 점이 부당하게 여겨진다. 그러나 어쩔 수 없이 받아들이지 않으면 안 되는 부당성들의 연결이 내가 살고 있는 삶이다.

난 열일곱 살이고 고등학교 학생이며, 아버지 어머니의 보호 아래 살고 있는 것이다. 저녁 시간의 외출은 내게 아직까지 금지된 영역의 일이다. 그 점을 받아들이는데도 매번 그 받아들이는 순간에는 마음의 살갗이 찢기는 아픔을 맛보게 되는 것이다.

"왜 안 일어나니?"

준하는 어느덧 영화를 볼 생각에 마음이 급해져 있는 것 같다.

"집에는 나 혼자 갈 수 있어."

삐친 내 목소리. 이럴 때 나는 내 자신이 열두 살쯤 되는 것처럼 여겨진다. 내 안에는 여러 나이의 내가 있다. 12살, 13살…… 혹은 17살…… 또는 20살…… 생각해보면 우습게도 12살 때에도 나는 내 자신을 20살쯤으로 여긴 적이 있기도 했었다.

"무슨 소리냐?"

이건우의 둥그런 두 눈이 더욱 커졌다.

"난 사실 정민이 너도 우리랑 같이 영화를 보러 갔으면 좋겠지만…… 넌 분명히 늦어서 안 될 거라고 뻔해 보였기 때문에 준하더러만 같이 가자고 한 거였다구."

난 나 혼자 갈 수 있다는 말을 되풀이하기만 했다. 준하는 정민이가 원하는 대로 해주자고 했지만 이건우는 넌 그렇게 아둔하냐며 준하의 말을 일축한 뒤 어슬렁대는 걸음으로 햄버거 가게 문 쪽으로 걷는다.

"우리집 꼰대는 나만 보면 혈압이 오른다는 거예요. 야구방망이로
마구 얻어터진 적이 한두 번이 아닌데…… 난 꼰대가 답답하면서도
불쌍해요. 나 같은 것한테 왜 그리 집착하는지. 입으로는 날 자식으
로 여기지 않는다면서 뭣 때문에 핏대를 올리는지 정말 모를 일이라
구요."
　2인분 몫은 충분히 되고도 남을 김치볶음밥을 후닥닥 먹어치운 이
건우는 어머니를 쳐다보며 열변을 토한다.
　부모가 되면 누구나 자식의 앞날을 염려하게 마련이라고 어머니는
말해준다. 외출에서 조금 전에 돌아온 참이어서 연한 하늘색 와이셔
츠에 감색 조끼 차림인 어머니는 젊고 또 단정해 보인다. 때로는 어
머니 나이보다 십 년은 늙어 보일 때가 있는가 하면 또 지금처럼 몹
시 젊어 보일 때가 있는 어머니.
"염려한다는 것이 구속이 되어서는 안 되는 것이잖아요. 선생님."
　숙제를 하는 것 같은 표정으로 식사를 하던 준하의 이마에는 순간
굵은 주름살이 잡혔다. 자신의 아버지가 원하는 길로 가야 한다고
생각하면서도 준하는 그 점이 못내 아쉬운 모양이다. 그애가 자원
상담 교사였던 어머니를 찾게 된 것도, 날 만나 계속해서 영화에 관
계된 이야기를 하는 것도 그 응어리진 아쉬움 때문일 것이다.
"그래. 원칙적으로는 부모일지라도 자식의 삶에 지나치게 관여해서
는 안 되겠지."
　어머니의 목소리는 더없이 상냥하고 부드럽다. 선생님으로 불릴
때 어머니는 가장 충실한 시간을 살고 있다고 여기는지도 모를 일이
다. 내 느낌엔 그렇다. 그러나 그 점에 대해 어머니한테 물어보지는
못했다. 왜 그랬을까. 내가 내 마음속 진실을 모두 어머니께 말하지
못하듯 어머니 또한 그럴 것이라고 여긴 때문에?
"그렇지만 대개의 부모들은 자식들에 비해 살아가는 일에 좀더 많
이 알기 때문에 좋은 길잡이 노릇을 해주고 싶어하게 되지."
　어머니는 머그잔에 담긴 보리차 물을 한 모금 마시느라 잠깐 말을

멈추었다.

"먼저 건우한테 말해주고 싶은 것은……"

어머니는 윗몸을 약간 앞으로 기울이며 웃음 띤 이야기를 시작했다.

"어른이라고 해서…… 완전히 아이들 때의 마음을 잊고 지내는 것은 아니라는 점이야."

어른이 되면 무엇이든 잘 잊게 되니까 아이들 때의 여러 기억들을 많은 부분 잊기도 하지만 완전히 어른의 마음으로 아이들을 대하는 것은 아니라고 이야기하는 어머니. 어머니는 지금 더할 나위없이 따뜻하고 활기찬 모습이다. 난 이런 어머니를 보는 것이 기쁘면서도 조금은 아쉬운 느낌이다. 언제나 이런 모습의 어머니를 볼 수 있으면 얼마나 좋을까. 때때로 어머니는 혼자 깊은 절망의 우물 속으로 빠져드는 모습을 보여주곤 했었다.

"그건 선생님 경우에만 그럴 것 같은데요. 대부분의 어른들은 바윗덩어리나 마찬가지라구요. 손에 망치를 든. 시키는 대로 하지 않으면 마구 그 망치를 휘두르죠."

이건우의 어른에 대한 혐오증은 몹시 단단해 보인다.

"건우 나이들 때에는 그렇게 생각하기 쉬웁긴 하지. 내가 정민이 나이였을 무렵에도 어른들을 압제자로 여기곤 했었으니까."

준하, 건우의 시선들은 어머니 얼굴로 향해 있다.

"정민이 외할머니가 굉장히 엄한 분이셨거든. 아니 엄하다기보다…… 뭐라고 해야 하나. 굉장히 자식을 위하시는 분이었는데…… 그러니까 위하시는 만큼 언제나 당신이 시키시는 대로만 하길 바라셨지. 그렇게 크는 동안 난 시키지 않는 일을 시도할 때는 굉장히 큰 용기를 필요로 하는 아주 소극적인 사람이 되고 말았던 거지."

처음 듣는 이야기는 아니었다. 어머니는 어머니 친구에게 곧잘 외할머니가 어머니 삶에 얼마나 깊이 관여했던가에 대해 말해왔던 것이다.

"난 때때로 이런 생각을 해보곤 하지. 만약에 정민이 외할머니가 나한테 많은 자유를 주었더라면 난 지금과는 다른 사람이 될 수도 있었으리라고."

준하가 마침내 분홍색 장미가 그려진 접시 위의 김치볶음밥을 모두 먹었다. 아직도 좁은 집 안에 배어 있는 식용유 냄새와 김치의 양념 냄새.

"선생님은 선생님이 아닌 다른 사람이 되고 싶다고 생각하세요?"

준하는 동지를 발견한 듯한 표정이다.

"때때로…… 이제는 거의 포기한 셈이지만."

자신을 벗어난다는 것이 너무나 어렵다고 말한 어머니는 날 쳐다본다. 어머니는 어떤 모습의 삶을 살고 싶었던 것일까. 그때 전화벨이 울렸다. 내가 받았는데 어머니를 찾는 중년 부인의 목소리엔 무엇엔가 쫓기는 듯한 조급함이 실려 있었다. 어머니를 찾는 전화가 이즈음엔 부쩍 늘었다. 자원 상담 교사 노릇 이외에도 어머니는 이혼을 원하는 부부들을 상담하는 일도 함께 해나가고 있었던 것이다.

"너희들끼리 얘기해. ……나는 방으로 가서 전화를 받아야 할 모양이니까."

어머니는 안방으로 퇴장을 했고 드디어 4인용의, 오래 되어 흠집투성이인 식탁 주위엔 우리들만 남았다. 문득 느껴져오는 자유로운 공기. 어머니와 함께 있는 동안엔 어쩐지 내 자신이 그림자인 듯 여겨지게 마련이었다.

"정민이 넌…… 꽤 운이 좋은 편이잖아."

이건우는 진정으로 내가 부러운 기색이다. 그리고 그애는 여전히 담배를 피우고 싶은지 다시 한번 바지 주머니며 가죽 점퍼 안주머니를 더듬는다. 나는 김치볶음밥을 담았던 접시들을 개수대에 담가놓은 다음 가스 테이블 위에 노란색 종 모양의 법랑으로 된 물주전자를 올려놓는다. 불길들은 물주전자의 아랫부분에 검은 얼룩 무늬들을 남겨놓았다. 나도 어머니도 살림살이에는 그다지 신경을 쓰지 않는 편인 것이다.

"선생님은 정민이한테 무작정 공부만을 잘해야 한다고 윽박지르지는 않으실걸."

역시 부러운 어조인 준하의 말에 나는 고개를 끄덕여준다.

"내가 무엇에 관심이 있나, 그걸 찾아보라고 말씀하시지."

식탁을 행주로 쓰윽 닦아내고는 귤이 담긴 접시와 뜨거운 김을 뿜어내는 커피잔들을 올려놓으며 그렇게 말하는 나.

"김정민. 넌 그런데 그걸 별로 달가워하지 않는 것 같은데."

후루룩 소리내어 커피를 마시던 이건우의 강한 눈빛이 나에게로 쏟아졌다.

"무슨 얘기야?"

나는 하마터면 커피잔을 엎지를 뻔했다. 순간적으로 당황한 느낌이 들면서의 일이었다. 왜? 무엇 때문에? 갈피를 잡기란 쉽지 않다. 이건우가 정말 내 마음을 꿰뚫어본 것이었을까? 그렇다면 나의 진로를 나의 선택에 맡기겠다고 했던 아버지 어머니에 대해 내가 마냥 고마워하고 있지만은 않았다는 얘기가 된다. 난 조금은 나에게 주어진 자유를 무겁게 여기고 있었다는 것일까. 그런 것도 같다. 앞날에 대한 선택이 내 몫이 되면 난 언젠가 핑계댈 대상을 가질 수 없게 될 것이다.

그것은 얼마나 두려운 일일까. 그러나 그 두려움 때문에 나의 권한으로 주어진 선택권을 아버지·어머니께 돌려드리고 싶지 않기도 한 것이 내 마음이 아닌가. 알 수 없는 마음의 여러 얼굴. 더더욱 알 수 없는 것은 날 에워싸고 있는 설명하기 어려운 나른한 열기이다. 이건우의 눈빛이 불러일으킨 이 이상한 현상.

"넌 때로 터무니없는 얘길 할 때가 많아."

준하가 팔목시계를 보며 말했다. 이건우는 귤을 먹느라 양볼이 불룩해져 있다. 어느덧 우스꽝스런 모습이다. 실망이기도 하고 다행스럽기도 한 기분. 조금 전의 그 느닷없는 열기가 계속된다는 것은 낭패스런 일인 것이다.

"터무니없다구? 우리는 사실 우리들 마음만은 잘 안다고 생각하기 쉽지만 그건 잘못 알고 있는 생각이기 쉽다구."

귤을 씹으면서 말을 하느라 이건우의 입으로는 침이 튀어나오기도 한다. 준하도 나도 아무런 말을 하지 않고 커피를 마시기만 한다. 준하는 아무래도 이렇게 시간을 보내고 있는 것이 마음 편하지 않은가 보다. 그애를 위한다면 지금이라도 독서실로 가라고 말해주어야 하는 걸까.

"준하, 너 오늘이 모의고사 본 날이잖아. 하루쯤 완전히 머릴 비우는 것도 필요한 일이라구."

이건우가 준하의 어깨를 치며 말했다. 나는 그만 빙긋 웃고 만다. 이건우와 내가 같은 순간에 준하의 속마음을 헤아렸다는 것이 우스워졌던 것이다.

"너희들은 내가 형편없이 소심하다고 생각하겠지."

준하는 한숨을 내쉬었다. 컹컹컹. 옆집의 개 짖는 소리. 자동차 시동을 거는 소리들이 들려온다. 인사를 주고받는 사람들의 말소리들도. 밤이면 모든 소리들이 어떤 추억의 음향처럼 들리곤 한다. 또 하루가 가는구나. 무섭도록 정확한 시간의 법칙.

"언젠가 말이지. 오늘 저녁의 이 만남이 내가 만드는 영화의 한 장면으로 되살아날 수도 있을 거야."

이건우의 말이었다. 어쩐지 눈물이 솟을 것만 같아진 나는 식탁 의자에서 일어나 가스 테이블이 있는 곳으로 간다. 가스 테이블의 푸른 불꽃을 바라보는 동안 나는 무슨 생각을 했던가.

아무런 생각도. 나 자신 그저 푸른 바다 위의 물거품이란 느낌만이 뚜렷했을 뿐이었으리라. 푸른 바다. 그 푸른색의 범람 속에서 숨을 들이쉬고 싶다는 충동 때문에 한 순간 난 몸을 움직일 수가 없기만 했다.

"그 생각을 할 때면 난 내 안에 수십 수백 명의 내가 있기를 바라곤 한다. 그러면 내가 만들게 될 영화 속의 인물들은 너무나도 생생한 제 모습을 드러내게 될 텐데.”

자신에게 들려주는 듯한 이건우의 말.

“넌 언제나 영화 생각뿐이구나.”

머그잔들을 대충 헹구며 나는 그렇게 말해준다. 어쩐지 조금은 못마땅해하는 어조로. 영화든 공부든 지나치게 몰두하는 태도는 내게 거부감을 불러일으키곤 했던 것이다. 그리고 또 어쩌면 이건우에게 오늘밤의 나 또한 수많은 관찰 대상자들 중의 하나라고 여겨진 때문인지도 모르겠다.

이건우 눈에 비친 나는 어떤 모습일까. 외면적으로 어떤 특징도 느껴지지 않는, 평범한 여자애들 중의 하나. 평범한…… 내가 가장 싫어하는 단어들 중의 하나가 평범함 바로 그것이 아니던가.

“정민이 넌 한걸음 물러서서 구경꾼 노릇을 하고 싶어하는 거냐?”

나는 이건우와 준하 앞으로 새로이 탄 커피가 담긴 머그잔들을 놓아주었고 이건우는 그런 날 쳐다보며 네 속을 내가 아노라 하는 웃음을 띠우고 있다.

“구경꾼에게는 품평하는 권리도 주어지니까.”

“그렇지만 구경꾼은 역시 구경꾼에 불과할 뿐인 거야.”

이건우와 난 잠시 동안 서로를 바라본다. 안도하는 마음과 실망의 감정이 함께 뒤섞이는 묘한 느낌. 이건우가 좋은 이야기 친구가 될 수는 있겠지만 그애에게 내가 매혹의 대상이 될 수는 없으리란 확신이 커졌던 것이다.

왜 나는 누군가로부터 매혹의 대상이 되고 싶다고 생각하는 것일까. 그 같은 생각이 나에게 하나의 갑옷 노릇을 하고 있다는 것을 모르지 않는데도 그 생각에서 벗어날 수가 없는 것이다.

“난 말이지. 때로는 내가 여자로 태어났더라면 좋았겠다는 생각을 할 때가 있어.”

언제나 변함없이 무겁고 진지한 목소리로 말하는 준하.

"한 사람의 남자로 살아간다는 것은 무거운 갑옷 차림으로 지내야
한다는 것처럼 여겨지곤 해."

　정말로 무거운 갑옷을 입고 있기나 한 듯 준하의 두 어깨는 처져
있다. 지난번에 내가 자신이 여자임을 생각할 적이면 갑옷을 입은
것처럼 여겨진다고 말했는데 준하는 그 갑옷이 나만의 것이 아니라
고 여기는 모양이다. 준하의 아버지가 요구하는 남자다운 준하의 모
습. 그것과 자신을 일치시킨다는 것이 준하에게는 몹시 힘겨운가보
다.

"준하. 너 그 따위로 소심한 거냐? 난 내가 여자가 아니라는 것. 그
게 얼마나 다행인지 모르겠는데."

　자신이 남자인 것에 대단히 만족해하는 듯한 이건우는 껄껄대며
웃는다. 남자 아이들의 일반적인 현상인 자기 만족감. 이건우도 그
점에선 예외가 아니다. 문득 예령이 보고 싶어진다. 그애를 못 만난
지가 한 달쯤 되었다. 학교가 다른 우리는 일요일에만 만날 수 있다.
난 일요일에도 바쁘지 않지만 예령이는 그렇지 못했다. 그리고 그애
는 언제부터인가 날 만나면서도 다른 생각에 잠겨 있는 모습을 보여
주곤 했다. 그 점이 마음 아프긴 해도 난 아직까지 그애를 만나지 못
하면 누구로부터도 이해받지 못한다는 느낌이 되곤 한다. 내가 존재
하지 않는 것만 같은 기분이 되고 마는 것이다. 준하, 이건우와 함께
이야기를 하는 동안에도 난 나의 어느 부분은 잠들어 있다고 여길
수밖에 없질 않았던가. 난 나의 의식이 언제나 깨어 있기를 바라는
것이다. 타오르는 불꽃 속의 그 청결한 푸르름으로.

"정민이는 삐쳤어. 내가 여자로 태어나지 않았다고 해서 유감스러
워할 필요는 없는 것인데도 그 점이 마음에 들지 않은 거지."

　놀리는 듯한 이건우의 말에 나는 누구나 자신의 성에 만족해할 자
유는 있는 거라고 말해준다. 내 어조가 차분한 것은 이건우와 그 문
제에 대해 더는 이야기하고 싶어하지 않는 마음과 무관하지 않다.
나의 단점은 나 자신의 느낌을 너무 믿는 점일지도 모르겠다. 이건

36

우가 풍겨대는 어쩔 수 없는 남성 우월주의의 완강함. 그러나……
그애와 시선이 부딪치면 내 안에서 흔들리는 어떤 설레임을 감지할
수 있다. 그 흔들림은 드센 파도와도 같다. 난 의자에서 일어났다.
대문의 벨소리가 울리기 시작한 것은 바로 그 다음 순간이었다. 안
방에서 나온 어머니가 현관문 있는 곳으로 가면서 날 쳐다보는데 내
가 잘못 본 것일까. 뭔가 약간은 조바심하는 기색이 어머니 눈 주위
에 감돌고 있는 듯했다.
　“저녁…… 차려요?”
　열려 있는 현관문으로, 어머니의 말소리, 아버지의 구두 발자국
소리가 들려온다.
　“아버지가 오셨어.”
　나는 준하와 이건우가 돌아갈 채비를 하는 걸 보면서 더 있어도
좋으리란 말은 하질 않는다. 아버지도 어머니처럼 집 안에서 남자
친구들을 만나는 것에 대해서 관대한 편임을 알지만 이즈음 아버지
의 신경이 날카롭다는 것을 아는 때문이다.
　“너희들 가려구.”
　아버지 어머니가 거실 마루로 오르기를 기다리고 섰는 준하와 이
건우를 향해 어머니가 그렇게 말하자 아버지는 정민이 친구들인게로
구나 하며 준하와 이건우를 쓰윽 보곤 구두를 벗는다. 그러곤 곧장
안방 쪽으로 걸어가는 아버지. 아버지는 준하와 이건우에게 눈길은
주었지만 그애들을 보지는 않았을 것만 같다. 어머니도 나와 같은
생각이었을까.
　“정민이 아버지는 원래 말이 없는 분이시란다.”
　변명을 하는 듯한 어조로 어머니는 준하와 이건우를 향해 그렇게
말해준다.
　“저희가 너무 오래 있었어요, 선생님.”
　허리를 깊게 수그려 절하는 준하는 영 미안해하는 표정이다.
　“아버지들 눈에 저희는 모두 이리나 늑대로 비춰드는 게 틀림없어

요.”

앞머리칼을 쓸어올리며 이건우는 입술귀를 일그러뜨리고서 웃는
다.
“그렇지 않아.”
어머니와 준하는 당황한 기색이지만 이건우는 별로 개의치 않는
표정이다.
“사실은…… 난 때때로 내가 짐승 같다고 여길 때가 많으니까요.”
남자애들을 너무 믿지 마세요, 선생님. 그 말을 남긴 이건우는 골
목길 저쪽으로 건들대며 걸어간다. 준하는 이건우와 몇 걸음 뒤떨어
져서 걷는다. 좁은 두 어깨가 축 처져 있다.
“둘이 친구인 줄 알았더니.”
머리를 갸웃한 어머니는 대문 안으로 들어갔고 나는 이건우와 준
하의 뒷모습이 보이지 않을 때까지 가만히 서 있었다. 난 때때로 내
가 짐승 같다고 여길 때가 많으니까요. 이건우의 그 말이 불러일으
킨 그 이상한 감정의 설레임이 가라앉을 때까지.

쉽게 잠들 수 없는 밤.
몸에는 열이 있는 것처럼 여겨진다.
음악을 듣는 동안에도 난 음악에 전적으로 빠져들 수 없었다. 완
전한 몰입이 불가능한 것이다. 그것이 날 안타깝게 한다. 밤. 혼자
있는 시각엔 잠들어 있는 것이 좋다. 자야 할 때에 깨어 있으면……
나는 머리를 받쳐주고 있던 베개를 끌어안는다. 어떤 안타까움이 날
휩쌌다. 내 머릿속 스크린에 떠올랐다 사라져간 여러 종류의 영상
들. 그것들을 잊고 싶다. 그러나……
왜 나는 나 자신을 때때로 괴물처럼 여길 수밖에 없는 것일까. 나
는 베개를 팽개치고 일어나 앉는다. 곧 침대와 나란히 놓인 책상 위
갓스탠드의 스위치를 누르자 책상엔 동그란 불빛의 원이 만들어졌
다. 이 끈끈하고 후텁지근한 상념의 덫에서 벗어나려면 어쨌든 일어

나 앉는 것이 좋을 것이다.

　지은 거울 속의 자신의 몸을 바라본다. 가느다란 목. 좁고 각진 어깨. 그리고 작지만 봉긋한 가슴. 군살이라곤 붙지 않은 여윈 허리. 거울에는 몸의 윗부분만 떠올라 있다. 자신의 몸이지만 지금은 어째 선지 낯설게 다가온다. 바라보고 있는 동안 점점 더 그것은 다른 사람의 것으로 여겨진다.
　지은 천천히 오른손을 뻗어 왼쪽 어깨를 만져본다. 두 눈은 거의 감겨진 채다. 손에 와 닿는 맨살의 감촉. 굳게 다물렸던 지의 입술 사이로 아주 약간의 틈이 생겼다. 차가운 물줄기가 가슴 저 깊은 곳으로 스며드는 것만 같은 느낌 속에서. 아니 차가운 물줄기가 아닌, 뜨거운 전류가 아니었을까.
　이번에는 왼손으로 오른쪽 어깨를 더듬는다. 두 손들은 차츰 가슴 쪽으로 다가간다. 아주 천천히. 목덜미며 얼굴이 달아오른다. 고른 숨을 쉬는 것이 쉽지 않다.

　왜 이따위 것을 쓰게 되었을까.
　나는 '푸른 노트'의 한 페이지를 찢어 쓰레기통에다 내던지고 만다. 책상 위 탁상시계의 재깍거리는 소리가 선명하게 들려온다. 아무래도 쉽게 잠들기란 틀린 일이다. 불면의 밤들은 내가 알고 싶지 않은 또 하나의 내 모습을 알게 해준다. 내 안에도 어떤 욕망이 숨쉬고 있다는 사실. 아무런 생각도 하고 싶지 않기만 하다. 여러 번 읽었던 예령의 편지를 다시 읽는다.

　정민에게
　미홍언니와 네가 떠나고 나자 여긴 빈집 같아졌어. 지금은 소나기가 쏟아져내린다. 금방 그칠 것 같지 않은 굵은 빗줄기. 서울에도 비가 올까. 창을 닫아두었는데도 차갑고 습한 대기가 집안 곳곳에 퍼져 있어. 성큼 초가을로 끌려들어간 느낌이야. 비로소 나 자신을 되찾은 느낌이기도 하고. 뜨거운 햇살 아래서는 내 안의 무엇인가가 해체되는 것만 같아 난 여름을 별로 좋아할 수 없는 모양이다.

지금 너와 함께 있을 수 있다면 얼마나 좋을까. 몹시 아쉬운 기분이다. 네가 여기로 와서 지낸다면 퍽 많은 이야기를 할 수 있을 것으로 여겼더랬는데. 그러지 못해 네가 실망했으리라고 생각해. 수영과 테니스…… 그리고 이웃집들과의 점심 초대, 혹은 저녁 초대. 정민이가 원했던 것은 이런 것이 아니었겠지. 너의 마음을 너무나 잘 알았지만 어머니의 일과표로부터 벗어날 수는 없는 일이었어.

우리집의 안주인은 어머니이고 어머니와 함께 있을 때의 난 어머니 마음에 들고 싶어하게 되니까. 어머니와 떨어져 있을 때면 난 어머니를 정민이의 눈으로 볼 수 있어. 어머니가 내게 원하는 삶의 질서가 결국은 날 질식하게 만들리라는 것도 나는 충분히 짐작할 수 있어. 어머니와는 다른 삶을 살겠다고 다짐하기도 하지.

난 어머니가 최고의 가치로 여기는 가정이 우리들 개개인을 모래알처럼 작게 만드는 연마기 노릇을 한다고 생각할 때도 있어. 보이지 않는 띠로 식구들 한 사람, 한 사람을 저마다의 걸음걸이로 걷지 못하도록 방해한다는 생각을 하기도 해.

하지만 이런 생각에도 불구하고 난 어머니의 마음을 아프게 해드린다는 것을 쉽게 떠올릴 수가 없어. 어머니는 어머니의 삶에 깊은 자부심을 품고 있으시고 난 그런 어머니를 보면서 어머니의 삶도 아름답다고 여기게 되니까. 가족들을 위한 헌신은 모든 미덕 중의 가장 든든한 주춧돌일 테니까.

이 다음에 내가 어머니가 되었을 때 어머니처럼 어머니 노릇에 열심일 수 있을까를 생각하면 난 역시 어머니께 감탄할 수밖에 없는 거지.

참으로 뒤죽박죽인 나.

예진언니는 나만큼 어머니를 좋아하질 않지만 별 어려움 없이 어머니의 삶을 되풀이할 수 있을 것만 같아. 하지만 난 그렇지 못할 거야. 난 때때로 나의 앞날을 편안하지 못한 마음으로 떠올려보곤 한다. 어머니를 조금만 덜 사랑할 수 있다면 내 삶이 훨씬 자유로울 거라고 여기는 순간의 안타까움.

또 언제나처럼 어머니와 나에 대한 이야기를 늘어놓았구나. 길을 잘못 들었다고 여겨지지만. 지금 정민이한테 말하고 싶은 것은 나 자신에 대한 실망감이야. 정말 너한테 말하고 싶은 것을 펴놓지 않았거든. 누군가를 좋아하지만…… 그 감정을 없는 것으로 해야 하는 아픔이 얼마나 견디기 힘든 것인지. 더 이상은 쓴다는 것이 불가능하다. 잘 있어. 2학기엔 좀더 자주 만날 수 있도록 노력해보자.

예령이가

누군가를 좋아하지만…… 그 감정을 없는 것으로 해야 하는 아픔이 얼마나 견디기 힘든 것인지. 그 구절은 여전히 내 가슴을 무겁게 짓누른다. 그리고 예령이로 향한 거리낌 또한 되살아난다. 우리는 그 동안 전화로 서로의 안부를 물었을 뿐이었다. 예령이가 몹시도 바쁜 처지인 것은 잘 알고 있는 일이지만——그애는 여러 과목의 과외를 받아야 하고 또 주말에는 집안 친척들과의 모임이 있다고 했다——전화로도 그 누군가에 대해 말해줄 것으로 기대했는데 그앤 전혀 그 문제에 대해 말하지 않았던 것이다. 아, 예령이를 조금만 덜 좋아할 수 있기를 바라고 또 바라지만……

잠을 자야겠다. 머리가 아픈 나는 갓스탠드의 불을 끈다. 몸 안의 열기는 그런데 왜 스러지지 않는 것일까.

"보아하니 넌 겁쟁이야."

남자가 얼굴을 내 얼굴 가까이로 바싹 대고서 놀리듯 말했다. 얼굴의 생김새는 이건우와 흡사하다. 이건우와 다른 점이라면 키가 훌쩍 크다는 사실이다.

"천만에. 잘못 보았어."

나는 크게 머리를 흔들어준다.

"그렇다면 다행인 거구."

남자는 벙긋 웃으며 내 어깨에 팔을 두른다.

"함께 유쾌한 시간을 보내는 거야."

남자의 등뒤로 디스코테크의 간판이 보인다. 붉은색과 남색의 네온 사인 불빛은 몹시도 유혹적이다.

"복잡하게 생각할 것 없어. 얘기하고 춤추자는 것뿐인걸."

남자는 내 어깨에 두른 자신의 팔에 좀더 힘을 준다. 그러곤 날요란한 음악 소리로 쿵쿵대는 디스코테크 안으로 이끌었다. 금속으로 된 망치가 머리를 마구 때리는 것처럼 머릿속이 어지럽다. 그러나 곧 뭔가 흥겨움이 날 사로잡는다. 남자와 난 나란히 앉는다. 남자의 어깨와 내 어깨가 바싹 닿아 있지만 개의치 않는다. 웨이터가 맥주 몇 병을 탁자 위에 놓아주었고 남자는 곧 맥주를 가득 채운 유리잔 하나를 내 손에 쥐어준다. 나는 별로 주저하지 않고 그것을 마시기 시작했다. 쌉쓸한 맛이어서 내키지 않으면서도 그냥 오래 전부터 맥주를 즐겨오기라도 한 것처럼 스스럼없는 태도로.

"생각보다 곧잘 마시잖아."

남자는 내 머리를 부드럽게 감싸안 듯하며 내 귀에 대고 속삭이는 어조로 말한다. 나는 고개를 끄덕여준다. 머리칼을 쓰다듬던 남자의 손가락은 내 뺨을 더듬고 있다. 쿵쿵 하고 심장이 뛰는 소리가 남자의 귀에까지 들리지 않을까 싶도록 크게 울린다.

"옆모습이 꽤 예뻐."

남자의 손가락이 내 입술을 스쳐지났다. 나는 가만히 있기만 한다.

"난 갑자기 생각이 바뀌었어. 여길 나가고 싶어졌는데 넌 어때?"
  남자가 일어섰고 난 남자의 뒤를 따른다.

  정말 끔찍한 밤이다. 자신도 모르게 입속말로 투덜거린 나는 다시
금 갓스탠드로 손을 뻗는다. 어둠 속에서 내가 떠올린 장면들로부터
벗어나기 위해서는 밝음이 필요했던 것이다. 아무래도 내 몸 속엔
내가 알지 못하는 괴물이 숨어 있는 모양이다. 눈을 더 혹사시킨다
면 잠을 잘 수 있을까.

  가을이구나! 빌어먹을 가을
  우리의 정신을 拷問하는
  우리를 無限 쓸쓸함으로 고문하는
  가을, 원수 같은.

  나는 이를 깨물며
  정신을 깨물며, 감각을 깨물며
  너에게 殺意를 느낀다.
  가을이여, 원수 같은.

  어머니가 20대에 사들였다는 시집 중에는 꽤 괜찮은 것들이 눈에
띄곤 했다. 나는 그것들을 모두 내 방에 가져다두었다. 그러곤 때때
로 그것들의 책갈피를 넘겨본다. 어머니에게도 20대가 있었다니. 나
는 그 점이 아무래도 의아롭기만 하다. 20대의 어머니 얼굴을 나는
사진에서만 보았다. 어리고 촌스러우며 어딘가 겁먹고 있는 것만 같
았던 젊은 날의 어머니 모습. 지금 내가 읽고 있는 것들은 어머니가
특별히 좋았다고 별표를 해둔 것들이다.

  그래 살아봐야지

너도 나도 공이 되어
떨어져도 튀는 공이 되어

살아봐야지
쓰러지는 법이 없는 둥근
공처럼, 탄력의 나라의
왕자처럼

가볍게 떠올라야지
곧 움직일 준비되어 있는 꼴
둥근 공이 되어

옳지 최선의 꼴
지금의 네 모습처럼
떨어져도 튀어오르는 공
쓰러지는 법이 없는 공이 되어.

시인의 이름과 시의 제목 따위는 전혀 내게 중요하지 않다. 난 그저 힘껏 도망치는 심정으로 시집의 갈피를 넘길 뿐인 것이다.

제 몫으로 지고 있는 짐이 너무 무겁다고 느껴질 때, 생각하라, 얼마나 무거워야 가벼워지는지를. 내가 아직 자유로운 영혼, 들새처럼 날으는 영혼의 힘으로 살지 못한다면, 그것은 내 짐이 아직 충분히 무겁지 못하기 때문이다.

어머니가 밑줄을 그어놓았던 책 속의 구절을 읽을 적이면 어머니를 새로이 발견하는 느낌이 되곤 한다. 어머니도 한때는 지금의 나처럼 두 다리에 족쇄가 채워졌다고 여기며 살았던 것이었을까.

　시집을 덮고 만다. 나는 그러기를 원치 않았는데도 또 다른 내가 내 손을 시켜 그렇게 했던 것이다. 형체 없는 상념을 지배하는 또 하나의 나. 아니 상념을 지배한다기보다 상념으로부터 지배당하는 나라고 해야겠다.

　르느와르 화집(이것도 역시 20대의 어머니가 사두었던 것이다) 속의 여자들의 몸은 그다지 날씬하지 않다. 가슴은 풍만하고 허리 부근의 살도 두텁다. 허리까지 닿는 긴 머리칼을 늘어뜨린 소녀의 몸도 예외는 아니다. 나는 꽤 오랫동안 소녀의 몸에서 눈을 떼지 못하고 있다. 내가 알고 있던 것보다 훨씬 많이 벗은 여자들의 몸을 화폭에 담은 르느와르. 그림을 그리는 동안만큼은 그 여자들의 생명력을 자신의 것으로 할 수 있었던 것이었을까.
　잠을 자도록 해야 한다.
　밤에 충분한 수면을 취하지 못하면 낮 동안 늘상 머릿속이 무거워 괴롭다. 별달리 한 일이라곤 없는데도 지금은 어느덧 자정을 넘긴 1시. 학교 수업을 생각하면 지금이라도 자야 한다. 이렇게 조바심을 하는 것이 때로는 아주 우스꽝스러울 때도 있다.

　먼지 알갱이들 때문에 원래의 흰빛이 연기빛으로 변한 커튼이 교실 유리창들을 덮고 있다. 창가 자리에 앉은 아이들은 햇살을 싫어하는 것이다.
　유리창에 반사되는 10월의 햇살은 아직 늦여름의 뜨거움을 간직하고 있다. 그렇다고는 해도 역시 한여름의 열기와는 비교할 수 없다.
　교실 안의 후텁지근한 공기는 머릿속을 몽롱하게 만들어 졸음을 오게 하는 정도인 것이다. 얼마 전까지만 해도 점심 시간이 지날 무렵이면 등으로 땀이 흐르곤 했다. 교실이 커다란 비닐 하우스처럼 여겨졌었다.
　너무 더울 때면 졸리지도 않게 마련이었다. 어쩔 수 없이 열어둔

창으로 무시무시한 소음이 쏟아져 들어오곤 했던 것이다.

아파트 단지에 위치한 학교의 왼쪽 벽과 교문 앞은 바로 차도들이다. 그리고 아파트 단지의 외곽으로는 전철이 지나가고 강으로 면한 팔차선 도로가 있다. 그러니 학교는 사면의 도로에 둘러싸여 있는 셈이다.

하루종일 쉬임 없이 오고 가는 차들. 갑작스레 날카롭게 울려대는 경적 소리들. 그것들 중에서 어떤 것은 칼날이 되어 내 머릿속에 박혀들 때도 있다. 비명을 지르거나 욕설을 내뱉고 싶은 충동을 누르는 것은 얼마나 힘이 드는지.

작년엔가 세워졌다는 방음벽이 형식적인 모습일 뿐이라는 것은 누구나 알고 있는 일이다. 창들을 지금처럼 꼭꼭 닫아두어도 온갖 종류의 차들이 도로 위를 지나가는 마찰음들은 교실 안으로 쏟아져 들어온다. 형체를 알 수 없는 거대한 짐승의 이빨 가는 음향인 것도 같은 그 소리들은 원치 않는 배경 음악이 되어 우리의 귓가를 맴도는 것이다.

때때로 나는 교실 안에 앉아 있는 것이 아니라 거리에 서 있는 느낌이 되곤 한다. 차를 타고 어디론가로 달려가고 있는 것도 같다.

그러나 대개는 내가 교실 안에 볼모처럼 갇혀 있다는 것을 생생하게 자각하지 않을 수 없다. 왜 내가 다녔던 중학교와 멀리 떨어진 이곳 학교에 배정받게 되었는지 또다시 화가 치밀어오른다. 만원버스에 짐짝처럼 실려 아침 저녁으로 집과 학교를 오가야 하는 것. 잘 알 수 없는 수업 내용을 하루종일 참고 들어야 하는 것. 많은 아이들 속에서도 나 혼자 외딴 섬이라고 느껴야 하는 쓸쓸함.

학교에만 오면 나는 한없이 움츠러들게 된다. 아둔한 존재라는 생각을 떨쳐버릴 수 없게 되는 것이다. 우리반 담임이기도 한 이영애 선생님의 수학 시간에는 특히 그러하다. 아이들 대부분이 이영애 그년이라고 부르는 이영애 선생님은 언제 어느 순간 우리로 향한 애정을 폭발시킬지 알 수 없을 때가 많다.

나는 아이들처럼 이영애 선생님을 그년이라고 부르지는 않는다. 그이의 애정 폭발은 우리들에게 좋은 성적을 얻게 해주고 싶은 열정의 소산임을 믿고 싶기 때문이다.

아니 솔직하게 말한다면 애정 폭발의 대상에서 나를 제외시켜준 관대함에 감사해하는 때문일 것이다. 수학 시간중에 내가 다른 일을 하고 있어도 그이는 눈감아주고 있는 것이다.

나는 그것이 얼마나 큰 특혜인지를 모르지 않는다. 내가 나의 푸른 노트를 펴놓기 전에도 이미 선생님은 자신의 애정을 혜라에게 듬뿍 보내었다. 혜라가 칠판의 문제를 제대로 풀지 못한 결과였다.

"멍텅구리. 이렇게 쉬운 문제를 풀지 못해서는 대학 문 앞에도 가기 틀린 일이란 걸 왜 몰라."

이영애 선생은 발을 구르며 혜라의 머리를 마구 쥐어박았다. 아름답지 못한 애정의 폭발. 어머니께 다시 한번 감사하지 않을 수 없었던 순간이었다. 수업 시간에 늘상 다른 생각을 하고 있다. 시험 성적은 또 너무나 형편없다. 1학기 3월의 첫 시험 이후 이영애 선생은 날 꾸중하는 것으로 안심이 되지 않았던지 어머니를 불렀다.

성적이 이 지경인데 과외를 시키지 않으세요? 지금이라도 개인 지도를 받게 해야 할 거예요 하고 남임 선생님이 말씀하시더라. 그래서 내가 말했지. 우리 정민이는 혼자 힘으로 공부하길 원해서요. 전 정민이의 뜻을 존중해주어야 한다고 생각하는데요. 그랬더니 담임 선생님이 고개를 저으면서 그러기엔 성적이 너무 나빠요. 이렇게 내버려두어선 곤란해요 하고 날 크게 한심해하는 거야. 그 말을 들으니까 가슴이 덜컥했지만 뭐라고 할 수 있었겠어? 정민이한테는 수학이 적성에 맞지 않는 것 같다. 그걸 알면서 어떻게 수학을 잘해야 한다고 강요할 수 있겠느냐고 얘기할 수밖에 없었지. 그러니까 글쎄 담임 선생님이 정민이 어머니처럼 말씀하시는 분은 처음인데요. 그 정도로 이해심이 많으시다면 정민이를 내버려두어야지 어떡하겠어요 하고 말씀하시는 거야.

담임 선생님한테 불려갔다 온 날 저녁. 어머니는 어머니 친구와의 통화중에 그렇게 말했다. 그 말을 하던 때의 어머니는 전혀 위축되지 않는 어조였다.

그러나 어머니 친구와의 통화가 끝난 뒤 날 향해 정민아, 수학 공부가 그렇게나 어렵니 하고 이야기할 때에는 어느덧 풀이 죽고 안타까워하는 낯이었다. 조금은 화가 치밀어오른 것도 같았다. 공부라는 것은 다 때가 있는 법인데 하며 깊은 한숨을 몰아쉬면서 안방으로 들어갔던 어머니.

어머니는 어쩌면 그때 혼자서 기도를 올리신 것은 아니었을까. 어머니는 이즈음 꽤나 열심히 기도를 드리곤 한다. 새벽 기도에도 몇 차례나 나가시는 것을 보았다. 심방 온 다른 신도들에 둘러싸여 지낼 때도 있다. 어머니를 빼앗겨버린 느낌이 들지 않을 수 없다.

혼자다. 나 혼자다 하고 혼잣말을 할 때가 바로 그런 느낌이 들 때이다. 그러나 불평은 하지 않으려고 한다. 어머니가 아니었더라면 수학 시간중에 푸른 노트를 펴놓는 일 따위는 있을 수 없다는 것을 잘 알기 때문이다.

푸른 노트는 내가 다른 누구 아닌 나 자신임을 확인하게 해주는 하나의 공간이다. 이것이 없었더라면 초라한 나 자신을 도무지 견디어낸다는 것이 불가능했으리라. 성적표에 찍혀나오는 학급 등수와 학년 등수는 내가 참으로 보잘것없는 존재라는 생각을 끊임없이 불러일으킨다.

난 물론 학교의 성적이 한 사람의 모든 능력을 모조리 평가해내는 유일한 잣대라는 것을 믿지 않으려고 늘 애쓰는 편이긴 하다. 사람은 저마다의 개성이 다르듯 잠재된 능력 또한 다를 것이라는 이야기에 공감하는 편이기도 하다. 그런 방향의 책을 열심히 읽기도 했었다. 그렇긴 하지만 학교에 머무는 동안엔 어쩔 수 없이 낙오된 느낌에 사로잡혀들게 된다. 특히 이영애 선생님의 수업 시간중엔 그 느낌에서 도망칠 수가 없다. 선생님의 설명은 내게 미지의 나라의 언어처럼 들려올 뿐인 것이다. 나만 그런 것은 아닐 것이다. 졸지 않는 척하며 졸고 있는 많은 아이들도 그 점에서는 나와 별로 다르지 않을 것이다.

도형과 함수의 개념들은 내게 영원히 풀리지 않을 수수께끼처럼만 다가온다. 언제부터였을까. 이렇게 되고 만 것은. 중학교 2학년 때부터였을까.

수업 시간에 듣는 선생님 설명만으로는 이해하기 어려워지기 시작한 것은 어쩌면 중학교 1학년이 끝나갈 무렵부터였는지도 모르겠다. 그러나 학원에 나간다거나 개인 지도를 받는다는 일은 하지 않았다.

공부는 혼자 힘으로 하는 것이라는 아버지의 믿음. 그리고 힘든 일은 피하고 싶어하는 나의 게으름 때문이었다. 그 동안 이제부터라도 좀더 열심히 해야 하는 것은 아닐까 하는 생각이 떠오를 때가 더러 있곤 했다.

그러나 언제나 생각에서 머무를 뿐. 수학 과목은 전혀 흥미를 불러일으키지 못하는 것이다. 국어·영어·물상·생물…… 다른 과목들 역시 별로 다르지 않다. 나는 아무래도 공부 체질이 아닌 모양이다.

대학을 가지 못할 때 나는 무엇을 할 수 있을까. 살얼음 위를 걷는 것처럼 아슬아슬한 마음이다. 그러나 언제나 그런 마음인 것은 아니다. 대학엘 가지 않고도 내가 할 일을 찾아야 한다는 생각을 하고 있기 때문일 것이다. 난 나의 전부를 던져 몰두할 수 있는 일을 찾기를 원한다. 그러나 그 일이 무엇인지는 알 수 없다. 그것이 날 안타깝게 한다. 매차례의 시합을 바라보고 있어야만 하는 후보 선수도 되지 못할 것 같은 느낌이 들기도 한다.

숨을 쉬고 있으면서도 전혀 숨쉬고 있지 못한 듯한 이 괴로움. 학교에 있는 동안은 예령이도 미홍언니도 내게 위안이 되질 못한다. 언제나 공부 생각만 하는 아이들이 부럽기도 하다. 푸른 노트의 칸을 채우는 것이 내 안의 아슬아슬함을 잠재우는 데 도움이 되지 않는 것도 이즈음의 일이다. 지금까지는 푸른 노트가 수업 시간중의 지루함을 견디게 해주는 피난처 노릇을 해주었기에 견딜 수 있었는데 이 일에마저 싫증이 난다면.

잠을 잔다거나 잡지책을 보는 아이들도 더러 있다. 나도 예전에는 그렇게 하기도 했었다. 어느 날 문득 그런 내 모습이 싫어졌다. 시간들이 무의미하게 흘러간다는 안타까움에서 벗어나려면 고정시킬 수 없는 내 느낌들을 남겨놓으려는 노력을 해야 할 것이란 생각과 함께.

학과 성적이 좋지 않다고 해서 자신감을 잃어서는 안 된다. 아버지는 그렇게 말하지만 때때로 나는 스스로를 걷잡기 힘들 뿐이다. 막연하지만 매우 생생한 불안감에 붙들리게 되는 것이다. 느닷없이 날 찾아오는 불안감. 그것은 투명한 그물이 되어 내 마음을 에워싼다. 나는 내 마음의 변화에 속수무책일 뿐이다. 내 마음의 운전사가 될 수 있다면 얼마나 좋을까.

마음에는 왜 튼튼한 벽을 쌓을 수 없는 것일까. 쓸쓸함. 외로움. 보잘것없다는 느낌. 이런 느낌들은 날 기운 없게 만든다. 나 혼자만의 감옥에 갇혀 있는 것 같기도 하다. 여태껏 잘 견디어왔다고 생각하지만 앞으로도 그럴 수 있을지 자신이 없다. 김정민. 힘내라. 너를 지켜줄 수 있는 사람은 너 자신뿐임을 잊지 않도록.

불안감의 면적은 그러나 점점 커져간다. 용암처럼 들끓는 무엇이 내 안에 있다. 뜨거운 불길이 내 등을 미는 것도 같다. 어디론가로 뛰어내려야만 할 것도 같다. 어디론가의 지점은 잘 모르겠다. 이따위 혼잣말하기에 열중하기보다는 너의 작은 감옥에서 우선 떨쳐나가야 한다는 소리가 들려오는 것도 같다.

"김정민."

내 옆으로 다가선 이영애 선생님. 교실 안의 간헐적이면서 지속적이었던 자잘한 소음들은 숨을 죽였다. 기침 소리도 들려오질 않는다. 적어도 나에게는 그렇게 여겨졌다.

"그 공책을 내가 봐도 좋겠니?"

푸른 노트를 가져가는 이영애 선생님의 손.

"허락도 받지 않고 이 시간에 불쑥 쳐들어가면 너네 엄마한테 쫓겨나질 않겠냐?"

엘리베이터 벽면에 붙은 사각 거울에 얼굴을 비춰보며 선미가 말했다.

"우리 엄마는 지난 목요일에 미국 이모네일 갔어."

교복 치마 주머니에서 열쇠를 꺼내며 유나는 휘익 휘파람을 분다.

"다행이네."

"아빠랑 밤낮으로 싸우다보면 기운 좋은 엄마도 지치는 모양이야. 그러면 만사를 제치고 비행기에 올라타는 거지 뭐."

덤덤한 목소리로 말하는 유나. 엘리베이터가 섰다. 유나가 먼저 나가고 선미, 그리고 내가 그 뒤를 따른다. 7층과 8층 사이의 층계참 유리창으로 어두워지기 시작하는 하늘이 보인다. 그리고 즐비한 고층 아파트들과 길 건너편의 빌딩들, 주차장을 메우고 있는 차들이 있는, 아무런 친밀감을 자아내지 못하는 풍경이 비쳐든다. 니는 선뜻 유나네 아파트로 들어서질 못하고 층계 난간에 서 있는다.

선미·유나와 함께 있어야 한다는 것이 갑작스레 서먹한 일로 다가온 때문이다. 나와는 전혀 다른 세계에 속하는 것만 같은 선미와 유나. 자신만만함으로 반짝이는 선미의 두 눈. 유나를 떠도는 무성한 소문의 말들. 그러나 그것들만이 날 머뭇거리도록 만든 것은 아니다. 난 그저 혼자 있는 편이 나았으리라는 생각을 하고 있었던 것이다.

"들어와라. 정민아."

유나의 재촉하는 말을 듣고서야 나는 어쩔 수 없이 유나네의 아파트 안으로 들어섰다. 육중한 느낌인 가죽 소파 주위로나, 유나가 먹

을 것이 든 종이 봉투를 올려놓은 식탁 언저리는 여러 가지 잡동사
니들로 잔뜩 어지럽다. 아무렇게나 벗어던진 스웨터며 검정 가죽 재
킷, 와이셔츠, 베개 등이 3인용의 긴 의자 위에 포개어져 있다. 탁자
위에는 레코드 디스크, 비디오테이프, 만화책 들이 수북이 쌓여 있
다. 맥주 깡통이며 코크 깡통들, 스넥 과자 봉투들도 뒤섞여 있다.

탁자 아래에는 매끈거리는 질감의 여자 속치마도 던져져 있다. 거
실 바닥 곳곳엔 펼쳐진 스포츠 신문들, 그 옆의 휴지 조각들. 벗어던
진 양말짝들도 흩어져 있다. 그리고 식탁 위의 어지러움. 먹다 남긴
짜장면이 담긴 스티로폼 그릇들. 루즈가 묻은 흔적이 뚜렷한 물컵과
물컵 속의 피우다 만 담배 꽁초들. 담배 몇 개비가 들어 있는 구겨진
담뱃갑은 마일드 세븐이다.

"낮에 오빠 친구들이 왔던 모양이네."

부엌으로 가서 식탁 위의 것들을 쓸어담을 비닐 봉투를 들고 오며
유나가 늘상 있는 일이라는 투로 말했다.

"이게 뭐냐. 너네 오빤 집을 아예 쓰레기통으로 여기고 있나부다."

어깨에 메고 있던 가방을 내려놓으며 선미는 혀를 찼다.

"오빠들은 다 그래. 펼쳐놓을 줄만 알았지 치울 줄은 모른다니까."

식탁 위를 다 치운 유나는 종이 봉투 안의 음식들을 꺼내어 식탁
에 내려놓는다. 그 표정이며 말하는 어조는 변함없이 태평스럽다.
유나가 정말 폭주족일까. 아이들은 유나가 가죽 바지를 입은 남자애
들과 함께 오토바이를 타고 다닌다고 했다. 그 얘기가 정말일까? 믿
기지 않는 나는 물끄러미 유나를 쳐다본다.

"어서 먹자."

유나는 내 손을 잡아 자신의 옆 의자에 앉게 한다. 가장 큰 크기
의 두꺼운 피자, 햄버거, 튀김닭, 감자 튀김, 스티로폼 용기에 든 스
파게티, 플라스틱 네모갑 속의 야채 샐러드, 밀크 셰이크, 아이스크
림 등으로 식탁 위는 빈곳이 없다. 이 모든 것들은 유나가 샀다. 유
나는 이것만으로는 부족하다고 여겨졌는지 냉장고에서 오렌지 네 개

52

와 포도 두 송이를 가지고 왔다.

너무 많은 음식 앞에서 나는 질린 느낌이지만 유나와 선미는 잘 먹는다. 한동안 먹는 일에만 몰두하고 있는 선미와 유나. 나는 밀크 셰이크를 조금만 마셨다.

"너네 엄만 가끔씩 이렇게 집을 비우시곤 하니?"

잠시 후, 어느 정도 배고픔이 가신 듯 그렇게 묻는 선미의 반짝반짝 빛나는 두 눈엔 부러움의 빛이 스쳐지났다.

"그런 셈이지 뭐. 여기 있을 때도 늦게 오실 때가 많아."

순순히 고개를 끄덕이는 유나.

"그렇담 너 혼자 밥 먹을 때가 많겠네."

선미는 유나가 몹시도 부러운 모양이다.

"친구들이랑 먹어. 어느 때는 친구 오빠나 언니들이랑 먹기도 하구."

"니네 아빠도 늦게 오시는구나."

"당연하지. 아빠들은 밤낮으로 바쁘시대잖아."

"유나. 넌 그럼 네 맘대로 편하게 살 수 있겠다. 그치?"

"편할 때도 있지만 그렇지 않을 때도 많아."

선미는 그렇지 않을 때는 언제냐고 호기심이 깃들인 목소리로 묻는다. 선미 역시 유나에 대해서는 아는 것이 별로 없는 것 같다. 선미는 키가 크지만 유나는 그렇지 못하고 또 선미가 1등만 하는 우등생임에 반해 유나는 늘상 꼴찌인 것이 그 이유일까.

"엄마 아빠는 얼굴을 맞대기만 하면 싸움을 벌이니까."

여전히 스스럼없는 어조로 말하는 유나. 그렇구나. 뭔가 알 듯하다는 표정이 된 선미는 머리를 끄덕이더니 너네 엄만 곧 돌아오실 거냐고 묻는다. 그런 선미에게선 어쩐지 유나어머니가 빨리 돌아오지 않기를 기대하는 느낌이 전해져온다.

"엄마 마음에 달렸지 뭐. 그리고 그 엄마 마음은 아빠가 하시기에 달린 거구."

우리 아빠는 연애박사라고 유나가 덧붙였다. 아무것도 먹지 않았
는데도 음식 조각이 목에 걸려 있는 느낌이어서 나는 손바닥으로 목
언저리를 눌러준다. 견딜 수 없이 피곤하다는 느낌 또한 날 짓누른
다.

"목이 아파서 안 먹는 거니?"

걱정이 되는 눈으로 유나는 날 쳐다본다.

"목이 아프더라도 억지로 먹어. 그렇지 않으면 너 폭삭 고꾸라지고
말 것 같애."

거듭 먹기를 권하는 유나.

"그래 정민아. 배가 채워지면 기분도 나아지게 되어 있어."

선미 또한 유나 못지않게 다정한 목소리로 말하며 날 쳐다본다.
지금의 선미 얼굴은 학교에서 볼 때와는 아주 다른 모습이다. 쌍꺼
풀진 두 눈에 코가 높은 선미는 언제나 스스로에 대한 자부심으로
가득차 있곤 했다. 아이들이 쉽게 접근하지 못하는 것을 오히려 원
하기라도 하는 것 같았다.

국민학교 때부터 고 1인 지금까지 그애는 학년 석차에서도 5위를
넘어본 적이 없었다고 하질 않았던가. 그림 그리기도 테니스도 피아
노며 수영, 영어 회화까지 못 하는 것이 없다고 했었다. 예령이도 물
론 그렇지만 예령이와 선미의 차이점이라면 선미가 어쩐지 으스대기
를 좋아하는 것처럼 보인다는 점이었다. 그러나 이 순간 날 바라보
는 선미의 눈길은 부드럽고도 따뜻하기만 할 뿐인 것이다.

내키진 않지만 유나나 선미를 실망시키고 싶지 않은 나는 밀크 셰
이크를 다시금 마시기 시작한다.

"정민아. 영애한테 당한 것 속상해할 필요 없는 거다. 영애가 발작
하는 꼴을 보여준 게 한두 번이 아니잖아."

유나는 팔을 뻗어 내 어깨를 감싸안듯 해주었다. 그런 다음 교복
주머니에서 꺼낸 담뱃갑에서 담배 한 개비를 빼내었다. 퍽 익숙한
손놀림으로. 나는 그만 눈을 감는다. 떠올리고 싶지 않은 이영애 선

생님이 날 쳐다보는 듯한 느낌이 되살아났던 것이다. 싫다. 난 그 일을 잊고 싶다. 이영애 선생님을 다시는 보고 싶지 않다.

종례 시간. 날 교탁 가까이로 불러내었던 담임 선생님의 그 분노에 찼던 눈빛. 선생님의 명령에 의해 아이들 앞에서 푸른 노트를 읽어야 했을 때의 온몸을 발가벗기운 듯했던 그 참혹한 느낌. 그리고 운동장을 다섯 바퀴 돌고 난 뒤 이어서 토끼뜀뛰기를 하던 무렵서부터 아이들은 날 탓하는 말들을 주저하지 않고 내어뱉았다. 어떤 아이들은 눈을 흘기며 욕을 하기도 서슴지 않았다. 아이들이 빠져나간 빈 교실에 혼자 남았을 때 난 울 기운조차 없었다. 오늘 있었던 일 모두를 정민이 어머니께 전화로 말씀드렸어. 그러니 집에 가서 정민이는 어머니로부터 정민이 일기장을 보았다는 사인을 받아와야 한다. 그리고 반성문도 물론 빠뜨려서는 안 될 거야. 귓가를 떠나지 않았던 담임 선생님의 목소리.

난 어디론가로 떠나고 싶기만 한 마음이었다. 이영애 선생님한테 나의 푸른 노트를 압수할 권리가 있다는 것을 도무지 참기 어렵기만 했던 것이다. 더욱 참기 어려웠던 것은 나 자신이었다. 무엇 때문에 교실의 내 자리를 지키고 있어야 한다는 것일까.

지금이라도 어디론가로 떠나는 것이 좋을 것 같았다. 그러나 그 어디론가를 쉽게 찾을 수는 없는 일이었다. 게다가 난 너무 지쳐 옴쭉할 수 없기도 했었다. 나는 한숨만을 내쉬었다. 그러다…… 방향을 정하진 못했지만 어쨌든 교실을 나가야겠다고 생각했다. 정말 뜻밖에도 유나가 소리없이 내 곁에 다가온 것은 그때였다. 나랑 우리집에 가지 않을래 하고 말했던 유나. 그애는 곧 우리집에는 아무도 없다고 말해주었다. 그애는 내일만 되면 엉망인 기분에서 벗어날 수 있다는 말도 해주었다.

나는 망설이지 않고 유나와 함께 교실을 나왔다. 어딘가 갈 곳이 있다는 것. 누군가 옆에 있어준다는 것이 마음속 어둠을 밀어내는 불빛이나 다름없었다. 그리고 더 큰 놀라움이 날 찾아왔었다. 복도를 지나 화장실 옆을 지날 무렵 불쑥 나타난 선미한테서 정민이와 함께 있으려고 했다는 말을 들었을 때의 고마움이란.

　부엌문이 있는 벽 쪽으로 놓인 키 낮은 장식장 옆에 세워진 벽시계의 추가 움직이기 시작했다. 부드러운 울림을 지닌 딩동 소리가 몇이나 계속되는지에 나는 관심을 두지 않는다. 그런 것들은 조금도 중요하지 않다.

“수학 과외 선생님을 붙들어놓느라고 우리 엄마 지금 안절부절이겠다.”

　자신의 손목시계를 들여다보며 선미는 깔깔깔 소리내어 웃는다.

“선미. 이 기집애. 들어오기만 해봐라. 이러면서 현관문을 몇 번씩이나 열어보곤 하겠지.”

　선미는 찌푸린 눈썹과 뾰족해진 목소리로 자신의 어머니의 표정과 목소리를 흉내내며 유나와 나를 차례로 쳐다본다. 유나는 담배 연기를 푸우푸우 내뿜고선 과외 한번 빠지면 만원짜리 다섯 장이 고스란히 날아가버린다는 거 알아? 몰라 하고 받아 말했다.

“유나야. 너 어쩜 우리 엄마가 하는 말을 앵무새처럼 그대로 외울 수가 있니?”

　선미는 두 주먹으로 식탁을 마구 두드리며 깔깔 웃어댄다.

“과외 빼먹을 때마다 노상 듣는 얘기잖아. 그놈의 지겨운 돈타령. 어떻게 된 게 요새는 자식이 아니라 돈 잡아먹는 기계지 뭐냐? 우리 엄마는 날 볼 때마다 인상을 구기면서 그 얘기만 하는 거야.”

　유나는 벌써 두 개비째의 담배를 피우고 있다. 그러면서 마늘빵을 씹기도 하고 적당히 먹다 남겼던 닭다리를 뼈가 드러나도록 발라 먹는다.

“우리가 언제 그 비싼 과외를 시켜달란 얘길 한 적이 없었잖아. 자기들 마음대로 우릴 들볶고 있는 주제에 무슨 돈타령인지.”

　선미의 말이 끝나자 유나는 입을 꾸욱 다물고 있는 내가 걱정스러운지 먹고 싶은 것이 있으면 얘길 해. 전화로 주문하면 금장 가져다주니까 하고 말했다.

"괜찮아."

나는 유나에게 공연한 걱정을 끼치고 싶지 않다고 생각하지만 내 목소리는 여전히 자연스럽지 못하다. 선미의 눈길은 조금 전부터 식탁 위의 담뱃갑에 머무르고 있다.

"지겨워. 정말 지겹다구. 날이면 날마다, 공부, 공부, 공부. 이게 뭐야. 이건 살아 있는 거라고 할 수도 없어."

식탁에다 팔을 세우고서 턱을 고인 선미는 짜증섞인 어조로 말했다. 유나는 그런 선미를 웃으며 쳐다본다.

"난 너같이 공부 잘하는 모범생은 공부를 좋아하는 줄 알았는데."

"미쳤냐? 공부하는 걸 좋아하는 애가 어디 있겠냐?"

선미의 동그란 이마에 주름살이 살짝 접혔다.

"그리고 이건 부탁인데 내 앞에서 모범생이란 말은 하지 말아줘. 내가 가장 듣기 싫어하는 말이 그 말이니까. 알겠니?"

부탁이라는 말과는 달리 선미는 명령하는 투였다.

"왜 공부를 잘하면 모범생 노릇까지 겸해야 한다고 생각하는지 알 수 없는 일이야."

선미는 격렬하게 머리를 흔들었다.

숨을 쉬고 있으면서도 전혀 숨쉬고 있지 못한 듯한 이 괴로움…… 정민이가 그 구절을 읽었을 때…… 난 나도 똑같은 마음이란다 하고 소리치고 싶었어.

선미의 눈과 목소리엔 상기된 기색이 뚜렷하다. 교실로 다시 돌아갔던 것도 정민이한테 그 얘길 해주고 싶어서였다고 말하는 선미와 난 서로를 쳐다본다.

"난 말이지. 정민아. 난 정말 너가 좋아졌단다. 나 혼자만의 감옥에 갇혀 있는 것만 같다라는 글을 너가 어떻게 쓸 수 있는지."

선미가 내 손을 잡았다. 무엇인가가 딱딱해져 있던 내 마음속으로 스며든다. 그 무엇은 선미와 나 사이에 보이지 않는 다리를 만들어주는 것도 같다.

"선미 얘기가 옳아. 난 어떤 구절이 좋았냐면, 느닷없이 날 찾아오는 불안감. 바로 그것이었다."

유나의 말을 듣는 동안 난 유나와 나 사이에도 다리가 놓여질 수 있다는 느낌에 휩싸여든다.

"너처럼 편안한 얼굴을 한 애가 불안할 때도 있니?"

선미는 믿기지 않는다는 표정이다.

"혼자 있으면 마구 소리내어 울고 싶기만 한걸."

유나는 햄버거 용기에 담배를 비벼 끄며 말했다. 난 못생겼구, 공부도 못하구, 뚱뚱하구, 그리고 키도 작잖아. 유나의 이어지는 말. 선미는 선뜻 대답할 말을 찾기 어려운 듯했다.

"그러니 혼자 있으면 가슴이 마구 뛰곤 할 수밖에. 하지만 이렇게 친구들과 있으면 그런 생각을 잊게 되잖아."

너희들이 우리집에 와주어서 얼마나 기쁜지 모르겠다고 유나가 말하는 사이, 선미는 마침내 식탁 위의 담뱃갑으로 손을 뻗는다. 그러자 활짝 웃는 얼굴이 된 유나는 선미가 입에 문 담배에 불을 붙여준다. 선미는 곧 기침을 터뜨렸지만 담배 피우기를 멈추지 않는다.

"그런데 정민아. 내 생각엔 너네 아빠 엄마는 굉장히 이해심이 많은 분들인 것 같은데…… 넌 어쩐지……"

말을 하다 말고 고개를 갸웃하는 선미. 어떻게 말해야 좋을까. 난 쉽게 입을 열 수가 없다.

"선미 말이 옳아. 우리집 엄마 아빠는 얼마나 지독한데. 꼴찌를 했을 때는 골프채로 너무 많이 맞아 온몸에 퍼렇게 멍이 들었어. 그런데 정민이네는 그렇지 않잖아."

깡통맥주를 마셔가며 유나가 말했다.

"우리 엄마는 그 정도는 아니지만……"

난 지금까지 오직 엄마의 시간표에 따라 살아왔다는 이야기를 선미는 이어간다.

"난 친구들이랑 맘껏 놀아본 적이 없어. 어떻게 그럴 수 있었나 몰라. 하지만 앞으로는 그렇게 하지 않을 거야."

두 주먹을 꼬옥 움켜쥐며 맹세하듯 말하는 선미.

"쉽지 않을걸."

걱정이 앞서는 듯 고개를 갸웃하는 유나.

"엄마들이 얼마나 끈질긴데. 내가 밑바닥에서 기는데도 우리 엄마는 아직 완전히 체념이 안 되는지 미국으로 학교를 옮겨볼 궁리를 하고 있을 정도지 뭐야."

"대체 왜들 그 모양이지? 우리 엄마는 언제나 학년 1등을 놓치지 말아야 한다는 거야."

선미도 유나처럼 깡통맥주를 마시기 시작했다.

"그럼 몇 번만 엉터리로 시험을 망쳐봐. 어쩔 수 없이 너네 엄마도 더는 일등 타령은 안 하실 거야."

유나의 충고에 선미는 머리를 저으며 말했다.

"그렇게 하는 것은 공연히 시간을 끌 뿐이잖아. 난 우리 엄마하고 씨름하는 것도 지겹고…… 내가 일등을 하지 못한다는 것도 자존심이 상해 견딜 수가 없으니까 뭔가 효과적인 방법을 찾을 거야."

"엄마들을 순식간에 겁먹도록 만드는 방법이 없는 것은 아냐."

며칠만 집에 들어가지 않으면 엄마들은 겁먹게 된다고 유나가 말해준다.

"그래. 그것도 효과적일 수 있겠지."

생각에 잠긴 표정인 선미는 곧 날더러 맥주를 마셔보라고 권한다. 이걸 마시면 기분이 편안해질 거야. 나는 약을 마시듯 꿀꺽꿀꺽 맥주를 들이켠다. 빨리 번지는 술기운.

"빈속에 마시면 곯아떨어지게 되니까 무얼 좀 먹도록 해."

유나는 내 앞으로 야채 샐러드가 든 플라스틱 네모갑을 밀어준다. 그때 전화벨이 울렸다. 집안 곳곳에 놓여 있는 전화기들. 유나는 등 뒤의 장식장으로 가볍게 몸을 돌렸다.

"아빠세요? 그럼요. 학교 마치고 곧장 집으로 왔어요. 걱정하지 마시라니까요. 함께 공부해주겠다고 친구들도 와 있어요. 노다지 학년 1등만 하는 친구예요…… 알았어요. 잘 다녀오세요."

통화를 끝낸 유나는 혀를 날름 내밀었다.

"우리 아빠 또 출장가신다나봐."

"그렇담…… 오늘밤 너네 집에서 자고 가도 되겠다. 우리 엄마가 허락하지 않는다 해도 난 그렇게 하고 말 거야."

"야아, 신난다."

선미의 말이 끝나기도 전에 유나는 박수를 치기 시작했다. 그러는 동안 발목까지 오는 흰색 주름치마에 연하늘색 블라우스 차림인 한 여자애가 그림자처럼 소리없이 나타나 유나 곁으로 다가오는데 눈언저리엔 아직도 잠 기운이 머물러 있는 모습이다.

"어, 지은언니가 와 있었네."

유나는 식탁 의자에서 일어나 지은언니를 와락 껴안는다.

"낮에 오빠 친구들이랑 함께 지내다가…… 나만 남아 네 방에서 잤댔어. 같이 나가자는데 갑자기 싫어졌던 거야."

유나는 지은언니를 나의 옆에 앉게 하고 자신은 선미와 나란히 앉는다. 마실 물을 가져다주겠느냐고 지은언니가 말했고 유나는 재빨리 냉장고에서 꺼낸 생수병과 유리컵을 지은언니 앞에 가져다준다.

"내 친구들인데요."

유나는 신이 나서 선미가 얼마나 뛰어나게 공부를 잘하는지에 대해 한참 떠들더니 날 보곤 글짓기 선수라는 이야기도 덧붙였다. 생수를 유리컵에 따라 마시는 지은언니는 유나의 말을 건성으로 듣고 있는 것 같다. 그러자 유나는 지은언니를 향해 무슨 걱정이 있느냐고 묻는다. 지은언니의 침묵.

"괜찮아요. 지은언니. 선미나 정민이는 좋은 애들인걸요."

유나는 선미와 나에게 지은언니는 우리 오빠와 친한 오빠인 명준 오빠의 친구라고 설명해준다.

"걱정거리가 있는 것 같은데 얘길 해보지 그래요."

호기심이 숨쉬는 선미의 두 눈은 어느덧 학교에서의 눈빛으로 되돌아가 있다.

"함께 얘기하다보면 좋은 방법이 생각날 수도 있어요."

선미는 제법 능숙하게 담배 연기를 내뿜어가며 선심쓰는 어조로 말했다. 지은언니는 아무 말 없이 앉아 있더니 이윽고 식탁 의자에서 일어섰다.

"가볼게. 유나야."

지은언니는 현관문 쪽으로 걸어간다. 오빠들한테 가는 거냐고 유나가 지은언니의 뒤를 따르며 묻는다. 곧 현관문이 닫히는 소리가 났고 유나는 원래의 자신의 자리로 돌아왔다.

"내숭떨기 좋아하는 앤가봐."

선미는 지은언니가 자신의 말에 아무런 대답도 하지 않았다는 것이 불쾌한 모양이다.

"지은언니가 고민이 많아서 그래. 왜냐하면…… 명준오빠가 함께 자주지 않으면 다른 애를 찾아볼 수밖에 없다고 얘기했대잖아."

소곤대는 어조로 말하는 유나.

"남자들은 정말 뻔뻔해."

소리치듯 말한 선미는 곧 유나를 보며 너 나중에라도 남자애들의 꾐에 빠져들어서는 안 된다고 말해준다. 남자애들은 모두 이중 구조의 소유자들이니까. 유나는 그런데 별로 선미의 말에 귀기울이는 것 같지는 않다.

"착한 오빠들이 더 많아. 명준오빠도 얼마나 정이 많은데. ……그리구 말이지. 난 때때로 어떤 오빠가 나한테 그런 말을 해준다면 황홀할 것 같아."

"유나야. 너…… 이제 보니까 쉽게 무너질 애잖아. 남자애들은…… 겉모습하고 다른 거야. 너 엄마들이 하는 애길 잊었니?"

선미는 남자애들이 원한다고 해서 허락할 일이 아니라는 것, 결혼

할 때까지 우리는 우리 자신을 잘 지켜야 한다는 것을 유나에게 들려준다. 철모르는 동생을 타이르는 언니처럼. 나는 더는 참지 못하고 식탁 의자에서 일어나 어느 쪽으로 가면 음악을 들을 수 있나, 집 안을 둘러본다. 갑자기 선미의 이야기가 지루하게 여겨진 때문이다.

왜 이 순간 선미가 단 한번도 만난 적이 없는 선미의 어머니처럼 다가오는지 알 수 없을 뿐이다.

휘이이잉. 바람 소리는 드높다. 집 안의 유리창들은 바람이 지나갈 때마다 타악기처럼 제 몸을 떨며 드르륵대는 소리를 낸다. 뚝, 덜커덩 하고 무엇인가가 굴러떨어지는 소리도 들려온다. 이제 겨우 아침 열시가 조금 지났을 뿐인데 하늘은 무겁게 흐려 있어 꼭 늦은 오후 무렵인 것 같다. 비라도 쏟아져 내리려는 것일까. 집 안의 공기는 눅눅하다. 앞마당의 나무들은 여러 방향으로 허리를 수그렸다, 폈다를 계속한다. 연못가의 라일락, 무화과나무들은 덩치 큰 향나무나 석류나무에 비해 더욱 중심을 잡지 못하고 허우적댄다. 그것은 고문받는 형상이기도 하고 격렬한 춤 동작을 연상시키기도 한다.

움직이는, 두터운 장막 같은 안개는 점점 짙어져 앞마당과 골목길의 경계선인 담장을 무너뜨린다. 골목길 건너편 이층집의 기와지붕도 안개 저편에 묻히고 만다. 그 집 창에서 번져나오던 불빛도. 안개는 참 신비한 힘을 지녔다. 세상이 어디론가로 사라져버릴 듯한 느낌을 불러일으킨다. 아주 낯선 곳에 와 있는 듯한…… 나 또한 어디론가로 사라져버릴 듯한 느낌도…… 내가 두 발을 가진 존재가 아닌 듯도 싶다.

"왜 이렇게…… 깜깜해. 불을 좀 켜야지."

외할머니의 목소리다. 문갑 앞에 서서 창 너머를 보던 나는 외할머니가 누운 침대 곁으로 다가간다. 노랑, 연분홍 꽃들이 조각된 화려하고 장중한 침대와 앓아 누운 외할머니의 초췌한 모습은 안타깝게도 너무나 동떨어진 느낌을 자아낸다.

"불을 켜라. 불을."

팔을 휘저으며 내 등을 미는 듯한 목소리로 말하는 외할머니. 어쩐지 쫓기는 듯 허둥대는 걸음으로 방문 쪽으로 간 나는 그 옆 벽의 스위치를 올렸다. 형광등 불빛. 그 창백하고 건조한 밝음이 방을 가득 채운다.

"정민이였구나."

당신이 잠들어 있던 동안에도 내가 옆에 있었다는 것이 아주 기쁘신가보다. 외할머니는 다정한 눈길로 날 바라보며 당신 가까이로 다가오라는 손짓을 해보인다. 나는 약간 겸연쩍다. 내가 외할머니 곁에 있었던 것은 어머니와 큰이모가 그렇게 해주기를 원했던 까닭에서였다.

"주스라도 드시겠어요?"

나는 침대 옆의 둥근 탁자 위에 놓인 주스병을 바라본다. 내가 생각했던 것보다 훨씬 많은 주름살이 드러나는 외할머니 얼굴을 차마 쳐다볼 수 없었던 것이다. 이마와 눈언저리, 그리고 홀쭉한 볼과 메마른 입술 언저리의 주름살은 거의 흉터처럼 보일 지경이었다. 나에겐 늘 외할머니의 활기찬 모습만이 익숙해서 이렇듯 아픈 맨얼굴이 더욱 생소하게 비쳐드는지도 모른다.

"서 있지 말고 앉아라."

외할머니는 주스를 마시지 않겠다는 말을 덧붙이면서 내 손을 잡아 녹색 우단으로 만든 의자에 앉도록 한다.

"우리 정민이가 할미가 생각했던 거보다 정이 깊은 아이였어. 할미 아프다는 말을 듣고 서울서 여기까지 보러 와줄 생각을 다 했으니 말이다."

날 쳐다보는 외할머니의 한층 정겨운 눈빛. 난 여간 부끄럽지 않다. 내가 어머니를 따라 외할머니를 만나러 온 것은 기차를 타보고 싶은 마음이 앞선 때문이었던 것이다. 난 서울의 내 방을 떠나고 싶었고 기차 차창 너머로 새로운 풍경들을 보고 싶기도 했었다. 그리고…… 집이 아닌 곳에서 어머니께 내 속마음을 털어놓고 싶기도 했었다. 학교를 꼭 다녀야 한다는 생각이 들지 않는다는…… 난 그 말을 기차에서 내리기 1시간 전쯤에 어머니께 했고 어머니는 누구나 그런 생각을 한두 번쯤 해볼 수 있는 일이라고만 말해주었다.

"빨리 나으세요. 할머니."

어째선지 갑자기 눈물이 쏟아져나올 것만 같아진 나는 고개를 수그리며 말했다. 외할머니가 무슨 병으로 앓아 눕게 되었는지 잘 모르지만──정말 그럴까? 큰이모와 어머니의 통화를 통해 나는 어느 정도의 짐작은 할 수 있었던 것 같다. 그것을 받아들이는 것이 쉽지 않았을 뿐. ──이렇게 누워 있는 모습은 내 마음을 아프게 했던 것이다. 늙음. 완전한 노년을 지켜본다는 일은 결코 쉬운 일이 아닌 것이다. 나는 나도 모르게 방문 쪽을 보고 있다. 부엌의 식탁에서 큰이모와 이야기를 나누는 어머니가 돌아와주기를 바라는 마음에서였다.

"그래…… 그래야지."

외할머니는 한숨을 내쉬었다. 누군가의 것이든 한숨은 내 가슴에 쌓이는 돌멩이 같다. 나는 어머니께 입속말로 SOS 신호를 보낸다.

"이렇게 정민이하고 둘만이 있는 것도…… 아주 오랜만의 일이구나."

내 얼굴에 머무르고 있는 외할머니의 눈길에서 날 향한 안쓰러움, 걱정스러움을 느낄 수 있다. 내가 누구한테건 안쓰럽게 비쳐들기를 싫어한다는 것을 외할머니가 아신다면 좋을 텐데.

"네 에미 애비가 너한테 동생을 낳아주었어야 했는데…… 나는 딸이라도 셋이나 되니 그래도 큰 위안이 되지만…… 네 에미한테는 오직 너 하나뿐이니…… 그거야 또 니 에미 애비의 자업자득이라고 쳐. 그런데 정민이 넌 뭐냐. 형제라고는 없는 외딸이니."

외할머니는 어머니를 탓하는 말을 하고 나는 이럴 때 외할머니가 먼 별의 외계인처럼 여겨진다. 난 내가 외딸인 것에 부족함을 맛본 적이 없었던 것이다. 어렸을 때엔 그것이 하나의 특권처럼 여겨지기도 했었다. 부모의 사랑을 나 혼자 받는다는 것이 깊은 만족감을 주었던 것이다.

"니 에미도 지금은 후회하겠지만…… 늦은 일이지. 아무 쓸모짝에도 없는 그 고집을 부려 얻은 것이 무에라든. 결혼할 때부터 이 할미 말을 듣지 않더니 결국은…… 무엇 하나 내세울 것 없는 처지밖에 더 되었어."

나이가 든다는 것은 같은 이야기를 되풀이하는 습관을 가지게 된다는 것일까. 나는 외할머니가 아직까지 어머니를 못마땅해한다는 것이 놀라웁기만 하다. 외할머니가 시키는 결혼을 하질 않고 끝내 아버지를 택했다는 어머니. 신문사에서 해직당한 이후, 새롭게 구한 일자리에서 오래 견디어내지를 못하고 몇 군데의 직장을 옮겨다녀야 했던 아버지. 외할머니는 아무래도 그런 아버지를 좋아할 수가 없나 보다.

내가 안타깝게 여기는 것은 외할머니가 우리집이 가난하다는 점을 못마땅한 일로 여긴다는 사실이다. 아버지가 일자리를 여러 번 옮겼지만 우리가 아주 가난해본 적은 없다. 그리고 어머니와 아버지는 지금껏 잘 지내왔다. 내 보기엔 두 사람은 꽤 많은 이야기를 나누곤 하는 관계였다. 요즈음엔 사정이 달라지긴 했어도. 아버지는 아버지대로, 어머니는 또 어머니대로 사는 일에 지친 기색을 보여주게 되었던 것이다. 얼마 전까지만 해도 어느 한 편이 맥 풀린 상태가 되면 다른 한 편이 상대방의 기분을 풀어주기 위해 애쓰는 모습이었다. 그랬기 때문일까. 집 전체가 가라앉은 배라는 느낌이 오래 계속될 수가 없었다. 최근엔 그러나 그렇지 못했다. 어머니는 친구나 큰이모와의 통화중에 갱년기 현상이라는 말을 자주 하게 되었고 외출도 줄인 채 집 안에 머물러 있는 시간이 늘어났다. 그렇다면 아버지 어머니의 결혼 생활에 위기의 바람이 불게 된 것일까. 난 그렇게는 생각하지 않는다.

어떤 사람이든 산다는 일이 힘들게 여겨질 때가 있는 것이 아닐까. 아버지와 어머니는 때마침 같은 시기에 그런 힘듦을 겪는 것이리라. 이것은 물론 어머니가 친구와의 통화에서 했던 내용의 말이다. 그 통화 내용을 옆에서 모두 듣게 되지 않았다고 해도 난 아버지와 어머니 사이의 신뢰감을 의심하지 않았을 게 분명하다. 그러니 외할머니가 아버지 어머니의 결혼 생활에 대해 마뜩찮아한다는 것이 내겐 부자연스런 일로 다가올 뿐인 것이다.

결혼 생활이 잘못되었다고 한다는 점에서는 오히려 외할머니 쪽이 심각하다고 해야 하는 것이 아닐까. 한꺼번에 십여 년은 더 나이 든 모습으로 앓아누운 외할머니는 외할아버지로 향한 배반감으로 큰 상처를 받았다고 하질 않았던가. 그렇게도 체념이 어려운 건지. 마음은 늙지 않는다더니 어머니가 그런 모양이잖아. ……아버지도…… 암튼 놀라운 노인네야. 아무리 외로우셨다고 하지만 그 연세에…… 어머니는 조금은 한심해하는 목소리로 그렇게 말했다. 두 노인네 다 왜 그렇게 수더분하시질 못한지. ……내려는 가겠지만 어이가 없어. 아직도 아버지한테 체념을 못 하시다니 정말 그 열정이 믿기지 않을 정도야. 난 외할아버지와 외할머니 사이에 명확하게 무슨 일이 있었는지 잘은 모른다. 내 나름으로 짐작할 수 있을 뿐. 몇십 년이나 함께 살고 난 노년에 이르러 외할머니가 외할아버지를 원망하게 되었다면…… 난 정말이지 외할머니를 이해한다는 것이 쉽지 않다. 그것은 외할머니가 정말로 걱정해야 할 집은 우리집이 아니고 큰이모네라고 생각하는 때문이기도 한 것이다. 큰이모네는 굉장히 부자지만 큰이모는 산다는 일의 어려움에 대해 어머니에게 아주 빈번하게 전화를 하곤 해왔다. 난 어른들 일에는 큰 관심이 없었어도 큰이모와의 통화 후에 어머니가 언제나 속상해하고 정말 큰일이야 하고 혼잣말하는 것을 들어왔다. 어머니가 언제나 큰이모를 위로하는 상담원 노릇을 해온 것도.

"니 애비는 어찌 그리 참을성이 없다던?"

외할머니는 장롱에서 베개 하나를 꺼내 등뒤에 받쳐달라는 손짓을

했다. 연분홍빛이 나는 자개 장롱 속에는 연하늘색·오렌지색·연분
홍색 빛 등 더없이 고운 빛깔의 비단 이불 등이 차곡차곡 쌓여 있다.
나는 장롱 속의 이불들과 같은 천으로 만든 여러 개의 베개 중에서
지금 외할머니가 덮고 있는 연한 오렌지 빛깔을 골라 외할머니 등에
받쳐준다.

"아버지가 참을성이 없으셔서…… 그런 게 아닌데요. 할머니. 우리
아버지는……"

나는 말을 계속할 수가 없다. 정민이 아버지는 마음의 결이 너무
여린 사람인 것 같아. 그이는 차라리 혼자서 할 수 있는 일을 붙잡아
야 했던 사람인데…… 어느 때는 너무 한심하기도 해서 화가 나기도
하지만…… 그래도 언제나 늘 가엾고 딱하게 여겨지고 마는 거야.
어머니는 큰이모와 통화중에 그렇게 말했는데 불현듯 그 말이 생각
나면서 눈물이 솟구쳤던 것이다.

"그래. 니 애비가 착한 것을 이 할미가 왜 모르겠어? 난 그저……"

외할머니는 한숨을 내쉬며 한 손으로 내 손을 잡았다. 자식이 이래
서…… 좋다는 것인데…… 아들 자식이 하나만 더 있었더라면……
혼잣말 같은 외할머니의 중얼거림. 아아. 정말이지 지겨운 외할머니
의 아들 타령. 외할머니는 당신 자신이 딸만 셋을 둔 것이 그리도 아
쉬운 것일까. 그리고 무엇보다도 화가 치밀어오르는 것은 이런 말을
듣다보면 나도 모르게 내가 조금씩 작아져간다는 느낌에 사로잡혀들
게 된다는 사실이다. 외할머니는 어른이면서 왜 이런 나의 마음을
몰라주는 것일까. 나는 방문 쪽을 본다. 어머니나 큰이모가 오지 않
나 해서.

"어른들 말을 들어 나쁠 게 없는데도……"

외할머니는 조금씩 원기를 회복해가는 중이신 모양이다. 날 바라
보는 눈꺼풀 안쪽의 두 눈엔 여느 때의 고집스러움이 자리하고 있는
것이다. 강하고 스스로를 믿는 마음이 두드러져 보이는 외할머니.

"정민아. 공부는 열심히 하고 있는 거냐?"

외할머니를 포함한 모든 어른들의 공통된 화제. 어른이 된다는 것은 결국 다른 생김새에도 불구하고 생각은 닮은꼴로 변해가는 과정인지도 모르겠다. 어른들은 오직 얼마나 더 부자가 되느냐 하는 것과 아이들에겐 어떻게 하면 더 좋은 성적을 올리게 하는가에만 관심을 두고 살아가는 것 같다.

나도 어른이 되면 그럴까? 그러고 싶지 않고 또 그렇게 될 것 같지는 않다. 어른들 중에서도 우리 아버지·어머니 같은 사람들이 있질 않은가. 난 아버지와 어머니를 좋아하고…… 그들이 다른 어른들과는 다른 모습이라고는 해도…… 그러나 역시 아버지·어머니처럼 살고 싶지는 않다. 아버지와 어머니의 매일에는 즐거움이 보이지 않기 때문이다. 생생한 기쁨도 자리하고 있지 않다. 두 사람은 날마다 조금씩 퇴락해가는 것처럼 보이고 있는 것이다. 난 가슴 터질 듯한 생생한 기쁨을 내 것으로 하기를 바란다. 난 삶이 축제처럼 날 매혹시키기를 원한다. 아아 빨리 스물이 되었으면…… 지금이라도 학교를 그만둘 수 있다면 얼마나 좋을까.

"말을 안 하는 것을 보니 여전히 공부에 등한한 모양이구나."

외할머니는 주스를 달래서 서너 모금 마신 뒤에 정민이 넌 외딸이니까 누구보다도 열심히 공부해서 훌륭한 직업을 가지도록 해야 한다는 말을 들려준다. 훌륭한 직업. 이 이야기도 처음 듣는 것은 아니다. 사랑하는 외손녀딸에게 훌륭한 직업의 목록을 되풀이 말하는 외할머니의 지칠 줄 모르는 열정. 나는 문득 어머니가 가여워지는 기분이다. 어머니의 딸 노릇이 쉽지 않았을 거라고 여겨지기 때문이다.

"좋은 남편을 만나는 것도 아주 중요한 일이지만…… 그것만큼 정민이 네가 남이 우러러볼 수 있는 직업을 가지고 있는 것도 중요한 일인 거야."

자신의 일이 있으면 여자로서 비참하게 여겨질 때도 완전히 허물어지지 않을 수 있게 되는 거라는 말을 들려주는 외할머니. 외할머

니는 당신의 말이 내가 지금 보고 있는 침대 옆 벽에 걸린 그림 속의
들리지 않는 바람 소리쯤으로 여겨진다는 것을 까마득히 모르시겠
지. 바위와 물, 줄기뿐인 나무들. 먹으로만 그린 그림. 여백이 많은
액자 속의 그림은 고적한 느낌을 불러일으킨다. 옛날 사람들이 먹으
로 그린 그림들 대부분이 그러한 것처럼. 사람들을 피해 산이나 물
가에서 구름이나 하늘의 별을 바라보며 지내는 것을 옛 화가들은 마
지막 꿈이라고 여겼던 것일까.

"할미 말을 건성으로 듣지 마라. 정민아."

외할머니는 내 마음이 다른 곳으로 옮겨가 있음을 알아차린 모양
이다.

"모든 일에는 때가 있는 법이다. 지금 너희 때는 공부를 하는 것이
앞날을 준비하는 가장 좋은 방법이기도 한 거지. 무엇이 되고 싶은
지 잘 생각해보아야 한다."

사람들은 저마다 다른 방법으로 살아가게 된다고 나는 외할머니께
말했다.

"니 에미 딸이 아니랄까봐…… 니 에미도 옛날부터 그 말을 했는
데……"

지금 니 에미한테 변변히 내세울 만한 직업이 있는 것도 아니질
않느냐고 외할머니는 반문한다. 이제는 정말이지 더는 외할머니를
참기 어렵다. 이런 방식이 외할머니의 사랑이라면 난 외할머니의 사
랑을 거절하고 싶다. 어머니는 그런데 왜 큰이모와의 이야기에만 몰
두하고 있는 것일까. 그것은 큰이모의 걱정거리가 그만큼 많다는 뜻
인지도 모르겠다. 난 지금까지 큰이모가 근심 없는 얼굴이 되어 활
짝 웃는 것을 보지 못했다.

"할머니는…… 큰이모가 아주 행복하다고 생각하세요?"

나는 외할머니를 쳐다보며 그렇게 묻는다.

"네 큰이모네는 걱정할 것이 없다. 중심지에 빌딩을 몇 개나 가지
고 있질 않니?"

주저하지 않고 그렇게 말하는 외할머니.

"그렇지만 제가 보기에 큰이모는 어쩐지 슬퍼 보이는데요."

"그건 정민이 네가 잘못 본 것이지. 그렇게 부자로 살면서 슬퍼한다는 것이 말이나 되는 얘기냐?"

외할머니는 큰이모네 사는 것이 부럽지 않느냐고 말했다. 큰이모네가 부자인 것이 좋긴 하지만 부러워해본 적은 없다고 내가 말했다. 부자와 나는 아무런 관계가 없다고 생각해왔던 것이다. 그리고 또…… 이 세상에는 우리집보다 훨씬 어려운 집들도 얼마든지 많다는 것을 잊은 적이 없기도 한 터였다.

"정민이는 네 에미하고 똑같구나. 욕심이 너무 없어."

외할머니는 내가 기특하기도 하고 안쓰럽게 여겨지기도 하나보다. 욕심이 없는 것은 좋은 일이지만 그러다 보면 언제나 뒤처지게 되지. 외할머니의 이야기를 듣다보면 내가 잘 몰랐던 내 안의 어떤 점을 알게 된다. 내 인내심의 양이 별로 많지 않다는 것. 내가 그다지 착한 인간이 아니라는 것도 깨닫게 된다. 어머니. 제발. 나는 다시 어머니께 SOS 신호를 보냈고 그 덕분일까.

다행히도 방문이 열리는 기척에 이어 약봉투와 물컵이 올려진 쟁반을 든 어머니가 내 곁으로 다가왔다. 큰이모와 밤늦도록 이야기하느라 잠을 제대로 못 자서인지 어머니는 피곤하고 지쳐 보인다.

"약 드실 시간이라는데요."

어머니가 봉지 속의 알약을 꺼내었지만 외할머니는 이젠 약 먹지 않아도 된다며 손을 내젓는다.

"의사 선생님이 며칠은 더 약을 드셔야 한댔으니…… 제발 시키는 대로 하세요."

어머니는 못마땅해하는 기분을 완전히 숨길 수 없는 목소리로 말했고 외할머니는 외할머니대로 단호하다.

"내 마음은 내가 제일로 잘 안다. 그게 뭐 별다른 약인 줄 알어? 그저 잠재우는 약인 거야."

방안의 침묵. 어머니가 왔으니 난 여길 나갈 수 있게 되었다고 여기지만 그러면 외할머니가 외할머니 곁을 떠나고 싶어했던 내 마음을 알게 될까봐 난 선뜻 방을 나갈 수가 없다.

"서울 올라갈 기차표가 몇 시라고?"

외할머니의 물음에 어머니는 세시라고 대답한다. 나는 창가에 놓인 자개 문갑 위의 탁상시계를 본다. 세시 기차를 타기 위해선 두시경엔 역으로 출발해야 할 것이다. ……두시까지는 세 시간 남짓 남아 있다.

"기차표는 물리도록 하고…… 저녁 비행기를 타고 올라가도록 해라."

명령하는 어조로 말하는 외할머니. 어머니는 선뜻 입을 열지 않는다. 내가 이렇게 드러눕지 않으면…… 친정집 나들이할 생각조차 하지 않으니 네 얼굴 보는 것도 쉬운 일이 아니고. 외할머니는 휴우 하고 한숨을 내쉬었다.

"절 보면 어머니 기분만 언짢아지실 게 뻔한 일이니…… 어머닐 생각해서 내려오질 않는 거예요."

짐짓 밝은 얼굴을 보여주려고 애쓰는 어머니.

"아이구. 그럴 때는 에미 생각을 잎세우는구나. 고마워. 아주 고마워."

외할머니는 어머니를 물끄러미 쳐다보더니 나에게로 고개를 돌려 정민아. 저기 장롱문을 열어봐라 하고 말했다. 나는 외할머니가 시키는 대로 이불장 왼쪽의 장롱문을 연다. 외할머니의 외출복들이 나란히 걸려 있다. 고운 빛깔들인 옷들의 숫자는 꽤나 많다. 그 중에는 짙은 초콜릿 빛깔의 윤나는 밍크 코트도 한 벌 있다. 가격표가 그대로 붙어 있는 것을 보면 새것인 모양이다.

"그 밍크 코트를 니 에미한테 입혀봐라. 정민아."

에미가 주는 선물이니 암말 말고 입어보라고 거듭 말하는 외할머니.

“선물이라니요. 밍크 코트를? 어머니도 참……”

어머니는 몹시 놀랐던지 목소리가 갑자기 높아졌다.

“정민아. 어서 네 에미한테 입혀보래도.”

외할머니의 거듭되는 재촉에 나는 옷걸이에서 벗겨낸 밍크 코트를 어머니 무릎 위에 놓아준다.

“어떠냐. 색깔도 훌륭하고…… 결도 곱지 않니?”

외할머니는 팔을 뻗어 어머니 무릎 위의 밍크 코트를 쓸어보기도 한다. 피부가 늘어난 손등의 여러 겹의 주름살. 외할머니의 손은 외할머니의 늙음을 다시 한번 적나라하게 보여준다.

“실버 폭스를 살까 하다가…… 그건 네가 별로 좋아하지 않을 것 같아 제일로 무난한 것으로 골랐다.”

외할머니의 권유에도 어머니는 그러나 밍크 코트를 쉽게 입어보려 하질 않는다.

“어머니. 전 이 코트를 입고 갈 만한 곳도 없어요.”

“시끄러워. 또 맹추 같은 소릴. 친구들 만날 때도 입고 추운 날엔 시장갈 때도 입으면 되는 거지.”

외할머니는 네 나이에 이만한 코트 없는 사람 본 적 있느냐고 타박하듯 말했다. 조금은 언짢아하는 목소리로. 그러자 어머니는 내키지 않는 몸짓으로 밍크 코트를 입는다.

“멋지구나. 아주 부잣집 마나님처럼 보이는구나. 그러게 사람은 나이 들수록 의관을 제대로 갖추어야 하는 게지. 특히 여자는 가꿀수록 광채가 나게 마련 아니냐.”

어머니는 외할머니가 시키는 대로 문갑 옆의 화장대 거울 앞에 서 있다. 외할머니 말대로 밍크 코트를 입은 어머니는 좀더 여유 있고 푸근해 보이는 모습이다.

“에미 너는 유난히 추위를 타곤 하질 않았어? 서울 올라갈 때 입고 가거라.”

“어머니. 마음은 감사하지만…… 저만 이것을 받는 것도 그렇고……”

어머니는 밍크 코트를 벗어 옷걸이에 걸기 시작했다.

"에미 너한테만 주는 것이 아니야. 내가 네 아버지한테 여편네 마음 아프게 한 속죄로 딸들한테 밍크 코트 하나씩 사주라고 했다."

외할머니는 할 말이 많은 듯했지만 더는 말하지 않고 후우 숨을 내몰아쉰다. 어머니는 여전히 난감해하는 기색이다.

"뭐가 또 마음에 걸리는 거냐?"

외할머니는 어느덧 따지는 듯한 어조로 묻는다. 당신의 선물이 딸을 기쁘게 해주지 못했다는 것에 화가 치밀어오른 것이 분명하다.

"아무래도 저희들 처지에는……"

"시끄럽다."

외할머니가 몹시 언짢아하자 머뭇대던 어머니는 마침내 집을 정리해서 작은 아파트로 옮겨가야 할 형편이라는 말을 꺼내었다.

"방 두 개짜리 아파트에 살면서 이런 코트를 입고 다닌다면…… 정민이 아버지나 주위 사람들 보기에도…… 뭣할 거예요."

"몇 평 되지 않는 그 성냥갑만한 작은 집도 건사를 못 하고…… 너희는 대체……"

외할머니의 고함 소리가 방문을 넘었나보다. 일요일이라 파출부가 오지 않는 통에 식사 준비를 맡게 된 큰이모가 주방에서 달려왔다. 완연히 풀이 죽은 어머니와 치밀어오르는 화를 누르지 못하는 외할머니를 지켜보고 싶지 않은 나는 거실로 나간다. 싸늘한 거실의 공기. 나는 심호흡을 해본다. 싸늘함은 내 뺨으로, 가슴속으로 스며든다.

아버지와 어머니를 타박하는 외할머니의 고함 소리는 계속해서 들려오고 있다. 외할머니는 왜 저처럼 격렬하게 화를 내시는 것일까. 집을 정리해서 작은 아파트로 옮겨간다는 것. 그것은 반가운 소식은 아니겠지만 그렇다고 마구 화를 낼 일은 아닐 것이다. 오히려 어머니·아버지를 위로해주어야 하지 않을까. 난 그저 당분간은 학교를 다니고 싶지 않다는 얘길 꺼낼 수가 없겠구나, 싶어 안타까울 뿐.

바람의 기세는 조금씩 잦아들고 있다. 하늘의 짙은 잿빛도 그 사이 꽤나 옅어졌다. 안개에 가려 보이지 않았던 담장과 골목길 건너편의 이층집도 제 모습을 드러내고 있다. 얼마 뒤면 남의 집이 될 것이라는 서울의 우리집, 내 방이 떠오른다. 아주 오랫동안 우리집을 떠나 있었던 것처럼 여겨져서일까. 지금 당장 역으로 달려가고 싶다. 예령이…… 미홍언니, 선미와 유나…… 그리고 준하와 이건우가 기차에서 내리는 날 향해 달려와준다면 얼마나 좋을까.

아아. 참기 어렵도록 그애들이 보고 싶다. 그애들의 목소리라도 듣는다면 그애들과 아득히 떨어져 있다는 이 무서운 절연감이 조금은 줄어들게 될까. 나는 거실 창가의 탁자에 놓인 전화기를 바라본다. 순간 몇 마리의 나비가 창 쪽으로 후드득 날아오르기 시작한다. 흰나비, 노랑나비, 연두색 나비들. 고개를 들어 주위를 둘러본다. 나비들은 투명한 비닐에 싸여 탁자 위에 얌전히 누워 있다.

지나가는 시간들, 열일곱 살 겨울

　미술관이 마악 문을 연 즈음의 시각인 것일까. 천장이 높고 드넓어 보이는 전시실엔, 벽면에 걸린 여러 그림들 중에 가장 큰 화폭의 그림 앞에 선 여선생님과 여선생님 주위의 아이들, 그리고 아이들과 몇 걸음 떨어져 있는, 보호자인 듯한 네 명의 부인들 이외의 다른 관람객들은 보이지 않는다. 여선생님이 손가락으로 가리키고 있는 그림의 구성은 단조로운 편이다. 검정빛·선홍빛·오렌지빛·주황빛, 짙은 초록빛, 병아리 깃털 같은 노랑의 빛깔들이 크기와 모양이 조금씩 다른 풍선들 모습으로 화폭을 채우고 있다.

　여선생님을 바라보며 왼손을 바닥에 댄 채 허리를 수그린 엉거주춤한 자세로 그림이 걸린 벽면에 다가앉은 남자 아이는 오른팔을 들고 있다. 그 남자 아이의 오른손은 가볍게 주먹을 쥐듯 오므려져 있는 검지손가락 하나만 뻗어나와 있다. 그 남자 아이 뒤켠엔 저마다 다른 모습으로 누운 채, 여선생님 등뒤의 그림을 바라보는 두 명의 남자 아이와 한 명의 여자 아이가 있다.

　왼팔로 머리를 받치고서 오른팔을 쳐든, 빨간색 바지에 노랑색 스웨터 차림인 여자 아이. 그애는 검지손가락을 다른 손가락들보다 아주 조금만 내밀었고 그애 뒤에 남자 아이는 오른손을 머리 받침대로 사용하는 중이다. 앞의 여자 아이와는 달리 두 다리를 쭉 뻗지 않았는데 부드러운 금발과 암록색 바지, 바지 빛깔보다 좀더 짙은 진초록빛 양말색의 조화는 부드러운 느낌을 자아낸다.

그애와 머리를 반대되는 방향에 둔 또 한 명의 남자 아이는 두 다리를 크게 벌린 채 누웠는데 머리며 몸이 바닥에 맞닿아 있고 오른팔만 곧게 내밀어져 있으며 유독 오른손 엄지손가락 하나만 힘있게 뻗어 있는 모습이다. 그애 뒤쪽엔 왼쪽 무릎을 꿇고 오른쪽 다리는 세워 앉은 남자 아이가 오른손으로 오른쪽 눈을 가린 채 왼팔을 앞으로 내밀고 있다. 그애의 왼손에는 작은 거울이 들려 있고 그 거울엔 여선생님이 가리키는 그림의 어느 부분이 반사되어 있음을 알 수 있다.

거울을 든 남자 아이의 앞으로는 오른손으로 바닥을 누르듯 하며 세운 무릎 위에 왼손을 올려놓은 자세로 앉아 그림을 보는 여자 아이가 있다. 그런가 하면, 바닥에 배를 깔고 누운, 그애 옆의 여자 아이는 머리만 들고 있다. 검정 스커트에 크림빛 스웨터 차림인 그 여자 아이를 경계선으로 왼쪽에 자리한 다른 아이들은 모두들 앉아 있다. 그러고 보니 편안하다 못해 제멋대로인 모습으로 누운 아이들과 앉아 있는 아이들은 편을 가르기라도 한 듯만 싶다. 얌전한 모습으로 앉아 있는 아이들 중에서는 팔을 들지 않은 아이들이 많고 팔을 들었다고는 해도 그다지 힘차게 뻗은 모습이라고는 할 수 없다.

보호자인 듯한 네 명의 부인들이 서 있는 곳은 앉아 있는 아이들 너머이다. 그림 쪽으로 눈을 주고 있는 세 명의 부인과 아이들 쪽을 쳐다보는 젊은 부인. 그들의 표정 또한 저마다 독특함을 간직하고 있는 것처럼 보인다. 아이들에게 어떤 자세로든 그림을 볼 수 있는 거라고 말해주었을, 여선생님은 또 얼마나 내 마음을 끄는 얼굴인가. 여선생님 얼굴에 머물러 있던 내 눈길은 차츰 앉아 있는 아이들로 옮겨간다. 그러는 동안 하나의 물음이 떠오른다.

앉아 있는 아이들 대부분이 팔을 들지 않고 있음에 반하여 누운 아이들 대부분이 팔을 내밀고 있는 것은 그 자세를 통해 그만큼 새로운 느낌을 경험하게 되었다는 것일까.

나는 지금껏 내가 보고 있던 사진에서 선뜻 눈을 뗄 수가 없다. 여선생님의 지극히 진지한 표정, 내가 결코 알 리 없는 사진 속 아이들의 그림에 대한 느낌, 갖가지 크기로 된 여러 색감의 풍선들로 뒤덮인 그림이 불러일으키는 어떤 새로운 연상들이 날 사로잡고 있는 탓이었다.

어느 순간, 풍선 형태의 다양한 색감들이 눈·코·입 없는 사람의 얼굴처럼 다가왔었다. 파티장에서 모여 웅성대는 얼굴들. 혹은 색색의 가발들. 활짝 웃으며 서로를 바라보지만 서로의 마음을 보여주지 않는 얼굴들과 얼굴들. 처음엔 그저 풍선이었다가 어느덧 그 풍선들이 저마다의 얼굴로 비쳐드는 이 재빠른 느낌의 변화.

또 다른 어떤 느낌이 나타나주기를 기다려보지만 소득은 없다. 그렇지만 사진 속의 여선생님과 네 명의 부인들의 표정은 여전히 흥미롭다. 오른손으로 턱을 받치듯 하고 있는 여선생님의 눈빛은 그윽하고 어쩐지 혼자 있는 방에서의 고요함을 좋아할 것처럼 다가온다. 따로 떨어져 서 있질 않고 네 명의 부인들 곁에 서 있었다고 하더라도 그이한테서는 책상 앞에서 많은 시간을 보내는 사람 특유의 느낌이 전해져왔을 것만 같다.

그러나 사진 속의 여성들 중에서 가장 눈에 두드러져 보이는 이는 여선생님이 아니고 여선생님과 약간의 거리를 두고 서 있는, 금발머리를 어깨까지 늘어뜨린 큰 체격을 한 부인이다. 그이는 빨강 스웨터 위에 청재킷, 재킷 천으로 만든 스커트를 입었는데 사진 속에서도 선명하게 드러나는 짙은 눈화장과 오른팔을 허리에 대고 왼쪽 어깨에 핸드백을 멘 모습이 패션 모델을 닮았다.

그 내쏘는 듯한 눈빛의 강렬함. 약간 살이 찐 듯한 건강하고 큰 체격의 그 부인은 마음내킬 때면 밤새워 술도 잘 마시고 춤추며 담배를 계속 피워댈 것처럼 여겨진다. 여선생님이 그림을 보라고 해서 시선을 그곳으로 주고는 있지만 뭔가 약간은 못마땅해하고 있는 것도 같다. 아이보다는 카페에서 기다리고 있을 친구 생각을 하고 있는 것은 아닐까.

금발 부인 옆에 서 있는 부인은 금발보다 좀더 나이 든 모습이고 좀더 체중도 무거울 것이다. 빨강 셔츠에 검정 바지와 조끼를 입고서 오른쪽 어깨를 약간 아래로 기울인 채 서 있는 그 은발의 부인은 그림 보는 일이 재미있는 것처럼 보인다. 잼 만들기를 좋아하고 집안 건사도 잘하며 다른 사람의 이야기를 귀기울여 들어줄 것도 같다.

그 옆으로 서 있는 푸른 스웨터에 검정 셀룰로이드 테의 안경을 낀 부인은 빨강 셔츠의 부인보다는 경제적으로 여유가 없질 않을까. 두 팔로 튀어나온 배를 가리듯 하고 있는데 식료품점 안주인인 것도 같고…… 잘 모르겠다. 담뱃재를 아무렇게나 흘리고 다닐지도 모르겠다.

네 명의 부인들 중에서 가장 젊어 보이는 맨 뒤의 부인. 아래위로 검정 옷을 입은 그 젊은 부인은 이제 보니 어쩌면 부인이 아닐 수도 있겠다. 일하는 어머니를 대신해서 아이를 돌보는 가정교사? 그렇다면 가운데 자리의 두 부인들은 아이들의 할머니일까. 패션 모델 같은 부인만이 아이의 엄마이고?

드디어 내가 보고 있던 사진이 수록된 사진집을 덮는다. 이사를 오면서 찾아내게 된 사진집은 두텁고 무겁다. 이것 말고 또 한 권의 사진집이 내 방 책꽂이에 꽂혀 있다. 아마 아버지가 예전에 사들인 것들 중의 하나일 것이다. 이사를 통해 얻게 된 뜻밖의 선물이라면 바로 이 사진집들의 발견이다.

나는 이 사진집을 옆에 두고 천천히 오랫동안에 걸쳐 보려고 한다. 그렇게 할 때 사진으로부터 얻게 되는 것이 좀더 많으리라는 생각 때문이다. 두 권의 사진집을 펴보는 동안 나는 처음으로 사진 찍는 일을 해보고 싶다는 생각을 했었다. 그 생각을 하기 전까지 사진은 내게 닫혀진 영역이었다는 것이 이상스레 여겨질 정도로 사진 찍는 일은 날 완전히 사로잡았다. 투명한 벽 속에서 빠져나갈 수 있는 유일한 출구. 어두운 내 마음의 방에 꼬마 전등 하나가 밝혀진 것도 같은 느낌.

삶의 지나가는 한때를 재생시켜주는 사진. 사진기의 렌즈는 그물망이다. 눈이 보았던 것, 열심히 보는 순간에도 실은 죄다 보지 못하고 놓치게 되는 자잘한 것들까지도 거두어들인다. 조금 전까지 내가 들여다보았던 그 사진의 실제 장면을 보았다고 치자. 어느 날 나는 외국 여행을 한다——공상 속에서는 모든 일들이 어렵지 않게 이루어진다——내가 들어간 미술관에서 사진 속에서와 같은 미술 수업의 현장을 만나게 된다면.

'야! 아이들이 누워서도 그림을 볼 수 있는 거구나. 미술 수업 시간은 좋은 그림을 보여주는 시간이기도 한 거로구나.' 흥분하기를 잘하는 나는 그 생각에만 정신이 팔려 미술관 벽면의 그림의 색조나 부인들의 표정 같은 것들은 제대로 살펴볼 수가 없었을 것만 같다. 사람의 기억력보다 훨씬 정교하게 어떤 장면들을 되살려놓을 수 있는 사진. 그것은 또한 무심코 스쳐지나는 우리들 나날들의 순간들이 실로 많은 의미를 담고 있음을 나타내준다. 그것이 두 권의 사진집을 통해 네가 얻은 결론이다.

사진 찍는 일을 하려는 김정민. 무엇이 되고 싶다고 희망하는 일은 전혀 어렵지 않다. 이전에도 난 무엇이 되고 싶다고 생각한 적이 있었다. PD…… 또는…… 영화배우. 그러나 PD가 된 김정민. 영화배우인 김정민. 그것들은 실현 가능성이 없다고 여겨졌던 까닭에 더 이상 날 사로잡고 있지는 않았다.

방송국 시험의 관문을 통과하는 일, 영화감독 앞에서 내가 배우가 될 수 있나 테스트를 받는 일은 생각만으로도 소름이 돋는 일이었다. 단념이 빠르다는 것은 나의 좋은 점일까? 아니면 나쁜 점일까? 그러나 PD와 영화배우가 내 장래 희망의 목록에서 지워지게 된 것이 단념이 빠른 나의 성향과 그다지 연관이 없는 일일지도 모른다고 여겨지는 것은 무엇 때문일까.

난 무슨 이유에서인지 내가 진정으로 원하는 삶이 무엇인지를 제대로 생각해보려 하지 않는 것은 아닐까. 그런 중에서 사진 찍는 일을 하고 싶다는 마음을 품게 된 것. 그 마음의 열렬함이 매우 깊다는 것. 그것은 하나의 구원이나 다름없다. 그것은 적어도 앞날을 기대하는 소망을 지닐 수 있다는 것을 뜻하기 때문이다.

언젠가는 사는 일이 기쁨으로 다가올 수도 있다. 그렇게 생각하면 지금의 이 무기력한 나날들을 견디어낼 수 있는 힘을 얻게 되는 것이다. 그러나…… 안타까운 것은 사진 찍는 일이 완전히, 전적으로 날 사로잡을 수는 없다는 점이다. 무엇으로부터 쫓기고 있는 듯한 기분을 아무래도 떨쳐버릴 수 없는 것이다.

내가 그토록 오랫동안 꼼꼼하게 한 장의 사진을 들여다보았던 것. 그것도 정말은 사진 자체에 대한 매혹에서기보다는 쫓기는 듯한 초조한 마음에서 벗어나고 싶어서는 아니었을까. 압축기 위에 몸을 누이고 있는 것만 같은 초조함. 그것과 직면한다는 것이 내키지 않아서인지 난 문득 하나의 생각을 떠올린다. 초조한 느낌이 다가오는 것을 막는 방죽 혹은 바리케이드를 치는 심정이 되어……

오래 들여다본다는 것. 그것이야말로 대단히 중요한 일이라는. 눈앞에 아주 멋진 사진이 놓여 있다고 해도 그것을 건성으로 봐넘긴다면 사진의 좋은 부분들을 놓치게 되고 말 것이다. 그런데 3일 뒤의 2학기 기말고사 때문에 내가 짓눌리는 마음이 아니었더라도…… 그래도 내가 사진 보는 일에 그토록 열중할 수 있었을까.

시험을 앞두고 있을 때의 그 암담함. 책 속의 글자들이 내게만 그 뜻을 감추고 있는 암호로만 다가올 때의 막막함. 그 진흙뻘 같은 암담함과 막막함 속에서 내가 조금씩조금씩 작아져가는 듯만 싶은 두려움이라니. 음악을 듣건, 책을 읽건 방 청소나 서랍 정리를 하든지 간에 용기 없는 도망자의 마음이 되고 마는 답답함.

지금부터라도 덮어두었던 영어책을 펴야 한다. 시험에 나올 만한 부분, 좀더 쉽게 점수를 얻을 수 있는 부분을 공략하는 것이 좋으리라는 것쯤 모르지 않는다. 그런데 나는 그렇게 하는 것이 어렵다. 내가 모르는 부분이 너무 크게 다가오고 그것을 해결하지 않는 한 점수 따기 위한 공부란 모래성 쌓기처럼 여겨지기 때문이다.

영어책을 내던져버리고 싶다. 사진집을 펼치기 직전에 그러했던 것처럼. 이러한 상태로 2년을 더 지내야 한다는 것. 그것은 견디어낼 것 같지 않은 끔찍한 악몽이다. 2학년이 되면 1학년 때보다 좀더 힘들어질 것이다. 2년 동안을 우리는 쉼없이 달려야 할 것이고…… 그러나 대학의 문을 넘을 수 있는 숫자는 제한되어 있다. 난 대학에 가지 못한다는 것을 괴로워하는 것이 아니다. 대학에 가고 싶어하지 않으면서 대학을 지상 목표로 여기는 아이들 속에 그들과 같은 일행이기나 한 것처럼 함께 머물러 있어야 한다는 것이 참기 어려울 뿐.

그리고 그 견딤은 날 서서히 망가뜨리게 될 것이다. 나 자신을 부끄러운 존재로 여겨야 하는 느낌은 내 안에 존재하는 살고 싶어하는 욕구를 죽게 만드니까. 난 물론 가만히 안락사를 당하고 싶지는 않다. 치열한 저항의 몸짓이 필요하다는 것을 왜 모를까. 내가 진정으로 원하는 것은 삶에 나의 전부를 던져넣기가 아닌가. 기진해져서 더는 손가락 하나 까딱할 수 없을 때까지 난 무엇엔가 내 모두를 바치고 싶어하는 것이다. 2년만 지나면 난 그런 날들 속으로 달려갈 수 있다.

난 그것을 바라고 또 그날이 올 것을 믿는다. 그러나 학교를 다니는 동안엔 그날을 기다리는 내 인내심이 줄어드는 것을 막지 못한다. 두려운 것은 인내심의 물길이 죄 말라버릴지도 모른다는 사실이다. 그 점을 어머니께 이야기하지는 못했다. 어머니한테라도 모든 것을 이야기할 수는 없는 일이니까. 저마다 제 몫의 불안감을 견디어야 한다는 것을 가르쳐준 이는 어머니였던가? 어머니는 이즈음 누군가의 불안감을 나누어 가져갈 만한 여유가 없어 보인다. 고등학교의 자원 상담 교사 노릇도 그만두었다.

내 방과 나란히 붙은 주방에서 어머니가 바쁘게 움직이는 기척이 들려온다. 수돗물 떨어지는 소리, 도마질하는 소리, 프라이팬에서 기름이 튀는 소리, 냉장고 문이 여닫히는 소리. 책상 앞에 앉아 줄곧 이런 소리들을 듣고 있었다. 그러는 동안 내 머릿속 한켠에 냉장고와 싱크대가 놓여졌고, 싱크대 위엔 또 도마가 얹혀 있다는 느낌이 찾아왔었다. 기름이 튀는 소리를 들을 땐 머릿속이, 아예 뜨거운 기름이 들끓고 있는 튀김 냄비가 되어버린 듯도 했다.

열흘 전에 이사온 새 아파트의 단점은 집 안의 소리에 민감해질 수밖에 없다는 것이다. 평수가 작다는 것은 문제가 되지 않을 만큼 소리들은 때로 내 머리를 파고드는 쇠스랑처럼 여겨질 때도 있다. 사실 아파트로 이사오기 전에 살았던 집의 내 방도 그리 큰 편은 아니었다. 그러나 그 방은 적어도 아버지·어머니가 함께 쓰는 방과 붙어 있지는 않았다. 주방과도 벽을 사이에 두고 있지 않았다.

그러나 이 아파트의 열다섯 평 공간은 방 둘과 주방·거실·화장실로 나누어져 있지만 모두가 한공간인 것 같다. 그 중에서는 그래도 화장실이 현관 옆에 자리하고 있어 가장 독립된 장소라고 할 수 있겠다. 떠나온 집은 어쩐지 버림받은 사람처럼 여겨진다. 10년 동안 우리는 얼마 전에 떠나온 그 집, 우리집에서 살아왔었다. 그 전에는 작은 아파트를 옮겨다녀야만 했었다. 일 년 혹은 이 년마다.

그러니까 그 집은 전세로 사는 집이 아닌 최초의 우리집이었다. 배추며 파를 심는 밭들 사이로 하나둘씩 들어서기 시작하던 작은 집들 중의 하나였다. 5년 전, 주위의 그 밭들은 아파트 단지로 변했고 3년 전 아버지는 우리집을 담보로 은행에서 대출을 받은 돈으로 작은 사업을 시작했다. 그러나 어떻게 더는 꾸려갈 수 없었던지, 사무실은 문을 닫았고 집을 팔아 은행빚을 정리한 뒤 이곳 아파트로 옮겨오게 된 것이다.

별로 말씀이 많지 않으신 아버지가 얼마 전부터 거의 입을 다문 채로 지내시는 것도 어쩌면 당연한 일이라는 생각이 든다. 아버지 어머니가 둘만이 있을 때도 거지반 이야기를 나누지 않는다는 것을 나는 여기로 이사온 뒤로 알게 되었다. 이 아파트에선 아버지, 어머니, 나, 우리 세 식구는 서로를 보지 않아도 무엇을 하고 있나를 알 수 있다. 밤에는 어머니가 낮게 한숨을 내쉬는 소리, 아버지가 몸을 뒤척이는 소리까지 들을 수 있다.

지금 집에는 어머니와 나 둘뿐이다. 아버지는 아는 분의 아들 결혼식에 가서 아직 돌아오지 않았다. 서너 시간 뒤면 삼촌들 식구들이 찾아올 것이다. 우리가 이사를 한 것 때문만은 아니고 아버지 생일이 바로 오늘인 것이다. 생일 선물로 어제 넥타이를 사두었지만 카드에 쓸 말을 아직 고르지는 못했다. '아버지가 웃으시는 얼굴을 보고 싶습니다. 힘내세요, 아버지.' 왜 이처럼 평범한 구절들만 생각나는 것일까. 그러나 별수없다. 몹시 지쳐 있다고 느끼는 난 그 구절들을 카드에 적고 난 다음 스카치 테이프로 넥타이가 든 상자 위에다 카드를 붙여놓는다. 이러한 성의 없음도 결국은 3일 뒤의 기말고사에 내가 묶여 있는 탓임을 부정할 수 없다.

시험 공부를 하지는 않지만 시험 공부 이외의 일은 모두 어떻게든 어서어서 해치우려 드는 버릇. 어머니가 날 주방에 나오지 못하게 하는 것도 역시 기말고사 때문이다. 어머니가 원하는 것은 내가 최선의 노력을 한다는 것, 그 자체라고 한다. 그러나 나로선, 최선의 노력은커녕 죽어 있는 나날들을 견디는 것만으로도 힘겨울 뿐. 지난 달 외할머니 댁으로 가는 기차 안에서 난 학교를 다니고 싶지 않다는 이야기를 처음으로 꺼냈다. 어머니는 학교를 다니는 동안엔 누구나 그런 생각을 해볼 수 있는 거라고 말했다. 생각과 행동 사이. 생각은 종이 위에 무수한 선을 그려 하나의 도면을 쉽게 만들어낸다. 생각의 집을 나는 하루에도 여러 동을 만들 수 있다. 그러나 실제로 내가 할 수 있는 행동은 아무것도 없다.

아버지의 사무실이 문을 닫게 되었다. 이사를 한다. 그래서 나는 입을 다물고 있었던 것일까. 어쩌면 나 자신이 학교를 그만두고 싶다고는 생각하지만 사실은 그 다음을 두려워하는 것은 아닐까. 참을 수 있는 데까지는 참아야 한다. 나는 하루에도 수없이 나에게 주문의 말을 들려준다. 물 밑 저 깊숙한 곳으로 가라앉는 듯한 나날들을 견디어야 한다고. 아아, 그렇지만 교과서를 마주할 때의 이 무의미한 시간 보내기가 더 계속된다면…… 달걀 껍질처럼 위험한 내 정신의 벽. 차라리 어머니 곁에서 콩나물을 다듬거나 그릇들을 씻는 것이 나을 것이다.

나는 의자에서 몸을 일으켜세웠다. 그때 용수철처럼 튀어오르는 전화벨 소리. 어느 때는 나로부터 탈출하는 비상구처럼 여겨지기도 하는 그것. 또 어느 때는 내 생각의 집짓기를 방해하는 금속성의 방망이. 다행히도 전화는 내게 온 것이었다. 이건우는 "여보세요"라는 나의 말소리를 결코 어머니의 것으로 혼동하는 적이 없다. 친구들, 또는 막내숙모는 가끔 헷갈리곤 하질 않았던가.

"정민이구나."

자원 상담교사로 일했던 어머니에게 고민을 상담하러 오면서 나와도 친하게 된 준하의 친구인 이건우를 처음 만난 것은 석 달 전이다. 그 동안 만난 횟수는 세 번. 세 번 다 준하와 함께 영화를 보았다. 아마 통화를 한 것도 그 정도일 것이다. 그런데도 이건우와는 오래 만나온 것처럼 여겨진다.

"뭐하냐? 시험이라구 웅크리고 앉아 공부하는 흉낼 내고 있는 참이냐?"

전화를 받은 사람이 나인 것을 확인하면 인사말 같은 것은 생략한 채 이런 투로 시작하는 이건우. 흉내내는 건 쉬운 줄 아느냐고 나는 말해준다. 머리가 터질 것 같다고. 사실 두통이 시작되기도 한참이었다.

"나와라. 이런 날씨에 방에만 갇혀 있으면 누군가를 물어뜯기밖에 더 하겠냐? 시험 따윈 그냥 평소 실력으로 보는 거지 뭐."

가끔 체온이 36도 이하로 쑤욱 떨어질 때의 목소리를 낼 때도 있지

만 그러나 대부분은 37도를 넘는 듯 상기한 목소리로 말하는 이건우
는 오늘따라 휘파람이라도 불고 싶어하는 것 같다. 오늘따라…… 이
런 날씨. 나는 작은 사각창 쪽을 바라본다. 아침부터 하늘은 무겁게
흐려 있었다. 점심나절에도 그랬고 지금은 그 무거움이 좀더 두터워
졌다. 창 너머 회색빛 5층 아파트들은 그 무거움과 어울려 좀더 퇴
락한 모습으로 비쳐든다. 잎들을 모두 떨군 나무들이 앙상한 몸으로
일층 베란다 앞에 볼품없는 파수꾼처럼 서 있다. 오래 된 책상이며
상자갑들이며 함지박 같은 살림살이로 가득찬 베란다들의 누추함.
그곳에 쌓인 먼지들이 내 입 속으로 파고드는 느낌 속에서 아파트
먼지 모두를 물로 깨끗이 씻어내고 싶다는 충동이 솟구쳐올랐다. 한
순간이긴 했지만.
"김정민, 갑자기 학구파로 지역 이동을 한 건 아니겠지?"
"저녁에…… 삼촌들이 오시기로 했어."
 말은 그렇게 하면서도 나는 탁상시계를 보며 잠깐 나갔다 들어올
수 있으리란 생각을 해본다. 아직 펴보이지 않은 이건우의 손바닥에
무엇인가가 있을 것으로 여겨졌던 것이다.
"두 시간쯤 비어 있는데…… 6시에 여자앨 만나기로 했다구."
 이건우를 좋아한다고는 생각지 않았다. 그러나 난 그앨 처음 만났
을 때 그애의 너무나 강렬한 눈빛이 어떤 느낌을 불러일으키곤 했음
을 기억한다. 그애 곁에 좀더 가까이 다가앉고 싶은 그런 느낌? 그러
나 두번, 세번 만나는 동안 난 이건우를 준하처럼 친구로 여길 수 있
었다. 그런데도 밀려나는 느낌이 되는 것은 어째서일까.
"마음에 드는 여자앨 만났구나."
 나는 한껏 기운 있는 목소리로 그렇게 말했다. 말은 참 이상한 힘
을 지녔다. 내 말을 듣는 동안 밀려난다는 느낌이 사라지려 하다니.
"그애가 날 쳐다볼 때의 눈빛을 정민이 네가 보았어야 했는데."
 이건우가 낄낄대며 웃는다. 숭배받고 있다고 믿는 자의 기쁨이 담
긴 웃음 소리. 귓속이 간지럽다고 여겨진다. 부러운 마음이 솟기도

했다. 문득 내 머릿속 스크린에 예령과 경훈오빠 두 사람의 얼굴이 떠오르고 있었다. 내가 가장 좋아하는 친구인 예령과 예령의 동생, 예준의 공부를 지도해준다는 경훈오빠는 서로를 좋아하고 있는 것이 분명하리라.

지난 주 토요일, 내가 경복궁 안의 찻집으로 예령을 만나러 갔을 때 뜻밖에도 예령의 맞은편 자리에 앉아 있었던 대학생이 경훈오빠였다. 안경 너머의 맑고 선한 경훈오빠의 눈과 내 눈이 마주쳤을 때 내 머릿속을 스쳤던 섬광 하나. 예령이 편지에서 자세하게 밝히지는 않았던 누군가를 좋아한다는 대상이 바로 경훈오빠일 거라는. 그때 예령과 경훈오빠가 서로를 바라보는 눈길에는 정다움과 수줍음이 가득했다. 어쩌면 서로에 대해 눈부셔하는 것도 같았다.

그 두 사람을 바라보던 내 마음속으로도 어떤 설레임의 감정이 드센 물살처럼 흘렀다. 그랬기 때문에 그들과 함께 있는 동안 난 예령이 내게 보낸 편지에 적혀 있었던 누군가를 좋아한다는 것이 고통스런 일이라는 구절을 까마득히 잊을 수 있었던 것이었으리라. 집에 돌아온 뒤에야 그 점이 궁금해졌지만 난 예령에게 그 까닭을 물어보지는 못했다. 예령이 스스로 밝힐 때까지 기다리는 것이 좋으리라. 예령은 날 좋아한다면서도 마음속의 이야기를 모두 하지는 않았다. 그것은 아마도 예령의 마음이 너무 곱기 때문이 아닐까. 누구나 자신에 대한 이야기를 하려 들면 가족에 대해서도 말하지 않을 수 없는데 예령은 그 점이 내키지 않나보았다. 그애는 가족 모두를, 특히 어머니를 사랑하고 있었으니까.

예령은 자신의 어머니가 경훈오빠를 좋아하지 않는다고 생각하는 것은 아닐까. 예령의 어머니는 예령의 모든 면을 감독하고 정리하는 감독관이나 다름없었다. 예령의 어머니는 예령의 머릿속도 어머니가 좋아하는 모양새로 정돈되어 있어야 마땅하다고 믿는 분이리라. 그애와 내가 자주 만날 수 없는 것도 예령어머니 때문이라고 할 수 있었다.

예령이 공부에 바쁘기 때문이기도 하지만——예령은 나와는 달리 뛰어나게 공부를 잘한다——예령어머니가 딸의 외출이나 친구들과의 만남을 좋아하지 않았던 것이다. 지난 여름 방학 때 그애네 별장에 초대받아 4일 동안을 함께 지낼 수 있었는데 그때도 난 예령이와 지내는 단둘만의 시간을 가질 수 없었다. 예령어머니는 언제나 당신 곁에 예령이 있어주기를 원했던 것이다. 그분은 별장의 이웃에게 날 중진급 언론인의 따님이라고 소개했던 만큼 경훈오빠를 예령과 연결짓는다는 것을 받아들일 수 없었던 것이 아닐까. 난 수화라는 여자애가 얼마나 예쁜가를 계속해서 자랑하고 있는 이건우의 말을 건성으로 듣기보다는 지금 당장 예령에게 전화를 걸고 싶다고 생각했다. 그러나 이건우는 쉽게 멈추고 싶어하질 않는다.

"지금까지 날 쫓아다닌 애들이 한둘이 아니었지. 그렇지만 수화만큼 예쁜 애는 없었다구."

굉장한 미인이라는 말을 이건우는 다시 한번 되풀이했다.

"알겠니? 정민아. 상투적이고 낡은 곰팡내 나는 표현을 빌어오자면 걘 코스모스처럼 하늘거리게 생겨 보호 본능을 불러일으킨다구."

나는 계속 듣고만 있다. 별로 축하해줄 기분이 아니어서만은 아니었다. 보호 본능이란 말이 내 마음을 어긋나게 했던 것이다.

"웬 침묵중이시냐? 김정민양께서 설마 질투하고 있는 건 아니겠지?"

"여자애들은 예쁜 여자애한테는 무조건 반발하게 마련이라는데 아무려면 김정민 너까지도 그 부류에 속하는 건 아니겠지" 하고 이건우는 비아냥대듯 말했다. 이따위 꽈배기 같은 말은 우리를 바닥으로 추락시키는 하강기와 같다. 난 추락보다는 상승 쪽을 좋아하지만 지금은 이건우와 함께 추락할 수밖에 없다.

"잘생긴 남자애들을 볼 때 건우 넌 아무렇지도 않니?"

처음 만났을 때 이건우는 자신의 첫째 소망은 배우가 되는 것이라고 말했다. 그것을 기억하고 있기 때문에 내 목소리는 매우 당당하

다. 이럴 때 난 스스로를 열세 살쯤으로 여기게 된다. 난 내 생각보
다 좀더 성숙한 나를 내 안에서 끌어내줄 수 있는 사람을 만나기를
원한다.

"제기랄. 여자애들하고는 입씨름해봐야 별로 건질 게 없는 것인데
공연히 벌집을 건드렸잖아."

이건우는 툴툴대더니 "외모상으로 매력적인 본인과 조금이라도 라
이벌이 될 만한 인간들은 한 놈이라도 남기지 않고 퇴치해버리고 싶
으신 것이 이분의 소감이시다" 하고 속마음을 드러냈다.

"하지만 정민이 넌 나보다 이성적이질 않냐? 게다가 내가 존중하는
유일한 여자 친구이기도 하고 말이다."

아부하듯 말하는 이건우. 내 마음에 그어진 금은 아직도 지워지지
않았다. 왜 남자애들은 보호 본능을 불러일으키는 여자애들에게 이
끌린다는 것일까. 이건우뿐만이 아니고 중학교 때 내게 편지를 보냈
던 최주현 또한 마찬가지였다. '정민이 널 보고 있으면 난 어쩐지 너
의 울타리가 되어주고 싶다는 생각을 하게 된다. 너의 조용한 걸음
걸이, 다소곳한 눈망울, 차분하고 부드러운 목소리. 이런 것들이 너
를 돋보이게 한다. 요즘은 어떻게 된 세상인지 여자애 같은 여자애
를 찾는 것이 어려운 일이 되고 말았다.' 난 답장을 보내지 않았다.
울타리라는 말이 불러일으킨 거부감. '조용한 걸음걸이, 다소곳한
눈망울,' 이런 표현들이 나의 것으로 보였다는 것이 우스꽝스럽기만
했던 것이다. 내가 바라는 것은 씩씩한 걸음걸이, 초롱초롱 빛나는
눈이었다. 지금도 그렇지만 중학교 시절에도 역시 난 학교 수업에
흥미를 가질 수 없었다. 그러한 형태의 공부를 한다는 것이 무슨 의
미가 있는가 싶었다. 왜 학교 수업은 그러한 꼴로 짜여져 있어야 하
는 것인지. 그러한 생각을 하는 나 자신이 외딴 섬처럼 여겨지곤 하
질 않았던가. 아이들은 한걸음씩 또박또박 걸어가는데 나는 혼자 제
자리걸음을 하고 있다니. 마음속에서는 점화될 순간을 기다리는 폭
탄 덩어리가 숨죽이고 있어도 그것을 터뜨릴 수 없다는 괴로움이 내

발걸음을 힘없게 만들었으리라. 똑바로 응시할 무엇을 발견하지 못
했기에 내 두 눈은 반짝임을 찾을 수 없었던 것이었으리라. 난 답장
을 쓰지 않았다. 최주현은 내 마음에 거슬리는 모습이 아니었는데도
그러했던 것이다.
"유일한 여자 친구로서 한마디 충고하겠는데 보호 본능 따위의 말
은 하지 않는 게 좋겠어."
"김정민, 넌 드럼통도 아니면서 왜 그 말에 알레르기 반응을 보이
는 거냐?"
　준하와 똑같이 영화광이면서 아버지 뜻에 따라 의대를 지망하는
준하와는 달리 영화감독 말고는 되고 싶은 것이 없다는 이건우. 그
애와 함께 영화를 볼 때면 화면 속의 인물의 성격을 파악하는 힘이
날카롭다고 여겨지곤 했다. 1983년, 예술 영화의 전성기. 할리우드에
서는 조지 루카스가 SF 영화 「스타워즈」의 마지막 스토리인 「제다이
의 귀환」으로 최고의 흥행 기록을 세움. 애드리안 라인은 「플래시 댄
스」로 록 뮤지컬 시대를 열었고 제임스 L. 브룩스가 「애정의 조건」
으로 아카데미를 휩쓸어버렸다. 프랑스에서는 레오 카라가 「소년이
소녀를 만나다」라는 데뷔작으로 천재라는 소리를 들었고, 첸 카이게
를 비롯한 중국 세5세대 감독들이 뉴욕 영화세를 장악했고 대만의
후 샤오시엔이 칸을 노크했다. 이 해의 베스트 필름으로는 「노스텔
지어」가 꼽힌다. 소련의 타르코프스키가 서방으로 망명하여 만든 첫
번째 영화가 칸 영화제 수상을 하게 되면서 지금까지 알려지지 않았
던 타르코프스키의 영화 세계가 서구에 알려지게 되었다. 이런 식으
로 이야기하길 좋아하는 준하의 영화에 관한 관심이 수상 경력에 맞
춰져 있다면 이건우는 그렇지 않았다.
　이건우는 수상 후보작이었다거나 수상의 경력보다는 자신의 느낌
을 더욱 중요하게 여기는 편이었다. 미국 여자 배우들을 이건우는
또 신통치 않게 여겼고 난 그 점에서도 그애와 같은 느낌의 코드를
가지고 있다고 생각했던 것이다. 그러나 지금과 같은 순간엔 난 어

지나가는 시간들, 열일곱 살 겨울　89

쩔 수 없이 이건우한테 실망할 뿐.

"어쨌든 오늘은 나갈 수가 없어."

이건우와의 통화는 이렇게 끝났다.

나갈 수가 없어. 다시 한번 입속말을 하는 나. 내 머릿속이 사람의 자취를 찾을 길이 없는 텅 빈 운동장으로 변한 느낌 속에서. 이러한 갑작스런 느낌의 변화는 종종 있어온 일이다. 맑음에서 비, 또는 흐림에서 맑음이라는 식으로. 나는 옴쭉하지 않고 가만히 앉아 있다. 누군가 움직여서는 안 된다고 명령을 내리기라도 하듯.

짧은 몇 초 동안 내 몸과 의식이 존재하지 않는 느낌이었다. 내 자신이 어디론가 증발해버린 것 같기도 했다. 세상으로부터 떨어져 있다고 여겨질 때면 이러한 반응이 날 찾아왔었다. 조금 전까지 이건우와 통화를 했음에도 난 지금 무섭도록 사람들과 멀어져 있다고 여기는 것이다. 이건우와도 멀고 내가 가장 좋아하는 예령과도 멀고 아버지 어머니와도 그러하다고. 준하와 선미 그리고 유나와도. 외딴 섬인 나. 누군가 내 목을 누르는 듯 숨이 가빠온다. 울음이 터져나올 것만 같다. 왜 이렇게 스스로를 걷잡기 힘든 걸까.

난 어쩌면 예령과 이건우를 부러워하는 것일까. 학년이 바뀌면 이곳 아파트 단지와 가까운 곳에 있는 학교로 전학을 해야 한다는 사실이 내 마음속의 보이지 않는 지하도에서 차가운 얼음물이 되어 흘러내리고 있었던 것일까.

울음이 터져나왔다. 얼마 전부터 몹시 지친 기색인 어머니를 괴롭혀드리지 않으려면 울지 않아야 하는데 울음은 멈출 줄을 모른다. 우는 동안 아버지 · 어머니가 또 얼마나 가여워졌던지.

"정민아."

방문이 열리는 기척…… 그리고 마늘 냄새를 풍기는 어머니의 손이 내 어깨에 놓여졌다. 어머니께 우는 모습을 들키고 말았다니. 부끄러우면서 조금은 내 마음속의 얼음물이 따뜻해지는 느낌이다. 무엇 때문에 혼자 끙끙댔을까. 영어 공부에 대한 압박감을 떨쳐버리고 어머니의 부엌일을 도왔다면 울음을 터뜨리지는 않았을 것만 같다.
"공부가 힘든가보구나."

내가 학교를 그만두고 싶어한다는 것을 알고 있어서일까. 날 쳐다보는 어머니 눈에는 안쓰러움이 감돌고 있다. 열흘 전, 이사의 여독이 아직 풀리지 않아서인지 어머니는 여전히 초췌해 보인다. 지방이 없는, 얇은 눈꺼풀. 피곤함이 누적되어 있음을 보여주는 메마른 피부와 검은 빛이 머물고 있는 입술. 그리고 정수리 부근의 몇몇 흰머리칼들. 나는 의자에서 일어나 어머니를 내가 앉았던 의자에 앉도록 한다. 두─웅 하고 어느 집의 벽시계가 울리기 시작했다. 두─웅, 두─웅, 두─웅, 어느덧 4시. 음식 장만은 다되어가느냐고 내가 물었고 어머니는, "그래, 식구들끼리 밥 먹는 건데" 하며 머리를 끄덕였다. 날 쳐다보면서.
"정민아."
"걱정하지 마세요. 왜 그럴 때 있다는 거…… 모르세요? 한때 흐림, 한때 비. 그러다가 순식간에 햇빛."

창 아래의 라디에이터에 기대어 선 나는 웃을 수 있기를 바라는 마음이었다. 내 웃음이 어머니 마음속의 무거움을 조금이라도 가볍게 해줄 수 있기를. '스스로를 잘 견디면…… 자신이 특별한 존재가 아니라는 것을 받아들인다면…… 스무 살은 새로운 생을 시작하기에 절대로 늦은 나이가 아니라는 것을 받아들인다면…… 그 점을 진실로 믿을 수 있기만 한다면…… 학교 성적이 유일한 무기가 아님을 헤아리고 있기만 한다면…… 진정으로 소중한 것은 생에 대한 열망을 간직한다는 것임을 이해한다면.' 어머니가 자원 상담 교사 노릇을 할 때 학생들에게 들려주곤 했다는 말들을 나는 잊지 않고 있었다. 그리고 무엇보다도 가장 중요한 점은 어머니가 나한테도 그렇게 말해주었던 것이다. 선미나 유나, 이건우나 준하 그리고 또 다른 친구들과 비교해본다면 난 내가 운이 좋은 편임을 잘 알고 있었다. 그러니 될 수 있는 한 내 마음의 혼돈스러움을 어머니께 꺼내어 보이는 일은 없어야 할 터였다. 그러나…… 그렇지만…… 어머니도 내가 조금은 잘해주기를 바라고 있질 않을까.

"힘든 때지. 왜 그걸 모르겠어. ……그렇지만 정민아, 이렇게 힘든 시기가 언제까지나 계속되는 것은 아니니까. 나중에는 이 시기로 돌아가고 싶다…… 그렇게 소망한다고 해도 그럴 수 없는 거니까."

어머니가 날 윽박지르기라도 한다면 난 차라리 견디기가 쉬울 것이다. 그러나 어머니는 날 채근할 기운조차 남아 있지 않은 모습이다.

"나중에라도…… 그런 생각을 하게 될 것 같지는 않은데……"

어머니는 지금의 내 나이로 돌아가고 싶다는 생각을 할 때가 있느냐고 내가 물었다. "요즈음에 와서는 그런 적이 없다"는 어머니의 대답.

"정민아, 너도 눈치챘겠지만…… 엄마도."

어머니는 말을 잠깐 멈추었다가, "힘들단다" 하고 덧붙였다. "너처럼 때때로 흐림이 아니고"…… 내 말을 흉내내고 있다는 생각을 떠올려서인지 어머니의 입술 주위에는 보일 듯 말 듯한 웃음이 떠오른다.

"자주 눈물이 나고…… 얼굴이 달아오르고…… 여자로서…… 그러니까…… 잠이 잘 오지도 않고……"

신문에서 보았던 몇몇 증세를 뇌었던 나는, "엄마도 갱년기 장애세요" 하고 목소리를 높이고 말았다. 갱년기 장애라는 말이 입에서 튀어나올 때의 느낌이란. 어머니의 흰머리칼을 처음 보았을 때처럼 가슴이 한 순간 덜컥 내려앉는 것만 같았다.

"글쎄, 그런 모양이다."

어머니 마음속에서도 하고 싶은 많은 말들이 소용돌이치고 있음을 어머니의 눈에서 읽을 수 있다. 한때 새벽 기도에도 나갔던 어머니.

"곧 나아질 거다."

밝은 얼굴을 보여주려고 애쓰는 듯한 어머니는 얼마 동안 책상 위의 영어 교과서를 바라보더니 "다른 과목은 몰라도 영어만큼은 열심히 해두면 나중에라도 쓰임새가 많을 텐데" 하고 낮은 어조로 말했다. 나는 아무런 대답도 하지 않는다. 쓰임새라는 말에 나는 아직 친밀감을 품을 수가 없었던 것이다. 친밀감이라니…… 어쩌면 약간의 거부감마저 떠올리고 있는 것도 같았다.

"쓸모 있는 구석이 안 보이는걸요."

이런 말을 웃으면서 할 수 있다면 얼마나 좋을까. 그러나 나는 그게 안 된다. 나에 대해서 생각할 때면 어쩔 수 없이 가시에 손톱 밑이 찔리는 느낌이 되고 마는 것이다.

"그렇지 않아. 지금은 정민이가 정말로 하고 싶은 일을 찾아내지 못했기 때문에…… 이러는 거지. 언젠가 그 무엇을 찾아내기만 하면 누구보다도 열심히할 거라고 믿어, 이 엄마는."

나를 설득하고 싶어하는 듯한 어머니를 나는 쳐다보지 않는다. 어머니가 진정으로 그렇게 믿고 있는 것인지, 아니면 그렇게 믿고 싶어하는 것인지. 그것을 알게 되는 것이 두려워서인지도 모른다. 어머니는 자원 상담 교사 일을 하는 동안 많은 내 또래 아이들한테 그 같은 뜻의 이야기를 해왔을 것이었다. 그럴 경우 어머니는 분명 확신에 찬 어소로 말할 수 있었으리라. 하지만 그 밀을 듣는 대상이 딸일 경우에도 어머니는 그럴까. 내 느낌이지만 얼마 전부터 어머니는 나에 대한 믿음이 흔들리기 시작했을 것만 같다. 국민학교 시절엔 공부를 꽤 잘했지만 중학생이 되면서 서서히 성적이 떨어지기 시작한 나. 고등학생이 된 뒤로는 중위권에서도 밀려나기 시작했는데 어쩌면 어머니는 중학교 3년 동안 언제든 내가 마음만 고쳐먹으면 국민학교 때의 수준으로 올라설 수 있을 것으로 여겼던 것은 아니었을까. 국민학교 시절의 우등생 자식을 둔 어머니들 대부분이 그러한 것처럼. 그리고 또 아버지·어머니 모두 공부 때문에 큰 좌절을 겪어본 적이 없었던 까닭에 더욱 낙관적으로 생각할 수 있었던 것인지도 몰랐다. 어머니 주위의 친구들이나 친지들 모두 그런 식으로 이야기하곤 하질 않았던가.

　게다가 어머니는 외할머니 같은 어머니 노릇은 하지 않으려고 스스로 다짐해왔다고 자주 큰이모한테 말하기도 한 참이었다. '어머니가 우리들 삶에 좁은 테두리를 정하지 않았다고 생각해봐. 그랬음 언니나 나나 지금과는 다른 모습으로 살아갈 수 있었겠지. 언니는 어떤지 잘은 모르겠지만 난 내 꼴에 아쉬움이 많아. 내가 이 나이에 어머니 때문에 이런 모습이오 한다는 것은 우습지만…… 그래도 우리 어머니를 떠올리면…… 맹목적 열정으로 아이들을 가두어 키우는 것이 반드시 좋은 어머니 노릇은 아닐 거라고 생각되곤 했었어. 정민이한테는 가능하면 부모가 지켜보는 역할만으로 머물러야겠다고 다짐하게도 되었고 말이야.'

　이즈음도 어머니는 그런 말을 아주 드물게 할 때가 있긴 했다. 그러나 예전에 비해 별로 열성이 깃들이지 않은 목소리였을 뿐. 아무래도 어머니는 나에 대해 낭패했다는 감정을 가지게 되었을 것만 같다.

　"난…… 정민이가 무조건 공부를 잘해야 한다고 생각지는 않는다. 지금 공부를 잘한다고 해서 그것이 나중에까지 널 지켜주는 보증서 노릇을 해주는 것도 아니니까. 그렇지만 할 수 있는 데까지는 최선을 다해보도록 해야지."

　어머니는 할 말이 조금 더 남아 있는 듯했지만 그만 일어서야만 했다. 현관 너머에서 벨소리가 들려왔던 것이다.

　"형님. 좀더 일찍 오려고 했는데…… 늦었어예."

　"큰어머니, 안녕하세요."

　"안녕하세요, 큰어머니."

　막내숙모와 사촌동생들인 영주와 영환이 왔음을 알 수 있다. 난 지체하지 않고 내 방을 나왔다. 어머니가 화장실과 주방 사이의 벽면에 붙은 스위치를 올리자 거실 창으로 다가와 있던 어둠은 더 이상 거실 쪽으로 스며들 수 없게 되었다.

"오셨어요. ……영주, 영환이는 오랜만이네."

  이사하는 날 막내숙모는 어머니를 거들어주기 위해 왔었지만 내가
학교에서 수업을 마친 뒤에 새 아파트로 왔을 무렵엔 이미 집으로
돌아간 터여서 만나지 못했다. 그렇다고 해서 별로 서운하게 여겨진
것은 아니었다. 뺨과 코가 반짝거리고 언제 보아도 생기 있는 모습
인 막내숙모와 영주·영환은 보게 되면 반갑지만 또 만나지 못하는
동안에는 까마득히 잊고 지내는 형편이라고 할 수 있었다.
"요즘 시험 기간이라서 우리 정민이가 꺼칠한 모양이네."

  들고 온 세제갑을 내려놓은 막내숙모가 내 앞으로 다가와 날 얼싸
안 듯했다. 정이 많은 막내숙모는 날 볼 때면 언제나 이러는데 어머
니는 반가움을 생생하게 나타내질 못하고 그저 영주와 영환의 머리
를 쓰다듬어주는 것이 고작이었다. 그런데 이상한 것은 영주나 영환
둘 다 막내숙모를 닮지 않아 수줍음이 많다. 그애들은 이 아파트에
처음 왔으면서도 이 새로운 장소에 아무런 관심을 나타내지 않고 있
었다.
"하는 김에 열심히 해라, 정민아. 정민이는 둘도 없는 외동딸이니
더욱 어깨가 무겁지 않겠니."

  막내숙모의 목소리는 더할 수 없이 징겹다. 어머니는 인젠가 외동
딸 어깨가 무거울 필요는 없는 거라고 말한 적이 있지만 막내숙모는
기억력이 나빠선지 날 볼 때마다 그 말을 빠뜨리지 않는다. 좋은 뜻
에서이긴 하겠지만 말로써 내 어깨에 보이지 않는 추를 올려놓고 난
다음 막내숙모는 곧 어머니께로 얼굴을 돌려 아주버님은 외출하셨느
냐고 묻는다. 고개를 끄덕이는 어머니. 그러자 막내숙모는 영주아버
지도 친구 부친이 상을 당했다고 해서 나갔는데 7시 전에는 올 거라
고 말했다. 그러곤 책장과 상, 방석들이 놓인 거실 쪽을 둘러본다.
이사를 오기 전에 칠과 도배를 했던 만큼 집안은 좁기는 해도 깨끗
하고 가구가 없는 탓에 복잡한 느낌이 없다. 어머니는 원래 자잘한
물건들을 사들이는 것을 좋아하지 않았다.

“단출하니 좋네예.”

장미꽃과 잎사귀들이 조각된 장식용 거울이며 방문의 손잡이마다에 레이스 덮개를 씌우고 벽마다에는 가족사진이나 영주·영환의 사진을 액자에 넣어 걸어놓고 하는 막내숙모는 우리집이 쓸쓸하게 여겨지나보았지만 그렇게 돌려 말했다.

“청소 시간이 줄어들어 좋아졌어.”

나와 있을 때보다는 한결 기운을 차린 듯한 어머니가 짐짓 다행이라는 어조로 말하자 막내숙모는, “그건 그렇네예. 형님은 원래 청소에 취미 없어하셨는데” 하고 받아 말했다. 그러곤 이윽고 영주와 영환, 그리고 날 번갈아 쳐다보더니 너희들은 어서 방으로 들어가서 공부를 하라고 채근했다.

“동서도 참. 영주, 영환이가 어디 입시생이야? 이제 중학교 1학년이고 국민학교 5학년인 애들한테……”

우리 모두 무얼 한잔씩 마시도록 하자며 어머니는 가스 레인지 위에 종 모양의 물주전자를 올려놓는다. 참고서와 문제집이 든 가방을 들고 있는 영주와 영환은 막내숙모와 어머니를 쳐다본다. 막내삼촌과 막내숙모의 얼굴에서 좋은 부분만을 닮은 그애들은 두 눈이 동그랗게 큰 데다 귀엽게 생겼다. 피부도 흰 빛이고 언제나 유명 상표의 비싼 정장옷만을 막내숙모가 사다 입히곤 해서인지 꼬마 숙녀, 신사처럼 보인다. 행동 또한 여간 의젓하지 않다. 막내삼촌·숙모는 책 읽기엔 흥미가 없다는데 영주·영환, 그애들은 시간만 나면 책에 코를 박기 일쑤여서 집에 있어도 아이들이 있는 집 같지 않게 조용하다는 것이 막내숙모의 자랑이었다. 쉬익쉬익. 물주전자의 물이 끓기 시작했다. 영주·영환에게 줄 코코아잔과 나, 막내숙모, 어머니 몫의 커피잔을 어머니는 준비한다.

“형님 저는 커피 안 마시기로 했어예.”

사투리를 많이 고쳤지만 그래도 어머니와 이야기할 때면 어미의 ‘예’를 쉽게 떨치지 못하는 막내숙모가, “몸에도 좋지 않다 하고예”

하고 덧붙였다. "일부러 돈 써가면서 몸에 이롭지 못한 것을 마실 필요는 없는 거지예."

"그럼, 동서는 녹차가 좋겠네."

어머니가 코코아와 커피·녹차를 만드는 동안 막내숙모는 영주와 영환을 내 방으로 들어가게 했다. 영주와 영환이가 나를 방해하지는 않을 거라는 말을 해주는 것도 잊지 않는다.

"동서도…… 참."

"공부라는 것은 어릴 때부터 훈련이 되어야지 한번 고삐 풀린 망아지 신세가 되어버리면 다시 다잡기가 여간 어렵지 않다던데예."

아이들 공부시키는 문제에 대한 막내숙모의 확신에는 흔들림이 없다. 그 목소리의 쨍쨍함, 그 표정의 단단함. 영주의 경우, 국민학교 4학년 때부터 영어 공부를 시작해서 중학교 입학 전에 이미 중학교 2학년 과정을 마쳤노라고 했었다.

"대학 들어가는 것이 바로 전쟁이나 똑같이 힘들다보니 우리만 뒤져 있을 수 없는 일이지예."

파·상추·접시 들로 어지러운 식탁 곁에 서서 후닥닥 녹차를 마신 막내숙모는 입고 있던 무스탕 코트를 그제서야 벗고서 곧장 개수대의 그릇들을 씻기 시작했다. 몸을 움직이지 않고 가만히 앉아 있는 것을 견딜 수 없다는 막내숙모는 우리집에 와서도 언제나 바쁘게 움직인다.

"부엌일은 이제 제가 알아서 할 테니까 형님은 쉬시고예, 그리고 정민이는 어서 니 방으로 들어가서 공부하도록 해라."

한때는 막내숙모의 손이 모든 것을 반짝 빛나게 하는 요술손처럼 여겨져 막내숙모가 어머니라면 좋겠다는 생각을 해본 적이 있기도 했다. 그러나 지금은 절대로 아니다. 막내숙모처럼 늘상 공부, 공부한다면 생각만으로도 압축기에 몸을 눕힌 기분이 되고 만다.

나는 자신도 모르게 현관 쪽을 보고, 식탁 의자에 앉아 커피를 마시던 어머니는 그런 나를 안쓰러운 눈으로 지켜본다. 내가 영주·영

환, 그애들과 함께 있어야 한다는 것을 내켜하지 않는다는 것을 어
머니는 모르지 않는 것이다. 그러나 만약 내가 밖으로 나가버린다면
막내숙모가 미안해할 것이다. 나는 어쩔 수 없이, 언제나 내가 펴두
는 작은 상 앞에 앉아 문제집을 풀고 있는 영주·영환으로 해서 빈
자리를 찾을 길 없는 내 방으로 들어갔다.

"얘들아!"

나는 영주·영환에게 무슨 말인가를 해주고 싶다고 생각했다. 그
러나 그애들이 날 쳐다보는 눈길이 너무 맑고 다소곳한 나머지 그
생각은 곧 사라져버렸다. 그애들이 조금이라도 막내숙모에 대해 불
평하는 기색이었더라면 그애들에 대해 친밀감을 품을 수도 있었으리
라. 그러나 뭐 그렇다고 해서 영주와 영환을 싫어한다는 것은 아니
었다. 친척 사이의 친밀감이란 대체 무엇일까 하는 물음이 떠오르긴
했지만.

"당신, 형수님 상 차리는 솜씨 눈에 꼭 박아두도록 해라."

배가 나오기 시작하고 피부가 기름을 바른 듯 윤이 나는 막내삼촌
이 음식들이 차려진 상 앞으로 다가앉으며 떠들썩한 목소리로 계속
이야기했다.

"우리 형수님은 말이다. 옛날부터 맛으로만 배가 부른 것이 아니고
눈으로도 음식맛을 즐길 수 있다는 점을 우리들한테 가르쳐주신 분
이라 이 말씀이다."

"이 상…… 동서가 차렸어요."

병따개로 맥주병 뚜껑을 열던 어머니가 겸연쩍은 듯 웃자 막내삼
촌은 무릎을 따악 치며, "서당개 3년이면 풍월 읊는다던 옛말 안 틀
리네요" 하고 받아 말했다.

"동서는 못 하는 게 없는 살림 전문가예요. 아이들 건사며 집안 살
림 꾸려가는 솜씨며……"

"영주 에미가 배움은 낮아도…… 모든 면에서 나아지려고 노력하는

자세는 마아…… 가상하다고 해야겠지요."

막내삼촌은 어머니의 말에 기분이 좋은 듯 벙글벙글 웃으며 이렇게 이어 말했다.

"자, 건배부터 하입시다. 형님, 생신을 축하드립니다."

그러고는 맥주잔을 앞으로 내밀었다. 아버지·삼촌·막내삼촌이 들고 있던 맥주잔들이 소리를 내며 부딪쳤다가 흩어졌다.

"고맙다. 바쁠 텐데, 이렇게들 와주어서."

아버지는 맥주를 한 모금 마신 뒤에 옆에 앉은 영환의 머리를 쓰다듬으며 삼촌과 막내삼촌, 그리고 막내숙모를 차례로 쳐다본다. "제수씨가 또 수고를 하셨군요" 하는 인사말을 막내숙모께 보내는 것을 잊지 않는 아버지. 아버지의 머리칼은 물을 들이기라도 한 듯 온통 은회색이다.

"수고는예. 정말은 아침부터 왔어야 했는데…… 영주, 영환이 데리고 와 있으면……"

막내숙모는 쩔쩔매는 기색이다. 아버지를 대할 때 막내숙모는 예전부터 그랬었다.

"어서들 드세요."

어머니는 혼자 온 삼촌의 기분이 편치 않을 기라고 여겨서인지 아버지더러 어서 식사를 시작하라는 눈짓을 보냈다. 막내숙모는 아버지가 미역국이 담긴 사기 대접으로 숟가락을 넣자 영주·영환이더러 빨리 밥 먹으라고 말해준다.

"아하, 당신 극성도 참. 아이들이 밥 묵을 때는 좀 편안하게 묵도록 놔두는 게 안 좋겠나."

막내삼촌은 질렸다는 표정이다.

"이 눈치 없는 여편네야. 극성 엄마 노릇도 좋지마는 그것도 자리를 살펴가면서 해야지. 작은형님 앞에서 당신 부끄럽지도 않나."

조금 전에 나타난 삼촌은 만날 때마다 말이 줄어들었는데 오늘따라 더욱 얼굴이 굳어 있다. 숙모랑 싸운 것일까. 그래서 숙모는 전화한 통 없이 이 자리에 나타나지 않은 것일까. 해직 교사인 삼촌이 가져다주는 삼십만 원으로 사는 일에 지쳤다는 말을 여러 차례 했던 숙모였다.

"지는 그저 별뜻 없이 한 말이었는데……"

"시끄럽다. 마, 당신 앞으로 조심하는 것이 좋을 것이다. 공부라는 것은 머리를 타고나야 되는 것이지 밤낮으로 아이들을 잡는다고 되는 줄 아나."

막내삼촌은 우리 큰형님은, "고등학교 3학년때까지 가정교사 해가면서 공부했다. 그래도 마, 터억 그 어렵다는 국립대학에 안 붙었나" 하는 말을 했다. 더없이 자랑스러운 얼굴인 막내삼촌은 잡채와 샐러드를 먹고 있는 영주와 영환을 보며 다시 한번 되풀이해서 말했다.

"너그들 큰아버지는 굉장히 머리가 좋으셨다."

"그런데 왜 큰아버지는 이렇게 조그만 집에서 살아요?"

큰 눈이 더없이 맑은 영환이 고개를 갸웃하며 그렇게 묻는다.

"햐, 미치겠네. 이놈 이거 말하는 거 좀 보소."

막내삼촌은 손바닥으로 이마를 타악 치고는 맥주를 쭉 들이켰다. 당황한 기색인 막내숙모는 젓가락을 상에다 놓았다.

"아아, 청춘도 사랑도 다아 마셔버렸다."

방안의 고요함 때문일까. 아파트 앞마당을 지나가는 누군가가 부르는 낮은 노랫소리가 들려온다.

"임자 잃은 술잔에 떠오르는 그 얼굴."

결코 잘 부르는 노래는 아니지만 노래를 부르는 이가 지금 누군가의 얼굴을 떠올리고 있는 듯한 느낌이 전해져온다.

"영환이 눈에는 이 집이 작은 집으로 여겨지는 모양이구나."

입을 연 사람은 삼촌이었다.

"먼젓번 큰아버지 집보다 작고…… 그리고 우리집보다도 작은데요."

"큰아버지께서는 이 집을 작다고 생각지 않으실 거다."

　　삼촌은 큰 집에 살아야만 가족들이 행복해지는 것은 아니라는 말을 영환에게 들려준다. 공부를 잘해야 부자로 살 수 있는 것은 아니며, 또 그런 생각은 옳지 못한 것이라는 이야기를 하는 동안 삼촌의 목소리는 차츰 열기를 되찾기 시작했다. 그러나 제대로 된 교육에 대해 이야기할 때 삼촌의 얼굴에서 배어나오던 그 뜨거운 열정은 쉽게 되살아나질 않고 있었다. 삼촌의 이야기에 언제나 공감하는 편이었던 아버지·어머니 또한 지금은 몹시 곤혹스러워하는 기색이기만 한 터였다. 어쩌면 삼촌 역시도 그러한 기분을 떨쳐버릴 수 없는 것은 아닌지.

　　"아니 작은형도 참. 아아들 앞에서 무슨 그런 이야기를 해요."

　　막내삼촌은 막내숙모더러 맥주병을 달라고 해서 한잔 가득 따라 단숨에 마시곤 유리잔을 타악 소리나게 상에다 놓았다.

　　"내가 틀린 얘기를 했니?"

　　"아이구, 작은형은 지금 이 나이껏 그래 옳고 그른 것을 따지는 버릇에서 벗어나지를 못하는 거요? 사는 것이 ○× 고르는 것도 아닌데."

　　삼촌과 막내삼촌은 서로의 눈길을 피하지 않고 마주본다.

　　"식사들이나 하도록 하지."

　　말은 그렇게 하면서도 식욕이 가셨는지 아버지는 숟가락을 놓았다.

　　"공부를 잘해야만 잘살 수 있는 것도 아니라니? 지금 작은형 그 이야기는 영주나 영환이도 내처럼 이래 살아도 좋다는 뜻 아니요?"

　　막내삼촌은 치밀어오르는 화를 누를 수 없었는지 목소리가 더욱 높아졌다.

　　"태석이, 넌 잘살고 있질 않니?"

　　아버지처럼 얼굴에 윤기가 없고 아버지보다 더욱 고집이 있어 보이는 삼촌은 아버지께는 공손했지만 막내삼촌은 어쩐지 못마땅하게 여겨지나보았다. 그 점에선 막내삼촌 역시 삼촌과 별로 다르지 않았

다. 삼촌이 자신을 못마땅하게 여긴다고 생각해서인지 조그만 일에
도 날카로운 반응을 보이곤 했던 것이다.

"내가…… 잘살고 있어요?"

막내삼촌의 양미간은 작은 돌이 돌출하듯 둥그렇게 솟았다.

"대학도 못 간 놈이 밑바닥 점원부터 시작해서 이제 내 가게도 가
지게 되었으니…… 그렇다 쳐요. 그건 그렇지만 작은형 눈에나 그렇
게 보이는 거지 제대로 한몫 차지한 인간들과 비교하자면 조족지혈
(鳥足之血)에 불과한 거라구요."

"제대로 한몫 차지한 인간들? 그것들은 모조리 도둑질로 긁어모은
것들이지."

"그만둡시다."

입다물라는 아버지의 눈길을 모르는 척할 수 없었던 것일까. 막내
삼촌이 담배에 불을 붙이며 커다랗게 숨을 내쉬었다. 그러나 막내삼
촌은 하고 싶은 말을 끝내 넣어둘 수는 없나보았다.

"하지만 작은형한테 이것 하나만은 부탁합시다. 우리 아아들 앞에
서 공부 잘해야 잘사는 것은 아니라는 얘긴 다시 입에 올리지 말아
달라는 거요. 대학 문턱에도 못 가본 인간의 설움이 얼마나 뼛골에
사무치는가를 작은형한테 알아달라고는 않을 테니. 이놈의 나라에선
온갖 지랄을 다해서라도 대학을, 그것도 좋은 대학을 나와야 사람
대접 받으며 산다는 거, 작은형이 설마 모를 리 없을 텐데. 난 말이
오, 우리 영주, 영환이 미국 유학까지 보내서 꼭 박사 학위 따게 할
거란 말이오."

영주와 영환을 내 방으로 들여보내고 온 막내숙모의 눈언저리는
젖어 있다.

"태석이, 넌 그 점도 틀렸어."

아이들을 자신의 한풀이 대용물로 삼는 것, 그것이 너의 그릇된
욕심에서 비롯되는 것이다라고 말하는 삼촌.

"나한테 설교할 생각은 버려요, 작은형. 설교하는 재미 누리려다

작은형은 인생에서 많은 것을 놓치게 될걸. 난 작은형을 이해할 수가 없다고. 도무지 다른 사람 마음을 이해할 줄도 모르는 벽창호니, 원.”

“말이 좀 과한 것 같다. 태석이 네가 아이들한테 지나치게 집착한다는 것도 틀린 얘기는 아니잖냐?”

아버지는 삼촌, 그리고 막내삼촌이 듣기 싫어할 만한 이야기는 하지 않는다. 그러나 삼촌과 막내삼촌이 부딪칠 때면 삼촌 편을 드는 경우가 많다. 몇해 전부터 눈에 뜨이게 서로를 언짢은 눈으로 보곤 하는 삼촌과 막내삼촌. 그러나 삼촌과 막내삼촌 둘 다 아버지께는 공손한 태도를 보여주었다. 특히 막내삼촌은 줄곧 아버지를 어려워하는 것처럼 여겨졌는데 이즈음에 와선 한결 친밀한 투로 말하고 행동하는 것으로 바뀌었다. 그런 변화가 정겹게 보여서 좋을 때도 있지만 때로는 아버지가 가여워 보일 때도 있질 않았던가. 막내삼촌이 예전에 비해 아버지를 존경하고 있지 않는 것처럼 여겨졌던 것이다.

형제간이라고는 해도 아버지·삼촌·막내삼촌은 어느덧 아주 다른 사람들처럼 내 눈에 비쳐진다. 아버지의 대학 졸업식날 찍은 사진 속에서 세 사람은 단번에 형제임을 알 수 있는 모습들이었는데……그 사진 속의 막내삼촌은 고등학교 교모를 쓰고 있었다. 어쩌면 지금의 나보다도 더 어린 얼굴 생김새였다. 무엇인가 울타리가 되어주고 싶은 느낌이 솟아오르지 않을 수 없을 정도로.

삼형제 중에서 가장 어렸던 그 소년이 지금의 막내삼촌 모습으로 변할 수 있다니. 얼굴에는 주름살도 없고 흰머리 한 오라기 눈에 뜨이지 않는 막내삼촌은 물론 아버지·삼촌보다 젊지만 이상하게도 가장 어른스런 느낌이 든다. 불어난 체중 때문일까. 아니면 어떤 일에도 겁내지 않고 부딪칠 수 있다는 자신만만함이 전해져오기 때문인지도 모르겠다. 삼촌은 막내삼촌과 달리 사진 속의 대학교 1학년 모습에서 아주 크게 달라지지는 않았다. 지금도 얼핏 보기엔 아버지와 닮은 듯하지만 그러나 분명 또 다른 분위기임을 알 수 있다. 깊어진 눈빛과 꽉 다문 입으로 해서 아버지보다 좀더 꿋꿋한 인상인 것이다. 해직을 당한 이후, 그 꿋꿋한 인상은 좀더 완강한 고집스러움이 두드러지는 쪽으로 변하였다. 어쩌면 그런 면 때문에 삼촌 또한 아버지보다 윗사람처럼 여겨질 때도 있는 것 같다.

아버지는 언제부터인가 좁은 어깨가 약간 굽었다. 이마며 눈언저리엔 깊은 주름살이 자리잡고 있기도 하다. 그런데도 아버지 표정에는 아주 젊었던 시절의 느낌이 남아 있다. 사람들 앞에 나서기를 좋아하지 않고 스스로의 의견을 말하기보다 듣길 좋아하는 성품은 조금도 달라지지 않았다고 어머니가 말한 적이 있었다. 십여 년 전, 아버지가 신문사에서 해직을 당했던 때에도, 앞장서서 성명서를 만든 그룹에는 속하지 않았다고 했다. 아버지의 그런 점이 날 실망시킨 것은 사실이지만 옳다고 생각하는 일을 행동으로 옮기는 과정에서도 아버지는 따라가는 사람에 속할 수밖에 없었던 모양이었다.

아버지는 어떤 일에 대해서 아주 열렬하게 전적으로 정당성을 주장한다는 것이 쉽지 않은 듯했다. 삼촌과, 삼촌이 속한 조직에서 주장하는 교육에 대한 변화의 흐름을 두고 이야기할 때도 어느 부분엔 동의하지만 어느 부분엔 그럴 수 없다고 말했던 터였다. 그것도 삼촌의 열정적인 목소리와 달리 차분한 어조였을 뿐이었다.

아버지의 그런 태도가 아버지를 향한 삼촌의 친밀감을 조금씩 잃게 만드는 듯했어도 아버지는 아버지의 어조를 바꿀 수는 없었던 것 같았다. 형 같은 사람들의 그런 자세가 오늘의 교육 현장을 이렇게 만들어놓았다고 삼촌이 거센 투로 비난한 적이 있기도 했는데 그런 순간에도 역시 아버지는 그럴지도 모르겠다고 묵묵히 고개만 끄덕이질 않았던가.

"정민이 아버지는 지금도 가끔 그런 이야기를 해. 막내삼촌이 공부에 취미 없다며 대학에 안 가겠다고 고집부렸을 때, 그때 그냥 막내삼촌 하자는 대로 내버려두어선 안 되었다는 거지. 정민이 아버지 자신의 성격이 강하질 못하고 또 고학으로 대학 공부를 한다는 것이 너무나 힘든 것을 겪은 터여서 막내삼촌더러 어떻게든 대학엘 가야 한다고 주장하질 못했는데…… 막내삼촌은 이제까지 그 점에 대해 불만이 있는 것처럼 얘길 하니까."

어머니는 언젠가 어머니처럼, 시부모 안 계신 집안의 장남을 남편으로 둔 어머니 친구에게 그렇게 말한 적이 있기도 했었는데 아버지의 강하지 못한 성격을 드러내주는 이야기라고 여겨진 터였다.

"난 이 울컥 하고 치미는 열통이 문제 아니요? 작은형, 잘못했수."

막내삼촌은 목청을 높이기도 잘하지만 사과의 말 또한 그에 못지 않다.

"어서 식사들 하세요."

어머니는 막내숙모가 다시 데워온 미역국 대접들을 상에다 놓았다. 모두들 새로이 식사를 시작했고 한동안 아무런 말도 오가질 않고 있었다. 불편한 침묵. 침묵이 편안하게도. 여겨지는 그런 관계가 있을까.

"하고 있는 일은 잘되어가고 있겠지?"

피망 채 썬 것과 달걀 노른자 고명을 얹은 도미찜이며 닭튀김 같은 것에 눈 주질 않고 미역국과 밥만으로 식사를 하던 아버지가 막내삼촌을 보며 말을 건넸다. 조금 전 삼촌 편을 들던 때와는 달리 목소리는 여간 부드럽지 않다. 아버지는 평소 말이 드문 편이지만 누군가와 이야기를 나눌 적에는 낮지만 따사로운 어조가 된다. 그래서일까? 아버지를 도와주려고 하는 친구분들이 적지 않은 이유가?

"요즈음은 워낙 불경기가 심하다보니 예전 같지야 않지만 그래도 가게 꾸려갈 정도는 되는 셈입니다."

막내삼촌은 청계천에서 공구상을 하고 있는데 살고 있는 아파트 외에도 상가 건물을 사두었다고 했다. 막내삼촌은 언제나 우렁우렁한 목소리로 이야기하곤 했기 때문에 이사 오기 전 집의 내 방에서도 무슨 말이든 죄다 들을 수 있었다.

"사실은 고향 친구들 몇이 어울려 작은 공장을 차려볼까 궁리중이어서 요즘은 해골이 좀 복잡합니다.”

　머리를 ‘해골’ 또는 ‘야마’라고 부르는 막내삼촌. 막내숙모는 자신만만해하는 막내삼촌과는 다르게 뭔가 크게 걱정이 되는 것 같다.

“아주버님도 사무실을 정리하신 형편인데…… 저이가 왜 저러는지…… 걱정이 돼서 죽겠어예.”

“형님이 제발.” 막내숙모는 어머니 귀에 대고 낮게 뭐라고 말을 했다. “저 양반은 사업 체질이 아니지만 삼촌은 다르시지.” 어머니는 막내숙모에게 그렇게 말하고는 약간 목소리를 높여 어떤 공장을 생각중인지 묻는다.

“라디에이터를 만들어 납품을 해볼까 하고 연구중이에요.”

　막내삼촌은 그것을 납품받는 회사의 담당자가 고향 선배여서 납품 여부는 거의 언질을 받아놓은 셈이라며 사업 전망은 상당히 밝은 편이라는 말을 덧붙였다.

“그렇군요.”

　어머니 눈에는 어떤 기대의 빛이 떠오르고 있었다. 물을 마시는 어머니.

“저…… 그렇다면…… 형님이 그 사업에서 할 수 있는 일은 없을까요?”

　삼촌·아버지·막내삼촌·막내숙모의 눈들이 일제히 어머니 얼굴로 향했다. 어머니는 약간 당황해하는 기색이면서도 그러나 막내삼촌이 무슨 말을 해올까, 기대하는 얼굴이다.

“형수님도 참. 무슨 말씀을 그렇게…… 우리 형님이 어떻게…… 그런 구멍가게 같은 공장일을 보실 수 있다고 생각하시는지.”

　식사를 하는 사람은 아무도 없다. 상 위에 처음 놓여졌을 땐 더없이 먹음직스러웠던 음식들이 이제는 오히려 식욕을 가시게 할 정도로 지저분해졌구나. 나는 문득 그런 생각을 했다.

“우리 형님이 어떤 분이신데요. 고등학교 다닐 때 가정교사를 하면서도 1등을 놓쳐본 적이 없었던 수재였고 그 어렵다는 국립대학을 장학생으로 다닌…… 어디 그뿐인가요? L신문사. 재벌 회사인 ㅁ그룹에서…… 일했던 엘리트 중의 엘리트인 우리 형님이……”

아하, 막내삼촌은 머리를 떨구며 깊은 한숨을 내쉬었다. “지금은 비록 우리 형님 일이 잘 풀리지 않아 이러고 계시지만 그렇다고 해서 형수님이 우리 형님의 자리를 그렇게 낮추어 여기고 있다는 것은 충격인데요.” 막내삼촌은 다시 한번 한숨을 내쉬면서 머리를 흔들었다.

“삼촌, 저는…… 단지……”

어머니는 쉽게 말을 계속하지 못했다. 막내삼촌의 상심이 너무 큰 것에 놀란 탓이었으리라.

“우리 고향 친구들하고 저한테 우리 형님은 희망이고 자부심, 바로 그것이었어요. 저는 그놈들의 그 자부심을 깰 수가 없어서 큰형이 모처에서 중요한 역할을 맡고 있다고 그렇게 얘기해왔습니다.”

“태석아, 왜 그처럼 우스운 짓을 하는 거냐?”

아버지는 어이가 없는지 벙긋 웃는다.

“형님도 참. 그러는 제 맘을 모르시겠수? 난 그저 우리들의 스타였던 형이 계속 스타로 남아 있기를 바랐던 거였어요.”

“그만해둬, 낯간지럽게. 태석이 넌 괜히 우쭐대고 싶었던 거겠지.”

막내삼촌의 말을 자르는 삼촌의 얼굴엔 아버지와 달리 웃음기라곤 없다. 한없는 무거움으로 가득찬 두 눈은 진지하다 못해 딱딱해 보인다. 그리고…… 한 순간 삼촌의 두 눈은 내게 심연처럼 다가왔다. 무서운 쓸쓸함이 그 심연의 밑바닥에서 소리없는 태풍이 되어 일렁이고 있는 듯도 하다. 난 고개를 수그렸다. 내 가슴의 얇은 벽. 삼촌을 보노라면 삼촌을 짓누르는 그 여러 감정들이 내 마음속에서 돌덩이처럼 차곡차곡 쌓이는 듯했던 것이다. 어깨를 누르는 나만의 짐을 견디는 것, 그것만으로도 나는 기진맥진해 있다. 마음속 괴로움이란 어쩌면 쉽게 나눌 수 없는 것은 아닐까. 불현듯 떠오른 그 생각은 반사적으로 내가 기억하는 삼촌의 활짝 웃는 모습을 떠올리게 해준다.

몇 해 전까지만 해도 삼촌은 자주는 아니었지만 때론 환한 웃음을 터뜨리고는 했다. 그럴 때의 삼촌은 소년 같은 느낌이었다. 이즈음 어디서나 부딪치는 내 또래 소년들과는 다른, 옛시대의 청결한 소년 같은 그런 느낌. 삼촌의 마음속 깊은 곳에는 언제까지나 나이를 먹지 않는 소년이 한 명 살고 있으리라. 그렇게 여겨지는 순간 삼촌은 내게 삼촌이라기보다 한 사람의 연인과 같질 않았던가.

자란다는 것, 나이 먹는다는 것은 마음 깊숙이 비밀처럼 숨겨온 어린 시절의 연인의 죽음들을 지켜보아야 하는 과정이기도 하구나. 갑자기 늙은 여인네가 된 듯한 나는 한숨을 삼켰다. 무엇이 삼촌의 가슴속 소년을 앗아가버렸을까. "난 아이들한테 가족과 친구들과 이웃들에 대한 사랑을 주고 싶습니다. 그리고 아이들이 저마다 고유한 정신의 힘을 가진 소중한 존재라는 점을 깨우치게 해주고 싶기도 하죠. 그런데 실제로 제가 하고 있는 일은…… 낡아빠진 교과 과정을 되풀이하여 외우게 하는 훈련사에 지나지 않아요. 사회가 원하는, 받아들여진 사고만을 하도록 아이들을 몰아가기만 하는 거죠. 지금과 같은 교육 방식으로는 아이들을 모두 통조림 깡통으로 만들게 되는 거예요. 교과서 안의 지식에만 흥미를 고정시키고 그 반복되는 훈련을 견뎌야만 우수한 학생이 되는 것인데 그 결과 아주 순응적이고 단순한 인간들이 이 사회를 이끌어가는 주도 세력이 될 수밖에 없는 거예요." 어머니께 이런 말을 하던 때의 삼촌을 난 참으로 좋아했다. 정민에게 성적으로 인한 부담감을 주지 않았으면 좋겠다고 당부하던 삼촌.

그 무렵의 삼촌은 분명 지금처럼 지쳐 있지는 않은 모습이었다. 마음에 든 시집이 있으면 어머니께 가져다주기도 했고 어머니와 삼촌은 그 시집에 대한 느낌들을 아주 열렬한 어조로 말하기도 했었다. 그런데 언제부터였을까. 삼촌은 바빠졌고 어머니께 더 이상 시집을 가져오지 않게 되었다. 바쁘다는 것. 정신없이 바쁘다는 것. 그것은 사람들 사이에 빈 공간을 만들어놓는다. 서로에게 다가가질 못

한 마음들은 누구도 들여다보질 않는, 어두운 벽장 속 같은 것으로
변하게 된다. 난 물론 삼촌의 마음이 그러할 것이라고는 생각지 않
고 있었다. 어두운 벽장 속이라니. 삼촌이나 삼촌과 뜻을 같이하는
선생님들이 추구하려는 것은 우리들 마음과 마음이 서로 잘 만날 수
있게 되기를 바라는 것일 터였다. 성적표에 적혀나오는 석차, 그것
만이 증명서가 되는 학교. 죽어 있는 지식의 나열 같은 교과서의 활
자로부터 우리들을 자유롭게 해주려는 뜻에서 애써온 것이었으리라.
　스무 과목이나 되는 그 많은 과목들을 빠뜨리지 않고 모두 공부하
기 위해선 다른 마음 곁으로 다가가려는 우리들 저마다의 마음의 창
에 두터운 덧문을 내려야 하는 현실. 그것을 조금이라도 고쳐보려는
삼촌이나 삼촌과 뜻을 같이하는 선생님들의 노력에 다른 사람들이
전적으로 동의하는 것은 아님은 또 누구나 알고 있는 일이었다.
　"계급적 시각을 강조하는 것은 좋은 방향이 아니지요."
　우선 어머니만 하더라도 그렇게 말했던 터였다.
　"조직에 속하다보면 조직의 방향에 자신도 모르게 이끌리게 되기도
하는 모양이야. 뭐 그렇지만 민석이가 처음부터 그런 쪽에 주안점을
둔 것은 아니었으니 걱정할 일은 아니겠지."
　약간은 근심어린 어조로 걱정할 일은 아니라면서도 아버지 또한
염려스러운 기색을 떨쳐버리지 못한 모습이었다.
　이상했던 것은 나 역시 삼촌에게 어떤 완벽한 일체감을 느낄 수
없었다는 점이었다. 점점 말이 없어져가는 삼촌을 바라볼 때면 안타
까운 마음이면서도 난 어쩐지 내 자리에 머무르고 싶기만 했던 것이
다. 내가 원하는 것은…… 어느 한 곳에도 속하지 않는 것이었다.
그러면서 학교가…… 세상이, 내가 원하는 모습으로 되어주기를 바
라고 있다니. 이 끔찍한 이기심이라니. 그렇지만 난 다른 내가 되고
싶다는 생각은 하지 않고 있었다. 때때로 또 다른 나를 꿈꿀 때가 있
긴 했어도 그러나 어떤 틀에 맞추려는 노력은 생각만으로도 부담스
러울 뿐이었던 것이다. 그러면서도 아버지나 어머니, 또 삼촌이 다

지나가는 시간들, 열일곱 살 겨울　109

른 모습으로 살아가주기를 기대하는 마음을 품게 되는 것은 얼마나 이율 배반적인 노릇인지. 가여운 분들…… 그분들은…… 난 달라. 얼음의 덫을 빠져나가는 주문을 외우듯 난 스스로에게 그 말을 들려준다. 제대로 살아보기도 전에 삶의 쓸쓸함에 짓눌린다는 것. 그것은 내가 피하고 싶어하는 일들 중의 하나였다.

난 변함없이 삶이 기쁨이고 몰입이고 축제이기를 바라고 있었다. 그렇지 않은 삶을 죽을 때까지 살아야 한다면, 상상만으로도 비명이 터져나올 것만 같다. 나는 마침내 자리에서 일어났다. 언제나 깊은 호기심을 불러일으키지만, 오래 있노라면 멀미를 일으키는 어른들의 세계.

"작은형은 어느 때나 단정적으로 얘길 하지. 그건 좋지 않다고, 꼴불견이기도 하고."

참으려 했지만 도저히 참을 수 없는 듯 막내삼촌의 목소리는 떨려나왔다.

"그러니까 작은형수님이 친정으로 가버린 것이지."

뒷말엔 조롱기마저 감돌았다.

"민석아!"

"삼촌!"

같은 순간에 입을 연 아버지·어머니. 잠시 정적이 흘렀다.

"그 여자 얘긴 꺼내지 마라."

막내삼촌에게 명령하듯 말하곤 삼촌은 현관 쪽으로 걸어갔다. 난 삼촌의 뒷모습을 바라볼 수 없어 고개를 떨구었다. 좁고 처진 어깨, 구김이 많이 간 후줄근한 양복 윗저고리 속의 여윈 윗몸이 드러나는 뒷모습이 얼마나 쓸쓸하고 초라해 보였던지. 모두들 나와 같은 느낌이었을까. 입을 여는 사람은 아무도 없다.

식탁 의자에 앉아 콩나물을 다듬고 있던 나는 문득 고개를 들었다. 주위의 조용함이 한 순간 내 온몸을 에워싸는 투명한 갑옷처럼

다가온 순간이었다. 내가 도화지 속의 그림이고 그 그림은 지우개에
의해 조금씩 지워져가고 있기도 한 듯했다. 해 저물녘을 마악 지난
뒤…… 그러나 아주 어두워지기 전의 시각, 그때의 어둠이 제 모습
을 드러내면서 그 어둠이 지우개처럼 여겨진 것이었다.

  '불을 켜야지.'

  식탁 위의 등을 밝힐 스위치를 올리는 일에 앞서 내 눈길은 어느
덧 북쪽으로 면한 사각창으로 향해 있었다. 창이라기보다 유리벽이
라고 해야 할 그곳이 지금 내가 머무르고 있는 큰이모네 아파트가
밀폐된 공간이 아님을 보여주는 통로로 여겨진 탓이었으리라.

  며칠 전, 응시한 대학으로부터 합격 통지서를 받은 혜진언니가 고
등학생이었던 2년 전에 미리 큰이모네가 사두었다는 이 고층 아파트
의 층수는 14층. 나는 아직까지 14층 높이에 익숙해지지 않은 형편이
었다. 지난달부터 우리 가족이 살고 있는 아파트는 1층이어서일까.
허공중에서 떠다니고 있는 느낌은 들지 않았었다. 그러나 14층 아파
트는 달랐다.

  창문들은 모두 닫혀 있는데도 팔의 어느 곳에, 또 종아리 어느 부
분에 12월 마지막 날의 바람이 칼끝이 되어 박혀드는 느낌이었다.
베란다로 나가면 현기증이 생겼고 아무래도 마음이 가라앉질 않았
다. 유리벽. 그것마저 없었더라면 나는 큰이모가 왜 이 고층 아파트
를 샀는지 이해할 수 없었으리라. 바다가 있는 도시에서 거의 50년
을 살아온 큰이모는 혜진언니 때문에 자주 서울에 올 모양이었는데
바다를 대신해 강이라도 바라볼 수 있게 강변 쪽의 아파트 단지를
택한 것이라고 했다.

  하늘과 산과 강 그리고 강을 가로지르는 철교를 보여주는 유리벽
그곳. 나는 그러나 유리벽 쪽으로 바싹 다가가지는 못하고 몇 걸음
떨어져서 바깥을 내다본다. 햇살이 하루치의 목숨을 거의 다 잃어버
리려 하는 시각. 산은 연한 보랏빛이 섞인 회색빛 섬 같기도 하다.
산중턱에 우뚝 솟은 아파트며 건물들, 그리고 크고 작은 집들의 윤

곽은 점차로 흐릿해져간다.

집들이 자리잡고 있는 지역에는 회색빛보다는 아주 엷은 주황빛이 남아 있다. 햇살의 잔영 때문이다. 큰 건물들은 바깥 벽의 짙은 색감 때문인지 목탄빛으로 두드러져 보인다. 산머리 쪽의 회색빛이 가장 엷어 보인다. 청색을 띤 무거운 회색빛 하늘과 산, 그 사이엔 구름의 바다가 있어 산의 경계선 쪽이 좀더 밝아 보이는 것이다.

좀더 주의깊게 바라보면 하늘과 닿아 있는 구름은 하늘의 청회색이 스며들어 산머리 위의 구름보다 좀더 짙다. 기척 없이 다가오는 밤의 입성을 조금은 더 지체시키고 싶어하는 하늘과 산이 함께 마음을 모아 만든 성벽처럼 여겨지기도 하는 그 구름의 바다. 나뉘어진 하늘은 그러나 곧 하나가 되어 산과의 경계선을 잃게 되리라.

아주 조용조용하게 걷는, 마치 자신의 체중 모두를 마룻바닥에 실리게 한다는 것을 미안해하는 듯한 발걸음 소리가 들려온다. 여기 있었구나. 내 옆으로 와서 나란히 선 큰이모의 말소리는 아주 낮다. 목소리만 듣는다면 누구도 큰이모의 나이를 짐작할 수 없을 정도로 가냘프기까지 했다. 그러나 두어 시간 전에 큰이모는 큰 소리 내어 울었다. 그 울음 소리를 생각하면…… 그 울음 소리는 그냥 슬픔에 겨워 흐느껴 울게 되는 그런 울음 소리가 아니었다.

마음이 찢기는 듯 아파서 더는 견딜 수 없어 폭발하는 순간의 그런 울음 소리였다. 난 그때 큰이모의 심장에서 흘러내리는 핏물이 내 가슴속으로 스며드는 그런 느낌이었다. 어떤 슬픔…… 어떤 지독하고 끔찍한 슬픔이 저와 같은 울음 소리로 터져나오는 것일까. 머릿속이 순식간에 헝클어졌다. 혜진언니가 서랍 정리하는 것을 도와주고 있던 나는, 혜진언니를 쳐다보았다.

“처음 있는 일, 아냐.”

혜진언니는 그 말뿐이었다. 그렇다면 무슨 일로? 침착하고 조금은 차가워 보이는 혜진언니는 아무런 물음도 받고 싶지 않다는 표정을 하고 있었다. 혜진언니가 어렵기만 했던 나는 입을 다물었다. 큰이모의 울음 소리는 얼마 동안 더 계속되었다. 나는 하던 일을 계속할 수가 없었다. 가방마다에 빼곡이 들어차 있던 여러 계절의 외출복·평상복·속옷 등을 분류해서 혜진언니에게 넘겨줄 수가 없었던 것이다. 아무 일 없었던 것처럼 옷장 정리를 할 수 있는 혜진언니가 놀랍기만 하질 않았던가. 난 방문 쪽으로 걸어갔다가 펼쳐진 옷들과 옷가방들로 어지러운 방안을 왔다갔다 하기도 했었다.

"괜찮아, 정민아."

안절부절못하는 내가 안되어 보였던지 약간은 부드러운 목소리로 혜진언니가 내게 말해주었다. 무슨 특별한 일이 있어 저러시는 건 아냐. 지금까지 여러 가지 일들로 너무 힘들 때면 우시는 걸로…… 혜진언니는 날더러 침대 옆 작은 탁자 위에 놓인 카세트의 볼륨을 조금 더 높이라는 눈짓을 했었다. 그러나 나는 그렇게 하지 못했고 혜진언니도 그런 나를 내버려두었다. 그러는 동안 큰이모의 울음 소리는 차츰 낮아졌다.

무엇 때문일까. 외할머니 말에 의하면 너무나 부자여서 아무런 걱정거리가 없노라고 했던 큰이모네가 아니었던가. 큰이모의 마음을 찢어놓은 것은 무엇일까. 그러나 그 무엇에 대한 놀람증보다는 큰이모처럼 얌전한 부인이 그다지도 몸부림치며 큰 소리로 울부짖을 수 있다는 것이 내겐 더욱 충격적이었다. 그리고…… 역시 어른들은 내가 그 안을 짐작해볼 수 없는 단단한 존재라는 느낌 또한 되살아나고 있었다.

"어른들 속에는 여러 개의 문이 있다"라고 혼잣말을 하기도 했었다. 큰이모와 함께 있었던 어머니가 혜진언니의 방으로 들어온 것은 큰이모의 울음 소리가 완전히 잦아든 뒤 십여 분쯤이 지났을 무렵이었다. 지친 기색이 완연한 어머니는 얼마 동안 혜진언니의 침대에 누워 있었다.

"저 때문에…… 이모가 너무 힘드신 것 같아요."

예의바른 혜진언니는 꿀차를 만들어오겠다며 방을 나갔다. 큰이모가 왜 울었느냐고 묻고 싶었지만 나는 입을 열 수가 없었다. 어머니가 너무 피곤해 보인 탓이었다. 혜진언니의 말은 틀리지 않았다. 혜진언니가 대학 입학 시험에 합격임을 알게 된 바로 다음날 큰이모는 혜진언니와 함께 지난달에 전세 기한이 끝나 비어 있던 여기 아파트로 오면서 어머니는 바삐 움직여야만 했던 형편이었으니까.

도배를 하고…… 칠을 하고…… 혜진언니가 타고 다닐 작은 차를 계약하고…… 침대와 책상이며 거실에 놓을 소파 그리고 식탁 등을 사들이는 모든 일들을 큰이모와 함께했던 어머니였다. 그 모든 일을 사실 이렇게 한꺼번에 해야 할 이유는 없었다. 입학식까지는 아직 두 달씩이나 남아 있던 터였기에.

그런데도 큰이모는 서울 생활을 하게 되는 이가 혜진언니 아닌 큰이모이기나 한 듯 서둘렀던 것이다. 그리고 이제 마지막 옷정리만 남게 되자 갑자기 울음을 터뜨린 것이었다. 도대체 어떤 일이 큰이모를 울게 만든 것이었을까. 혜진언니가 꿀차 석 잔이 올려진 다갈색 찻상을 들고 방으로 들어왔다. 어머니는 천천히 몸을 일으켜 방바닥으로 내려앉았다. 침대에 등을 기대는 것이 편안하게 여겨지나 보았다.

"잣을…… 넣지 못했어요."

어머니께 찻잔을 건네주며 혜진언니가 아쉬운 듯 말했다. 큰이모의 딸답게. 큰이모도 예령어머니처럼 집안 살림을 완벽하게 꾸려가기 위해 애쓰는 편이었다. 예령어머니와의 차이점이라면 큰이모는 예령어머니처럼 자신만만해 보이지는 않는다는 점이었다. 일년에 한두 번 만날 때마다 큰이모는 언제나 지친 인상이었고 또 쓸쓸해 보이는 얼굴을 하고 있었다.

"마셔라, 정민아."

내게 꿀차를 마시도록 권하고 난 뒤 마지막으로 자신 몫의 찻잔을 입 가까이로 가져가는 혜진언니는 큰이모가 울음을 터뜨렸던 진정한 이유를 알고 있는 것일까. 아, 그런데 시선을 아래로 향하고서 생각에 잠긴 표정이 되어 꿀차를 마시는 혜진언니는 참으로 아름다운 모습이었다. 눈길을 아래로 주고 있어 조금은 차가운 듯한 분위기가 사라진 만큼 더욱 매혹적으로 비쳤는지도 몰랐다. 아름다움이란 얼마나 대단한 것인가. 나는 문득 그런 생각을 하기도 했었다. 머릿속이 깨끗한 물로 가득차 있어…… 내 자신이 순간적으로 투명해지는 듯한 그런 느낌. 그러나 안타깝게도 그러한 느낌이 오래 계속되지는 못했다.

"혜진아. ……언니가 말이다."

어머니가 입을 열었고 그 어조며 얼굴 표정이 여간 무겁지 않았다. 나는 다음 순간 약간 난감한 기분이 되고 말았다. 어머니가 내 앞에서 큰이모 이야기를 해도 좋을지 망설이고 있는 듯했기 때문이었다. 난 어머니의 그런 마음을 짐작할 수 있으면서도 어머니와 혜진언니만을 있게 하고 싶지 않았다. 호기심 때문이었다.

"정민아!"

어머니가 마침내 내 이름을 불렀다.

"정민이가 있어도 상관없어요, 이모."

혜진언니가 찻잔을 내려놓으며 말했다. "감춘다고 해서 달라질 것은 없었을 텐데요. 몰라도 좋을 사람들은 모르는 것이 좋겠지만 정민이를 그런 사람들 속에 넣는다는 것은……" 혜진언니는 머리를 저었다. 내가 혜진언니를 잘못 알고 있었던 것일까. 잘 모르겠다는 생각뿐! 혜진언니는 내게 마음속을 잘 열어보이지 않는 것처럼 여겨지고 있던 것이었다. 예의에 어긋나지 않으며…… 자신에게 주어진 일을 잘해나가며…… 사람들과는 쉽게 친하려 들지 않는…… 그래서 선뜻 다가가기 어렵게 여겨진 것이었다. 그러나 날 자신의 방에서 내보내려 하질 않는 것을 보면 내가 생각했던 것만큼 폐쇄적이지는 않은 듯하질 않은가.

"혜진이가 그래도 좋다면……"

머리를 끄덕인 어머니는, "언니는 이혼을 했으면 한다는 거야" 하고 이야기를 이어갔다. 이혼. 그 말은 내게 지진과 같은 느낌으로 다가왔다. 큰이모가 이혼을 원한다는 말을 외할머니께서 듣는다면? 그 물음도 함께 떠오른 참이었다. 그것은 아무래도 외할머니께서 큰이모네에 대해선 걱정할 것이 없고 오직 우리집이 걱정거리라고 말해왔기 때문이었다.

"언젠가는…… 어머니가 그렇게 하기를 원할 거라고 생각했었어요."

변함없이 침착한 혜진언니의 목소리와는 대조적으로 그때 아파트 위를 지나가는 헬리콥터의 프로펠러 소리는 요란했었다.

"그랬었구나."

아주 낮게 말한 어머니는 다시금 목이 마르는지 찻잔을 들어올렸다. 여러 가지 생각들이 한꺼번에 떠오르는 듯했던 어머니의 표정. 어머니는 어쩌면 혜진언니가 너무나 침착하다는 데 크게 놀라고 있었으리라. 혜진언니는 또 혜진언니대로 어머니의 그런 놀라움을 모르지 않는 것 같았다.

"이모는 어머니한테 이혼을 하지 않는 것이 좋으리라고 그렇게 말씀드렸나요?"

혜진언니가 먼저 입을 열었다. 어쩐지 약간의 추궁하는 듯한 어조로.

"아니, 그저 언니 얘기를 듣기만 했어. 난…… 언니가 그런 식으로 결혼 생활을 힘들게 해왔다는 것이……"

어머니는 한숨을 내쉬었다.

"전 아버지, 어머니를 보면서…… 아니 잘 모르겠어요. 아버진 책임감이 강한 분이고 어머니는 자존심이 강한 분이로구나, 그런 생각을 하게 되었어요. ……서로 다른 상대방을 만났더라면 무난하게 살아갈 수도 있었을 텐데…… 아니, 사실은 잘 모르겠어요."

좋은 부부라는 것은 정말로 있을 수 있는 거냐고 혜진언니가 물었다. 정말로 서로의 아픈 부분을 감싸주고 약한 부분을 위로해주는

것이 부부 사이에 있을 수 있는 거냐고도. 어머니를 똑바로 쳐다보
며. 어머니는 처음에는 당황해하는 기색이더니, 그렇게 하려고 애쓰
며 살아들 가는 거라고 말했다.

"애쓰는 과정은 어쩌면 상처입는 과정일지도 모르지요. 어머닌……
특별히 잘 다치는 여린 성격이신데…… 자존심 때문에 그 다친 흔적
을 잘 보여주려 하질 않았어요. 어쩌면 아버지의 권위를 우리들한테
무너뜨리고 싶지 않으셨던 거겠지만요."

"언니는 늘 사막을 걷는 것처럼 그렇게 외로웠다고 하더라."

"아버진 정다운 분은 아니셨어요. 무덤덤하다고 해야겠죠. 그렇지
만 특별히 우리들한테 나쁘게 한 적은…… 일과 골프만을 중요하게
여겼을 뿐이었지만 대부분의 아버지들이 그렇지 않을까요?"

"혜진이는 네 엄마의 외로움을 이해한다는 것이 쉽지 않은가보구
나."

"아버지가 어머니를 외롭게 했다면…… 어머니는 우리들한테……
외로움을 타는 어머니는 우물 속에 갇힌 사람 같다는 느낌을 들게
했었어요. 의무감과 자존심으로 살아간다는 것을 지켜본다는 것이
얼마나 끔찍한가를 알게도 해주었구요."

우유빛에 가까운 혜진언니의 얼굴에는 상기한 기운이 뚜렷했다.
말소리도 한결 빨라져 있었다.

"어머닌…… 아마 어머닐 피해자라고 여기고 있으시겠죠. 외할머니
가 아버지의 자격증을 보고 아버지와 결혼을 하게 했기 때문에 이런
결과가 되고 말았노라고 언젠가 이모한테 전화로 얘길 하는 걸 들은
적이 있어요. 자신의 삶을 외할머니가 운전하도록 맡겼던 것이 어머
니라는 생각은 하지 않는 것 같았어요."

"혜진아, 네가 아버지, 어머니 사이의 문제점들을 모두 다 알고 있
다고 생각한다면 그것은 옳지 않은 일이란다."

어머니는 타이르는 듯한 어조였다. 혜진언니는 어머니의 그 말에
놀랍도록 빠르게 수긍을 했다.

"그건 이모 말씀이 옳아요."

사람은 누구나 잘 알 수 없는 존재라는 생각이 든다고 혜진언니가 덧붙였다. 그러더니 이모가 몹시 피곤해 보인다며 눈을 붙이는 것이 좋으리라고 말하곤 어머니를 자신의 침대에 눕게 했다. 5분도 지나지 않아 어머니는 잠속으로 빠져들었다. 혜진언니는 나에게도 어머니 옆에서 자는 것이 어떻겠느냐고 말했지만 난 그렇게 하지 않았다. 내 방이 아니면 잠들 수 없는 버릇 때문이었다. 그러자 혜진언니도 더는 권하지 않고 옷장 정리를 다시 시작했다. 그리고 그때부터 혜진언니는 입을 열지 않았다. 난 무슨 말인가를 하고 싶었지만 고개를 수그린 채 일에 몰두하고 있는 혜진언니의 옆얼굴이 너무 차가워 보여 입을 열 수가 없었다.

아무 말 없이 옷장을 정리하고 책상 정리를 하는 동안 줄곧 혼자만의 생각에 갇혀 있는 듯했던 혜진언니. 그런 혜진언니를 지켜보아야만 했던 내 마음은 점점 더 옥죄어드는 것만 같았을 뿐, 내가 혜진언니에게 조금도 도움이 될 수 없다는 것, 그 사실이 날 낙담하게 하고 안타깝도록 만들었던 것이다.

그리고 사람은 누구나 잘 알 수 없는 존재라고 했던 혜진언니의 말 또한 너무나 뚜렷한 느낌표가 되어 내 머릿속 스크린에 머무르고 있기도 한 참이었다. 잘 알 수 없는 존재…… 존재들. 그러는 동안 내가 알고 있는 모든 사람들이 의문 부호로 다가오질 않았던가. 그리고 그 의문 부호는 또 열릴 수 없는 커다란 자물쇠로 바뀌었다.

난 머리를 흔들었다. 내 귓전에서 자물쇠들끼리 서로 부딪치는 금속성의 마찰음들이 들려오는 듯했던 것이다. 싫다는 외침이 내 입에서 튀어나오려고도 했었다. 난 어머니를 쳐다보았고, 마치 내 마음속의 어지러움을 알아차리기라도 한 듯 그 순간 어머니는 잠에서 깨어났다. 금속성의 마찰음들이 일제히 사라졌다.

"굉장히 오래 잔 것 같은데……"

어머니는 몸을 일으켜세우며 창 쪽으로 눈을 주었다. 어둠이 다가

오는 시각이었다. 앞방에서는 아무런 기척도 들려오질 않고 있었다. 혜진언니는 책상 서랍 정리를 하다 말고 무슨 책인가를 들여다보고 있었다. 어머니는 혜진언니의 침대에서 내려오며 날더러 조용히 나가자는 눈짓을 했다. 혜진언니는 어머니와 내가 거실로 나가는 것을 몰랐던 것일까. 책에서 눈을 들지 않았다. 혜진언니는 어쩌면 영주·영환과 함께 내 방에 있었던 것이 그다지 내키지 않았던 그때의 나처럼 지루했던 것은 아니었을까. 더는 생각하고 싶지 않았던 내게 어머니는 저녁 식사 준비를 하자고 말하며 콩나물이 담긴 봉지를 가져다주곤 주방으로 들어가버렸다.

"아직 해가 완전히 들어가버린 것은 아니구나."

낮게 탄성을 지르듯 그렇게 말한 큰이모는 강에서 눈을 떼지 못하고 있었다. 산과 강물의 경계선 언저리에서 몇 줄기 엷은 금빛 띠가 되어 출렁이고 있는 구름 속의 해를 지켜보는 큰이모의 옆모습. 울음이 큰이모의 얼굴에 또 하나의 피부처럼 스며 있던 지친 모습을 말끔히 가시게 했던가. 아이의 그것처럼 조그맣고 말간 얼굴은 더없이 천진해 보인다.

정민에게

크리스마스 카드 대신 너에게 편지를 보내자고 생각했다. 아직도 내 시간을 관리하는 어머니로부터 읽기·쓰기를 위한 시간을 얻어낼 수 있게 된 때문이다. 어머니는 『고교생을 위한 한국 명작 단편의 이해』라는 책도 사다놓으셨다. 얼마 전만 해도 그런 책은 어머니 눈에 뜨였을 리가 없었음이 분명했겠지. 쓸모없는 책을 많이 읽다보면 적극적인 삶을 살게 되지 못하고 공연히 머릿속만 복잡한 구경꾼, 또는 낙오자가 되기 쉽다는 것이 어머니의 믿음이었으니까. 그랬던 어머니가 얼마 전부터는 명작 단편을 읽고 난 다음 독후감을 써내야 한다고 해서 날 괴롭힌다.

독후감을 의식하면서 명작 단편을 읽는 일의 그 재미없음, 아니

명작 단편들은 어쩌면 그다지도 한결같이 재미가 없는지. 명작의 첫째 조건으로 재미가 없어야 한다는 것이 필수적인지 원. 가장 견딜 만한 것이 「발가락이 닮았다」였다. 그리고 명작 단편 속의 인물들 중에는 왜 쌈박하고 멋진 인간형이 등장하질 않는지. 난 그 점도 불만이었다. 문학이란 실패하고 낙오한 인간들에 대한 기록물인 것인가. 그렇다면 굳이 그러한 인간들에 대한 이야기를 꼭 읽어야만 하는 것인지.

모범 독후감을 엮은 책이 나온다면 좋으리란 생각을 하게 되었는데 정민이 넌 어떠니? 시험 제도의 변화라는 것은 결국은 우리들을 괴롭히는 품목이 늘어났다는 것에 지나지 않는 것 같다.

우리들에게 주어진 2년. 높은 산 같고 깊은 터널 같기도 한 2년. 그 시간들을 생각하면 벌써부터 숨이 막혀든다. 하루, 때로는 이틀, 때로는 사흘이 계속되고 있는 것처럼 지겹게 여겨졌던 하루. 그 하루들이 쌓여 일년. 그런데 그 일년의 흐름은 또 너무 빠르게만 여겨지는 이 시간이 종잡을 수 없음.

앞으로 우리가 견디어내야 할 2년도 2년 뒤엔 조금도 길지 않았다고 그렇게 여겨질 수 있을까 몰라. 아니 어떻게 꼭 2년 뒤면 대학엘 들어갈 수 있다고 자신할 수 있겠니? 뭔가 잘못되는 날이면 2년은 3년으로 늘어날 수도 있는 일인 거지.

하지만 그것은 생각만으로도 몸서리가 쳐지는 일이니까 어떻게 해서든 입시에 실패하지 않아야겠지. 지겹게도 또 내 얘기는 입시 언저리를 떠나지 못하는구나. 이런 내가 지겹고…… 어머니와 너무나 닮았다는 생각에 또 화가 치밀어오른다. 언제나 대학 입시만을 생각하는 어머니. 어머니는 나와 내 동생의 성적표가 모범 어머니의 순위와 같다고 여기시는 게 분명하다.

어머니는 물론 그렇게는 말씀하시지 않는다. 모든 어머니들의 공통적인 말씀. '이게 다 너희들의 장래를 위해서란다. 나는 뭐 수험생 엄마 노릇 하는 것이 편하고 즐거운지 아니? 때로는 너희

들을 조금만 좋아한다면 엄마도 이렇게 힘들지는 않을 거라고 생
각할 때도 있지. 너희들을 사랑하고 너희들의 앞날을 걱정하기 때
문에 이럴 수밖에 없는 거란다.'

사랑이란 방패막. 그것이 그다지도 강력한 무적 함대나 다름없
다는 것이 난 부당할 뿐이다. 요즈음 난 줄곧 부당하다고 중얼거
리고 있다. 그러다 어느 순간 폭발한다. 그럴 때의 내 모습이 어
떠한지 넌 짐작조차 할 수 없을걸. 아침나절에도 난 중학교 2학년
인 내 동생과 난투극을 벌였단다.

서로의 머리칼을 쥐어뜯고 서로의 무릎을 걷어차다 못해 마침내
는 욕설까지도 쏟아냈던 활극. 서로의 머리를 벽에다 쿵쿵 찧으려
고 안간힘을 다해 몸부림을 쳐댔다. 그러는 동안 난 내 동생 윤미
가 죽어 없어져버렸으면 하는 생각도 서슴없이 했었단다. 그 순간
엔 오직 그것만을 원했으니까. 끔찍하게도 말이다. 무엇 때문에
그처럼 흉하게 싸웠던 것일까.

며칠 뒤면 우린 열여덟.

내년에는 다른 무엇보다도 윤미와의 난투극을 그만둘 수 있기를
소망하는 마음이다. 그 순간의 내가 짐승처럼 여겨지는 참혹함을
다시는 내 것으로 하지 않기를 바라는 것이다. 내 안에 그토록 깊
은 거칠음이 숨어 있다는 것. 난 그것이 여간 싫지 않고…… 어느
때는 또 화가 치솟기도 한다.

널 좀더 자주 만나고 싶은 마음이었는데 역시 그놈의 망할 공부
때문에 그럴 수가 없었다. 내년엔 네가 이사간 동네의 고등학교로
옮겨가게 되면 더욱 만나는 것이 쉽지 않겠지. 그렇지만 만남의
횟수와 관계없이 난 널 진정한 나의 친구로 여기고 있다. 정민이
도 그렇게 생각해주겠지? 난 질투심이 많아. 정민이가 날 좋아해
주지 않으면 용서하지 않을 테니까 몸조심, 마음 조심하도록. 방
학중에 시간 내서 유나와 셋이서 한번 만나자. 내가 연락할게.

정민이의 첫째 친구, 선미가

지나가는 시간들, 열일곱 살 겨울 121

정민아

내가 고른 이 카드. 네 마음에 들어야 할 텐데. 네가 좋아할 만한 것을 고르느라 여러 가게를 돌아다녔단다. 발바닥이 따끔거리도록 말이야. 누군가의 마음을 기쁘게 해주기 위해 하는 일들은 참 즐겁고도 행복한 일인 것 같아.

여기까지만 썼는데도 카드가 가득차버렸구나. 건강하고 행복하길 바란다.

널 굉장히 좋아하는 유나가
(편지를 함께 보낸다)

정민아

내가 보낸 크리스마스 선물이 아직 도착하지 않았겠지? 지금은 너무나 많은 사람들이 카드며 선물을 보내느라고 우체국 아저씨들이 정신없이 바쁠 때니까.

내가 보낸 사각형의 벽시계가 널 기쁘게 해준다면 얼마나 좋을까. 선미에게도 너에게 보낸 것과 똑같은 벽시계를 선물로 보냈단다. 그리고 그 벽시계는 내 방 벽에도 걸려 있어.

그 시계를 볼 때면 난 너희들을 떠올리고…… 너희들도 그 시계를 보면서 날 생각해줄 거라고 믿는단다. 정민이와 선미같이 훌륭한 친구들을 만나게 되어서 내가 얼마나 기뻤는지. 너희들이 처음 우리집에 오게 되었던 그날을 난 잊지 못할 거야. 그래서 난 그 고약한 담임한테도 고마워하게 되었단다. 정민이가 수학 시간에 일기를 적지 않았더라면…… 그 일기에 담임을 약간 흉보지 않았더라면…… 정민인 혼나지 않았을 거라고……

그런 일이 없었더라면 정민이와 선미와 내가 친구가 될 수 없었다는 것을 생각하면…… 난 이 세상에서 가장 좋은 것이 친구라는 것을 알게 되었고…… 그래서 계속되는 아버지, 어머니의 싸움 속

에서도 나만의 평화를 얻게 되었다고 생각한단다. 2학년이 된다는
것을 생각하면 두렵고 겁이 나지만 너희들이 있으니까 난 견디어
낼 수 있을 거야.

널 보고 싶어하는 유나가

정민에게

　우리집은 바깥 세상의 들떠 있는 분위기와는 아무런 관계 없이
언제나처럼 조용하다. 크리스마스는 하나님을 믿는 사람들의 명절
이란 이유로, 연말이 가까워올수록 다가올 한 해를 차분하게 맞이
해야 할 마음의 준비로 더욱 흐트러짐이 없어야 한다는 것이 아버
지 생각이시거든.

　선생님과 정민이가 내 애기를 들어주지 않았더라면…… 좋은 친
구가 되어준 것에 대해 감사한다. 산다는 것의…… 그 의미를 아
직도 잘 모르면서 살아야 한다는 것. 그것이 내 마음을 무겁게 짓
누른다. 정민이도 나도 앞으로 우리가 살아내야 할 2년을 어떻게
든 견뎌내야 하겠지. 힘껏, 최선을 다해 견디어보자.

준하가

　살아 있다는 것. 누군가를 미칠 듯이 좋아한다는 것은 역시 멋
진 일이다. 사랑이 없는 삶의 삭막함을 무엇에다 비유할 수 있으
리.

　새해엔 김정민양 또한 내가 맛보고 있는 이 현란한 감정의 선물
을 함께 나누었으면 한다. 그렇지만 나보다는 온도가 낮은 사랑이
어야 하겠지. 그리고 이것 하나만 충고하자. 정상적이라고 일컬어
지는 그 단조로운, 삶을 벗어나는 것을 겁내지 말기를. 삶의 끝은
죽음임을 명심해라. 좌, 우 편가르기만 하지 않는다면 우린 좀더
멋진 친구가 될 거라고 믿는다.

이건우가

정민에게

정신없이 바쁜 나날들.

여러 나라에 흩어져 있는 친척들한테 카드를 보내는 일. 선물 목록을 만드는 일. 해 바뀌기 전에 얼굴을 보아야 한다는 또 다른 친척, 친지 들과의 식사 약속. 그리고 ○○보육원에 보낼 옷 종류와 책, 그리고 음식을 만드는 일로 어느 하루, 나만의 시간을 얻을 수 없을 만큼 바쁘고 혼란스러운 날들이다.

지금까지 한 해의 끝 무렵엔 이러한 일들로 언제나 바빴고 그러한 바쁨을 자연스러운 것으로 받아들였는데 지금은 그럴 수가 없다. 내일 용평 스키장으로 가기 위해 짐을 꾸려야 하지만 아직 가방조차 꺼내질 않았다.

유타에서 온 사촌언니들은 그곳의 눈이 얼마나 멋진가에 대해 말하고 있는데…… 용평행에 대해선 아마도 내키지 않는 기색들이다. 그렇지만 사촌들끼리의 빠뜨릴 수 없는 겨울 행사인 만큼 어쩔 수 없이 가주겠다는 투라고나 할까.

아…… 아니야. 사촌언니들에 대해 내가 약간 꼬인 눈으로 보았던 것 같아. 정민아, 난 얼마 전부터 내 자신에 대해 많이 실망하고 있는 편이다. 내 마음속에 나도 알지 못했던 어떤 심술궂음이 숨어 있었다는 것. 그 사실이 날 놀랍게 하고…… 어쩔 줄 몰라하는 기분이 되도록 한다.

난 때때로 아무것도 느끼지 않는 가슴이기를 원하기도 한다. 간절하게. 내가 좋지 못한 방향으로 커가고 있는 것은 아닐까 걱정이 되기 때문이다. 기도한다는 것의 의미는 무엇일까 하는 의문도 내 머릿속을 떠나지 않는다.

기도란 고통을 피하려는 약한 마음들이 하나님께 좀더 많은 안락함을 구하는 말들이라는 생각이 든다면…… 이런 내 살풍경한 마음속을 어머니가 아신다면.

정민아, 너한테 이 글을 쓰는 동안에도 내 머릿속에서 무엇인가

쉼없이 삐걱대는 소리가 들려오는 것만 같다. 너에게 좀더 자연스
럽게 이야기할 수도 있는데 어쩐지 그러기가 쉽지 않은 것이다.

이 편지를 찢어버리고 싶은 마음을 누르느라 많이 힘이 든다.
너에게 휘장을 사이에 둔 채 말하고 있는 듯한 이 고약한 느낌.
신음 소리가 입 밖으로 새어나올 것처럼…… 그처럼 답답하기도
하다.

자란다는 것. 나이를 먹는다는 것은 지금까지와는 다른 시선으
로 세상을, 사람들을 보게 된다는 것일까? 아니 꼭 그렇지는 않을
것 같다. 예진언니는 나보다 더 위지만 아버지, 어머니, 우리집에
대해 예전과 다른 투로 말하질 않으니까.

나의 이런 변화는…… 무엇 때문일까. 정민아, 난 예전의 나로
돌아가고 싶다. 어머니에 대해 무한한 사랑을, 아버지로 향한 자
랑스러움과 존경심을 간직할 수 있었던 그때의 나로.

이처럼 괴로운 것은 그것이 불가능하다는 것을 알고 있어서일
것이다.

낙원에서 쫓겨난 듯한 이 외로움. 무엇인가 소중한 것을 잃어버
린 것만 같은 이 쓸쓸함. 정민아, 경훈오빠는 더 이상 우리집에
오질 않는다. 경훈오빠를 가까이하면 좋지 못한 세계의 공기가 우
리들 곁으로 스며들게 된다고 아버지, 어머니가 생각하시기 때문
이지.

좋지 못한 세계의 공기…… 아버지, 어머니의 기도의 말씀. 이
혼돈스러움에서 벗어날 수 있을까…… 가방을 다 챙겼느냐는 어머
니의 말소리가 문 너머에서 들려온다. 나의 진정한 친구. 새해를
나는 새롭게 거듭날 수 있는 시간의 선물로 받아들이고 싶다. 거
듭나고 또 나서 내 정신이 투명한 별처럼 반짝일 수 있다면. 용평
에서 돌아오면 날 만나주겠지? 너와의 만남을 생각하면 언제나 가
슴이 설레인다.

정민의 진정한 친구, 예령

여러 번 되풀이해서 읽었던 카드와 편지들. 친구들이 보내준 그것들을 읽을 적이면 언제나 마음속에 따뜻한 불씨가 되살아나는 듯한 느낌이 되곤 한다. 유나·선미·예령·건우·준하. 그애들은 저마다 떨어져 있지만 서로의 손을 잡고 있는 것만 같다. 그애들은 얼마나 다른가. 그러나 언젠가 그애들은 다 함께 서로를 좋아하는 친구가 될 수도 있으리라.

옆방의 아버지·어머니는 벌써 잠자리에 드셨는지 아무런 기척도 들려오질 않고 주위는 조용하다. 나는 내 방에서 나와 조심스레 거실의 유리문을 열고 베란다로 나간다. 내일이면 새해. 열여덟 살이 된다. 열여덟 살의 날들은 지금까지와는 다른 날들이길 바라는 마음이지만. 내 머릿속 스크린에 떠오른 것은 언제나와 다름없는, 터널 속을 걷는 내 모습이다.

고개를 들어 하늘을 본다. 검은 빌로드로 된 밤바다 같은 하늘 저편. 그곳에서 반짝이는 별들은 얼음조각으로 만든 잘디잔 종들 같다. 거듭나고 또 나서 내 정신이 투명한 별처럼 반짝일 수 있다면…… 입속말을 하는 동안 내 머릿속 스크린의 터널, 그곳의 천장이 훌쩍 사라져간다. 내 눈을 파고드는 별들의 입김 같은 눈부신 빛. 나는 눈을 감는다. 새로워지고 싶다는 소망만큼 아름다운 것이 또 있을까.

열여덟 살, 여름

　반쯤, 혹은 활짝 열려 있는 방문들. 그 너머의 방들은 해저물녘의 어스름 속에 잠겨 있다. 그래서 그곳은 사람의 체취가 머물렀던 방이라기보다 많은 이야기들이 쌓여 있는 비밀의 공간처럼 다가온다. 이제 곧 방문들은 닫혀져, 자물쇠가 채워진 다음, 다시는 열리지 않을 듯만 싶은 그런 곳. 사람들은 모두 어디론가 사라져버렸다. 사르락, 사르락. 뒤란의 대숲에서 바람이 시키는 대로 서로의 몸을 부딪는 댓잎들의 사르락대는 소리가 들려올 뿐. 그러나 그 소리는 주위의 고요함, 무거운 정적에 비하면 너무나 얇은 소리에 지나지 않는다.

　정적은 참 이상한 힘을 지녔다. 그것은 거대한 동굴 같기도 했다가 무겁디무거운 돌이불처럼 여겨지기도 했다. 정적 속에서 혼자 가만히 누워 있으면 마룻장들이 아래로, 아래로 내려가는 듯만 싶은 느낌에 휩싸여든다. 닿을 곳이 있기나 한가.

　아래로, 아래로 내려갈수록 내 몸에 와 닿는 대기의 감촉은 서늘해진다. 그 서늘함은 한여름, 소나기가 지나간 뒤 짙은 초록빛 후박나무 잎사귀에서 내뿜는 청량한 서늘함이 아니다. 습지대 연못의 입김 같은, 그런 서늘함인 것이다. 풍뎅이처럼 오그려뜨린 몸을 움직여 돌아눕는다. 마당에는 아직 햇살이 머무르고 있다. 아아. 속눈썹에 매달려 있던 눈물 방울의 요술 탓인가. 햇살은 한 순간 금실·은실로 짠 투명한 빛의 그물처럼 여겨졌다. 나팔꽃·채송화 들이 작고 동그란 화단을 이루고 있는 마당을 덮고 있는 그 아른아른한 빛의 그물.

눈을 깜박여본다. 빛의 그물은 사라졌다. 그래도 마당은 정결하다. 하루종일 햇살에 몸을 달군 아마빛 흙의 속살 내음이 훅 끼쳐온다. 마루를 내려가 마당에 서면 습지대의 연못가에 서 있는 듯한 느낌에서 벗어날 수 있을 것만 같다. 그렇게 하고 싶다. 그러나 내 몸은 여전히 풍뎅이 모습으로 마룻장 위에 눕혀져 있다.

몸을 일으켜세워 걸음을 내디딜 정도의 힘이 남아 있질 않았던 것이다. 누군가가, 누군가가 내 옆에 있어준다면…… 나는 풍뎅이처럼 누운 채 사립문 너머의 길을 본다. 인적이 없는 좁은 길. 길의 오른켠은 대나무숲으로 이어져 있다. 마디가 굵고, 허공과 키 겨루기라도 하듯 높이 자란 대나무숲 때문일까. 길의 허공중에는 짙은 초록빛 투명한 차일이 쳐 있는 것도 같다. 높이가 들쭉날쭉인 길 왼켠의 사철나무 울타리와 대나무숲 사이의 길의 끝은 어디로 닿아 있는 걸까.

뻗어나간 줄기마다, 긴장된 춤사위를 떠올리게 하는 소나무들이, 커다란 봉분처럼 솟아오른 둔덕을 덮고 있는 솔밭이 내 눈에 들어오는 길의 끝이다. 솔밭의 흙은 붉게 보일 정도로 강렬한 흙빛이다. 손으로 만지면 그 붉은빛이 살갗 속으로 스며들 것처럼. 대나무숲과 사철나무 울타리 사이의 길의 흙빛은 솔밭의 흙빛처럼 생생하고 선열한 빛을 지니고 있질 않다. 그곳의 흙빛에는 햇빛을 잘 받지 못하는 댓잎의 초록빛이 스며들어 있는 것도 같다.

그러고 보니 마당의 흙빛이야말로 가장 부드러운, 햇빛이 바래고 또 바랜 엷은 모래빛을 닮았다. 갑자기 그것은 오래 앓아 누운 환자의 창백한 얼굴빛을 떠올리게 해주었다. 그리고 그때…… 솔밭 저편에서 누군가의 모습이 나타나기 시작했다. 누구일까. 누군가의 모습은 아직…… 헤아려지지 않는다.

남자가 아니라는 것만은 알 수 있다. 나는 풍뎅이처럼 오그려뜨렸던 몸을 폈다. 현기증에도 불구하고 기둥을 잡고 일어섰다. 이제 솔밭 저편에서 나타난 사람이 남자가 아닌, 안노인네라는 것을 알겠다.

키가 작고 몸피도 작은 안노인네. 그이의 걸음은 느리지 않다. 물빛 숙고사 치마 저고리 차림인 안노인네의 차림새는 전혀 흐트러짐이 없다. 그이의 표정을 알 길은 없지만 서두르고 있다는 것을 알 수 있을 것도 같다. 손수건으로 이마의 땀을 누르며, 어느덧 달음질치듯 종종걸음으로 빠르게 걷는 그이…… 외할머니일 거라는 생각을 나는 어째서인지 떨쳐버리고 싶었던 것 같았다. 외할머니가 사립문을 열고 마당으로 들어서고 있었다. 나는 외할머니가 아이고 내 강아지, 하고 날 끌어안을 때까지 꼼짝하지 않았다. 난 아마도 어머니를 기다리고 있었던 것이었으리라. 외손녀를 며칠이나마 곁에 두고 싶어했던 외할머니의 마음을 헤아려, 날 외가댁으로 보내었던 어머니가 날 데리러 달려와주기를 기다리고 또 기다렸던 것이었으리라.

눈까풀 안쪽에 남아 있는 열기와 띠끔거리는 통증 때문에 나는 읽고 있던 회색 노트를 덮고 눈을 감는다. 주위는 조용하다. 몇 시나 되었을까. 지독한 감기몸살 증세 때문에 나는 어제, 오늘 학교를 가지 못하고 이렇게 누워 있다. 어제는 하루종일 내내 잠을 잤다. 어머니가 깨우면 몽유병자처럼 몽롱한 정신으로 일어나 죽을 몇 술 삼키고 약을 입 안으로 털어넣고는 곧장 누웠고 그러면 금방 잠속으로 빠져들게 되었다. 그렇게도 깊은 잠이 있을 수 있다니. 꿈 한 자락 끼여들지 못했고, 아무런 소리의 기척 또한 느낄 수 없었던 깊고도 깊었던 잠의 수렁.

오늘 아침나절의 잠은 이미 그처럼 두터운 두께를 지니고 있질 않았다. 식기들이 달그락대는 소리들…… 화장실의 변기에서 물 내려

가는 소리들이 언뜻언뜻 잡혀들곤 했었다. 내 온몸 안에 가득차 있
는 듯만 했던 검은 석회의 덩어리들이——실제로 그것이 몸 안에 머
무르고 있는 것은 아니겠지만 내겐 그렇게 여겨지고 있었다——조
금은 흐물흐물해져서 몸 밖으로 빠져나가고 있는 듯한 느낌이었던
것이다. 팔이며 다리를 내 것처럼 느낄 수 있다니. 한결 나아진 상태
였다. 잠자는 동안, 죽었던 입맛도 살아나, 나는 갓 구운 식빵에 버
터를 발라 우유와 함께 삼켰다. 현기증만은 여전했지만 내일이라도
학교에 갈 수 있을 것 같았다.

그러나 어머니 말씀대로 굳이 서둘러야 할 이유가 어디 있을까.
휴식. 학교의 빡빡한 일과로부터 놓여날 수 있는 이 짧은 휴가의 편
안함을 무엇 때문에 마다하겠다는 걸까. 아무 일 하지 않아도 좋을
자유가 주어지는 침대 위의 시간들. 그 시간들을 오직 나만의 것으
로 누리고 있는 이 순간의 편안함. 어머니가 외출한 것은 20여 분 전
쯤의 일이다. 오늘 친구와 만나기로 한 며칠 전의 약속을 취소하려
는 어머니의 등을 나는 억지로 밀어내었던 것이다. 얼마든지 혼자
있을 수 있다며. 그러나 오직 나만을 위해서는 아니었다.

난 자부할 수 있다. 그렇게 한 것은 여태껏 감정상의 오랜 침체
상태에서 벗어나지 못하고 있는 어머니를 위하는 일이기도 했다고.
겉으로 드러내지 않으려고 애쓰지만 마음속에 해저물녘의 빈 들판
하나를 숨겨 가지고 계신 어머니 얼굴. 그 얼굴을 처음 보았던 것은
언제였었나. 재작년 늦가을께부터가 아니었을까. 그 무렵, 어머니는
어떤 일에도 신명을 낼 수 없어진 듯했었다. 그러다 고등학교 자원
상담 교사 일을 작년말께 그만두었다. 전화 상담원 노릇 또한. 아버
지 사업이 또다시 기울어 정리를 하지 않으면 안 되었고 하나뿐인
딸인 난 학교를 그만 다니고 싶다는 말을 한 적이 있기도 하던 당시
의 일이었다. 평소, 내가 남들보다 뛰어나야 한다고 말하진 않았던
어머니. 어머닌 될 수 있는 한 날 자유롭게 키우고 싶어했다. 그러는
동안 내 스스로 내가 진정으로 하고 싶은 일을 찾기를 바란다고 했

었다. 나한테 주어진 자유의 몫이란…… 중위권을 곧잘 넘어서는 성적표의 등수. 그것뿐. 어머니께, 지금이라도 진실로 하고 싶은 일이 무엇인지 말할 수 있다면 얼마나 좋을까. 아직까지 하고 싶은 일을 찾아헤매고 있는 게으른 순례자에 지나지 않는 어머니의 딸. 김정민.

나란 존재가 어머니께 조금의 기쁨이라도 드릴 수만 있다면. 작년 연말께서부터 어느 것 하나 어머니의 마음을 짓누르지 않는 것이 없다는 생각은 날 무척 안타깝게 한다. 작년 11월. 살던 집을 팔아 빚을 정리하고 15평 아파트로 이사를 하게 되었던 것. 그때로부터 한 달도 채 지나지 않아 시작된 큰이모의 이혼 소동. 빌딩이 몇 개씩이나 있다는 큰이모부와의 반평생이 오직 의무로서의 삶이었을 뿐이었다며 울부짖었던 큰이모. 헌신적인 아내, 헌신적인 어머니의 표상만 같았던 큰이모는 올해 대학에 입학한 혜진언니를 위해 마련한 서울의 아파트에서 지내고 있었다. 큰이모부가 계시는 본가로 내려가질 않고서. 어머니는 자연히 큰이모를 자주 만나러 가야 했다. 그리고 그 만남들이 어머니를 지치고 혼돈스런 기분 속으로 빠져들게 한다는 것을 난 알 수 있었다. 외할머니한테서는 어서 큰애를 내려보내라는 전화가 걸려왔고 큰이모부 역시 같은 내용의 부탁을 하는가보았다. 왜 큰이모는 큰이모부와의 정면 대결을 시도하지 않는 걸까. 난 때로 그 점이 의아했고 어머니 또한 그렇지 않을까 하는 생각을 했다. 가엾은 어머니. 그러니 나라도 어머니의 마음속 무거움을 덜어드려야 할 텐데…… 내가 할 수 있는 일은 학교에 다니고 싶지 않다는 애길 더는 꺼내지 않는 것이 고작이었을 뿐. 그리고 기껏, 내 옆에 어머니를 붙잡아두지 않았던 것이라니. 하지만 그나마 어머닐 외출하도록 한 것은 날 위한 것이기도 하질 않았나. 어머니를 좋아하는데도 관계 속의 나로부터 놓여나는 즐거움을 놓치고 싶어하질 않는 나.

그 즐거움 속에서 내가 서둘러 한 일은 무엇이었나? 며칠 전 다용

도실의 선반에서 우연히 발견했던 푸른색 작은 상자를 열어보는 일이었다. 푸른색 작은 상자. 그것은 20대의 어머니가 간직했던 추억들의 수집함이었다. 음악회며 연극 카탈로그들, 어머니 친구들로부터 받은 편지 묶음들, 크리스마스 카드들과 대학 4년 동안의 성적표들, 그리고 회색 노트 한 권. 어머니는 성적이 뛰어난 학생이 아니었다. 난 그 점이 좋았고 또 어머니가 회색 노트를 가졌던 것이 놀랍고 기뻤다. 마분지처럼 뻣뻣한 겉장의 회색 노트를 나는 아무런 망설임 없이 열어볼 수 있었던 것은 아니다.

나의 푸른 노트를 어머니가 보지 않기를 바라듯 어머니 또한 어머니의 옛 시절의 회색 노트가 열람 금지 구역 안에 놓여 있기를 바랄 것이란 생각을 했던 것이다. 나의 인내심은 그러나 호기심과의 싸움에서 끝내 이기지를 못했다. 어머니의 회색 노트엔 여러 종류의 글이 씌어져 있었다. 짧은 단상들, 책을 읽다 마음이 끌린 구절들을 옮겨놓기도 했었다. 그런가 하면 조금 전에 내가 읽은 글과 같은 형태의 글도 있었다. 어머니의 어린 시절을 더듬어보는…… 그리고 그 글은 단순히 회상만을 뜻하며 씌어진 것 같지는 않았다. 어머니는 단편소설 형태의 글을 써보려 했던 것은 아니었을까.

나는 다시 한번 "반쯤, 혹은 활짝 열려 있는 방문들……"이라고 시작되는 글을 읽어 내려간다. 사르락, 사르락. 뒤란의 대숲에서 바람이 시키는 대로 서로의 몸을 부딪는 댓잎들의 사르락대는 소리가 들려올 뿐. 댓잎들은 정말 바람 속에서 사르락대는 소리를 내며 서로의 몸을 부딪치곤 하나? 나는 그런 소리를 들어보지 못했음을 떠올린다. 길의 오른켠은 대나무숲으로 이어져 있다. 마디가 굵고 허공과 키 겨루기라도 하듯 높이 자란 대나무숲 때문일까. 길의 허공 중에는 짙은 초록빛 투명한 차일이 쳐 있는 것도 같다. 그런 길을 떠올려보지만, 여전히 쉽지가 않다. 도시에서 나서, 도시에서 자란, 아스팔트 세대인 나. 손수건으로 이마의 땀을 누르며 어느덧 달음질치듯 종종걸음으로 빠르게 걷는 그이 외할머니가 사립문을 열고 마당으로 들어서고 있었다. 나는 외할머니가 아이고 내 강아지, 하고 날 끌어안을 때까지 꼼짝하지 않았다.

　나의 외할머니와 어머니의 외할머니가 같은 순간 내 머릿속 스크린에 떠올랐다. 그 두 외할머니들은 나와 어머니가 그러하듯 모녀간이다. 나의 외할머니와 어머니의 외할머니는 그러나 별로 닮지 않은 것처럼 여겨진다. 외출할 때면 대단한 멋쟁이 차림이 되는 나의 외할머니가 화려한 느낌이라면 어머니의 외할머니는 차분하고 그러면서도 내적인 힘이 느껴지는 모습이었다. 실제로도 그러했을까? 그것은 잘 알 수 없는 일이다. 난 어머니의 외할머니를 사진을 통해서만 보았을 뿐이었다. 쪽진 가리마. 조그마한 얼굴. 어쩐지 깊은 슬픔이 배어 있는 듯했던 얇게 쌍꺼풀진 두 눈. 자존심과 위엄이 전해져오던 그 두 눈. 내가 알고 있는 것은 그것이 전부였다.

　사립문 댓잎이 사그락대는 소리가 들려오는 시골에서 어머니의 외할머니는 살았던 걸까. 난 어머니의 외할머니에 대해 너무나 아는 것이 없다는 것을 깨닫는다. 그것은 결국 어머니의 외할머니가 죽은 자인 때문일 게다. 죽음. 존재하지 않음. 끝이 보이지 않는 동굴 속으로 들어선 느낌. 난 지금 살아 있다. 그러나 언젠가 난 죽게 될 것이고 어머니도 역시 그러할 것이다. 아버지 또한 죽음 앞에서는 예외일 수가 없으리라. 나의 외할머니, 외할아버지, 지금 큰 괴로움에 빠져 있는 큰이모, 삼촌, 막내삼촌, 내 친구 모두들…… 언젠가 우리 모두는 누구한테도 기억되지 못하게 되리라. 눈물이 주르륵 뺨 위로 흐른다. 우는 동안 불현듯 살아 있다는 것은 얼마나 대단한 일인가 하는 생각이 떠오르면서 가슴이 죄어들 것처럼 아파왔다.

　살아 있음을 확인이라도 하듯 몸을 일으키려 해보지만 그럴 수가 없다. 현기증 때문이었다.

　내가 잠든 동안에, 무거운 잿빛 몸을 이끌고서 좀더 지상 가까이로 다가온 하늘. 멀잖아 비를 쏟아낼 모양인지, 방충망 사이로 스며드는 바깥 공기는 축축하다. 주위가 조용해서인지 위층 집에서 수돗물 트는 소리가 들려오고 이어 마악 잠에서 깨어난 듯한 아기의 소리가 들려오고 이어 울음 소리도 들려온다. 생명에게 주어진 첫번째 자기 표현의 무기인 울음 소리. 아기가 부럽게 여겨진다.

아기가 아닌 난, 울음을 내 안에 가두어두어야만 한다. 이번 학기 동안 난 울고 싶은 적이 많았다. 전학을 오지 않았더라면 조금은 견디기가 나았을 것이다. 새 학교. 새 친구들. 난 아직 새 학교에서 친구를 얻지 못했다. 마주보며 이야기를 하고, 함께 도시락을 먹으며 내게 친절하게 대해주는 친구가 없는 것은 아니다. 밝고 명랑하며 종달새처럼 지저귀기를 잘하는 지영. 그애가 내 옆에 있을 때면 난 늘 놀랍고 상쾌한 기분이 되곤 했다. 말이 빠르고 웃길 잘하며 책읽기보다는 친구들과 어울리기를 좋아하는 것만으로도 그애가 얼마나 매혹적인 존재로 다가왔던지.

지영과 함께 지내는 시간이 많아지면서——아니 꼭 우리 둘만이 서로의 관심사를 이야기하는 것은 아니다. 교실에 있는 동안, 쉬는 시간이면, 어느 자리에 있든 그애의 목소리를 듣게 된다——그애로 향한 이끌림의 열기가 조금씩 줄어들게 되었지만 아직까지 난 지영에게 매혹당하고 있는 상태라고 할 수 있다. 그리고 또 한 명의 친구가 있다. 정호. 그애는 지영이와 달리 날 친구라고 여기지 않을 것만 같다. 정호와 난 같은 반이긴 하지만 우리가 함께 어울린 것은 그저께가 처음이었다. 그 어울림이란 것도 우연의 도움에 의한 것이었을 뿐. 그러나 바라고 또 바라면 언젠가 우연이란 기회가 찾아오게 되는 것인지.

난 사실 정호가 교실 뒷벽 게시판에 자신이 읽었던 책 중에서 좋았다고 생각되는 부분을 옮겨 적은 쪽지, 또는 복사한 시를 붙이는 것을 보았을 때부터 그애의 친구가 되었으면 했다. 시원시원한 생김새, 거침없고 때론 사납게 들리는 어투도 내겐 좋았다.

그러나 그앤 날 향해 별다른 눈길을 준 적이 없었고, 나 또한

134

내 자신의 감정을 드러내진 못했다. 그러다 그저께는, 전혀 뜻하지 않게도 저녁 시간 내내 함께 지낼 수 있었던 것이다. 그애는 다정했고…… 그저께 저녁의 그 어울림에 대해 적어두고 싶은 충동이 마악 솟구쳐오른다. 그애가 지녔던 대단한 힘에 대해서. 그 힘에다 어떤 이름을 붙일 수 있을까. 정호의 곁에 있는 동안 난 평소의 나와는 다른 행동을 할 수 있었다. 어머니가 그저께 저녁의 날 보았더라면 저 모습 또한 내 딸 정민인가 하고 크게 놀라셨으리라.

나 또한 그처럼 행동할 수 있었다는 게 믿기지 않을 정도이니까. 그러나 정호 옆에서는 그렇게 하는 것이 자연스러웠다. 앞으로 정호와 함께 지낼 수 있는 시간을 얻게 되기를 바라지만. 그애는 내가 몰랐던 내 자신의 또 다른 모습을 보게 해주리란 기대감을 품을 수 있도록 해준다. 그리고 그 기대감 속에는 약간의 두려움이 숨어 있다.

약간의 두려움이라니. 정말은 그렇지 않다. 무겁고 깊은 두려움이라고 해야겠지. 그러나 정호가 있어준다면 그 두려움의 터널을 통과할 수도 있을 것만 같다. 그것이 바로 정호의 힘이다. 그애가 날 도와주려나. 그러나 이처럼 내가 정호에게 이끌리고 있다고는 해도 정호가 내 친구라는 생각이 들지는 않는다. 아직까지는. 언젠가 정호와 아주 친해진다고 하더라도 정호를 예령의 앞자리에 놓을 수는 없을 것만 같다. 그런데…… 정말…… 그럴까. 미래의 일, 특히 우리들 감정에 대해 누가 단정적으로 말할 수 있을까.

아니. 그렇지 않다라고 입속말을 하는 나. 다른 무엇이 아닌 예령에 대한 나의 감정에는 흔들림이 있을 리 없다고 나는 생각했다. 내가 예령을 얼마나 좋아하는가는 정호에 대한 호기심을 미안해하는 것에서도 알 수 있는 것이다. 그리고…… 정호는 무엇보다도 예령이 아니질 않은가. 예령 같은 친구를 또다시 만날 수 있을까. 그럴 수 있을까. 슬픔이 날 에워싸려 한다. 이즈음 예령을 떠올릴 때면 언제나 그러하듯. 내가 전학을 한 뒤로 그애는 내게 별다른 관심이 없는 듯한 모습을 보여주었다. 전학은 그러나 우리가 멀어지게 된 이유가 될 수 없음을 난 모르지 않는다. 중학교 때의 친구인 예령과 난 다른 고등학교를 배정받았기에 학교에선 이미 서로를 볼 수 없는 형편이었던 것이다. 사실대로 말한다면 예령에게 내가 그다지 중요한 존재가 되지 못한다는 느낌이 시작된 것은 1학년 2학기부터라고 할 수 있었다. 아니 그전에도 그 느낌은 때때로 날 찾아오곤 하질 않았던가. 그애가 나한테 차지하는 비중만큼 난 그애를 사로잡고 있지 못하다는 생각을 쉽게 떨쳐버릴 수 없었던 것이다.

그렇지만 그 같은 생각을 하면서도 적어도 그애가 날 좋아하고 있다는 믿음을 잃지 않을 수는 있었다. 그러나 지금은 그 믿음의 끈이 사라지려 하는 것이다.

기어이 비가 쏟아져내리기 시작한다. 커튼 자락이 펄럭이면서 축축한 먼지 내음을 풍기는 비냄새가 방안으로 쏟아져 들어온다. 무릎걸음으로 침대 발치께로 가서 창을 닫는다. 창틀을 더럽히고 있는, 빗물이 들이친 흔적. 휴지로 쓰윽 문지르면 쉽게 사라져버리는 빗물의 흔적. 마음의 벽에 남겨진 크고 작은 상처들의 흔적들 또한 그처럼 쉽게 지워질 수 있다면 얼마나 좋을까.

마음속에서 소용돌이치는 이 모든 감정들을 쓰고 싶어진 나는 책상 서랍에서 푸른 노트를 꺼낸 뒤 책상 앞에 앉는다. 그러나 볼펜을 쥘 수가 없다. 다시금 침대 속으로 들어가야만 했다. 푸른 노트와 볼펜을 들고서. 얼마 뒤에 내가 하고 있는 일은 푸른 노트의 갈피를 넘기는 일에 지나지 않았다.

열여덟 살, 2월 첫째주 화요일.

아직까지 열여덟 살이란 나이는 내게 익숙하지 않다. 마음에 들지 않는 다른 사람의 옷을 강제로 입게 된 느낌이라고 할까. 빨리 스무 살이 되고 싶다는 바람과 열여덟 살을 견디어야 한다는 것은 다른 이야기인 것. 열여덟은 푸른 사과 껍질로 스며드는 붉은빛처럼 여겨지기도 한다. 열일곱 살과 열여덟 살 사이의 365일. 길고긴 하루, ……이틀, 아주 빠르게 지나가버린 365일. 다시는 열일곱 살의 그날들로 돌아갈 수는 없으리. 살아 있다는 것, 또한 살아간다는 것은 새로운 시간들을 맞이하면서 상실 또한 견디어야 함을 뜻함인가. 스무 살까지의 날들을 오직 견디어야 하는 시간으로 받아들여야할 때의 슬픔, 가슴이 터질 것만 같은 슬픔. 난 하루 하루를 오직 한 번밖에 존재하지 않는 절대의 의미로 받아들이고 싶다. 자유며 절대적 생명을 가진 그런 시간들로. 그러나 교과서의 활자들과의 싸움에서 미리 백기를 들어버린 나에겐 그저 끝없이 지루한 견딤의 시간들만이 주어져 있을 뿐.

열여덟 살, 3월 첫째주 화요일.
겨울과 봄 사이엔 또 하나의 이름이 필요하질 않을까. 늦겨울, 초봄. 이런 말들이 적합하지 않은 날씨들이 계속되고 있다. 춥고 스산하며 건조한 나날들. 마음도 한껏 움츠러든다.
오늘부터 난 2학년이다. 담임 선생님은 어머니께 내신 등급을 고려해서 전학을 하기로 했느냐고 물었다고 한다. 겨울도 봄도 아닌 이 어정쩡한 절기는 스쳐지나는 사람들 모두의 얼굴을 메말라 보이도록 한다. 새학년을 시작하는 새로운 마음에 대해 말씀하셨던 교장 선생님의 성긴 머리칼은 추워 보였고 한 사람의 중도 탈락 없이 일 년을 잘 지내자고 했던 담임 선생님 얼굴에선 50년 동안 쌓이고 쌓여 또 하나의 피부가 되고 만 피곤함이 그대로 드러났다.
하루 종일, 난 이민 온 사람 같다는 생각을 했다. 새학년이 되었다고 해도 처음부터 여기 학교를 다녔다면 이처럼 낯설다고 여기지는 않았을 것만 같다. 내 짝이라는 아이는 쉬는 시간마다 1학년 때의 친구를 만나느라 교실문을 열고 복도로 달려나가곤 했다. 혼자로구나. 7시간 수업이 끝날 때까지의 그 쓸쓸함. 전학을 온 것은 이제 어떻게 해볼 수 없는 일이다. 변화시킬 수 없는 일은 묵묵히 받아들여야만 할 것이다.

　이제부터는 좀더 열려 있는 마음으로 친구들을 받아들여야 한다고 다짐해본다. 지금까지 난 제한된 친구들과의 만남을 가져왔다. 어쩌면 내 정신, 혹은 내면의 쌍둥이를 원해왔는지도 모를 일이다. 아니면 날 감탄시키는 친구만을 원해왔을지도. 예령은 날 감탄시키는 친구이지만 자주 만날 수는 없는 처지가 아닌가. 마음을 열 수 있는 친구가 없는 삶은 빈 방에서, 독백만을 하고 지내는 삶이나 다름없다.
　난 독백만을 하며 살아가고 싶지는 않다. 새학교. 2학년. 모두가 내게는 힘든 상황이다. 혼자서는 견디어낼 수가 없으리라.

　열여덟 살, 3월 둘째주 월요일.
　따뜻함이 느껴지지 않는 3월의 햇볕. 그나마도 운동장으로 면한 창가에서나 그 미미한 온기가 전해져올 뿐. 복도는 늘 어둑신하다. 오래 된 학교 건물엔 대청소로는 해결되지 않는 눅눅함이 배어 있는 것 같다. 게으름과 더러움을 쉽게 받아들일 수 있게 하는 그런 눅눅함. 학교 건물이 신발 주머니라면 속까지 뒤집어 햇볕에 말리면 좋겠는데. 오늘 복도에서 서로의 빰을 마구 때리며, 발길질과 함께 머리칼을 쥐어뜯으며 싸우는 여자 아이들을 보았다. 싸움꾼 아이들의 입에서 튀어나왔던 살벌하기 그지없었던 욕설들. 내 짝이 들려준 이야기에 의하면 남학생 반에서는 벌을 주려는 선생님의 멱살을 잡고 주먹질을 하려 했던 남학생 때문에 큰 소동이 벌어졌다고 했다. 누구나 몹시들 신경들이 곤두서 있음을 알 수 있다. 그리고 그 점은 전학오기 전의 학교 아이들이 더욱 심한 편이었다. 성적이 좋은 아이들은 밀려나선 안 된다는 부담감으로, 그렇지 못한 아이들은 성적이 올라야만 한다는 압박감으로, 모두들 눈빛들이 날카로워져 있질 않았던가.
　이해할 수 없는 수업을 듣는 일에 가슴이 터질 것 같아지면 난 학교 뒷동산으로 간다. 동산이라기보다 작은 뜨락이라고 해야 할지도 모를 그곳엔 향나무·히말라야시다·등나무·목련나무 들이 있고 벤치도 있다. 그곳에 있을 때면 난 얼마 동안이나마 다른 세상에 온 듯한 느낌이 될 수 있었다. 여전히 아이들 속에서 외딴 섬으로만 남아 있는 나. 그것이 싫다면, 김정민 네 스스로 아이들 곁으로 헤엄쳐가야 한다.

열여덟 살, 3월 넷째주 금요일.
하루 종일 바람이 심하게 불었다.
모래알들이 섞인 바람이 돌풍을 일으킬 때면 문득 세상이 사막처럼 여겨지곤 했다. 흐린 하늘.
스모그로 안개 속에 가라앉은 듯한 산. 머리를 수그린 채 걷는 사람들은 스산해보였다. 내 마음 역시도. 예령에게 전화를 해볼까. 여자 친구가 생겨서인지 이건우는 바쁜 모양이다. 1학년말의 성적이 아버지 기대에 못 미친 준하는 이번 주 수요일 2학년 첫 시험을 본 날 저녁, 마음이 초조하다며 전화를 해주었다. 우리 모두 점점 드물게밖에 만날 수 없을 듯싶다.
유나에겐 새로운 친구들이 생긴 것 같고 선미 또한 준하처럼 새 각오를 다지느라 마음의 여유가 없는 듯했다. 교과서의 세계는 내게 변함없이 흥미없는 지식의 사물함만 같다. 우리는 왜 모든 과목, 그다지도 많은 과목들을 공부해야만 하는 것일까. 그러한 기준은, 학생이란 모든 분야에 관심을 지니고 있어야 하고 책상 앞에 언제까지나 앉아 있을 수 있어야 하며 세밀한 부분까지 기억할 수 있어야 한다는 당위성을 바탕으로 만들어진 것일 텐데……
난 수학이며 물상, 생물, 정치와 경제, 독어에 흥미를 가지고 있지 못하고…… 탐구심과 인내심도 지니고 있질 않다. 또 내가 관심이 있는 과목이라 하더라도 외우는 것엔 질색이 아닌가. 그러니 내가 공부를 못 한다는 것은 지극히 자연스런 일이다. 난 한때 학교를 그만 다니고 싶어도 했지만 지금은 될 수 있는 대로 그 마음을 누르기로 하고 있다. 어머니를 혼돈에 빠뜨리지 않기 위해서. 그러나 정말…… 어머니 때문일까. 학교를 그만둔다는 것. 그 궤도 이탈의 행위가 날 지극히 소수의 집단에 속하게 할 것임이 두려워서는 아니었던가. 내 정신이 다수의 흐름과 그 방향을 같이하지 않는 것을 난 그닥 피하고 싶어하지 않는다. 누구한테도 그렇게 말한 적은 없지만 내 정신이 다수의 흐름과 그 방향을 달리할 때 난 내가 평범함의 세계에서 벗어나고 있다고 믿었다.

그러나 난 사람들의 눈에 특별한, 아니 이상한 소수에 속하는 것으로 비쳐들고 싶지는 않았다. 이상한 소수는 대개 존경심, 내지 거리감을 자아내게 마련이었다. 아니면 약간의 경멸감을. 내가 학교를 그만둔다면, 좋지 못한 성적만이 이야기될 터였다. ……삶 속으로 나의 전부를 던지고 싶다는 나의 열망 같은 것을 알아줄 이가 있을까. 그러니 참기 어렵지만, 때때로 보이지 않는 울타리에 머리를 부딪치고 싶은 그 드센 마음속의 물살을 잠재우는 편이 나을 것이다. 힘든 것은 스스로에 대한 믿음을 조금씩, 조금씩 잃어버리게 되는 점이다.

열여덟 살, 4월 첫째주 토요일.
성적표가 나왔다. 1학년 2학기말 성적에 비해 학급 등수는 12등 올랐다. 그러나 내가 얻은 점수는 1학년 때의 그것과 엇비슷했고 서울 지역 등수 역시 마찬가지다. 새로 전학을 온 학교 아이들이 그전의 학교 아이들에 비해 공부를 덜한다는 예인 것이다.

열여덟 살, 4월 넷째주 금요일.
다음 주면 또 시험.
난 지금 시집을 읽고 있다.

자명종을 맞추고 잠을 잔다.
잠속에서 나는 풀밭과 바다를 본다.

하늘과 맞닿은 풀밭. 바람을 따라 흐르는 시냇물. 시냇물 속에
는 투명한 송사리떼. 나비는 햇살을 받으며 꽃잎 위를 날고 있다.
풀밭 끝에는 바다. 바닷속에는 물살을 따라 흔들리는 해초. 갈매
기는 더 높이, 더 멀리, 더 아름답게 파도 위를 날고 있다. 그리
고 사랑, 믿음, 희망, 자유, 평화, 잠속에는 그런 유치한 언어도
있다. 잠속에는 구속도 없고 억압도 없다. 최루탄도 없고 선언도
없다. 잠속에는 그런 어려운 언어도 없다.
　시간과 함께 아침이 온다.
　자명종은 어김없이 운다. 절망처럼 운다.
　일어나라, 일어나라.
　그리하여 저 난해한 세상 속으로
　나아가거라 하면서.　　　　　　　　　——홍영철, 「삶과 꿈」

'너는 왜 열리지 않느냐'라는 제목에 이끌려 산 시집. 왜 시인은
사랑·믿음·희망·자유·평화. 내가 좋아하는 말들을 유치한이라고
표현했을까. 그것도 잠속에 있는 것이라고 했다. 반어법을 택한 것
이 아니었을까. 사랑·믿음·희망·자유·평화를 진정으로 소망하기
때문에. 그리고 이느덧 낯설게 다가오는 최루딘. 최루딘이 가장 큰
억압이었던 것이 얼마 전까지의 현실이었다. 변화하는 현실. 최루탄
이 사라지면 억압은 존재하지 않게 되나.
　그렇지는 않으리라. 나 자신이야말로 내게는 무거운 억압으로 여
겨지는 것이다. 나란 존재의 집. 그 집으로부터 벗어나려 하는 나.
그러나 거듭 실패하는 나. 그러는 동안 계속해서 떠오르는 의문.
　내가 원하는 존재의 집에 언젠가는 가 닿을 수는 있는 걸까 하는.
끝없는 실패만을 계속하는 동안 난 내가 누구인지를 잊어버리게 되
는 것은 아닐까.
　아니, 내가 누구인지를 난 제대로 알고 있기나 한 것인지. 나를
좀더 사랑해야겠다. 가여운 김정민.

열여덟 살, 여름　141

열여덟 살, 5월 첫째주 수요일.

이번 달부터 짝을 매일처럼 바꿔 앉을 수 있게 되었다. 누구나 자신이 앉고 싶은 자리를 택할 수 있게 된 것이다. 선생님 설명을 잘 듣고 싶다면 다른 아이들보다 일찍 교실에 도착하면 된다. 선생님 눈에 뜨이고 싶지 않다고 해도 약간 일찍 올 필요가 있다. 뒷자리를 원하는 아이들의 숫자가 적지 않기 때문이다.

앞에서 두 줄은 역시 공부 잘하는 아이들의 차지가 되었다. 키 큰 아이, 작은 아이, 중간 키의 아이들이 들쭉날쭉 뒤섞여 지내는 것이다. 어수선한 면이 있기는 해도 매일 아침 약간의 기대감을 품을 수 있어 좋다. 오늘 내 짝이 된 아이는 굉장한 수다꾼이었다. 그리고 상냥하고 다정하기도 했다. 그애 또한 나처럼 수업에는 흥미가 없어 만화책을 읽거나 쪽지에 무엇인가를 적으면서 시간을 보내는 모습이었다.

몇몇 아이들을 뺀 우리들 대부분은 시간 낭비를 하고 있는 거지. 우리가 지금 배우고 있는 것들을 생각해봐. 학교만 졸업하면 그날로 깡그리 잊어버린다고 해도 살아가는 데는 아무런 문제가 없는 것들이잖니? 대학을 졸업한 우리 엄마 아버지도 우리 공불 도와줄 수가 없다는 건 학교 때 배운 걸 잊어버려도 어른으로 살아가는 데 아무 문제가 없다는 얘기잖아. 그놈의 그 지겨운 교과서 꼴이라니. 그걸 만드는 어른들은 어떻게 하면 재미없고 어렵게 만드나 궁리하고 또 궁리해서 책을 만드는 게 분명해. 지영이는 밝고 힘있는 목소리로 그렇게 말했다. 어쨌든 지금까지 잘 견뎌왔으니까 앞으로도 시간이 가기만을 기다리면 되는 거야. 지영이에게 내가 끌렸던 것은 그애가 전혀 움츠러들지 않아 보인다는 점 때문이다. 그리고 누르면 파앙, 하고 튀어오르는 공의 탄력성이 느껴지는 그 목소리의 쨍쨍함. 그 아이 목소리를 듣고 있으면 밝고 환한 햇살이 쏟아져내리는 오렌지 나무들 사이를 걷는 느낌이 된다.

깔깔대며 잘 웃고 수업 시간이 아닌 때에는 언제나 아이들한테 둘러싸여 지내는 지영. 그애는 또 학교 안에서 일어나는 일들에 대해 모르는 것이 없는 것만 같았다. 그리고 학교 밖의 소식들에 대해서도. 그애가 쏟아내는 가수나 탤런트들을 싸고도는 온갖 이야기들이란. 연예인에 대한 다른 아이들의 열광에 대해선 지겨워했을 내가 지영이에 대해선 전혀 그렇지 않다니. 좋아한다는 것은 너그러움을 보너스로 주기까지 하는 모양이다.

열여덟 살, 5월 첫째주 수요일.

예령이네는 부자이며 우리는 그렇지 못하다는 것. 그애는 무척 공부를 잘하지만 난 그렇지 못하다는 것. 그런 것들이 우리 둘 사이를 가로막는 장벽이 될 수 있을까.

이런 생각을 할 때 난 내가 지극히 상식적인 인간임을 깨닫는다. 내겐 두 개의 잣대가 있다. 나만의 것과 세상 사람들의 것. 돈이 많다는 것, 공부를 잘한다는 것, 이런 사실들을 본질적으로 중요하게 여기지 않는 것이 나의 잣대이다. 예령 또한 그런 면에서 나와 같은 잣대를 가졌다고 나는 믿어왔다. 내 자신에 대한 믿음을 간직할 수 있을 때 난 나만의 잣대를 쓸 수 있다. 그렇지 못할 적이면 세상 사람들의 잣대를 쓰게 된다.

예령은 작년 겨울에 한번 편지를 보내준 뒤로 더는 내게 편지를 쓰지 않고 있었다. 내가 보낸 편지에 대한 응답은 짧은 통화가 고작이었다. 그 동안에 있었던 두 번의 만남에서도 예령은 그닥 반가운 낯이 아니었다. 그애는 그저 전학해간 나의 학교 생활에 대해 물었고 그나마도 마지못해 말을 하는 듯한 모습이었다. 예령과 나는 이렇게 해서 멀어지는구나. 그애와 헤어져 돌아오면서 나는 울고만 싶은 기분이었다.

함께 나눌 수 있는 부분을 가지지 못한 예령과 나. 왜 이런 생각을 떨쳐버릴 수 없는 것인지. 심한 두통. 다시 잠이나 자는 것이 좋으리라. 잠은 날 받아들이려 하질 않는다. 완강하게 닫혀 있는 문 앞에서 언제 열릴지 모르는 그 너머를 바라보는 느낌. 고약함. 약오름. 어쩌다 예령조차 열리지 않는 문이 되어버렸을까. 그애는…… 그애도…… 나처럼 열리지 않는 문 앞을 서성이고 있는 걸까? 그럴까? 그 생각은 위안과 안타까움으로 다가온다. 열리지 않는 문 너머로 사라져간 이는 경훈오빠일 게 분명하다. 예령의 동생, 예준의 가정교사였던 경훈오빠를 내가 처음 보았던 것은 작년 11월. 예령을 만나러 간 자리에서였다. 한 달 후. 내게 보낸 편지에 예령은 경훈오빠는 더 이상 우리집에 오질 않는다고 적었다. 그때 이후로 경훈오빠에 대해 예령이 말한 적은 없었다.

내가 원하는 것은 그애가 괴로워하질 않는 것.

열여덟 살, 5월 셋째주 화요일.

그 사내 내가 스물 갓 넘어 만났던 사내 몰골만 겨우 사람꼴 갖춰 밤 어두운 길에서 만났더라면 지레 도망질이라도 쳤을 터이지만 눈매만은 미친 듯 타오르는 유월 숲속 같아 내라도 턱하니 피기침 늑막에 차오르는 물 거두어주고 싶었네
산가시내 되어 독 오른 뱀을 잡고
백정집 칼쟁이 되어 개를 잡아
청솔가지 분질러 진국으로만 고아다가 후후 불며 먹이고 싶었네 저 미친 듯 타오르는 눈빛을 재워 선한 물같이 맛깔 데인 잎차같이 눕히고 싶었네 끝내 일어서게 하고 싶었네
그 사내 내가 스물 갓 넘어 만났던 사내
내 할미 어미가 대처에서 돌아온 남정들 머리맡 지킬 때 허벅살 선지피라도 다투어 먹인 것처럼
어디 내 사내뿐이랴   ——허수경, 「폐병쟁이 내 사내」

　나는 영국 헌법상 보장되고 있는 귀족 계급, 즉 귀족과 부자의
우월성을 어떠한 투쟁을 해서라도 없애야 할 악이라고 생각했다.
세금이라든가 아니면 그와 비슷한 비교적 사소한 불편 때문에 그
런 것이 아니다. 그것이 국민을 타락시키는 큰 원인이기 때문이었
다. 그것이 국민을 타락시키는 이유는 첫째로 그것이 국가의 공공
이익보다 사리사욕을 앞세우고 또 계급의 이익을 위하여 입법권을
남용함으로써 정부의 행위를 엄청난 공적인 타락의 본보기로 만들
었기 때문이다.
　자기 자신의 행복보다는 다른 목적에 정신을 집중하는 사람만이
행복한 사람이다. 즉 다른 사람들의 행복이나 인류의 진보 또는
어떤 예술이나 직업 등을 자기의 행복에 대한 수단으로서가 아니
라, 그 자체를 이상적인 목적으로 추구하는 데 정신을 집중하는
사람만이 행복한 사람인 것이다.

——「J. S. 밀의 자서전」 중에서

　나는 나무에 묶여 있었다. 숲은 검고 짐승의 울음 뜨거웠다. 마
음은 불빛 한 점 내비치지 않았다. 어서 빠져나가야 한다. 몸을
비틀며 나무를 밀어댔지만 세상 모르고 잠들었던 새 떨어져내려
어쩔 줄 몰라 퍼득인다. 발등에 깃털이 떨어진다. 오, 놀라워라.
보드랍고 따뜻해. 가여워라. 내가 그랬구나. 어서 다시 잠들거라.
착한 아기. 나는 나를 나무에 묶어놓은 자가 누구인지 생각지 않
으련다. 작은 새 놀란 숨소리 가라앉는 것 지키며 나도 그만 잠들
고 싶구나.

　누구였을까. 낮고도 느린 목소리. 은은한 향내에 싸여. 고요하
게 사라지는 흰 옷자락. 부드러운 노래 남기는. 누구였을까. 이
한밤중에.

열여덟 살, 여름　145

새는 잠들었구나. 나는 방금 어디에서 놓여난 듯하다. 어디를 갔다온 것일까. 한기까지 더해 이렇게 묶여 있는데, 꿈을 꿨을까. 그 눈동자 맑은 샘물은. 샘물에 엎드려 막 한 모금 떠 마셨을 때, 그 이상한 전언. 용서. 아, 그럼. 내가 그 말을 선명히 기억해내는 순간 나는 나무기둥에서 천천히 풀려지고 있었다. 새들이 잠에서 깨며 깃을 치기 시작했다. 숲은 새벽빛을 깨닫고 일어설 채비를 하고 있었다.

얼굴 없던 분노여. 사자처럼 포효하던 분노여. 산맥을 넘어 질주하던 증오여. 세상에서 가장 큰 눈을 한 공포여. 강물도 목을 죄던 어둠이여. 허옇고 허옇다던 절망이여. 내 너에게로 가노라. 질기고도 억센 밧줄을 풀고. 발등에 깃털을 얹고 꽃을 들고. 돌아가거라. 부드러이 가라앉거라. 풀밭을 눕히는 순결한 바람이 되어. 바람을 물들이는 하늘빛 오랜 영혼이 되어.
　　　　　　　──이진명, 「밤에 용서라는 말을 들었다」

위의 것들은 정호가 교실 뒷벽 게시판에 붙여두었던 것들 중에서 옮겨온 일부이다. 대단한 독서가인 모양이다. 정호는. 그애는 하루도 빠지질 않고 새로운 쪽지를 게시판에다 붙이는 일을 계속해나가는 중이다. 예상 외로 그 쪽지의 인기란 대단치 않았다. 난 하루도 빠뜨리지 않고 새로운 쪽지의 글을 읽는다. 정호가 아니었더라면 모르고 넘어갔을 시들. 망치가 되어 정수리를 내리쳤던 구절들. 그다지도 훌륭한 말의 조리사들. 그들이 그들 자신의 취향으로 조리한 말의 성찬들은 바로 오랜 시간 동안에 걸친 정신의 연마에서 나온 것이리라. 좀더 많은 시간을 책읽기에 바칠 수 있다면. 정호의 친구가 될 수 있다면.

푸른 노트의 갈피를 넘기는 동안 그저께의 일을 적어두고 싶은 마음을 더는 누를 수 없어졌다. 나는 침대를 빠져나와 책상에 앉는다. 점점 드세어지고 있는 빗줄기들. 창문을 닫았는데도 전혀 덥지가 않다. 어제, 그저께는 하루종일 무척 더웠다. 오늘 이처럼 비가 쏟아지려고 그랬던가.

열여덟 살, 7월 둘째주 월요일.

학교 수업을 끝낸 뒤, 지영이, 지영이와 늘 함께 다니는 민선이, 효정이와 함께 교문 건너편의 분식집 캘리포니아로 갔었다. 얼마 전에 새단장을 한 캘리포니아는 이즈음 아이들이 가장 많이 모여드는 곳이다. 한쪽 벽은 온통 초록빛 풀밭이어서 양말과 구두를 벗고 그 위를 구르고 싶은 생각을 들게 한다. 그 초록빛 풀밭은 그러나 벽지 위의 풀밭이다. 하지만 풀밭의 느낌은 꽤나 생생하다. 뜨겁지 않은 봄날의 신선한 햇볕의 기운을 느낄 수 있는 그곳엔 군데군데 마가렛 꽃들이 무더기로 피어 있다. 아이들이 붙여놓은 너덜너덜한 메모 용지들은 또 풀밭 위에 버려진 휴지조각처럼 어지럽다. 그러나 그 메모 용지들에 적혀 있는 글들 중에 눈길을 끄는 것이 없진 않다.

비둘기를 안아본 일이 있는가? 가녀린 심장에서부터 날개로, 깃털 끝으로 전해오는 그 묘한 느낌…… 그렇다, 비둘기는 떨고 있는 것이다. 등뒤로 덮쳐오는 두려움에, 비둘기는 떨고 있는 것이다. 그리고 우리의 사로잡힌 영혼 또한 그러하다. 멜서스의 말을 빌리자면 우리는 '생이라는 제비뽑기에서 행운을 잡아' 이제껏 보호받으며 살 수 있었다. 그러나 이제 이 고 3의 1년을 또 다른 출발점으로 삼아 사회를 접할 때가 왔다. 단순한 제비뽑기가 아닌 우리의 노력으로 새시대를 펼치기 위한 것이다. 넓은 사회가——아아, 그러나 그 사회란 또한 얼마나 차고 비정한 것이냐!……

우리는 우리의 친구를 디디고 서야 한다. 50억 중 하나라는 고귀한 가능성은 320점 중 얼마라는 수에 묻히어 사그라져야 한다.

피할 수 없는 이 현실 앞에 어찌 우리의 섬세한 영혼이 전율을 느끼지 않을 수 있겠는가. 그리고 이것이 바로 고 3의 삶이다.

인생에 즐거운 일이 있으면 슬픈 일이 있는 법! 남자반과 더불어 화장실과 이웃해야만 했던——이것도 인연인가?——그녀들의 그 눈물겨운 투쟁. 아. 우리들은 비로소 여러 가지 냄새들을 익히게 되었다(요건 솔, 이건 말보로, 저기 저건 천연가스다!) 남자들은 좋지만 그들의 냄새는 싫다.

등등.

지영·민선·효정이는 수업이 끝나면 매일처럼 캘리포니아에 들른다고 했다. 그애들 모두와 함께 내가 어울리는 일이 빈번하지는 않다. 민선이, 효정이가 내가 그들 속에 포함된다는 것을 원하지 않는 듯했기 때문이다. 3총사인 그들은 4총사가 된다는 변화가 싫었던 모양이다. 4총사의 한 사람이 되는 것은 나 또한 원하지 않는 일이었다. 지영이를 좋아하는 만큼 민선이, 효정이한테 이끌리지는 않았던 것이다. 때때로 놀랄 만큼 거만해지곤 해서, 나만의 느낌의 촉수만을 믿는 나. 민선이, 효정이한테서는 친구의 관심을 묶어두려는 옹졸한 욕심이 느껴져왔다. 그 옹졸한 욕심을 그애들은 친구를 좋아하는 지극한 관심이라고 믿는 듯했다. 난 나의 마음속 깊은 곳에도 그 옹졸한 욕심이 숨쉬고 있음을 모르지 않는다. 예령이가 나만을 가장 소중한 친구로 생각해주기를 바라는 마음이 바로 그것이었으므로. 그렇지만 적어도…… 김정민은 옹졸한 욕심을 지극한 관심이라고 착각하고 있지는 않은 것이다.

내가 4총사에 속하고 싶어하지 않는 것이 꼭 그애들로 향한 나의 거리감 때문만은 아니다. 여러 아이들 속의 지영이보다는 둘만이 있을 때의 지영이가 더욱 지영이답다고 여겨진 때문이기도 했다. 그렇다면 지영이는 요술쟁이인가? 그런 것은 아니었다. 그애는 언제나 수다꾼이었고 밝았고 명랑했다. 화제의 대부분이 연예인들과 옷에 관계되는 것이라는 점에서도 차이란 없었다. 그러나 둘만이 있으면 난 느낄 수 있곤 했다. 아이들 속에서 좋은 점을 찾아내는 그애만의 아주 밝은 투명성을. 노력에서가 아닌, 물이 물 속으로 스며드는 것처럼 그렇게 자연스런 반응이기나 하듯, 그앤 종달새가 되어 아이들이 가진 좋은 점을 얘기해주었다. 안타까운 점은 여러 아이들의 목청이 높아지면 종달새가 입을 다문다는 것이었다. 민선, 효정이는 어째선지 거의 언제나 아이들이 지닌 약점과 거슬리는 면을 말하기 좋아했고 그럴 때면 지영인 그만 그 아이들의 흐름 속으로 휩쓸려들고 말았다.

정말로 마음까지도 그러했을까?

그것은 아니었으리라. 지영인 다만 자신의 느낌을 주장할 수 없었던 게 아니었을까. 민선이 효정이와 느낌이 다르다는 것을 견디느니 그냥 침묵 쪽을 택하고 말았겠지. 그리고 그런 지영을 지켜본다는 것이 난 즐겁지 않았던 거고.

그리고 또…… 그 지영이들의 화제란 것들은 듣는 동안엔 재미있지만 그 재미의 뒷맛이 청량하지 못하다는 것도 내겐 문제였다. 한 시간쯤이 고비였다. 그애들과 함께 영화를 보러 가시 않은 것도 그 뒷맛의 씁쓰레함 때문이었다. 그애들은 더는 권하지 않고 일어났고 난 혼자 앉아 있었다. 너무 많이 먹고 난 뒤의 나른하고 토할 것 같은 느낌 속에서.

창밖은 아직 어둡지 않았는데도 아주 아주 길고도 긴 하루를 보낸 느낌이었다. 아무런 소리도 들려오질 않고, 사람의 기척이라곤 전해오질 않는 그런 어떤 곳을 떠올린 채. 흩어지는 모래알들처럼 내 곁을 떠나가는 시간들. ……아무런 의미 없이 나가버리려 하는 하루. 닿을 곳을 모르고서 그냥 물살이 데려가주는 대로 몸을 맡기고 있는 나.

캘리포니아 안은 그때쯤엔 조금 한산해져 있었다. 나는 일어나서 집으로 가야 한다고 생각했다. 그러나 얼마 동안 난 움직일 수가 없었다. 그 무렵, 캘리포니아 안을 가득 채웠던 음악이 내 마음속으로 청량한 물살이 되어 흐르기 시작했던 것이다. 때론 푸른 불길 같으며 어느 때는 봄날의 꽃내음도 같으며 또 어느 순간엔 여름날의 소나기처럼 다가오는 음악들. 난 얼마 동안 창 너머, 거리를 바쁜 걸음으로 걸어가는 사람들, 짜여져 있는 수업 시간표, 귓가로 날아드는, 날이면 날마다 듣게 되는 일상의 이야기들로부터 멀어질 수 있었다.

쳇바퀴 안의 내 모습, 오늘 하루 동안 내가 들었던 온갖 말들, 내가 쏟아내었던 그 말들이 허섭쓰레기에 지나지 않는다는 쓸쓸한 느낌 또한 잊을 수 있었다. 잠시 동안이긴 했지만. 음악만한 마취제가 있을까. 그것은 하나의 형태 없는 제단은 아닐까. 현실을 그림 속의 풍경화처럼 멀어지도록 하는 힘을 지닌 강한 주술사.

모든 음표들이 다 영혼을 사로잡는 주술사가 되는 건 아니다. 시끄럽고 혀끝으로 부르는 듯한 새로운 음악이 들려오면서 내 주위의 진공 상태는 흐트러졌다. 뿐이었을까. 반갑지 않은 어떤 시선들의 덫에 갇혀드는 것을 느낄 수 있기도 했다. 건너편 의자에 앉은 남자아이들이 내게 투명한 그물을 던지기 시작한 주인공들이었다. 난 의자에서 빠르게 일어났다. 그러나 걸음을 디딜 순 없었다. 훅 끼쳐온 땀내음. 나보다 더 재빨랐던 그애들.

"우린 2반이야. 봉고에다 널 실어가는 일은 없을 테니까. 걱정은 안 해도 좋을걸."

내 앞자리를 차지한 남자 아이가 바지주머니에서 담뱃갑을 꺼내며 말했다. 2반인 것까지는 모르겠지만 그러고 보니 언젠가 본 것도 같은 얼굴들. 난 약간의 여유를 찾을 수 있었다. 무엇보다도 여긴 캘리포니아인 것이다. 라면과 떡볶이를 아구아구 먹어대는 아이들, 초록빛 앞치마 차림으로 부지런히 김밥을 말고 있는 아주머니, 아이들이 바닥에다 마구 버린 종이 냅킨이며 나무젓가락들을 줍고 있는 종업

원 언니. 유리창 너머 아직 햇살의 잔영이 남아 있는 거리를 오가는
사람들. 공연히 움츠러드는 모습을 보여주고 싶지 않았던 난 세 명
의 남자 아이들을 차례로 쳐다보았다.

　큰 키, 넓은 어깨, 무거운 체중의 남자 아이가 내 앞자리를 차지
했고 그 옆은 작은 키, 좁은 어깨였다. 내 옆자리는 큰 키에 너무 여
윈 얼굴 모습 때문에 무술 영화의 유령 분장에 어울릴 듯한 모습이
었다.

“먹고 싶은 것 있음 시켜.”

　내 옆자리 아이가 건너편, 넓은 어깨가 입에 문 담배에 라이터로
불을 달아주며 말했다. 아주 굵고 위엄마저 느껴지는 목소리가 날
놀라게 했다. 몸 속의 아름다운 기운이 죄다 목소리로 쏠려버렸나
하고.

“집으로 가려던 참이었어.”

“정민이가 시계추라는 것쯤은 우리도 이미 접수한 사항이라구.”

　언제 어디서나 자신이 중심 인물임을 말하고 싶어하는 듯한 눈을
가진 맞은편 자리의 넓은 어깨의 말이었다. 시계추. 틀리지 않는 말
은 언제나 심장 아래를 겨냥하는 칼끝 같다.

“인상 구길 섯까시는 없는 일이잖나. 우린 단지 정민이가 쓸쓸해
보여 그냥 외면할 수 없었던 거라구. 저 연약한 한 소녀가 지금 외로
움에 떨고 있는데 어떻게 내버려둘 수 있겠느냐. 우리라도 기쁨조가
되어주자. 이렇게 결정들을 내렸던 거니까.”

　사람은 저마다 자신이 잘할 수 있는 일에 나서게 마련인 듯했다.
내 옆자리의 남자 아이는 행동대보다는 오디오맨 역할을 하게 되나
보았다. 기쁨조가 되어주겠다고? 난 우스웠지만.

“잘못 본 거였어.”

하고 자르듯 말했다. 기쁨조 같은 것은 원해본 적이 없으니 조용히
가게 해달라고 덧붙였다.

“여자애들은…… 제기랄. 예외가 없다니까. 하나같이 줄다리기를

원해. 난 말이야. 입술에서 나오는 말보다는 보디 랭귀지를 믿는다구…… 조금 전…… 정민이 넌 시계추 노릇에 지쳐 기쁨조의 출현을 기대하는 눈빛을 퍼뜨렸다구."

"뭐 어렵게 생각할 일 아냐. 우린 그저 안면 트구 지내자는 거야."

"지금이 어느 시대냐? 무조건 뒷걸음친다는 거 우스운 일이라고 생각 안 하냐?"

누구도 우리를 특별하게 바라보고 있질 않았다. 주인 아주머니는 계산대에 앉아 무엇인가를 적고 있었고 종업원 언니는 창 쪽 탁자에다 김밥과 물컵을 가져다주고 있었다. 그리고 저마다의 이야기에 몰두하고 있는 다른 탁자의 아이들. 난 팔목시계를 보며 세 명의 남자 아이들이 내 취향이 아닌 것을 아쉽게 생각했다. 이들 셋은 책상보다는 운동장과 더욱 친한 채로 지내는 분위기였다. 아니 그것은 너무 거칠게 말한 것이 된다. 이들은…… 때때로 나 자신의 눈이 아닌 선생님의 눈이 되어 아이들을 바라보는 나. 아이들에 대해 전혀 아는 것이 없는 경우에 특히 그러했다. 선생님의 눈이 되어 아이들을 본다는 것에 대해 반발하면서도 그리되고 말았다니. 선생님들이 바라보는 내 모습. 그것이 자신의 진정한 모습은 아니라는 것을 잘 알고 있는 나의 이 우스꽝스런 선생님 흉내. 난 물론 아이들에 대해 전혀 아는 것이 없다고 해도 내가 좋은 느낌을 얻게 될 때면 선생님 눈을 빌어오지 않았다. 그렇지만 지금과 같은 경우엔 어쩔 수가 없는 것이다. 난 모험을 하고 싶지 않은 마음이었다. 여자 친구들을 대할 때면 굳이 바라본 적이 없는 존경심을 남자 아이한테서는 구하고 싶어하는 김정민. 김정민, 넌 아직까지도 남자 아이들을 특별한 존재로 여기고 있느냐? 절대로 그렇지 않다고 고개를 흔들면서도 선생님의 렌즈를 끝내 떨구어버리지 못하고 말았다니.

"이 친구 이거, 야, 정민이 너도 지금 우릴 저울질하고 있는 거냐? 정말 입맛 쓰게 만드는 거잖아. 명수야. 우리 애, 튕겨버리자."

"참아라. 우리가 뭐 우릴 위해서 이러는 거냐?"

넓은 어깨를 다독거리는 오디오맨. 그러나 넓은 어깨는 내가 영 못마땅한 듯했다.

"호준이 너 정신차리는 게 좋겠다. 너 까놓고 말해 정민이 같은 앤 어디서나 주울 수 있는 수준에 지나지 않는다구. 애가 뭐 눈을 즐겁게 해줄 수 있겠냐? 아니면 만질 데라도 있기를 하겠어?"

"너 무슨 말을 그렇게 하냐?"

어쩔 줄 몰라하는, 호준이라는 남자애와 옆자리 오디오맨을 난 노려보았다. 그리고 넓은 어깨도. 난 넓은 어깨한테 무슨 말이든 할 수 있을 것 같았다. 그때 캘리포니아의 출입문이 열렸고 그곳으로 들어서던 정호와 나의 눈길이 부딪쳤다. 정호의 시선은 곧 날 에워싸고 있는 남자 아이들한테로 옮겨갔다.

"너희들이 어떻게?"

옆자리의 의자를 가져와 앉으며 정호가 말했다. 그러곤 배가 고팠던지, 등뒤를 지나가는 종업원 언니한테 김밥을 가져다달라고 주문한 뒤, 뭔가를 알아차린 듯 웃기 시작했다.

"두석이 너 정민이한테 사과해야 할 모양이구나."

"정호, 넌 언제나 나만 과녁으로 삼는 거냐? 난 그저 정민이가 우릴 우습게 아는 것 같아 참을 수 없었던 거라구."

이마에 여러 줄의 굵은 주름살을 만들었던 넓은 어깨. 그애는 그러나 정호 앞에서는 눈에 뜨이게 풀이 죽은 모습이었다.

"너희들이, 불쑥 나타나서 우리랑 놀자 그랬을 때 안 놀아 그러면, 니네들을 우습게 아는 게 되는 거냐?"

딱해하는 얼굴로 남자 아이들을 쳐다보았던 정호.

"그건 정호 말이 옳은 것 같은데. 그렇지만 친하게 지내자고 그랬을 때 거절당하면 그런 기분이 들고 만다구."

머리를 긁적였던 오디오맨.

"우선은 두석이가 사괄해."

정호가 단호한 목소리로 말했다. 정호가 하라면 해야겠지만.

현관문이 열리는 소리가 들려온다. 어머니가 돌아오신 모양이다. 쓰기를 멈춘 나는 푸른 노트를 책상 서랍에 넣곤 침대로 가서 벽에 기대어 앉는다. 쓰려고 했던 부분을 다 마치지 못한 아쉬움이란……현관문에서 내 방까지는 정말 몇 걸음밖에 되질 않는다. 손등으로 눈을 꾹꾹 눌러주는데 방문이 열리었고 어머니가 들어섰다. 언제부터인가 웃지 않을 때에도 뚜렷이 드러나는 어머니 눈언저리의 주름살. 그러나 날 바라보는 어머니 눈길엔 생기가 숨쉬고 있다. 외출에서 돌아올 즈음의, 피할 수 없는 피곤함 속에서도 살아 있었던, 아직까지도 살아 있는 것처럼 보이는 느낌이 감돌고 있는 모습인 것이다. 며칠씩 외출하지 않고 집 안에만 머물러 있을 때의 어머니를 대할 적이면 난 어쩔 수 없이 어머니 나이를 떠올려보게 되었다. 마흔여섯. 우리들 속의 생기가 죽어, 늘어나는 나이가 되는 걸까 하는 생각과 함께. 그처럼 어머니는 건조해 보이는 얼굴을 하고 있었던 것이다. 마흔여섯. 어머니와 나 사이의 그 멀고 먼 시간의 여울. 스물여섯 해의 시간들. 어머니의 나이가 되도록…… 그때까지 난 살아 있을 수 있을까. 내 몫으로 주어져 있을 미래의 시간들. 그것은 때로 보이지 않는 공포의 손이 되어…… 난 어떤 모습으로 살아가게 될까. 두통이 다시금 시작되려 한다.

"어떠니?"

어머니의 차가운 손이 내 이마에 놓여졌다. 많이 괜찮아졌다고 나는 말해준다.

"너 좋아하는 생선초밥 사왔는데."

어머니는 어느덧 3시가 가깝다며 들고 있는 헝겊 가방에서 서둘러 생선초밥이 든 나무도시락을 꺼내었다. 그 위에 올려져 있는 편지봉투.

"참 예령이가 편지를 보냈더라."

친구의 편지를 혼자가 되어 읽고 싶어하는 내 마음을 모르지 않았던 것일까. 생선초밥이 든 나무도시락을 챙겨든 어머니는 내 방을 나갔다. 된장국 데울 테니까 나와서 먹도록 하라는 말을 남기고서.

정민에게

정말 오랜만에 너에게 편지를 쓴다.

작년 12월에 너한테 편지를 보낸 것이 마지막이었다. 그리고 지금은 7월. 넌 그 동안에도 내게 편지를 보내주었고 우리는 전화로 서로의 안부를 전하기도 했었지. 전혀 만남이 없었던 것도 아니었어. 얼굴을 보여주는 만남이었을 뿐이었지만. 그래서는 안 된다고 생각했어도 난 너와의 만남조차 내게 허용할 수가 없었다.

그렇게 한다는 것은 날 위하는 일처럼 여겨졌고 난 날 위하고 싶지 않았던 거지. 난 어쩌면 죽어가고 있다고 느꼈고 그것을 마땅하다고 생각했어. 어떤 형태로든 벌을 받아야만 한다고도 생각했어.

그러면서도 때때로, 나는 참을 수 없을 정도로 강렬하게 널 만나고 싶다는 열망에 사로잡혀들곤 했었다. 그 순간은 대개 행동으로 옮기기엔 좋지 못한 때였지. 밤 한시나, 두시. 또는 새벽녘에 눈을 마악 뜨곤 했던 무렵이었으니까.

살아 있다는 것. 살아간다는 것은 괴로움을 견디어가는 과정이기도 함을 나는 조금씩 알아가고 있다. 신음 소리를 다른 사람의 귀에 들리지 않도록 혼자서 삼켜야 한다는 것 또한. 창조주는 우리들에게 저마다 지고 가야 할 무거운 짐을 마련해두신 것은 아닐까 하는 생각을 할 때도 있어.

난 낙원에서 쫓겨난 기분이기도 하다. 비로소…… 그리고 드디어…… 기쁨과 믿음과 놀라움으로 가득차 있었던 유년기의 낙원으로 돌아갈 수는 없는 것일까. 그럴 수만 있다면. 언제서부터인가 난 어른들과 세상의 비밀을 알아차린 느낌이다. 여러 개의 얼굴을 가진 어른들. 왜 어른들은 하나의 얼굴로 살아갈 수 없는 걸까?

두려운 것은 나 또한 어른들을 닮을 수도 있다는 점이다. 정민아. 지금껏 내가 알았던 나는 나의 전부가 아니었음을 난 알게 되었다. 내 자신을 제대로 안다는 것, 주위 사람들 모두에 대해 안다는 것. 그것이 난 두렵다. 예전의 나로 되돌아가고 싶다는 이 누를 길 없는 강렬한 충동. 어머니를 더할 수 없이 사랑하고 우리 가족 모두에 대해 자랑스러워할 수 있었던 예전의 나로 되돌아간다는 것은 그러나 불가능한 일일 뿐.

난 아직도 내 마음속의 외곽 도로만을 걷고 있다. 널 만나면 말해지지 않은 이야기의 속살 부분으로 곧바로 다가갈 수 있을 것도 같다. 아니 꼭 그렇게 되었으면 좋겠다. 예진언니가 미형언니를 좋아하는 것. 내가 널 좋아하는 것. 그것은 미형언니와 정민이가 자신들을 숨기고 싶어하지 않는 때문일 거라는 생각이 들기도 한다.

예진언니나 내가 비밀주의자들이라는 것은 아냐. 단지…… 언젠가는 자신이라는 껍질을 가벼이 여길 때가 오리라고 믿어. 이런 나를 생각할 때면 떠오르는 의문이 있다. 사람들이 저마다 그 자신일 수밖에 없는 이유는 무엇일까 하는. 우리 어머니가 말씀하시는 대로 하느님의 섭리일까? 그럴까? 그렇다면 우리는 그 섭리의 테두리를 언제까지나 벗어날 수 없게 된다는 것일까.

섭리와 자유 의지는 반발하는 적대 진영일까? 아니면 충분히 조화로운 동거가 가능한 것일까. 나는 좀더 다른 내가 될 수 있을까. 날 괴롭히는 이런 물음들. 공부는, 이런 물음들이 날 사로잡지 못하도록 막아주는 방어벽이 되어준다. 교과서의 세계, 특히 수학 과목은 머릿속의 헝클어짐을 막아준다. 공식을 적용시킨다는 것. 단 하나의 답이 나오는 문제들을 풀고 났을 때의 상쾌함.

정민이 넌 공불 한다는 것이 너에게 무의미하게 다가올 뿐이라고 했다. 충분히 그럴 수도 있을 것이다. 그러나 공부를 잘한다는 것과 너의 본질적인 중요성과는 아무런 관계가 없다는 것이 내 생각이다. 고등학교를 졸업하기만 하면 넌 나보다 훨씬 기운차게 삶의 바다로 헤엄쳐나가 충만된 느낌 속에서 살아가게 될 것만 같다.

너에게 어울리는 일이 무엇인가는 아직 찾고 있겠지. 네가 지난번 편지에서 얘기한 대로 사진찍는 일도 좋아 보이지만. 그것 말고 좀더 적합한 일이 있을 수도 있겠지. 너에 대해 생각할 때면 난 언제나 자유로움이 너의 몫임을 느낀다. 무엇이나 다 시도해볼 수 있을 것 같은 너. 하나의 목표를 정해 그것을 이루기 위해 나아가는 삶…… 그리고 목표를 정하진 않은 채로 삶의 여러 상황들에 힘껏 부딪쳐보는 삶.

하나의 목표를 정해 그것을 이룬 사람의 삶도 결코 나쁘진 않겠지. 그러나 그 사람은 그렇지 않은 사람들이 느끼며 경험했던 여러 감정들을 알 수는 없는 일이겠지. 이 얘긴 정민이 널 위로하기 위해 하는 것이 아님을 먼저 말해야겠다. 2학년이 되면서 넌 학교 생활이 점점 더 힘들어진다고 했다. 우리 모두의 숙제, 대학 입시. 학교에선 오직 점수만이 우리들을 평가하는 척도일 뿐이지. 좋은 성적을 낼 수 있는 능력 이외의 다른 보석을 가진 친구들은 쓸쓸하고 고립된다는 느낌에 빠져들기가 쉬울 거야. 정민이 너처럼.

그렇지만 정민아. 난 너를 떠올릴 때면 너에겐 외부 세계의 바람이 닿지 않는 너만의 고요하고 흔들리지 않는 비밀의 방이 있을 거라고 믿게 된다. 어떤 삶이 다가오더라도 물러서려 하질 않는 단단한 정신으로 충만된 그 비밀의 방. 그 방은 분명 해가 지날수록 좀더 많은 이야기로 채워질 것이고……

그 이야기들은 내 마음까지도 설레게 할 것이다. 난 널 믿고…… 그리고 부러워하기도 한다. 이번 주 토요일, 일요일을 날 위해 남겨주겠니? 2학년이라는 이유로 우리가 하룻밤만을 함께 지내야 한다는 것이 아쉽지만. 어머니가 허락한 시간이 그뿐인 것이다. 작년처럼 지리 별장에서 지내게 될 거다. 전화할게. 수영복도 가져오면 좋겠다.

정민이의 친구　예령이가

(역시 편지를 쓴다는 것은 좋은 일임을 깨달았다. 쓰기 전의 무
겁고 답답한 마음에서 어느 정도 벗어날 수 있게 되었거든. 이번
에 만나면 정말 할 얘기가 많을 거야. 너의 소중함이란.)

더없이 맑고 푸른 하늘. 구름 한 점 보이지 않는 그곳의 푸르름은
눈부시다. 산의 초록빛은 또 얼마나 무성한지. 7월의 나무들은 어젯
밤부터 오늘 아침나절까지 내린 비로 목욕을 한 뒤여서인가. 온 세
상으로 자신들의 신선하고 생생한 숨결들을 내뿜고 있는 것 같다.
그곳으로 다가서는 사람들을 초록빛으로 물들여버릴 것처럼. 눈을
거의 감듯이 하면 대기 속에 떠다니는 초록의 요정들이 보이는 것
같다. 하늘빛 요정들도 이리저리 춤추며 떠돌아다니는 듯했다. 그리
고 또 대기 속에는 무수한 빛의 파편들이 부유한다. 오후 3시. 햇볕
은 뜨겁다. 풀장의 물 속으로 뛰어들까, 말까를 궁리하게 만드는, 7
월을 7월답게 여기게 하는 열기가 느껴지는 뜨거움인 것이다. 여름
날을 그리움으로 떠올릴 수 있게 하는, 몇 날 되지 않는 가장 아름다
운 여름날 중의 하루에 속하는 그런 날.
　풀장가에 놓인 여러 개의 흰빛 휴식용 의자에 기대어 앉은 나는
아직 풀 안으로 뛰어들지는 못했다. 여태껏 내가 이 자리에 앉아 있
다는 사실을 편안하게 받아들이지 못한 때문이었으리라. 미형언니는
그러나 나와는 달리 지금 풀 안에서 거침없는 몸짓으로 수영을 하고
있다. 넓거나, 좁지도 않은 각진 어깨, 갓 구운 빵처럼 다갈색으로
태운 살갗, 탄탄한 다리와 예쁜 종아리…… 그리고 조금은 수줍은
듯 동그랗고 탄력 있는 가슴은 수영복 차림이 되면서 더욱 두드러져
보였다. 그 수영복이라는 것이 비키니 차림이었음에랴.
　풀 안에서도 그렇지만 그 전에, 휴식용 의자에 미형언니가 앉아
있었던 동안에도 예령네의 친지들인 남자 대학생들의 시선을 줄곧

미형언니 주위를 떠나지 않았었다. 그들은 기꺼이 미형언니의 호위병이 되고자 하는 얼굴들이었다. 조금 거북했던 것은 그들의 눈빛들이 뿜어내는 어떤 뜨거움이었다.

난 당연한 일이라고 생각하려 했다.

아, 정말 예쁜 몸이라고 나 또한 감탄하지 않을 수 없었던 것이다.

얼굴만을 볼 때와는 또 다른, 좀더 생생하면서 강렬한 느낌이라니.

살아 있음을 확인하게 해주는 그런 느낌. 그냥 무엇인가가 내 몸 안에서 솟구쳐올라 난 살아 있다란 혼자말을 하게 하는 그런 충만된 느낌.

그런 어느 순간 난, 미형언니는 행복한 느낌을 펴져나가게 하는, 아름다움의 전도사라는 생각을 떠올리기도 했었다.

그리고 미형언니 자신은 자신이 그런 역할을 해내고 있음을 잘 알고 있는 듯했다. 더없이 환하고 활기차 보이는 행복한 느낌의 전도사. 미형언니는 당연히 자신을 에워싸고 있는 예령네의 남자 대학생 친지들에게 관대했다. 찬미자들에게 주어졌던 상냥한 웃음과 다정하고 친밀한 어조의 말들. 미형언니한테 저와 같은 다정함이 숨어 있었다니? 작년에 처음, 내가 예령네의 별장에 초대되어와서 예진언니의 친구인 미형언니를 만나게 되었을 때 그땐, 전혀 알 수 없었던 다정함이었다. 반바지 아래로 드러난 주욱 뻗은 두 다리가 탄탄하고 종아리가 특히 예쁘다는 것, 그리고 나처럼 예령어머니를 진심으로 좋아하지 않는다는 것, 그 정도만을 알았을 뿐. 누군가에 대해 제대로 안다는 것은 어려운 일이구나 하는 점을 오늘 또 한번 깨닫게 된 셈이다.

"정민아."

풀장 저쪽 가에 도달한 미형언니는 날 향해 힘껏 팔을 흔들어보인다. 그렇게 구경꾼처럼 앉아 있질 말고 풀 안으로 뛰어들라는 몸짓

이다. 물 속에서 마악 빠져나온 미형언니 몸은 좀더 눈부신 느낌이
다. 여전히 예령네의 남자 대학생 친지들 중 두 명은 미형언니 옆을
떠나지 않고 호위병처럼 미형언니를 에워싸고 있다. 한 사람의 호위
병은 마실 것을 가져다주었고 또 한 사람의 호위병은 커다란 흰 타
올로 미형언니 어깨를 덮어준다. 그리고 그들 셋은 곧 자신들끼리
무슨 말인가를 주고받는다. 다행이라고 입속말을 하는 나. 난 아무
래도 풀로 뛰어드는 것이 내키지 않고 있었던가보다. 해가리개 양산
아래에서, 휴식용 의자에 편안한 자세로 앉아 있다는 것이 매우 거
북스런 일이라는 느낌 또한 되살아나고 있었다. 거북스러움. 그것은
생각의 기능을 흩트려놓는다는 것을 알도록 해주었다. 삼십 분 전쯤
내가 이곳에 처음 왔을 때 난 풀장의 물빛이 푸른빛이라는 것이 그
곳에 칠해진 하늘색 페인트칠 때문임을 떠올리지 못했던 것이다. 낯
선 환경에 놓여지게 되면 얼마 동안 멍한 느낌 속에서 빠져나오질
못하는 나. 사고하고 감각하는 기능이 일순간 멈추어버리는 그런 상
태. 머릿속이 빈 창고만 같은 그런 상태에서 난 풀의 물빛은 원래부
터 푸른빛인가보다 그렇게 생각했던 것이다. 토마토 주스가 붉은빛
이듯 풀의 물빛은 푸른빛이라고.

　마음을 움츠러들게 하는 낯선 장소의 으스스한 힘. 그러나 예령을
따라 이곳으로 오는 동안에는 적어도 그렇지 않았다. 난 약간 설레
기도 했었다. 머물러보지 못한 장소는 어느 곳이든 매혹적으로 여겨
졌던 것이다. 그러나 잘 다듬어진 사철나무로 담을 두른 풀장 가까
이로 다가가자 난 뒷걸음질치고만 싶어졌다. 청색과 흰색의 물결무
늬 대비가 선명한 해가리개 우산들과 좁다란, 간이침대처럼 보이는
폈다, 접었다를 할 수 있는 흰빛의 휴식용 의자들. 그곳에 지극히 편
안한 자세들로 누워 있던 예령네의 친지들인 남자 대학생들. 경쾌한
선율의 음악들. 셋이 둘러앉아 이야기를 나누는 미형언니와, 또 예
진언니, 예진언니의 약혼자. 예령과 함께 들고 온 음식 바구니만 아
니었더라면 난 발걸음을 돌리고만 싶었으리라. 예령과 난 바구니 속

의 음식들을 풀장 한쪽에 놓인 탁자 위에다 놓아야 했다. 그것이 우리가 맡은 일이었다.

연두색 체크 무늬의 테이블보가 덮인 탁자 위에는 이미 많은 종류의 먹을 것들이 놓여 있었다. 커다란 잎사귀 모양의 유리 그릇 속에 담긴 야채 샐러드와 수박 화채, 예령어머니의 자랑인 모카케이크와 아몬드쿠키들. 은박지에 하나하나씩 싸서 구운 버터 바른 감자들, 밥으로 만든 크로켓, 떡베이컨말이, 샌드위치, 햄 올리브 피자, 닭튀김, 유부초밥과 김밥 들이었다. 그리고 커다란 바구니 속의 사과·오렌지·바나나·복숭아·포도송이 들. 이것들을 엊저녁부터 준비했던 예령어머니는 또다시 양념한 갈비들과 햄버거·빈대떡·옥수수들을 예령과 내게 가져가도록 했던 것이다. 그리고 또 있었다. 크리스탈 화병과 스무 송이의 붉은색 장미, 음식이 차려진 탁자에 꽃이 빠져서는 안 된다고 여기는 예령어머니였다. 예령이 음식 접시들을 보기 좋게 배열하는 동안 난 그 옆 작은 탁자 위에 올려진 생수병의 물을 크리스탈 화병에 따른 다음 장미꽃들을 담았다.

그러고 나자 예령은 날더러 이제부턴 정말 쉬어야 한다고 말해주었다. 갈비와 소시지는 자신이 구울 것이라고. 아침나절, 어머니를 도와 음식 준비를 하는 예령을 위해 난 예령의 조수 노릇을 했었다. 양상치를 씻고 감자 껍질을 벗기며 샐러드 소스를 만드는 일 등, 과일들을 모두 깨끗이 씻는 일도 내 몫이었다. 예령의 조수 노릇은 사실 엊저녁부터였다. 예령어머니는 별장에 올 때면 파출부 아주머니를 데리고 오지 않는다고 했다. 별장에까지 와줄 수 있는 파출부 아주머니들을 쉽게 만날 수 없기도 했지만 당신의 딸아이들한테 가사일을 배우게 하려는 뜻에서라고 했다. 예진언니와 예령은 자신들의 어머니가 원하는 딸 노릇을 수선스럽지 않게 잘 해내고 있었다. 모카케이크를 만들고 아몬드쿠키를 구워내며 빈대떡을 맛나게 구워내는 일에 얼마나 익숙한지를, 난 이미 작년서부터 알고 있었다. 피아노와 첼로 연주에 능숙한 그 손들이 가스오븐 위에서 그리도 날렵하게 움직일 수 있다는 것은 내게 놀라움을 안겨주었다. 오랫동안은 아니었지만. 그것은 예령어머니의 지나친 자부심 때문이었을 것이었다. 예령어머니한테서는 당신의 삶의 방식에 대한 의심할 길 없는 믿음이 배어나왔던 것이다. 그 믿음의 옳고 그름을 난 따지고 싶지는 않았지만 설령 옳다고 해도 그 옳음에 대해 너무 단단한 태도는 내 마음을 물러서게 했을 뿐이었다.

그러면서도 어제부터 오늘까지 내가 예령어머니를 도왔던 것은 작년과 달리 초대 손님이 부쩍 늘어난 때문이었다. 예령네의 친척들인 그 초대 손님들의 대부분은 남자 대학생들이었다. 예령어머니는 연례 행사로 그들을 별장에 부른다고 했는데 예진언니의 약혼자는 오늘 아침 11시경에 도착해서 그들과 합류한 터였다. 아, 그들의 그 대단한 식욕이란. 저녁 식사를 마치고도 그들은 계속해서 먹어댔고 예령어머니는 쉬임없이 먹을 것을 계속해서 만들어내었다. 예진언니, 예령과 함께 미형언니, 나 또한 돕지 않을 수 없었다. 설거지를 하고 그릇들을 닦으며 양파 껍질을 벗겨야만 했다. 주방팀 중에는 우리들 외에도 한 명이 더 있었는데 미국에서 대학을 다닌다는 예령의 사촌 언니인 그이는 음식 나르는 것을 몇 번 하더니 9시 전에 2층으로 올라가버렸다. 두통이 심해서 견딜 수 없다며.

사실 두통 때문에 힘들었던 것은 나도 마찬가지였지만 예령의 곁을 떠날 수 없었기에 일을 해야만 했다. 얼마 동안은 일하는 것이 흥분되고 조금은 기쁘기까지 했었다. 미형언니를 다시 만났다는 즐거움, 예령과 함께 지낸다는 기쁨, 음식이 수북이 담겨 있던 접시들이 곧 빈 것이 되는 것을 볼 때의 흐뭇함들이 뒤섞여 아주 흥겨운 기분이 되게 해주었던 것이다. 특히 빈 접시를 돌려 받을 때의 흐뭇함은 내 손이 아주 소중한 일에 쓰여지고 있다는 생각마저 하게 하질 않았던가. 음식 만들어 먹이기를 좋아하는 예령어머니의 마음을 제대로 알 것 같은 그런 느낌이기도 했다.

그러나 11시가 넘어 2층으로 올라가, 아래층에서 들려오는 왁자지

껄한 웃음 소리들을 듣게 되었을 때, 그때 내 마음의 흥겨움은 차츰
사라지기 시작했다. 주방에서 함께 일하는 동안 생겼던 예령어머니
로 향한 친밀감이 줄어들면서 끝없이 허전하다는 느낌에 휩싸여들었
던 것이다. 예령과 둘이 지낼 수 있으리라는 기대감이 이번에도 또
무참히 깨어지고 만 것. 예령네의 친지들 속으로 선뜻 다가갈 수 없
었던 거리감, 예령과 똑같은 마음이 되어 그들을 귀한 손님으로 대
할 수 없었던 나의 답답함, 이 모든 것들이 날 끓는 물 속의 야채처
럼 만들었던 것이다.

　이런 식의 되풀이라면 오지 않았던 것이 나을 뻔했다. 난 그렇게
혼잣말을 했고 그러는 동안에도 예령이 2층으로 올라오는 발자국 소
리를 들을 수 있을까 하여 귀를 세워두고 있었다. 남자 대학생 친지
들이 몰려온다는 것을 예령이 미리 말해주었더라면 오지 않았을 거
라는 생각을 떠올린 채. 그러나 그 생각이 공연한 것임을 난 모르지
않았다. 예령이 그 사실을 먼저 말해주었다고 하더라도 난 오고야
말았을 것이어서. 예령 또한 내 마음과 다르지 않았던 만큼 날 오게
한 것이었으리라.

　잠속으로 빠져들기까지 내 마음속 화살은 누구를 과녁으로 삼았던
가. 예령어머니였다. 그분은 나와 미형언니를 배려해주시 않는다.
그 생각을 떨쳐버릴 수 없기만 했었다. 미움은 얼마나 극단적인 생
각마저 하게 해주었던지. 미형언니와 내가 좀더 예령어머니 마음에
드는 집안의 딸들이었다면 딸들의 친구인 우리들한테 좀더 고마워하
며 주방일을 돕게 했을 거란 생각을 떨쳐버릴 수 없었던 순간의 낭
패스러움. 그 생각이 옳은 것이 아니라는 것을 몰랐던 것은 아니었
다. 왜냐하면 예령어머니는 예진언니, 예령한테도 서슴없이 일을 시
키는 분이었으니까.

　그런데도 존중받지 못하는 손님이라는 피해 의식에 사로잡히게 되
었던 것은 무엇 때문이었을까. 그것은 아무래도 예령어머니에 대해
가지고 있는 나의 좋지 못한 선입견 때문임이 분명했다. 떨쳐버리고

싶기만 한 그 선입견도 문제지만 난 무엇보다도 그분이 옳다고 생각하는 삶의 방식을 딸들에게 강요하는 태도가 더욱 마음에 들지 않는 터였다. 강요라고? 그것은 어쩌면 나만의 생각에 지나지 않을 것이었다. 그분은 그분이 생각하는 가장 좋은 삶의 길을 딸들에게 열어주고 있다고 믿고 계실 테니까. 좋은 학벌을 갖추어서 훌륭한 집안의 며느리가 되는 것. 그리하여 삶을 소중하게 생각하며 아름다운 시간들 속에서 살아가는 것. 별장과 여행과 물질적 풍요로움으로 가득찬 나날들. 맛있고 보기 좋은 음식 만들기와 아름다운 그릇 수집이며 집안을 훌륭하게 치장하는 일 등은 모두 삶을 소중한 것으로 만들려는 그분의 그러한 의지의 나타냄일 것이리라. 그리고 무엇보다도 그분은 더없이 자신만만한 모습으로 그분의 삶을 살아가고 있다. 그것까지는 무어라고 할 것은 아니다. 그분의 삶은 그분의 것인만큼. 하지만 딸들에게도 그 삶의 길을 요구한다는 것은? 그리고 딸들 친구들한테까지도 그렇게 이야기한다는 것은?

작년에도 이러한 생각들 때문에 난 별장을 떠나고 싶다고 생각했었고 그 생각을 누를 수 없었던 순간 혼자서 별장 단지를 병풍처럼 두르고 있는 뒷산으로 도망갔었다. 어젯밤에는 그러나 그럴 수가 없었다. 밤이기도 했고 너무 피곤한 탓이었다. 내일은 오늘과 다를까? 어젯밤, 난 그렇게 되기를 기대했는데 그러나 아침이 되자 오늘 또한 어제와 다르지 않다는 것을 깨달았다. 음식 만들기의 소용돌이. 여전히 예령네의 남자 대학생 친지들은 먹어들 대었고 우리들 여자들은 수발꾼들이었다. 그런 중에서도 예령과 내가 가장 오랫동안 주방에 머물렀다. 11시경, 예진언니 약혼자가 도착하면서 그때부터 예진언니와 미형언니는 예진언니 약혼자와 어울려야 했던 것이다.

지금 예진언니와 예진언니 약혼자는 건너편 쪽의 해가리개 양산 아래에 앉아 있다. 감색 원피스 수영복 위에 하늘색 가운을 입고서 두 다리를 꼭 붙여 앉은 예진언니와 역시 감색의 수영복 팬츠 차림인 예진언니 약혼자가 약혼식을 올린 것은 지난달이라고 했다. 예진

인 쉽게 마음을 정할 수 없나보았지만 모든 조건들이 나무랄 데 없
다고 어른들이 열심으로 권하니까, 그냥 마음을 정한 모양이었어.
아침에 눈을 떴을 때 내 옆에 누웠던 미형언니가 들려준 말이었다.
어느 시대에나 되풀이되고 있는 얌전한 처녀들의 새장 바꾸기. 예진
인 몇 달 뒤면 부모라는 이름의 새장에서 남편이라는 이름의 새장으
로 옮겨가게 되겠지. 미형언니는 웃으며 그렇게도 덧붙여 말했다.
난 그때 어쩐지 미형언니가 조금은 극단적으로 말한다는 느낌을 받
았다. 어른들이 열심으로 권하니까…… 그냥 마음을 정한다. 그런
일이 과연 가능한 것일까.
　예진언니의 약혼자는 예진언니보다 몇 해는 더 위인 듯이 보인다.
굵게 쌍꺼풀진 두 눈, 굳게 다문 입은 자신이 믿는 것에 대해 의심하
는 경우가 드물 것도 같다. 저만큼 떨어져 있어도 뭔가 압박감 같은
것이 전해와서일까. 내 머릿속 스크린엔 새장 안에 갇힌 예진언니
모습이 떠오른다. 그러나 실제의 예진언니 주위엔 당연히도 새장 같
은 것은 없다. 언제나처럼 조심성스런 태도로 약혼자에게 예령이가
가져다준 샐러드를 권하고 있는 예진언니. 예진언니 약혼자와 예진
언니 사이에는 별다른 이야기가 오고 가는 것 같질 않다. 예진언니
약혼자는 팔목시계를 들여다보기도 하고 탁자 위에 놓아둔 핸드폰으
로 통화를 하기도 한다. 풀에서 수영을 하는 예령네의 친척들 쪽으
로 시선을 주기도 하고 또 몇몇 대학생들과 누가 더 빨리 헤엄치나
시합을 하는 미형언니를 흘깃 쳐다보기도 했다. 난 약간 실망스런
기분이었다.
　약혼자들에게 품고 있던 어떤 기대감이 배반당한 듯한 느낌이기도
했다. 내 눈에 비쳐든 예진언니와 예진언니 약혼자는 사랑에 빠져
든, 상대방에게 황홀한 눈길을 주는 그런 약혼자들이 아니었던 것이
다. 영화나, 텔레비전 드라마, 소설 속의 주인공들의 시선은 불길이
나 다름없곤 했었다. 그들 주인공들을 지켜보는 내 가슴속이 뜨거워
지지 않을 수 없도록. 하지만 지금 내 눈앞의 약혼자들은 의젓하고

예의바르며 지나치게 주위 사람들의 시선을 의식하고 있는 분위기를
떨쳐버리지 못하고 있질 않은가. 영화나 텔레비전 드라마, 소설 들
이 사랑의 감정을 과장해놓았던 것일까. 나는 곧 그렇지 않으리라고
생각했다. 2년 전, ㅅ이라는 영화배우를 좋아하던 무렵의 여러 일들
이 되살아났던 것이다. 다시는 누군가에게 사로잡혀들지 않기를 간
절한 마음으로 소망하게 되었던 그 지독했던 시간들. 그 무렵 난 스
스로를 내 힘으로 열고 나갈 수 없는 감옥에 갇힌 수인(囚人)처럼 여
기곤 했다. ……어디서나 나와 함께 있었던 ㅅ.

그의 시선이 바로 감옥이었다. 황홀하고도 안타까운…… 형체도
없는 그것은 뜨거움으로 가득차 있어 난 그로부터 벗어날 수 있기를
바랐을 뿐이었다. ……그러나 그는 나의 바람과는 상관없이 날 찾아
왔다. 난 그와 함께 밥을 먹었고, 어깨를 나란히 하고서 함께 걸었
다. 난 그때 열여섯 살이었지만 그의 아내가 되기에 결코 적은 나이
라는 생각을 해본 적이 없었다. 때때로 전혀 난데없는 순간에도 난
그의 숨결을 느낄 수 있었다. 내 뺨, 이마, 어깨에 그의 뜨거운 입김
이 다가오곤 했다. 점심 시간 뒤, 햇살이 쏟아져 들어오는 창가 자리
에 앉아 국어 선생님의 설명을 듣고 있던 어느 순간, 또는 잘 풀리지
않는 생물 문제를 풀고 있던, 한없이 무더웠던 오후, 마지막 수업 시
간중에, 그를 맞이해야 했던 나의 놀라움과 부끄러움이라니. 그럴
때면 내 눈은 저절로 감기었고 내 손은 내 뺨의 어느 부분을, 또는
내 어깨를 가만히 어루만지게 되었다. 누구도 알 수 없었던 나와 ㅅ
의 만남, 밀회. 더없는 안타까움만을 남겨주는 그 느닷없는 뜨거운
감정의 기습.

어느 날 난 그 뜨거움과 안타까움이 뒤섞인 감정에 휩싸여든 채
무작정 길을 걸었다. ㅅ을 찾아서였다. 그를 만날 수만 있다면 밤새
도록 걸을 수 있을 것 같았다. 기적 같은 일이 내게 일어나주지 않으
려나? 나는 걷고 또 걸었다. 나는 내 몸 안의 기운이 모두 사라져버
리기를 원하였던 것이 아니었었나? ㅅ을 만날 수 없다는 것은 너무

나 잘 알고 있는 일이 아니었던가. 걷고 또 걷다 마침내 집으로 가는
버스를 기다리는 동안 내 눈에 비쳐든 도시는 불길이 번져가는 거대
한 산만 같았다. 나는 한 그루의 나무. 발바닥이 따가워져서 더는 걸
을 수 없게 되었을 때도, 난 그때까지, 옮겨붙은 불길이 잦아들 줄
모르는 한 그루 나무였다. 집으로 향하는 버스의 뒷자리에 앉았을
때조차도. 내 옆자리에 앉게 될 누군가가…… 누군가가…… 그날의
내가 타오르는 불길 속의 나무임을 알아봤더라면…… 그러나 그런
일은 일어나지 않았다. 그날 이후로도 난 때때로 그의 숨결을 느낄
수 있었고 그럴 때마다 숨이 막혀 비명을 지르고야 말 것만 같았다.
그것은 견디기 힘든 형벌이었다. 마침내 스으로부터 도망칠 수 있게
해달라는 기도마저 하였던 나. 사로잡힌다는 것. 그것은 도망을 꿈
꾸게 할 만큼 힘들면서 마음의 벽이 온통 전열기로 휘덮인 듯 뜨거
워진다는 것으로 다가왔던 것.

　나는 다시 한번 예진언니와 예진언니 약혼자를 쳐다본다. 누군가
와 통화를 하고 있는 예진언니 약혼자. 수영복 차림인데도 양복 정
장 차림을 하고 있을 때와 같은 느낌을 풍기다니. 난 그의 단정하게
빗어넘긴 머리칼을 헝클어주고 싶어졌다. 문득 예진언니 약혼자가
정말로 큰 소리내어 웃는 적이 있을까 하는 물음이 떠오른다. 곧 하
늘의 푸른빛만이 내가 바라보는 모든 것으로 변해 있었다. 거대한
푸른빛의 벽화…… 예진언니와 예진언니 약혼자를, 미형언니 시선
으로 대하였던 자신에 대한 염증이 불현듯 날 사로잡으면서 아, 싫
다라고 소리치고 싶어진 순간의 일이었다. 미형언니 시선만이 진실
일까. 그렇게 생각한다면…… 그것은 어느 한 면만을 들여다본 때
문이 아니었을까. 왜 하필 예진언니는 예진언니 약혼자가 된 그 사
람과 만나게 되었던 것일까. 수많은 사람들 중에서 만남을 가져, 서
로를 아내와 남편으로 맞이하려는 결심을 하게 된다는 것은 그 얼
마나…… 그 다음 말을 나는 떠올릴 수 없었다. 난 어느덧…… 언젠
가 어떤 미지의 인물을 남편으로 선택하려는 나 자신을 떠올리고 있

었던 것이다. 사랑 없이 선택을 한다는 일은…… 아아 불가능한 것. 예진언니 또한 그러했으리라. 예진언니 약혼자 역시도. 그렇다면 그 두 사람은 지금 서로의 가슴을 벅차게 하는 사랑의 감정을, 있는 힘을 다해 억누르고 있는 것일 수도 있다. 수줍음 때문에…… 자신들만 크나큰 은혜를 받고 있는 듯한 미안함으로 해서…… 서로를 사랑하는 마음이 지극하면 그럴 수도 있으리라.

아, 변함없이 푸르고 푸른 하늘. 아득히 멀고도 먼 그곳. 하늘을 올려다보노라면 난, 점점 더 작아져가는 느낌에 빠져들게 된다. 내 머릿속…… 마음으로 스며드는 푸른빛. 온몸을 가득 채우는 하늘빛, 텅 빈 공간 속에서 투명인간이 되어 존재하는 듯한 이 투명한 느낌. 하늘빛 요정이 되어 하늘 가까이로 오르는…… 경쾌하고, 밝은 웃음소리가 어느 순간 날 현실의 세계로 돌아오게 했다.

"너희들, 안 되겠어. 앞으로는 1미터 이내로 접근해오는 것, 금지하겠어."

계속 터져나오는 미형언니의 웃음 소리. 예령네의 친지들인 남자 대학생들도 거침없이 웃는다. 온통 젖은 몸이 되어 내 쪽으로 다가오는 미형언니. 세 명의 호위병들도 우르르 미형언니 뒤를 따른다. 활기차고 예쁜 젊은 짐승들. 내가 지금 스물다섯 살쯤으로 스스로를 생각한다는 것을 이들이 알까. 열여덟. 몸의 나이는 정해져 있다. 그러나 내 정신의 나이는 그렇지 않다. 수은주의 눈금처럼 때에 따라 마구 아래위로 오르고 내린다. 내 또래 남자 아이들을 만날 적이면 내 정신의 눈금은 하향선을 긋기 쉽다. 때론 열세 살 시절로 곤두박질치게 만드는 것이다. 난 내 정신의 나이가 상승 곡선을 그릴 때 스스로를 조금은 신뢰할 수 있어 좋다.

"우두커니 앉아서…… 너와 예령이는 참……"

머리를 흔들며 빈 의자에 놓여 있던 흰수건으로 몸의 물기를 닦는 미형언니 입술엔 엷은 보랏빛이 감돌고 있다. 반짝이는 두 눈, 활기찬 목소리, 풀장에 모여 있는 사람들 중에서 미형언니와 세 명의 호위병들만이 살아 있는 느낌이다. 갈비구이와 구운 옥수수가 담긴 접시를 예진언니 약혼자 앞으로 놓아주고 있는 예령이나 예진언니, 예진언니 약혼자, 그들과 약간 떨어져 앉은 예령의 사촌언니와 세 명의 남자 대학생 일행 모두 사진 속의 인물들처럼 다가왔던 것은 무슨 연유에서였을까. 그들 모두 예전부터 그곳에 있어온 사람들 특유의 권태로움에 젖어들고 있었던 것이었을까.

"정말, 지쳤어. 무얼 먹지 않으면 곧 쓰러지고 말 거야."

미형언니의 말이 끝나기도 전에 난 의자에서 일어나 음식들이 차려진 탁자 있는 곳으로 갔다. 미형언니 일행들에게 먹을 것을 가져다주어야 한다는 생각 때문이기도 했고 또 예령과 함께 있고 싶어졌던 것이다. 저녁이면 난 이곳 별장을 떠나야 한다. 지금이라도 서두르지 않으면 예령과 난 그저 서로의 얼굴을 보았다는 사실을 위안으로 삼고서 헤어져야만 하는 것이다. 난 그러고 싶지 않았다. 난 그애로부터 듣고 싶은 이야기가 있었고…… 아니 이야기 같은 것은 듣지 못한다고 해도 상관없었다. 그애에게도 휴식을 주어야 했다. 갈비며 소시지를 굽는 동안 줄곧 사촌언니며 예진언니네가 무엇을 필요로 하는지 주의를 기울였던 예령. 모두들한테 충분히 먹게 해준 만큼 예령이도 이젠 휴식을 취해야 한다.

연두색 나뭇잎이 그려진 커다란 접시에다 음식들을 담는 동안 예령이 내 곁으로 다가왔는데 지금껏 불 가까이에 있었던 때문일까. 그애의 뺨은 붉은빛을 띠고 있다.

"이젠 갈비 그만 구워도 되겠다."

내 말에 예령은 머리를 끄덕인다.

"정민아. 여기 커피 넉 잔만."

거침없는 목소리는 미형언니의 것. 큰 탁자 옆의 작은 탁자엔 이미 뜨거운 물이 담긴 보온 물통과, 커피·설탕·커피메이트 같은 것도 준비되어 있다. 빈틈없는 예령어머니의 준비성. 예령은 커피 넉 잔을 재빨리 만들어 미형언니네로 가져다주곤 사촌언니, 사촌언니와 모여앉은 세 명의 친척들한테로 다가가선 커피를 마시겠느냐고 묻는다. 물론 예진언니, 예진언니 약혼자의 뜻을 묻는 일도 빠뜨려질 수 없었는데 그들 또한 커피 애호가들이어서 예령은 모두 여덟 잔의 커피를 만들어야 했다. 두 잔은 예령과 내 몫이었다. 아, 이제 드디어 예령과의 시간을 가질 수 있게 되나보다. 난 미형언니한테 음식이 담긴 두 개의 접시를 가져다주었고 그러고 나자 정말 드디어 예령과 둘만이 해가리개 양산 아래에 앉을 수 있었다. 햇살은 여전히 뜨거웠지만 그러나 바람이 불고 있어서일까. 물 속으로 뛰어들지 않았어도 크게, 무덥게 여겨지진 않는 날씨였다. 뜨거운 커피가 조금 식기를 기다리는 동안 예령과 난 서로를 바라보았다.

"내년에 다시 여기로 오자고 하면 정민이는 도망치고 말겠지?"

미안함이 깃들인 예령의 낮은 말소리. 예령이 내게 미안해하는 것을 원하지 않는 난 예령이가 그만 오라고 할 때까지 오고 또 올 것이라고 말해준다. 언제까지 내가 이곳에 올 수 있을까. 난 산으로 둥그렇게 둘러싸여 바깥에서는 알 수 없는 별장 단지 안을 새삼스런 눈으로 둘러본다. 공동으로 사용하는 테니스 코트와 풀장은 진입로에서 가까운 곳에 자리하고 있고 스페인풍, 또는 스위스 산장풍을 한 별장들은 산중턱에서부터 꼭대기에 이르기까지 드문드문 떨어져 자리하고 있는 이곳. 뒷산의 울창한 나무들. 그리고 별장과 별장들 사이에도 여전히 나무들은 빽빽하게 들어차 있어 담벼락 구실을 자연스레 해준다.

일 년 전. 이곳에 처음 왔을 때 미형언니와 난 뒷산에서 풀장 주변을 내려다보며 여기에 별장을 지으려 모여든 사람들은 무엇을 좀 아는 이들이라는 말을 했었다. 그러면서도 이곳 별장 단지가 나와는 아무런 관계가 없는 장소로 여겨졌을 따름이었다. 지금도 그 마음에는 변화가 없다. 이렇게 예령과 앉아 있는데도 왜 이다지도 이곳은 내게 낯설고 멀게 여겨지는 것인지. 일상적인 삶의 질서로부터 아득히 멀어져 있다는 느낌이 점점 뚜렷해져가는 때문일까.

"예진언니나 난 주방일을 돕는 것에 익숙하지만…… 그리고 사실 예진언니의 그분이 오늘 이곳에 오게 된 것은 정해져 있던 일이 아니었어. 그분이 해외 출장에서 하루 빨리 오게 되었고…… 우리가 여기 있는 걸 알고선…… 그럼 이곳으로 오시겠다고 연락이 온 것이었댔어."

점점 더 낮아지는 예령의 목소리. 무엇이 즐거운지 미형언니는 또다시 목소리를 높여 웃음을 터뜨렸다. 예진언니와 예진언니 약혼자가 그렇게 웃는다면 얼마나 좋을까. 그들은 여전히 예절바른 태도로 말하고…… 때때로 다른 사람들을 쳐다본다. 예진언니 약혼자는 그러는 동안에도 통화를 하고 미형언니에게 눈길을 주기도 한다. 미형언니는 예진언니 약혼자가 자신을 못마땅해한다는 것을 모르는 걸까.

"그만 살고 싶다고…… 그런 생각을 자주 하곤 해."

입 가까이로 가져가던 커피잔을 나는 내려놓았다. 내 귀를 의심하며. 예령한테서 이런 말을 듣게 되다니. 예령과 나의 시선이 부딪쳤다. 조금 전까지 그애가 몸을 움직여 여러 일들을 했다는 것이 믿어지지 않을 정도로 맥풀린 두 눈의 그 정처없음이라니. 그애는 날 보는 것 같지만 날 보고 있지 않다. 그렇다면 누구를 찾으려 하는지. 어디선가 날아온 벌 한 마리가 위이잉 기름진 소리를 내며 그애와 내 머리 위를 낮게 선회했다.

"16동 204호, ……군만두 하나, 열무냉면 2개, 비빔밥 하나, 비빔냉면 하나. ……예. 오래 안 걸려요."

주인아주머니는 주문받은 것을 확인하듯 꼭 다시 한번 되풀이 말하는데 큰 목소리였다. 주방 쪽의 정호한테 들려주기 위해서인 듯했다. 주인아주머니가 앉아 주문도 받고 돈계산도 하는 계산대와 주방 쪽은 몇 걸음밖에 되지 않지만 끓는 기름 냄비와 수돗물 떨어지는 소리에 둘러싸여 일에 몰리는 동안엔 크게 말해주지 않으면 잘 들리지 않게 마련인 것이다. 정호는 지금 몹시 바쁘게 움직인다. 체인점인 만큼 면류나 국수 국물, 만두 종류는 모두 배달되어 온다고 해도 만두를 튀기고 국수 위의 고명을 얹는 것 등은 모두 그애의 손을 필요로 하는 일이었다. 쉬임없이 울려대는 전화벨 소리.

"예. 뽀빠이국수집입니다. 예…… 8동 807호, 예. 다 맛있어요. 냉모밀도 시원하구요…… 열무냉면도…… 비빔밥은 어떠세요?…… 쫄면 하나라구요?…… 아니예요. 그런 것은 아니지만…… 그럴 리가 있나요?…… 예 그렇게 들렸다면…… 금장 가져다드릴게요. 그럼요. 아파트 단지 안에서 영업하면서 주문량이 적다고…… 그런 일이 있어선 안 되죠. 네…… 그럼요."

주인아주머니는 통화를 끝낼 때까지 상냥하게 말했지만 얼굴 표정은 그렇지 않았다. 이놈의 국수 장수 곧 때려치우고 말지. 그런 말이 금방이라도 튀어나올 것만 같다. 그러나 바쁠 때면 한마디의 말이라도 절약하는 것이 경제적이라고 여겨서인지 푸우푸우 숨을 크게 내쉬고는 그만이다.

"예. 뽀빠이국수집입니다. 70동 1403호? 돈가스 둘, 냉모밀 하나 시키셨죠? 아직 도착 안 했어요? 곧 도착할 거예요. 조금 전에 출발했거든요. 네."

주인아주머니의 태연한 말과는 달리 70동 1403호의 돈가스는 아직 만들어지지 않았다. 방학이어선지 점심 시간의 주문량은 정호 혼자 해결하기엔 벅찰 정도이다. 내가 돕는다고는 해도 스티로폼 용기에 만들어진 음식을 담고 비닐 주머니에 넣은 단무지를 챙겨넣는 정도에 지나지 않으니까. 그나마 음식의 종류가 제한되어 있다면 한결 나을 텐데 국수집이라면서 오징어덮밥·돈가스·비빔밥·버섯덮밥에까지. 너무 여러 가지 음식을 한꺼번에 준비해야 하니 얼마나 정신이 없을까.

"여기, 어서 좀 먹도록 해주쇼."

길로 면한 유리벽 쪽에 앉아 부채질을 하던 남자 손님의 양미간에는 작은 혹이 돋아난 것처럼 보인다. 들들대는 소리를 쉬임없이 토

해내는 에어컨이 창 쪽에 부착되어 있고 선풍기도 돌아가지만 뽀빠
이분식집 안은 후텁지근하게 덥다. 정호의 얼굴은 기름을 바른 것처
럼 번들대는데 아마 온몸은 이미 땀으로 흠씬 젖어 있을 것이다. 기
름 냄비며, 국수를 삶는 물이 끓는 작은 솥, 그리고 다시마 국물이
담긴 또 하나의 작은 솥을 태울 듯한 기세인 주방의 가스불꽃 앞에
서 정호는 돈가스며 군만두를 튀겨내며 국수를 삶아내야 하는 것이
다. 그애가 입고 있는 앞치마의 가슴 언저리는 물을 쏟은 것처럼 젖
어 있는 참이었다.
　"윤양아. 어서 저 손님부터……"
　주인아주머니는 정호를 향해 눈짓을 보냈고 정호는 아무 말 없이
비빔냉면 한 그릇을, 손님이 앉는 자리와 주방의 경계선이 되기도
하는 카운터 위에다 내놓는다. 굵은 파를 얇게 어슷하게 썬 파를 띄
운 다시마 국물과 단무지 접시, 그리고 비빔냉면 한 그릇을 난 창 쪽
의 남자 손님에게 가져다준다.
　"제 돈 내고 밥을 먹으러 온 것인지, 한끼 공짜로 얻어먹으러 온
것인지……"
　남자 손님의 그 사납고 거친 눈빛. 조금만 더 늦었더라면 국물 그
릇을 내게 끼얹었을 것만 같다. 그러나 사납고 거친 눈빛 또한 내게
쏟아진 뜨거운 국물이나 다름없었음에랴. 무엇 때문에 이곳에 나와
있는 것일까. 불현듯 집으로 돌아가고 싶어진다. 몇 번째일까. 내 방
에 숨고 싶은 이 마음의 되살아남은.
　"요즘은 뭘 먹어도 되게 맛없다. 그치?"
　"어느 집이나 그 맛이 그 맛이잖아."
　똑같은 감색 스커트에 줄무늬 블라우스 차림인 처녀 둘이 의자에
서 일어나며 주고받는 말들. 아파트 단지 안의 은행에서 일하는 듯
한 그이들은 눈빛이 소박하고 말소리 또한 부드럽다. 계산대 앞에서
서로의 음식값을 저마다 치른 그이들이 드디어 가게 밖으로 나가자,
난 정호를 쳐다보았고 정호는 아무 말도 듣지 못한 것처럼 카운터에

다 배달 내보낼 음식들을 묵묵히 올려놓는다. 내가 자신을 바라본다
는 것을 모르지 않을 텐데 그애는 내 눈길을 받아주지 않는다. 여기
가게 안에서는 오직 해야 할 일만. ……그애 머릿속엔 그 생각만 뚜
렷한 걸까. 사무적이고 재빠른 손놀림. 거의 무덤덤해 보이기까지
하는 눈빛. 어느 얼굴이 정호의 참모습일까. 의문은 오래 계속될 수
가 없다. 일을 해야 하는 때문이다. 돈가스엔 밥이 곁들여져야 하고
마요네즈를 뿌린 양배추 채썬 것도 빠뜨려선 안 된다. 배달 나갔던
호준이 오토바이에서 내려 가게 안으로 들어서고 있었기에 더욱 서
둘러야만 했다.
"좀 빨리빨리 다녀라."
　땀을 뻘뻘 흘리며 수금한 돈을 내미는 호준에게 한마디하길 잊지
않는 주인아주머니. 그러나 그 말소리엔 크게 재촉하는 느낌은 없
다. 손님이 식사를 하고 난 뒤면 으레 그릇을 치우고 탁자를 닦아야
하듯. 그런 일을 하는 것처럼 여겨질 뿐이었다. 호준은 카운터 앞의
의자에 털버덕 앉았다.
"계속 숨차게 오르내렸다구요."
　오토바이를 탈 때 헬멧을 꼭 쓰는 호준의 머리칼은 헬멧의 무게
때문인지 납작 숨이 죽었다. 무더운 한낮, 바깥의 찌는 듯한 열기를
알려주려는 듯 그애의 얼굴은 토마토빛이다. 길 건너편 피자 가게
앞에는 몇 차례나 물이 뿌려졌어도 조금만 지나면 물기의 흔적은 사
라져버렸다.
"숫제 찜통 속이나 다름없다구요."
　정호가 건네주는 얼음을 띄운 물컵을 받으며 호준이 혀를 내밀었
다. 좋지 않은 그애의 버릇. 호준이 나에게 좋은 감정을 가지고 있음
을 알게 되어서인가. 난 그애가 사촌동생쯤으로 여겨진다. 다른 여
자애들의 눈에 거슬리는 몸짓은 하지 않도록 말해주고 싶지만 지금
은 때가 아니다. 그애가 얼음물을 마시는 동안에도 내 손놀림은 계
속되어야만 했다. 스티로폼 그릇에 비닐랩을 씌워선 차곡차곡 비닐

174

봉지에 담은 다음 배달해야 할 아파트의 동 호수가 적힌 쪽지를 붙이는 일.

"이 사람들. 두 발 소중하게 아꼈다 뭣에 써먹으려는지. 모두들 집에 틀어박혀 전화질로 살아들 간다구."

호준은 툴툴대더니 얼음물을 허리춤에서 꺼낸 수건에 쏟아, 그 수건으로 이마며 목을 닦는다. 배달꾼의 이러한 직무 유기를 훤히 들여다보기라도 한 듯 울려대는 전화벨 소리.

"떠났어요. 네. 곧 도착할 거예요."

주인아주머니는 더는 재촉하지 않고 호준을 바라보기만 한다.

"이번 배달 다녀오면 밥먹게 해주어야 해요."

식사를 마친 중년의 남자 손님에 이어 가게를 나간 호준은 오토바이에 올라탔고 다음 순간 어디론가 사라져갔다. 계산대 옆 벽에 걸린 둥근 벽시계는 2시가 넘었음을 알려준다. 밥 얘기를 들어서인지 문득 몸 안이 텅 빈 느낌이 찾아왔다. 아무것도 먹고 싶지 않지만 이대로 서 있으면 무릎이 후들거릴 것만 같다. 얼마 동안만이라도 쉬었으면, 탁자 위의 지저분한 그릇들을 카운터에다 올려놓곤 탁자를 물걸레질을 한 뒤 정호가 있는 주방으로 가서 개수대에 쌓여 있는 그릇들을 씻기 시작한다. 정호는 비빔밥 두 그릇을 만드는 중이다. 가게와 나란히 붙은 성호부동산으로 가져다줄 것이다. 불난 듯했던 전화벨이 조용해진 것을 보면 이제부턴 숨을 돌릴 수 있게 되려나보다. 발바닥이 따끔거려 더는 견딜 수 없다는 느낌, 내 어깨가 나무로 만든 것처럼 빽빽하니 조여드는 느낌. 그러면서 서서히 현기증이 몰려옴과 함께 바닥에 주저앉고야 말 것 같은 고단함이 한꺼번에 날 에워싸려 한다. 난 또 정호를 쳐다보지 않을 수 없다. 어떤 위로의 말을 기대하고 있어서는 아니었을까? 다른 누구의 것이 아닌 정호가 내게 주는 위로의 말을. 그애가 아니었으면 난 방학 한 달을 뽀빠이 분식집에서 일할 생각 따윈 해보지 않았을 것이었다. 그 점을 잘 알고 있는 정호. 그애는 내가 자신을 좋아한다는 것을 모르지 않을 것이다. 그렇다면 내게 조금은 마음을 써주어야 하질 않을까. 그애는 정녕 내가 뽀빠이분식집에서 일하게 된 속뜻을 모르는 걸까?

전화벨이 다시금 울렸고 그때 새로운 손님이 가게 안으로 들어섰다. 두 명의 여자 아이와 두 명의 남자 아이. 모두들 슬리퍼에 반바지, 티셔츠 차림들이다. 내 또래인 듯싶지만 짐작에 지나지 않는다. 남자 아이들은 곧 밑으로 흘러내릴 것처럼 헐렁하고 길이가 무릎을 덮는 반바지임에 반해 여자 아이들은 너무나 짧은 반바지여서 티셔츠 아래에 아무것도 입지 않은 것처럼 보인다. 아무런 부족함 없이 자란, 그래서 어디서나 스스로를 한껏 존중하는 느낌 속에서 지내는 듯한 아이들. 나는 그릇을 씻다 말고 주방을 나가 주문을 받는다. 주인아주머니는 정호에게 열무냉면 둘을 주문했고 나는 아이들의 주문을 되풀이 입에 담지 않아도 된다. 냉모밀 하나, 비빔냉면 하나, 군만두 하나, 쫄면 하나, 거침없는 목소리들은 정호의 귀에 충분히 가닿았을 것이어서. 곧 조잘조잘 떠들어대는 아이들. 주인아주머니는 성호부동산에 비빔밥 두 그릇을 가져다주고 왔다. 쉬임없이 일을 계속해야만 하는 정호. 그애의 단단해 보이는 얼굴에도 피곤해하는 기색이 스며나고 있다.

"야. 정말 믿기지 않는 일이었어. 서현이가 어쩜 그렇게 술을 잘 마시는지. 걔, 혹시 양조장집 딸 아닌지 몰라. 화끈하더라구."

"양조장집? 걔 아버진 목사님이신걸. 얼마 전까지 벤츠 타고 다니신, 잘나가는 목사님 말이야."

"잘나가는 목사님도 딸 앞에선 별수없으신 거구나."

"술뿐이게? 걔, 엔진 걸리면 춤도 추는데, 말리지 않으면 하루 종일이라도 출걸."

"믿기지 않는다. 눈으로 보기 전엔 누구도 생각할 수 없겠지? 내숭 급수도 그 정도면 완전히 프로의 수준이지 뭐겠냐?"

"그게 뭐 서현이 잘못이겠어? 설교의 천재이신 아버지 목사님 딸 노릇을 해야 하다보니까 내숭 급수가 자연히 상승 무드를 타게 된 거지 뭐. 난 걔가 가여워. 세상에. 아버지가 목사님이라는 것, 난 견딜 수가 없을 것 같애.”

“목사님 아니라도 견디기 힘든 건 마찬가지일걸. 아버지들은 공연히 우리들 앞에서 헛기침하고 싶어하잖니? 별볼일 없는 남자 노릇하며 지내다가 아버지 자리로 돌아오면…… 도덕군자 흉낼 내시고 싶어지나본데.”

킬킬대며 웃는 아이들 앞으로 주문한 음식들을 가져다주는 내 머릿속에서 떨어지지 않는 말 하나. 내숭 급수. 정호와 처음 어울렸던 날 저녁의 내 행동을 어머니가 보게 되었다면 어머니 또한 그 말을 떠올리지 않았을까. 그날 밤, 정호와 호준·두석·명수와 함께 우리들 또래 아이들이 드나드는 카페에서 난 담배도 피워보았고 술도 꽤나 마셨다. 취하도록 마신다는 것이 어떠한가를 알 수 있을 정도였다. 술기운 때문이었을까. 난 거침없는 태도로 이야기하고 또 큰 소리로 깔깔대며 웃기도 했었다. 정호 눈에 재미없는 아이로 비쳐들고 싶지 않다는 마음이 시킨 일이었는데 한번 그렇게 목을 꼭 조이게 하는 셔츠의 윗단추를 끄르고 나자 뭔가 해방감마저 맛볼 수 있었다. 맨발로 깊은 산속의 계곡물로 걸어 들어가는 그런 느낌?

난 호준이와 어깨동무를 한 채 노래를 부르기도 했있다. 그날 밤, 난 국민학교 때부터 동창이었다는 그애들 모두와 순식간에 친해졌다. 아니 친해졌다고 생각했던 것이다. 그리고 그 생각은 다음날 아침이 되자 그것이 나만의 것이었음을 알게 되었다. 학교 복도에서 두석·호준·명수를 스쳐지나게 되었을 때 난 그애들에 대해 참을 수 없는 기분을 누를 수 없었고 정호는 정호대로 특별히 친밀한 태도를 보여주지 않았던 것이다. 수업 중간의 쉬는 시간엔 책읽기에 몰두하곤 했던 그애는 날 책 속의 세계만큼 흥미롭게 여기지 않음이 분명했다. 내 눈길은 그러나 정호 주위를 떠나기가 쉽지가 않았다. 3주일 전, 그애가 학교를 결석하지 않았더라면…… 그애네 집을 찾아가볼 엄두를 낼 수 있었을까? 단칸방, 오랫동안 아파서 몸져누워 지

내는 그애의 어머니, 몸살감기로 일어나지 못했던 정호. 난 그애가
학교 수업이 끝나면 편의점에서 시간제로 일해왔다는 것을 알았다.
지금까지 줄곧 여러 가지 일들을 해서 생활비를 벌어야 했다는 것
을. 방학 때면 하루종일 식당에서 일해오기도 했다는 것을. 그애는
내키진 않으나 그렇다고 감추고 싶지는 않다는 투로 간략하게 말해
주었던 것이다. 그날 난 정호를 향해 끓어오르는 열광의 감정을 누
르지 못한 채 방학 때 나도 너와 함께 일하겠다고 말했었다.
"어떻게 할래? 서현이를 불러내서 다시 한번 판을 벌여봐?"
"걔, 오늘 미국 갔어. 걘 방학 때마다 어학 연수를 위해 건너가곤
하잖아."
　네 명의 내 또래 아이들은 팥빙수를 먹으면서 얘길 하자며 출입문
을 열고 나갔다. 호준이가 돌아온 것은 잠시 후였다. 어느덧 2시 40
분. 밥, 밥, 물, 물. 호준이가 소리쳤다. 주인아주머니가 식살 하자
고 말했고 이제 더는 서 있을 수 없는 난 수저와 김치가 담긴 주발만
을 탁자에다 놓고는 호준의 옆자리에 앉았다. 콩나물무침, 시금치나
물, 그리고 밥과 다시마 국물 한 그릇씩. 그것이 정호가 탁자에 올려
놓은 음식의 전부이다. 초라한 식단 앞에서 난 어쩔 수 없이 언짢은
기분이 되고 만다. 호준이는 밥이며 콩나물무침 등을 마구 쓸어넣고
나도 내키진 않지만 한 숟갈, 두 숟갈, 먹기 시작한다. 식사가 끝날
때까지 입을 여는 사람은 없다. 사람 몸이 자동차라면 음식이 휘발
유임을 난 이곳에서 일하는 동안에 알게 되었다. 아쉬운 점은 주인
아주머니의 몸 속 휘발유 탱크의 저장량이 상당하다는 것이었다. 그
렇지 않다면 늦은 점심을 먹게 되는 우리들에게 따로 먹을 것을 마
련해주지 않을 리 없는 일이었을 테니까.
"휴. 살 것 같다."
　호준이가 윗몸을 뒤로 젖히며 트림을 했고 그때 그 지겨운 전화벨
소리가 또다시 제 존재의 건재함을 과시하듯 울렸다. 전화를 받는
주인아주머니, 그리고, 휴우. 새로운 손님의 나타남. 이런 순간의 손

178

님을 제 발로 나가도록 만드는 비법을 이제라도 알아두어야 할 것
같다.

"그래…… 내가 그럼 그곳으로 가야겠구나. 그러지 뭐. 아니야. 지
금은 손님이 들 시간이 아니니까."

전화기를 내려놓은 주인아주머니는 분첩 거울을 보며 립스틱을 바
르더니 곧 돌아올 거라고 말하곤 바깥으로 나갔다.

"다녀오세요."

정호와 난 주인아주머니 등에 대고 말했고 호준이는 어느덧 담배
연기를 내뿜는다.

"커피 마시자. 정민아."

호준의 재촉이 아니더라도 정말 간절한 커피 생각. 그러나 물을
끓이기에 앞서 새로운 손님의 주문부터 받아야 한다. 그러나 이번에
는 정호가 내 할 일을 대신하려는 듯 우리 뒤쪽의 탁자를 차지한 손
님에게로 갔기에 난 찌그러진 주전자에 물을 담아 가스불 위에 올려
놓는 일을 맡는다.

"점심 먹었어?"

아는 사람이었던 걸까. 정호는 키는 별로 크지 않지만 어깨가 넓
고 뼈마디가 단단해 보이는 손님 맞은편 의자에 앉으며 그렇게 묻는
다.

"밥 먹고 났더니 수마가 으렁대는구나. 아주 날 통째로 잡아 잡수
려는 모양이다."

호준의 앞 윗열의 이빨 사이에 박혀 있는 고춧가루. 난 나도 모
르게 웃고 만다. 호준이의 저 무신경함. 태평함. 날 좋아해. 두석·
명수한테 부탁해서 함께 있을 수 있는 자리를 만들어달라고 부탁했
던 것이 얼마 전의 일인데 친구 사이로 지내자는 내 말을 듣고 난
뒤로 더는 애써볼 의욕을 잃어버린 모습이라니. 그애의 눈은 선량
해 보이지만 그러나 맺힌 데가 없어 보여 안타깝다. "그러엄. 지금
이 몇 신데. 마실 거나 주라. 얼음물하고 커피가 좋겠다. ……그런

데 별일은 없지? ……엄마한테 전화도 못 하고……"

정호의 언니인가? 그 생각을 하게 되어서인지 그때부터 마주앉은 두 사람은 어딘가 닮은 것도 같다. 아니 그렇지 않다. 회색 반바지에 하늘색 셔츠를 입고서, 짧게 머리를 잘라 여윈 얼굴의 광대뼈가 두드러져 보이는, 정호의 언니라고 여겨진 이는 너무 드센 느낌인 것이다. 굵게 쌍꺼풀진 두 눈에선 어느 순간 걷잡을 수 없는 불길이 뿜어져나올 것도 같다. 정호도 약해 보이는 생김새와는 거리가 멀다. 그렇지만 그 강함은 스스로를 자제할 줄 하는 힘 속의 강함이 아닐까. 두 잔의 커피와 얼음을 정호네 탁자에 가져다준 나는 호준과 마주보며 앉아 커피를 마신다. 천천히. 단맛이 느껴지는 진한 커피의 맛. 쉴 수 있다는 것, 커피의 맛을 즐길 수 있다는 것, 그것만으로도 잠시 나른한 행복감에 빠져들 수 있는 이 순간의 소중함.

"이상하지? 엄마한테 전활 걸지 말라고 그러는 것도 아닌데…… 그냥 제풀에…… 화가 나서 미칠 것만 같아서."

"은미는 잘 있어?"

"몰라. 애니까…… 어른 속을 볼 줄 모르니…… 그렇다고 해야겠지."

"언니도 참, 안 보이면 느끼지는 못할까?"

"몰라. 난 지금 은미 걱정할 여유가 없어."

굳이 들으려고 하지 않아도, 탁자가 몇 개 놓이지 않은 가게 안에서 들려오는 말소리들을 듣지 않을 순 없다. 게다가 정호나 정호언니는 그들의 애기를 숨기고 싶지 않은 듯 전혀 말소리를 낮추지 않는 터였다. 탁자에 엎드린 호준이는 금방 잠속으로 빠져들었는지 얕은 숨소리만을 내고 있다.

8월의 오후, 흐릿하게 들려오는 바깥 세계의 소음들, 생기와 물기를 스펀지처럼 흡수해버리는 뜨거운 햇살. 유리벽 너머, 상가 사이의 좁다란 차도를 느릿느릿 건너는 사람들. 피자 가게 주인아저씨가 가게 앞에 세워둔 어른 키만한 고무나무 화분에다 물을 주고 있다. 빛이 스며들어 허옇게 보이는 인화지를 눈앞에 두고 있는 것처럼……
내 머릿속으로도, 눈앞으로도 흰빛들만이 범람하는 것 같다. 졸리울
때면 언제나 그러하듯.

"그 인간이 지금 내 목을 조르고 있는데…… 난 지금 미칠 것 같단
말이다."

"………"

"넌 몰라. 입으로는 온갖 그럴싸한 말을 늘어놓길 좋아하는 그 인
간이 말과 행동이 다른 이중 인격자라는걸."

한 순간에 몇 계단을 뛰어오른, 정호언니의 격렬함이 담긴 높다란
목소리.

"말과 행동이 언제나 같은 사람이 있겠어?"

"살아보니까 별것도 아닌 인간이 날 아주 무시하려 드는데 정말 참
을 수가 없다구. 정말 역겨워. 이렇게 서로를 미워하느니 헤어지는
게 낫겠어."

정호언니는 엇비슷한 내용의 이야기를 점점 더 격렬한 어조로 되
풀이 말했다. 누구의 것이든 음역이 높은 말소리는 부담스럽다. 잠
들기도 틀렸고, 마음을 거슬리게 하는 분노가 깃들인 비난의 말을
듣는 것도 내키지 않는 난 탁자 위의 그릇들을 챙겨 개수대 앞으로
가, 씻기 시작했다.

"넌 왜 아무 말도 안 하니?"

한참을 떠들었어도 정호가 입을 다물고 있자 정호언니는 그제야
목소리를 낮춰 묻는다.

"언니 말대로 난 결혼 생활이 어떤 건지 모르잖아. 형부 입장이 되
어보란 얘긴, 언니가 제일 듣기 싫어하는 말인 줄 아는데 난 그 말밖
에 생각나는 게 없으니까."

"그래. 난 그 말이 듣기 싫어. 그 인간이 날 얼마나 아프게 했는데.
배움 많다는 것들 빛 좋은 개살구일 뿐이다. 날 이렇게 집에다 처박
아두고서 내 자식, 내 식구만 위하고 챙기고 살라니, 그게 말이나

돼?"

  목소리엔 마음의 빛깔이 그대로 드러난다. 정호언니는 지금 한때
의 자신에 대한 자랑스러움을 내보이고 싶어하는 게 아닐까? 어쩐지
귀를 막고 싶어지는 마음이다.

  "은미는 어려. 은미할머니도 건강이 안 좋으시잖아. 형편이 마땅하
지 않을 땐 언니가 집안 살림을 맡는 거지."

  정호도 나와 같은 느낌이었을까. 자신의 언니를 향해 못마땅해하
는 기분을 드러내었다.

  "내 말은, 그 인간도 가족 이기주의에 붙들려 있다는 게 우습다는
거지."

  "언니는…… 언니가 정말로 원하는 게 뭐지……? 이혼을 한 뒤에
다시 투사로 돌아가고 싶다는 거, 그거야?"

  "정호 넌 뭘 알지도 못하면서 날 마땅찮아하는 모양인데. 모르면
가만히 있도록 해."

  "제대로 알려주기나 했어? 언제나 뭔가 한 가지는 꼭꼭 손바닥에
움켜쥐고선 열어보이지 않았잖아."

  한동안의 침묵. 에어컨이 털털대는 소리, 수돗물 떨어지는 소리,
가게 앞으로 지나가는 택시가 울린 경적 소리, 벽장같이 커다란 냉
장고 모터 돌아가는 소리들이 뒤섞인 소음들이 여간 귀에 거슬리지
않음을 다시 한번 확인하게 되는 순간이다.

  "정호 너는 귀신이구나."

  풀죽은 정호언니의 목소리.

  "아무짝에도 쓸모없는 그놈의 자존심이 뭔지. 제기랄. 정말 역겨
워…… 나란 인간도 그 인간도…… 우린 만나지 않았어야 했는데."

  "처음 몇 년간은 어느 부부한테나 힘든 시기라고 했어. 그러니까
언니도."

  "그래. 알았어. 그만해둬. 충고의 말은 언제나 같아. 이해라는 게……
내 마음이 아닌 상대방 마음을 내 걸로 하는 일인데 그게 쉽겠어?"

　한숨을 거푸 내쉬는 정호언니. 개수대에 쌓여 있던 그릇들을 다 씻고 난 행주로 쓰는 면수건을 빨아 밥통을 닦는다. 밥을 담아두는 그것의 손잡이 부분이며 다른 곳도 온통 거무레한 손얼룩으로 뒤덮여 있었던 것이다. 둘러보면 주방 곳곳은 먼지와 얼룩투성이다. 마음 같아선 죄다 닦고 싶지만 그럴 기운이 남아 있지 않으니 그냥 내버려둔다. 대단한 정호. 그애가 하는 일은 나와는 비교할 수 없을 정도로 중노동이다. 함께 일한 뒤로 그애로 향한 나의 감정은 이끌림에서 존경심으로 바뀌었다. 가장이나 다름없는 정호. 그러면서 엄살을 떨지도 않는다. 내가…… 정호처럼 강인해질 수 있을까. 강인하고 스스로의 삶을 책임지는 독립성, 내가 원하는 것들. 진정으로 원하는 것들. 그리고 또 정호는 마음이 내킬 때면 굉장히 유쾌한 면도 보여주었다. 캘리포니아에서 나와 호준·두석·명수와 같이 어울렸던 날 저녁. 정호는 우리를 여러 번 웃게 만들었다. 나한테 사람들을 웃게 하는 힘이야말로 최고의 배려이구나 하는 점을 깨우치도록 해주려는 듯.

　"미안하다. 정호야. 언니라면서 널 조금도 돕지 못하고…… 내가 일을 한다면…… 조금은 언니 구실을 할 수도 있을 텐데…… 에잇, 생각 같은 것은 할수록 열통이 솟구치니. 이게 뭐야."

　정호언니가 의자에서 일어섰다.

　"집으로 한번 들를게. 엄마한테는 이런저런 얘기 하지 않았으면 좋겠어…… 간다. 정호야."

　정호언니는 그러나 쉽게 바깥으로 나가지 못하고 머뭇대었다. 정호는 그런 언니를 못 본 척하고 길 쪽에다 눈길을 던지고 있다. 두 자매의 눈에, 엷게 보일 듯 말 듯 번져나는 물기. 그것을 보지 않으려고 난 그만 고개를 수그렸다.

　다 탄 연탄들이 수북이 쌓여 있는 진흙빛 플라스틱 함지박들이 수문장처럼 버티고 있는 대문께를 지나 ㅇ은 마당 안으로 들어섰다. 쏟아져내리는 햇살이 너무 눈부신 때문이었을까. 시멘트를 바른 좁

은 마당이 순간 ㅇ의 눈엔 새하얀 얼음 빙판처럼 다가왔다. 봄아지
랑이 같은, 아니 냉동고문을 열었을 때 뿜어나오는 희디흰 얼음의
입김들이 그 얼음 빙판 위에서 피어오르고 있는 것도 같았다.

 ㅇ은 잠시 머리를 수그렸다. 얼음 빙판 위를 잘 걸을 수 있으려
나. 그 생각을 떠올리기까지 했던 것은 아니었다. 얼음 빙판 앞에서
머뭇대는 마음이었다기보다 그저 두 다리의 힘이 빠져 있었던 것이
다. 아주 커다란 짐승의 내장 속도 같았던 구불구불한 골목길을 따
라 한참을 올라온 뒤여서 그랬을지도 몰랐다. ㅇ으로선 이토록 오래
걸어야 하는 산동네행은 처음이었다. 햇볕은 또 오죽 따가웠나. 때
때로 숨이 막혀드는 듯했지만 ㅇ은 그것을 내색할 수가 없었다.

 손수건으로 이마와 손바닥의 땀을 누르는 것이 고작이었을 뿐. 꼭
경훈오빠네 집엘 가야 하는 것일까 하는 의문이 떠올랐다 사라져가
곤 하기도 했었다. 그렇지만 그 물음을 입 밖에 내진 못했다. 자신의
집에 가자고 했던 이가 경훈오빠였기 때문에. 이전에 만났을 때는
책이나 그림 이야기를 곧잘 했던 것과는 달리 경훈오빠가 오늘따라
별말이 없는 것도 ㅇ의 마음을 더욱 움츠러들게 한 참이었다.
“어디가 안 좋은 건가?”

 대문 안으로 들어선 뒤 선뜻 걸음을 떼어놓지 못하는 ㅇ을 향해
경훈오빠가 입을 열었다. ㅇ은 머리를 저었다. 시멘트 마당에서 얼
음의 냉기가 흰머리를 풀며 하늘로 오르는 듯한 모습은 이제 보이지
않고 있었다. 시멘트 마당 곳곳의 깨어진 금이 상어의 이빨와 같은
모습으로 드러나고 있는 것을 알 수 있었다. 마당 한가운데는 수도
가 있고 그 주위엔 몇 개의 대야가 놓여 있음도. 찌그러진 알루미늄
대야가 있는가 하면 크림빛·연분홍빛 플라스틱 대야도 있었다. ㅇ
이 평소에 좋아하는 빛은 크림빛이었으나 대야들 속의 그 빛깔은 전
혀 아름다워 보이지 않았을 따름이었다. 크림빛 플라스틱 대야는 꽃
의 크림빛이 아니라 아주 여러 번 빨아 보풀이 생긴, 투박한 질감의
담요의 빛깔과 닮아 있었던 것이다.

반면에 연분홍빛은 어쩐지 ㅇ이 이끌릴 수가 없었던 색감이었다. 쉽게 흔들리려는 마음, 공연히 헤픈 웃음, 이런 것들을 떠올리게 해 주었던 것이었으므로. 그런데 어쩐 일이었을까. ㅇ은 연분홍빛 플라스틱 대야를 바라보는 동안 어떤 부드러운 힘이 자신의 내부로 스며들어오는 느낌에 젖어들 수 있었다.

그 힘 때문에 공기 속에 퍼져 있는 지린내를 잊어버릴 수도 있었던 게 아니었을까. ㅇ은 경훈오빠를 쳐다보았다. 경훈오빠는 그제야 마당을 지나 대문 맞은편의 방으로 걷기 시작했다. 닫혀 있는 방문. 황토색이 칠해진 베니어 문 너머에선 아무런 소리도 들려오질 않았다. 마당과 방문 사이에 약간 높은 시멘트 턱이 뻗어 있었고 그 위에 슬리퍼 한 켤레가 놓여 있는 것을 보면…… 사람이 있다는 것인지.

헛기침을 하는 경훈오빠. 방에서는 여전히 아무런 기척이 없었다. 저 왔습니다. 어머니. 방문의 손잡이를 잡으며 경훈오빠가 말했다. 어머니. 경훈오빠의 어머니도 만나야 한다는 건지. ㅇ은 경훈오빠에게 어머니가 있다는 사실을 처음으로 확인하게 되기나 한 것처럼 당황해서 방문 앞에서 비스듬하니 몸을 돌려세웠다. 대문 안쪽에 놓인 나무로 만든, 낮고 길다란 걸상 위의 화분들이 ㅇ의 눈길 속으로 잡혀들었다. 화분의 크기며 색깔은 갖가지였다. 흰 플라스틱으로 된 아주 작은 것, 황토빛 흙으로 된 것, 그리고 바닷빛의 사기로 만들어진 것 등이었다. 난초가 그려진 흰 사기로 된 것도 있었다. 채송화·분꽃·제라늄·나팔꽃·백일홍, 그것들의 꽃송이들은 모두 선명한 빛깔들이었고 조금 전에 누가 물을 주었는지 물기마저 머금고 있었다. 물기. 그것은 바라만 보는데도 ㅇ의 마음속의 건조함을 다스려 주는 듯했다.

"뭘 보고 있는 거지?"

경훈오빠의 물음에 ㅇ은 손가락으로 화분들을 가리켰다.

"어머니가 가꾸시는 것들이지."

경훈오빠의 이마에 주름이 잡혔다 곧 펴졌다. 맑고 따뜻한 느낌인 커다란 두 눈에 서늘한 빛이 스쳐지나는 듯도 했지만 ㅇ은 그것을 잘 알아보지 못했다. ㅇ은 때때로 경훈오빠를 쳐다보려 하지 않곤 했는데 이 순간이 바로 그러한 때였던 것이다. 아주 즐거운 마음으로 이야길 하는 중에 갑자기 찾아오는 어떤 목마른 느낌, 견딜 수 없는 수줍음, 달아나버리고 싶은 충동들이 뒤섞여 자신을 에워싸려고 들면, 그만 어찌해야 좋을지 알 수 없어졌다. ㅇ은 두 팔로 자신의 가슴을 감싸안 듯했다. 조각나서 흩어져버릴 것 같은 자신을 그렇게 하면 고정시킬 수 있다고 믿는 것처럼. 그러는 동안 ㅇ의 어깨는 흠칫 떨리었다.

등뒤의 방문이 열리는 소리가 아주 크게 들려온 것과 무관하지 않은 일이었다. 소리라는 것이 때로는 무슨 주사바늘이나, 발길질과 같은 것으로 여겨질 때가 있었다. 머릿속의 혈관벽에 가 닿는 톱니바퀴의 움직임 같은 것으로도. ㅇ은 자신도 모르게 가슴을 싸안고 있던 두 팔을 내려 두 손을 꼬옥 움켜잡았다.

"들어가지 않겠어?"

경훈오빠의 말이 끝나기 전에, ㅇ은 방문을 향해 몸을 핑그르르 돌려세웠다. 햇살 아래에 서 있었던 눈에 방은 깊숙한 하나의 굴로 비쳐들었다. ㅇ은 방안에 앉아 있던 경훈오빠 어머니를 알아보았던가? 사람이 있다는 것은 알 수 있었지만 형체는…… 자신할 수 없는 일이었다. ㅇ은 어두운 공간, 굴속처럼 어두컴컴한 방안으로 신발을 벗고 들어갔다. 몹시 내키지 않는 일이라는 듯 매우 부자연스런 몸놀림이었다. 이렇게 어두컴컴하고 작은 방에 있어본 적이 없었기에 그토록 부자연스러웠던가? 그렇지는 않았다. ㅇ은 단지…… 왜 경훈오빠가 자신을 이곳으로 데리고 왔는지, 그 점이 두려웠을 뿐이었다. ㅇ은 경훈오빠가 자신의 뒤를 따라 방에 들어온 뒤에도 여전히 그 두려움이 사라지지 않았음을 깨달았다. 경훈오빠만을 바라보고 서 있는 ㅇ.

"어머니께 인사드리지."

경훈오빠는 곧, 커튼을 좀 열어도 좋겠느냐고 자신의 어머니를 향해 조심스런 목소리로 물었다. 커튼이 창을 가리고 있었구나. ㅇ은 그때부터 눈앞이 훤해져오는 느낌이 되어 맞은편, 벽 앞에 앉은, 경훈오빠의 어머니를 보며 허리를 깊이 수그려 절을 했다.

"제가 가르쳤던 예준이의 누나예요."

흰 포플린에 앵두가 그려진 커튼을 밀치고 온 경훈오빠가 창 아래쪽에 놓인 옷장 앞에 앉으며 ㅇ과 자신의 어머니를 쳐다보았다. ㅇ에겐 앉으라고 손짓을 보냄과 함께. ㅇ은 차분한 몸짓으로 앉았고, 그제야 경훈오빠 어머니를 바라볼 수 있었다. 말이 없는 분인지 ㅇ을 향해 고개를 끄덕이더니 "힘들었겠어야, 여기 꼭대기까지 올라오느라고." 그렇게 한마디 하곤 방바닥으로 눈길을 떨구어버리는 것이었다.

수줍어하는 모습이라고 해야 할지, 아니면 이러한 뜻아니한 만남을 내켜하지 않는 태도라고 할지. 흰눈을 흩뿌려놓은 듯 흰머리칼이 많음에 비해 주름살이 그리 많지 않아 나이를 짐작하기 어려운 경훈오빠 어머니. 그분은 몇 분인가가 지난 후, 아주 무거운 추를 들어올리는 듯 힘들게 고개를 세웠다. 맑은 두 눈. 그러나 순간적으로 ㅇ의 가슴이 철렁해질 만큼, 뭔가에 대해 조바심하는 기운이 출렁이는 그분의 두 눈. ㅇ의 눈까풀이 닫혔고 그분 또한 약속이나 한 것처럼 그러했다. 눈을 먼저 뜬 편은 ㅇ이었다. 그분에 대한 미안함 때문이었다. 조바심하는 기운을 봐버리고, 또 그것을 외면하려 했던 것에 대한. ㅇ은 경훈오빠가 무슨 말을 해주었으면 하고 바라는 마음이었다. 무엇 때문에 이곳에 와 있어야 하나 하는 물음이 또다시 떠오르기도 했다.

"경진이가…… 오면 쓰겠는데."

경훈오빠 어머니가 방문 쪽으로 시선을 돌리며 한 말이었다. 누나가 퇴근하려면 아직 멀었다고 대답하는 경훈오빠.

"멀었어야. 우리 경진이가 고생이어야……"

경훈오빠 어머니는 한숨을 내쉬었다. ㅇ은 혼돈스런 기분이었다. 경훈오빠 누나는 직장에 다니는 모양이었고(ㅇ은 그 사실을 지금에야 알았다. 경훈오빠가 그 동안 통 가족에 관한 이야기를 하지 않았다는 것도 새롭게 깨우쳤다), 그런데 퇴근 시간이 아닌데도 퇴근을 기다린다는 것은…… 갑자기 경훈오빠 어머니는 두 손으로 머리를 싸안 듯해서 ㅇ을 놀라게 했다. 신음 소리. 눈 깜짝할 사이, 여러 갈래의 주름살에 휘덮인 그분의 얼굴은 세운 무릎 틈으로 파묻혔다.

"약을……"

아주 낮은 그분의 중얼거림. 침착한 표정으로 방문 왼쪽 벽 앞에 놓인 서랍장을 열어 알약을 꺼낸 뒤 역시 서랍장 위의 주전자 물을 컵에다 따르는 경훈오빠. 그분은 약을 삼켰고, 커튼을 닫아달라고 말했다. 누워야겠다고도. 누워 있는 것이 그분의 일상인 듯 바깥의 그 뜨거운 햇살과는 어울리지 않는 두툼한 요가 깔려 있었고 지금도 그분은 그 요 위에 웅크려앉아 있는 참이었다. ㅇ은 경훈오빠가 베개와 이불을 그분에게로 가져다드리는 동안 커튼으로 창을 덮었다. 창 너머는 야산이었고 먼지를 뒤집어쓴 잡풀들과, 연탄재들이 뒤섞여 있는 그곳에서 아이들이 패싸움을 하고 있는 모습을 볼 수 있었다. 국민학교 4, 5학년쯤 되었을까? 제대로 학년을 짐작할 수 없는 아이들이 뒤섞여 데굴데굴 구르고 있었다. 엎치락뒤치락하며 서로의 목을 누르는 아이들, 발길질에다 나무로 만든 칼 같은 것을 휘두르는 아이들, 돌멩이를 들고서, 겁에 질려 도망치는 적을 뒤쫓는 추격자 놀음을 하는 아이의 살벌한 눈빛. 그리고 어느 틈에 도망치는 아이의 뒷머리에서 흘러내리는 핏물.

ㅇ은 경훈오빠의 뒤를 따라 마당으로 나왔다. 처음 대문을 들어서려던 때처럼 얼음의 입김들이 허공으로 솟아오르는 것 같아 ㅇ은 얼마 동안 가만히 서 있었다. 내가 경훈오빠에게 다시 연락을 보낸 것이 경훈오빠한테는 원치 않는 일이었던 걸까.

ㅇ은 문득 그런 물음을 떠올렸고, 그렇지만 그 물음을 여전히 입

밖으로 밀어내지는 못했다. 눈물이 피잉 돌면서, 그 눈물을 엿보이지 말아야 한다는 생각이 머릿속을 꽉 채우고 있었던 것이다. 눈물은 그예 ㅇ의 뺨 위로 흘렀고, 아아, 눈물 속에서 바라보는 백일홍·제라늄의 꽃송이들은 얼마나 아름다웠던지. 대문 주위께를 밝히는 꽃등이기라도 한 듯 그것들은 환한 눈부심으로 ㅇ에게 다가오질 않았던가.

"난…… 그저."

경훈오빠가 입을 열었다. ㅇ은 고개를 끄덕였다. 경훈오빠 맘을 알 수 있어요, 라고 말하는 대신 고개를 끄덕이고 또 끄덕이는 것이었다.

볼펜을 던져버린 나는 책상에서 일어나 침대에 벌렁 드러눕는다. 머릿속이 터질 것도 같았고 더는 앉아 있을 수 없도록 온몸이 아파 왔던 것이다. 한 줄이라도 더 쓰게 된다면 난 아마도 고함을 지르게 되고야 말았으리라. 몸 안의 모든 것이 텅 비어버려, 내 몸은 겉모습뿐인 허깨비만 같다는 느낌뿐이었다. 그러나 그 느낌도 스쳐지나가는 바람처럼 곧 사라져버렸다. 아무런 생각도, 아무런 느낌도 찾아오지 않는 그런 진공 상태에 빠져, 침대에 몸을 던진 그 자세, 그대로 옴짝하지 않고 누워 있을 수밖에 없었던 것이다.

눈을 감은 채, 얼마 동안 그러고 나자 내 몸의 세포가 조금씩 살아나고 있는 듯한 느낌을 되찾을 수 있게 된다. 그렇지만 아직 몸을 일으켜세울 정도는 아니다. 무엇인가를 마시고 싶다는 생각을 하게 되지만 좀더 기다려야만 한다. 재깍, 재깍, 재깍. 침대 머리맡 벽시계의 초침 소리가 들려온다. ……멈추지 않는 시간의 발자국 소리. 문득 시계의 초침 소리가 별들끼리 스쳐지날 때의 투명한 마찰음 같다는 생각이 머릿속 스크린에 떠오른다. 별들을 생각해서인지 내 작은 머릿속 스크린이 커다란 아주 커다란 은하계의 어느 부분 같다고도 여겨진다.

몹시 지쳐 있을 때, 간혹 내가 무중력 지대를 천천히 유영하고 있다는 느낌에 빠져들 수 있었다. 고단해하는 몸, 그럴수록 투명해지는 정신. 어렸을 적에 본 만화영화, 은하철도 999 속의 주인공처럼 다이아몬드를 뿌려놓은 듯한 은하계 사이를 자유롭게 떠다니고 있는 듯한 그런 자유로움을 느끼게 되는 것이다. 편안하고…… 한없이 게으름을 부려도 좋을 것 같은 마음. 건강할 때엔 결코 다가와주지 않는 이 편안함. 언제나, 건강해서, 언제나, 바쁘게 움직이는 사람들은 거의 죽은 것 같았다가 차츰차츰, 서서히 살아나는 사람들의 이 은밀한 즐거움을 알 수 있을까.

되살아나는 세포의 면적이 많아지면서 이상하게도 내 머릿속 스크린의 은하계는 사라져버린다. 이렇게 마냥 누워 있을 수 없다는 생각을 하게도 된다. 책가방을 챙겨야 하고…… 영어 숙제며 수학 숙제도 해야 할 것이다. 몇 시나 되었을까. 궁금하지만 난 굳이 시간을 확인하지는 않는다. 개학 첫날부터 숙제를 내어주신 선생님들. 2학기가 되었으니 새로운 각오로 임해야 할 것이다. 담임선생님·수학선생님·영어선생님·국어선생님 모두들 한결같이 새로운 각오를 강조했다. 그 말은 20여 명 남짓한 아이들을 위한 것이었다. 나머지 아이들이 할 수 있는 일은 언제나처럼 학교에서의 수업 시간을 견디어내는 것. 그것에 지나지 않는다. 견딤의 방법은 저마다 다르다. 잠을 자거나 작은 이어폰을 낀 것을 들키지 않도록 머리칼로 덮고서 음악을 듣는 것, 책을 읽거나 편지를 쓰는 것, 그렇게 하고도 더는 참을 수 없을 땐 수다를 떠는 것.

그 모든 짓들은 견딤의 방법이면서, 마음속 상처를 드러내지 않으려는 안간힘이기도 하다. 20여 명에 속하지 않는 아이들은 버려진, 내쫓긴 부류로 취급당한다. 유태인 같은 노란별을 가슴에 달지는 않지만 20여 명에 속하는 아이들은 그렇지 못한 아이들을 알아본다. 선생님들도 알아본다. 알아봄을 당할 때마다 아이들은 저마다의 가슴에 박혀 있는 노란별을 생각하게 된다. 노란별을 단 아이들과 그렇지 않은 아이들 사이에는 벽이 있다. 벽이 있다는 것을 모두들 알지만 그 벽을 무너뜨릴 수는 없다. 20여 명에 속하는 아이들은 공부에 너무 바빠 벽 쪽으로 눈을 돌릴 틈이라곤 없는 것이다. 모두 해서 22과목. 그 많은 과목을 공부하느라 그 아이들도 지쳐 있을 것이었다. 저마다 너무 힘들어, 벽 같은 것은 잊고 지내겠지. 20여 명에 속하지 않는 아이들은 또 그 점을 모르지 않으니 벽을 넘어갈 엄두를 낼 수 없는 것이다.

20여 명에 속했다가, 또 속하지 못하고 밀려나기를 되풀이하고 있는 나. 방학 한 달을 뽀빠이분식집에서 일하느라 공부는 뒷전이었을 뿐. 그렇지만…… 난 그 일을 통해, 아니 정호를 통해 나 자신, 얼마나 나약하게 살아왔나, 또 꿋꿋하게 견디기보다 신음을 내지르기를 잘해왔나를 깨달았다. 정호는 그렇게 일하면서도, 20여 명에 속하기도 했다. 틈이 날 때면 또 눈을 책에다 박기도 하면서. 그애를 조금이라도 닮을 수 있을까. 그애를 생각할 때면 어떤 경이로움을 맛보게 된다. 정호언니 또한 나와 같은 마음이질 않을까. 중학교를 졸업했다는 그애 언니는 한번 더 정호를 만나러 왔고 그때, 대학을 나온 자신의 남편이 대학 출신의 여자한테 마음을 주고 있다며 울부짖었다. 형부로선…… 그럴 수도 있어. 사람이니까. 나쁜 인간이라고 몰아세우기만 해선 언니, 형부 둘 사이의 골을 메울 수가 없게 될 거야. ……사람들 사이에 없을 수 없는 일이란 있지 않을 거란 생각 해본 적 없어? 언니는? 그 말을 동생한테서 듣던 순간의 정호언니의 눈빛. 다 늙은 여자처럼……, 기가 막혀서. 내뱉듯 말한 정호언니는 울기를 멈추고 돌아가버렸다. 그애의 내면 속엔 무엇이 자리하고 있을까? 나와 예령은 또 무엇을 자신의 것으로 지니고 있는 걸까.

나는 침대에서 일어나 책상 앞으로 가선 예령한테서 전해들었던, 경훈오빠네 집에서의 일이 씌어져 있는 푸른 노트를 덮는다. 쓰는 동안에 너무 힘들었던 때문이었을까. 그것을 다시 읽어보고 싶지 않은 마음이었던 것이다. 예령의 마음이 되어본다는 것, 경훈오빠, 경훈오빠 어머니의 말과 행동을 글로써 나타낸다는 것 등은 정말 힘든 일이었다. 두번 다시 그 일을 해보겠다는 엄두를 낸다는 게 불가능할 만큼. 글을 쓰는 동안에도 몇 번씩이나 심호흡을 하곤 했다. 여러 번 볼펜을 던져버리고도 싶었다. 그러나 난 버틸 수 있는 데까지 버티었다. 그렇게 하는 것이 그애의 아픔을 조금이라도 나누고 싶어하는 내 나름의 보답이라고 여겼던 것이다. 불쌍한 예령…… 가여운 예령…… 그애와 경훈오빠는 어떻게 될까. 경훈오빠 어머니는 어딘가 많이 편찮으신 것 같았는데 어디가…… 아프신지 난 물어볼 수가 없었어.

그 말을 하던 때의 예령은 얼마나 힘이 없어 보였던지. 별장에 다녀온 이후, 난 아직 예령을 만나지 못했다. 그러나 단 하루도 그애를 생각하지 않은 날은 없었다. 뽀빠이분식집에서 종이 냅킨을 접거나, 비닐봉지에 단무지를 넣으면서, 또 우리 또래의 남자 아이와 여자 아이가 정다운 모습으로 걸어가는 것을 보아야 했을 때면 불현듯 그애와 경훈오빠를 생각했다.

그러나 그 이야기를 나의 푸른 노트에다 써야겠다는 생각을 해보지는 못했다. 뽀빠이분식집에서의 일은 날 피곤하게 했고, 일을 마치고 집에 오면 몸을 씻은 다음, 음악을 듣는 것이 내가 할 수 있는 일의 전부였던 것이다. 하루종일 몸을 움직여 하는 일은 생각의 갈피가 어지러이 뻗어나가는 것을 막아준다는 점에선 좋았다. 그렇지만 언제까지나 힘든 일이 이어진다면…… 집에 돌아와 곧장 쓰러져 자는 나날들이 계속된다면…… 생각의 갈피 같은 것은 아예 존재할 수 없게 되는 것이 아닐까. 2학기, 개학 첫날인 오늘, 오후부터 책상에 앉아 예령의 이야기를 글로 나타내보려 했던 것은 어쩌면 죽은 나무의 밑둥치 같은 내 머릿속을 흔들어 깨워야 한다는 생각이 시킨 일은 아니었던가. 그렇다면 예령의 아픔을 조금이라도 함께 느껴보려 했던 마음의 더 깊은 바닥엔…… 날 위하는 욕심이 숨어 있었다는 걸까. 그런 것을 더는 생각하고 싶지 않다. 그러나 이것 하나만은 인정해야만 한다. 내가 글쓰기를 시작했던 이유 중에는 수학·영어 두 과목, 숙제를 미루고 싶은 생각 때문이기도 했다는 것을. 하지 않으면 안 되는 숙제 앞에서 뒷걸음치고, 외면해버리는 것은…… 고칠 수 없는 내 오랜 버릇이었다. 그러나…… 이제 더는 미룰 수 없는 시각.

푸른 노트를 책상 서랍에 넣고, 내일 시간표에 따라 책가방을 챙긴 다음, 난 방문을 열고 거실로 나간다. 이제부터 숙제를 하려면 커피를 마셔야 했으니까. 방 둘, 거실, 화장실, 주방이 모두인 15평 공간이 어둠 속에 잠겨 있을 때면 이상스레 연극 무대 위의 장소라는 생각을 떠올리게 해준다. 몇 시간 동안의 삶이 이루어지는 그런 배경 장치로 다가오는 것이다. 오래 전부터 살아왔고 또 앞으로도 살아가야 할 집이 아닌 무대 위의 공간인 듯한 이 서먹한 느낌. 막이 내리면 무대 위의 장치가 시야에서 사라져버리듯 그렇게 어느 날 스르륵 이 지상에서 존재하지 않을 것만 같은 이곳. 어디를 둘러보아도 이곳엔 지나간 시간을 떠올리게 해주는 추억의 장소라곤 찾을 길이 없다.

쓸쓸함이 아주 두터운 솔이 되어 내 어깨를 에워싼다. 어둠 속에서 혼자라는 것. 이 어둠이 새벽을 기다리는 어둠이 아닌, 좀더 깊은 어둠 속으로 향하고 있는 듯 여겨진 때문이었으리라. 종잡기 어려운 느낌의 변화에 언제나 그렇듯 속수무책일 뿐인 난, 문득 울고 싶었고, 그리고 어머니를 부르고 싶어졌다. 어머니는 지금, 잠드셨을까. 안방문 쪽을 바라보며 서 있던 나는 어머니를 깨우는 대신, 주방의 환풍기에 부착된 꼬마전등의 불을 밝힌 다음, 가스불을 점화시켰다. 식탁 의자에 어둠의 일부이듯 가만히 앉아 있는 동안 가스불꽃의 따스함이 참으로 기분좋은 것임을 난 무슨 신기한 사실을 발견하듯 깨우쳤다. 이번 여름만큼 가스불꽃에 진저리친 적이 있었던가.

물이 끓기 시작했다. 쉬이익, 쉭, 물의 비명 소리가 들려온다. 그제야 난 아직도 비가 내리고 있다는 것을 알아차릴 수 있었다. 8월

열여덟 살, 여름 · 193

의 마지막 날을 며칠 남겨두지 않은 오늘, 아침부터 하루종일 비가 내렸다. 그런데 나는 그 사실을 지난 몇 시간 동안 까마득히 잊고 있었다. 오로지 예령의 마음의 무늬를 그리는 일에 빠져들었던 시간들. 그다지도 완벽한 몰입의 시간들. 예령과 내가 한마음이 되었던 그 순수했던 시간들. 난 문득 푸른 노트를 열고 싶다는 충동에 사로잡혀들었지만, 애써 모르는 척하며 커피를 만들어 거실 창으로 향한다. 비 내음, 축축한 밤의 대기 속에 서 있고 싶어서. 이 비가 이번 8월의 그 지독한 무더위를 한풀꺾이게 해주려나. 하늘의 푸른빛이 점점 더 투명해져갈 가을의 문턱. 어느 날 문득 서늘해진 바람의 입김을 느낄 수 있는 9월.

내 어깨 위에 놓인 쓸쓸함의 숄은 좀더 두터워졌다. 나는 다시금 안방문을 바라본다. 지금이라도 어머니가 내 옆으로 와준다면…… 정호와 함께 분식집에서 일하겠다고 한 이후로 어머니와 난 거의 말을 하지 않은 채로 지내왔다. 8월 한 달. 내가 학원에 다니기를 원했던 어머니. 그러나 내가 하고 싶어하는 일을 끝내 막지는 못했던 어머니와 특별히 사이가 나빠져 그리되었던 것은 아니었다. 지독한 고단함 속에서는 한마디의 말조차 아끼고만 싶었던 것이다. 어머니. 입속말로 나는 어머니를 불러본다. 지난달, 몸살감기로 학교를 쉬었던 그날처럼 어머니가 내 옆을 지켜준다면 얼마나 좋을까. 어느덧, 그날이 아득하게 먼 옛날의 어느 하루처럼 여겨짐은 무슨 까닭에서인지. 느닷없이 어머니가 그리워져 울음을 터뜨리고야 말 것만 같은 이 드센 감정의 소용돌이. 안방문 앞에 바싹 다가와 있는 나는 그만 참지 못하고서 방문을 두드리고야 만다. 어느 여름날 오후, 외가댁에서 사립문 너머로 뻗어 있는 대나무 숲길을 바라보며 어머니가 오기를 하염없이 기다리던 그 어린 소녀가 바로 나라는 생각에 휩싸여든 채.

열아홉 살, 투명한 감옥 안에서의 날들

"예령인…… 많이 아프다. 아주 많이."

예진언니는 내가 예령을 만나러 가도 좋겠느냐고 묻는 말에 그렇게만 대답했다. 예진언니 또한 예령 못지않게 아프리란 짐작이 들게 하는 꺼져드는 목소리로. 몸 안의 모든 힘을 간신히 끌어모아 겨우 내 귀에 들리도록 말한 듯한 예진언니의 그 목소리는 지금 내가 서 있는 매점 안의 지독한 소음과 대비되어서일까. 살아 있는 자의 것이라기보다 어떤 환청처럼 들려오기도 했다. 사람의 입에서 흘러나오는 것이 아닌 어떤 기계음으로 만들어진 것 같은.

다음에 다시 전화를 걸겠다고 말하고선 공중전화기의 송수화기를 제자리에 가져다놓는데 왜 그 순간 누르기 힘든 분노의 감정에 휩싸여들고 말았는지. 왜 예령이가 전화를 받을 수 없을 정도로 아파야 한다는 걸까. 왜, 무엇 때문에 예령이가.

수업이 시작되는 금속성의 벨이 울리면서 매점 안을 가득 메우고 있던 아이들은 서로 다투어 출구 쪽으로 달려들 간다. 매점 안에서는 머리 부분이 새까만 콩나물처럼 여겨지기도 하는 아이들. 남들보다 한걸음 더 빨리 달려가기 위해선 남들이야, 거친 몸짓들에 눌려 고꾸라지거나 말거나 제 갈 길만 뚫는 아이들이 있는가 하면 그 거친 몸짓들을 피해가며 무엇인가를 삼키며 옆의 아이와 아직까지 못다 끝낸 이야기를 나누는 몸 가벼운 아이들도 있다.

언제나처럼, 체온과 체온이 부딪칠 때의 그 후텁지근한 열기, 닫혀 있기보다는 쉴새 없이 떠들어대길 좋아하는 소음 공장인 입들이 내뿜는 온갖 체취들 속으로 스며들 수 없어 혼자 떨어져 걷는 내게 누군가 웃는 눈길을 보내주는 듯하다. 그러자 난 마치 다가오는 구명정을 붙잡으려는 듯 그 눈길의 주인을 찾는다. 지영이었다. 2학년 때 한반이었고 한동안 날 꽤나 매혹시켰던 그앤 3학년이 되면서 다른 반으로 흩어졌어도 때때로 내게 다가와 예쁜 봉투를 건네주곤 했다. 고등학교 3학년의 부담감, 대학 입시에 대한 두려움에서 벗어나 있는 지영인 어느새 머리 모양이 달라져 대학생쯤으로 보이는 모습이다. 비스듬하게 내린 앞머리는 퍼머를 한 것도 같다. 난 새로운 머리 모양이 퍽 상큼하게 보인다고 말해주고 싶었지만 주위의 소음들 속에서 그애가 들을 수 있도록 말하는 것이 쉽지 않을 것이어서 그만둔다. 지영이와 늘 함께 다니는 민선·효정이 또한 그애 곁에서 뭐라고 떠들어대고 있는 참이기도 했던 것이다. 그러나 비록 눈길들만의 그 짧은 부딪침을 통해서 내가 지영이로부터 얻었던 것은 그리 적은 것이 아니었다. 풀 수 없는 수학 문제가 가득 적혀 있던 칠판이 눈앞에서 사라져버린 듯한 느낌이 그애가 내게 주었던 선물이었으니까.

그러나 그 선물에도 불구하고 3층 교실로 오르는 동안 난 줄곧 쓸쓸한 느낌이었다. 둘, 혹은 셋 또는 그 이상의 아이들이 떼를 지어 어울려다니는 것을 볼 때면 언제나 그러한 것처럼. 어울림 속에 있는 아이들 눈에 혼자 걷는 내가 버림받은 아이처럼 여겨질 거라는 생각도 날 아프게 하지만 그보다 더욱 견디기 힘든 것은 누군가를 만나지 못하고 있다는 외로움이다.

누군가의 팔을 끼고 싶어지면 서슴없이 그렇게 할 수도 있을 듯도 싶지만 쿵쿵 쾅쾅 시끄러운 발자국 소리, 이상한 고함 소리, 낄낄대는 웃음 소리를 만들며 걷는 아이들과 여전히 몇 걸음 떨어진 채 묵묵히 걷는다. 토요일. 마지막 수업이 남아 있는 교실로 향해. 수업이 끝나면 예령을 만나러 가고 싶었는데 그럴 수 없어졌기에 더더욱 맥 풀린 걸음으로.

투명한 감옥 안에서의 명상 시간…… 수학 시간을 늘상 그렇게 여겨왔던 난 무엇엔가 찔린 마음이 되어 곧 머리를 흔들었다. 예령과 예령의 아버지를 상기한 때문이었으리라. 투명한 감옥…… 운운의 엄살을 떨어서는 안 된다는 혼잣말을 하며 창가의 내 자리에 가서 앉는데, 아 그때 무심코 내 눈에 잡혀든 10월의 하늘빛은 어찌 그리도 맑고 푸르렀던지. 왜 지극한 맑음의 상태는 투명한 슬픔을 불러 일으키는 걸까. 그리고 그러한 의문 또한 순식간에 사라져버리도록 만드는 걸까. 짧은 텅 빔의 상태.

이제는 어떻게 해볼 수 없게 굳어버린, 엄숙하고 딱딱한 표정을 한 수학선생님이 커엉 헛기침을 하며 교탁에 올라 우리들 모두에게 정적을 요구하는 경고용의 눈길을 보낸다. 그 눈길의 효력은 20여 분도 채 되지 않을 것이다. 그 후부터는 제 할 일을 찾는 아이들. 머리칼로 헤드폰을 가린 채 음악을 듣거나 책상에 엎드려 잠들기 시작하는 아이들. 만화책의 갈피를 넘기는 아이들이 있는가 하면 누군가에게 보낼 쪽지글을 쓰는 아이도 생겨나고 마는 것이다. 1학년, 2학년 때와 전혀 다르지 않은 교실 안 풍경이다. 그때와 약간 달라진 점이라면 선생님 설명에 귀기울여 듣는 아이들의 숫자가 조금 늘어났다는 정도일 뿐.

수학이란 과목은 한번 길을 놓치면 숨은 미로 찾기처럼 되어버린다. 이제는 별로 안타까워하는 일도 없다. 대학엘 간다거나, 가지 못한다거나 하는 그 어느 쪽도 예전처럼 어마어마한 일처럼 여겨지질 않는 것이다. 두려워하거나 괴로워하는 것들이 어느샌가 예전의 일이 되어버린 것처럼 느껴지는 것은 왜일까. 그 어느샌가의 경계 지점을 명확하게 짚어낼 수는 없지만 지금의 난 아무튼 괜찮아라는 말을 스스로에게 들려줄 수 있는 것이다. 그것은 내가 걷고 있는 터널

의 끝이 하루하루 가까워지고 있다는 점을 잊지 않고 있어서일지도
모르겠다. 몇 달이 지나면 난 그리도 기대했던 대로 이 터널 속의 날
들을 벗어날 수 있게 된다. 그 다음의 일은 그때 생각할 것이다. 그
렇게 혼잣말을 하고 나면 나 혼자 햇볕 들지 않는 구석진 빈방에 웅
크리고 앉아 있는 듯한 느낌에서 벗어날 수 있지 않았던가.

 차츰 온기를 더해가는 10월의 햇살이 내 뺨과 팔등을 덮는 투명한
깃털처럼 느껴져온다. 온기를 느끼는 것은 고작 그렇게 피부의 어느
부분에 지나지 않을 따름이다. 마음의 추위를 녹일 길이란. 예령을
만날 수 없다고 얘길 들었던 순간부터 내 마음속의 어느 부분은 얼
어붙었던 것도 같았다. 예령은 얼마만큼 아픈 걸까. 전화조차 받을
수 없을 지경이라면…… 그러다…… 만약에 그애의 병이 쉽게 회복
할 수 없을 정도로 깊어진다면…… 끔찍한 내 상념의 가지치기. 멈
출 줄 모르는, 브레이크가 고장난 자동차처럼만 같은 내 상념 앞에
다 나는 보이지 않는 벽을 세운다. 더 이상 나아가지 말 것. 그러곤
예령의 생각으로부터 벗어나려 해본다. 어떤 불안감으로부터도. 그
러나 지울 길 없는 그늘처럼 자리하고 있는 불안감은 날 놓아주려
하질 않는다.

 정말이지 얼마나 엉뚱한 불안감인가. 그 엉뚱한 불안감은 아무래
도 나 자신의 공연한 비관주의적 습벽 때문이라는 생각을 해보기도
한다. 어떤 일에 부딪혔을 때 마음의 추가 가장 나쁜 방향으로 움직
여가곤 했던 그 습벽. 아니 가장 나쁜 방향이라기보다 비극적 상태
를 연상하는 오래 된 버릇이라고 해야 하질 않을까.

 나와 내 주위 사람들을 아주 나쁜 상황 속으로 던져버리며 그 변
화의 줄거리를 만들어나간다. 그런데 어찌하여 그 새로운 현실은 거
의 언제나 비극적 색깔을 띠게 되었던 걸까. 그 생각을 하게 되면서
난 짐짓 비극적이지 않은 상황을 만들어보기도 했었다. 하지만 비극
적이지 않은 상황은 비극적 상황보다 비실제적인 느낌이 뚜렷했을
뿐이었다. 아니 꼭 그렇지만은 않았다. 실제적인 느낌으로 다가온

다, 아니다의 차이는 그리 중요한 것이 못 되었다.

난 어쩌면 상상 속의 비극적 세계에 익숙해지고 면역이 됨으로써 실제의 삶에서 내가 부딪치게 될 비극적 사태에 굴복하지 않을 수 있는 힘을 기르게 되길 원하였던 것은 아니었을까. 그러니 조금 전 예령을 덮칠 극한적 상황을 떠올렸던 것 또한 그러한 습벽의 연장선상에 놓여진 일이라고 생각하려 해보는 데도 난 그러나 여전히 내 마음속의 불안한 동요를 잠재우질 못하고 있었다.

그것은 생각의 힘으로 움직여볼 수 있는 것이 아니었다. 무엇인가 눈과 마음을 함께 쏟을 것을 찾아야 했다. 아. 그제야 한 권의 노트가 생각났다. 매점에 가기 직전, 내 옆자리의 수현이가 건네주었던 그것은 수현이가 속해 있는 서클의 아이들이 돌려가며 쓰는 것이라고 했다. 그때그때 쓰고 싶은 이야기들을 편안한 마음으로 적기로 했다는 그 노트를 지금까지는 1, 2학년들이 돌려가며 써왔고 3학년으로서는 자신이 첫 순서인데 별로 쓸 수 있는 마음이 아니니 나한테 기회를 주겠다는 것이었다. 내키지 않으면 관둬도 좋지만 내 생각은 그래. 여러 사람이 참여하면 그만큼 서로를 알게 되는 범위가 넓어질 거잖아. 내 생각엔 정민인 우리 서클 애들과는 다른 코드의 사고방식을 가지고 있을 것 같았거든 하고 말했던 수현인 지금 열심히 수학선생님의 설명에 귀기울이고 있는 모습이다.

수현이와 난 특별한 이야기를 주고받은 적은 없는 짝이었다. 고 3. 쉬는 시간 또한 부반장인 그애한테는 복습 시간이었던 것이다. 난 그앨 방해하지 않아야 했고 그러기 위해선 시집이나 소설들의 책갈피를 넘기는 일에만 몰두해야 했었다. 허긴 수현이네 서클은 반장·부반장 들이 모여 만든 것이라니 고 3이 되어서도 느긋한 태도인 나와는 분명 다른 꼴의 생각의 틀을 가지고 있을 것이었다. 다르다면…… 얼마나 다를까? 어쨌든 노트를 받기 전보다 한결 수현에게 친밀감을 품게 된 나는 노트를 꺼내어 넘겨본다.

어른들은 숫자를 좋아한다.

어른들에게 새로 사귄 친구에 대해 말할 때 그들은 가장 본질적인 것에 대해 물어보는 적이 없다.

——그애 목소리는 어떻니? 그애는 어떤 놀이를 좋아하니? 나비를 모으지 않니? 따위의 말을 그들은 결코 하는 법이 없다. 그 대신 그들은

——그애는 몇 살이니? 형제는 몇이니? 몸무게는? 그애 아버지의 수입은 얼마니?

따위만 묻는다.

푸른 색연필로 사각의 테를 두른 그 구절은 푸른색 때문에 내 눈을 끌었던가보다. 그 구절 아래엔 생쥐데끼패라(?)의 『어린 왕자』 중에서 내가 좋아하는 구절임이라는 글이 보라색 볼펜으로 씌어져 있다. 생쥐데끼패라(?) 윗부분엔 아주 작은 글씨로 알아서 해석하시길…… 이라는 글도 써놓았다. 그리고…… 요즘 어른들은 한 가지 더 묻겠지요. ——그애 성적은 몇 등이냐고? 생각해보면 한숨밖에 나지 않는 그런 세상인 거 같아요라는 보라색 글씨가 있고 그 다음 줄엔 붉은색 색연필로 다시금 사각형의 테를 둘러놓았다.

'뜨거운 마음 맑은 눈으로 볼 때
거짓에 가려진 진실이 보이고
진실의 탈을 쓴 거짓을 볼 수 있다.'
좋은 말이죠? 예전에 이 글을 읽고 정말로 느낀 바가 많았었어요. ……그런데 이상해요. 오늘따라 왜 이렇게 심각하고 무게있게 썼죠?

주영이가

집으로 오면서 느낀 건데 전 확실히 비 냄새가 좋습니다. 왠지 가습기 냄새도 좋고…… 습기가 가득찬 숲 냄새가 정말 좋아요. 제가

자꾸 이런 말을 하니까 제 짝이 곰팡이 키우래요. 또 오랫동안 들어가지 않은 먼지가 소복이 쌓인 다락방 냄새도 좋아요. 그래서 저는 가습기에다 코를 대고 냄새를 음미(?)한 적도 있어요(그렇다고 절 이상한 애로 보지 마시길).

　푸른색 만년필로 씌어진 이 구절 아래엔 검정 볼펜 글씨로 이렇게도 적혀 있다. 나두야. 난 자전거 두는 창고 냄새가 좋아서 거기서 옛날엔 살았어.

　먼지가 소복이 쌓인 다락방 냄새…… 외가댁 2층 마루에서 사다리처럼 놓인 몇 개의 층계를 올라가면 다락방이었다. 내가 그곳에 처음으로 들어가본 것은 언제였었나. 국민학교 3학년 여름 방학중의 어느 날이었으리라. 외가댁엘 내려가면 어머니는 언제나 외할머니와 큰이모 곁을 떠날 수 없곤 했었다. 혼자서 보내야 하는 하루는 얼마나 길었던지. 마당 한가운데의 아득히 깊은, 검은 동굴만 같았던 우물을 들여다보거나 석류나무 아래에서 혼자 공기놀이를 하다 문득 올려다본 푸른 하늘의 흰 뭉게구름에 정신을 팔지 않으면 동화책을 읽었는데 그래도 어머니 곁으로 다가갈 수 있는 밤은 더디게 올 뿐이었다. 거의 언제나 그늘이 드리웠던 2층 뒷베란다의 난간에 앉아 적산집이라고 불렸던 뒷집 마당을 내려다보지 않으면 혼자 외가댁의 골목길을 빠져나가 공설운동장 쪽으로 걸어가보았어도 마찬가지였다. 그러는 동안 자주자주 자물쇠가 채워진 다락방 앞을 서성였던 것은 자물쇠가 불러일으켰던 호기심 때문이었으리라. 자물쇠를 채워두어야 할 만큼 아주 대단히 소중한 무엇이 그 안에 들어 있는 걸까. 그런데 드디어 서울로 올라오기 전날 오후, 다락방이 열려 있는 것을 볼 수 있었다. 볼일이 있어 다락방으로 들어갔던 외할머니가 나오면서 자물쇠를 채우는 것을 잊어버리셨던가보았다.
　난 머뭇대는 일 없이 다락방 안으로 들어섰다. 마음을 설레이게 했던 기대감과는 달리 그곳은 은밀한 비밀의 장소의 모습은 아니었다. 내 어깨 높이에 와 닿았던 자개 찬장, 색깔이 누렇게 변한 잡지 묶음과 신문 뭉치들. 모양과 크기가 다른 몇 개의 상들, 그리고 포대에 든 설탕들과 비누며 식용유들이 들어 있던 상자며 입지 않은 옷들이 담긴 커다란 가방들을 둘러보면서 난 훅하고 숨을 들이켰던 것도 같았다. 그때 난 오래 된 신문지 내음을 맡을 수 있었다. 엷은 먼지 내음과 함께. 그때는 잘 몰랐지만 날 그곳에 오래 머무르도록 했던 것은 그 먼지 내음이 아니었을까. 지나간 시간의 숨결 같기도 한 먼지 내음 속에서 난 어쩐지 마음이 가라앉는 것만 같았으니까. 난 그곳에서 웅크리고 앉아 지나간 날들의 신문을 읽었고 잡지의 갈피들을 넘겼으며…… 그리고 자개 찬장의 유리문 안쪽에 놓인 작은 상자 하나를 발견할 수 있기도 했었다. 벽돌색에 가까운 주황색 바탕에 금색의 국화 송이가 그려져 있던 사각통은 역시 누렇게 변색한 사진들로 가득차 있었는데 그 사진들의 주인공들이 젊은 날의 외할머니·외할아버지라는 사실에 난 얼마나 놀랐던 것이었을까.

수학선생님의 목청이 한 순간 높아졌다. 느슨해지기 시작하는, 마음놓고 수다를 떨고 싶어하는 아이들의 방만해진 태도를 눌러버리려는 중간 점검인 것이다. 이럴 때는 칠판에다 눈길을 주고 있는 척이라도 하는 것이 좋다. 어느덧 깊게 잠들어버린 아이들 중에서 희생자가 뽑히는 것도 이 무렵인 것이다. 지나가는 위기의 시간. 얼마 후 눈길은 다시금 노트 위를 더듬는다. '영선에게'로 시작하는 검정 플러스펜으로 쓴 부분이었다. 고등학교 학생의 글씨체라기엔 너무나 졸렬해 보이는 그 글씨체는 다름아닌 그 졸렬함으로 눈에 띄었던 것이다.

음, 내 첫인상을 학구적·관조적으로 보았었다고.

나는 '학구적' '관조적'으로 내 자신이 잠시라도 정형화, 형상화되었다는 사실에 깜짝 놀랐어. 기쁘거나 언짢거나 그런 것이 아니라 그냥. 나는 인격이나 성격 같은 것이 아직 미완성인 상태라고 생각하니까. 사실 고 2나 고 1쯤 되면 나름대로 정형적인 인격의 틀을 갖추게 되는 것이 마땅할 텐데 나는 그렇지 못해. 지금까지 내 경험에 의하면 나는 매년 성격이 조금씩 바뀌었어. 올해도 내가 선망하고 그렇게 되기를 바라는 친구들의 성격, 혹은 하나의 이상을 바라보곤 했지만 그런데…… 해마다 느끼는 것은 고통이었어.

나는 성격이 정형화된 사람이 부럽다.

그 아랫줄엔 I never think so, 그런 人이 어딨어라는 구절이 적혀 있다.

왜냐면 그런 사람들은 자기 자신의 굳건한 가치란 기준에 의해서 희로애락을 판단하며 행위하며 살 거 아니겠어? 이런 사람들은 어떤 급격하고도 파괴적인 주위 환경의 변화가 그들을 엄습하지 않는 이상 쉽사리 무너지지 않아. 좌절하지 않고 근엄하건 정열적이건 내성적이건 그 자신의 기준을 깨뜨리지 않는 한 자기가 환경을 흡수시켜 동화해간다. 그 옆으로 화살표가 그려져 있고 너 자신을 묘사하는 것 같아라고 적혀 있다.

소실에 나오는 인물들은 대부분 진형직 인간이지. 근엄한 아버지, 자애로운 어머니, 새침떼기 여동생, 유쾌한 빵장수 아저씨, 푸짐하고 편안한 옆집 아줌마 등, 대부분 주인공을 제외한 사람들은 전형적 인간이며 또 이 세상 사람들도 어느 정도는 다 전형화되어 있다. 이게 좋은 것이다. 헛소리라고 누가 써놓았다.

전형화된 인간이 편안한 삶을 영위한다. 나는 부럽다. 뚜렷한, 명확한 자기만의 관점에서 사물을 보지 못하고 이 생각, 저 생각, 수시로 바뀌는 관점이 너무나 힘든다. 그리고 이 과정은 결코 즐겁지 않다. 관점에 따라 적합하고 올바른 행동의 기준이 바뀌니까. 어느 방향으로 행동해도 나중에 후회하거나 괴로워하는 일이 많다. 그때 내가 그렇게 했어야 했는데. 저랬으면 얼마나 좋았을까 등등, 끊임없이 괴롭게 된다. 또다시 화살표가 나타나면서 너무너무 동감이 가는 말이라고 적혀 있다.

글쎄 이것도 하나의 전형화된 인격인지. 스스로 결론을 내리기가 귀찮다.

영선아. 그런 내가 어느 정도 ~적(학구), ~적(관조) 하게 보였다니 기뻐해야 할지, 슬퍼해야 할지(?) 하여간 놀라웠다.

秀德

요즘 아이들 이름치곤 옛날 냄새를 너무 많이 풍긴다는 생각을 하며 수덕이라는 애가 쓴 것 중에서 나는 매년 성격이 조금씩 바뀌었어란 구절을 다시 한번 읽어본다. 그럴 수가 있을까? 어쩌면…… 그럴 수도 있다라는 생각을 번갈아 떠올리며. 대체 성격의 꼴이란 어떻게 고정시킬 수 있는 것일까 하는 물음도 떠오른다. 쉽게 풀 수 없는 문제에 골몰하느니 노트의 다음 페이지를 넘기는 것이 낫겠다.

(맞나?)←맞아요

수덕형님께

저 경문입니다(기억하시죠?)←누구더라.

형님 말씀하시는 것을 들으면 아, 정말 감탄사가 나오더라구요. 형님은 어찌나 어른스러우신지.←너하고 삐까.

요즈음 서클룸에 잘 안 내려오시던데 왜죠? 혹시나 저보기 싫어서는 아니시기를 바랍니다. 아, 참 지난번에 형이 내신 Quiz 말인데요. 저 역시 현재는 무교입니다.←Me too.

물론 한때는 교회를 열심히 다녔었죠. 그런데 어느 순간 이런 것들(종교·관습·사상)이 무슨 소용이 있고 어떤 의미가 있으며 왜 그것을 위해서 목숨까지 버려야 하는가 하는 문제를 깊이 고민한 끝에 니체의 '신은 죽었다'와 같은 생각이 들었죠.

생각해보면 지금까지 인류 역사 중에서의 그 수많은 참혹한 전쟁(맞나?)← 맞아요은 제 생각으로는 단지 가식과 허위로 가득찬 종교와 이념의 대립에 원인이 있는 거죠. 제 생각이 맞는지 모르지만 저는 전에 '하느님을 믿지 않으면 무조건 지옥행이다'라고 말하는 친구와 격렬한 논쟁을 벌였어요. 저는 '그러면 하느님의 존재조차 모른 채 세상을 떠난 사람들도 지옥행이냐?'라고 했더니 그렇다는 거예요. 물론 대화에서 종교에 관한 이야기는 피하는 것이 좋지만 저는 종교 그 자체를 부정하고 싶을 때가 많아요. ←떼끼. 그러지 말아.

아, 너무 이상한 쪽으로 이야기가 흘렀는데 다른 이야기로 넘어가죠.←good idea.

형님 누이동생이 그렇게 미인이라고 들어 기대되는데 사진 좀 보여주실래요? 하하, 그렇다고 青霞씨를 버린 것은 결코 아닙니다.←어,어, 너 양다리 걸치기냐?

임청하 사진집이 나온 것을 아시는지, 물론 저에게는 있지요. 지금 현재 200장 정도의 사진을 모았는데 비디오값 포함해서 10만 6천원 들었어요.←너 돈 많구나! 자랑이 아니지?

단지 그녀는 제게 ★과 같은 존재일 뿐이지만 머릿속에 떠올릴 여인이 있다는 건 정말 행복한 일이지요. 형님. 이 질문에 대한 답을 반드시 노트에 써주시기를 간곡히 부탁드립니다.

질문) 임청하를 어떻게 생각하시는지요?

그 다음으로 이어지는 붉은 플러스펜의 글.

전 한동안 쉬려고 했는데 다시 써야 했어요. 제가 여기서 하려는 건 비일비재한 종교 논쟁이 아니예요. 그냥 제가 하나님을 믿는다는 걸 말씀드리고 싶을 뿐이죠.←종교 얘기는 위험한 것이지만 하나만 물어보자. 나도 신을 믿는데 왜 기독교에서 말하는 신을 믿어야 하는지 설명해줘. 자기만의 신이 있으면 되는 것 아니겠니? (내 짝이 자기만의 신은 우상이래.) 절대로 도전하는 게 아니라 진짜로 몰라서.←일리가 있다. 영진아. 내게도 답해다오.

저에게 있어 기도는 절대적인 것이랍니다. 제가 힘들 때 할 수 있는 유일한 행위이구요. 정말 기쁜 건 주가 저와 함께한다는 걸 느낄 때예요. 참믿음이란 정말 주님을 사랑할 때 비로소 나오는 것이죠. 우리가 주를 위해 목숨을 내놓는 것도 그 이유이고요. 흔히 우리는 정말 사랑하는 사람을 만나면 당신을 위해서 내 목숨을 내놓을 수 있다는 말을 하는 걸 볼 수 있어요. 그건 사랑한다는 말의 극단적인 표현일 거예요. 우리가 그분을 위해 죽을 수 있는 것 또한 마찬가지예요.←성급한 일반화의 오류.

하지만 주님은 결코 이기적인 분이 아니세요. 그분은 자비와 관용과 사랑의 결정체이시거든요. 우리가 그분을 믿는 건 그분이 우리의 생명의 근원이기 때문이죠. 그래서 전 그분께 끊임없는 감사를 드리고요. 훌륭한 부모님, 그리고 좋은 친구들 그리고 무엇보다 우리 서클이라는 귀한 모임을 허락해주셔서요.

영진 씀

훌륭한 부모님…… 이라고 말할 수 있는 영진이라는 아이. 난 잠깐 동안 그애가 부럽다고 생각했다. 난 지금까지 아버지·어머니에 대해 훌륭한 분이라고 여긴 적이 없었던 것이다. 훌륭한이란 표현은 얼마나 거창한 느낌을 자아내는가.

플러스펜의 색깔이 푸른색으로 바뀌면서 글은 이어진다.

이야기가 너무 희한하게 되었지요?

죄송합니다. 방향을 바꾸어야겠어요.

임청하라는 여자. 참 존경해요. 마흔을 바라보는 여자가 그렇게 팔팔하다니. 하지만 전 Cindy Crowford 같은 여자를 좋아하겠어요. 하지만 전 정말은 남자 배우들을 좋아할 뿐이에요.

로버트 레드포드(The Way We Were. Out of Africa)

미키 루크(영화는 한번도 못 봤는데 정말 자알 생겼어요.)←애 나
오는 영화는 王삼류.←그래도 멋있다.
　레밍턴 스틸 역의 피어스 보로스난
　더스틴 호프만(다 좋은데 Hook에서 image 버렸음. 크레이머 대
크레이머, 레인맨, family business…… etc.)

　여기서 왕불쌍

　이제 더는 쓸 수가 없어요. 졸려서요.
　오빠들, 언니들 좋은 대학 가시겠죠?
　나두 우리 엄마, 아빠가 원하는 대로 가야 될 텐데←니가 원하는
대로 가야지.

　좋은 대학…… 난 무슨 도사가 되기라도 한 듯 빙긋 웃는다. 2년
전 내가 그랬듯 영진이라는 애도 좋은 대학에 대한 압박감에서 벗어
나지 못한 모양이라고 생각하며. 어디 영진이라는 애뿐만일까. 나처
럼 아예 마음의 정리를 하지 않는 한 대학 입시라는 관문에 애태우
지 않기란 쉽지 않을 것이다. 포기란…… 자유이고 해방을 뜻함을
난 요즈음에야 깨달았다. 한 발자국, 물러서 있을 때의 편안함……
포기하기 전까지의 날들이 물밑을 허우적대는 고통이었다면…… 지
금의 상태는…… 무엇 때문에 그토록 괴로워했던 거지? 하고 스스로
에게 물을 수 있을 정도라고나 할까. 그런데…… 안타까운 것은 언
제나 그처럼 마음속 수면의 평화로움이 계속되지 않는 점이다. 난
이윽고 노트의 갈피를 빠르게 넘긴다. 영어로 적힌 유행가 가사, 우
스갯소리들, 뭐 그런 것들엔 굳이 시선을 주고 싶지 않았던 것이다.
그러다 눈길은 곧 어느 페이지에 머무른다. 보랏빛, 푸른빛, 연분홍
빛 색연필로 부드럽게 칠해, 빛깔 고운 편지지를 떠올리게 한 53쪽
의 그 고움이 마음에 들었던 거다.

　제가 어렸을 땐 고등학생이 참 어려워 보였는데 제가 어느덧 고등
학생이 되고 나니 예전 생활이랑 다를 것이 없더군요. 조금 전까지
만 해도 어른과는 아직 동떨어져 있다고 생각했는데 이젠 그저 어른
이라는 단어가 점점 빨리 제게 다가오는 것 같아 두렵습니다. 선배
님들께 죄송한 말이지만 폭삭 늙어버린 심정입니다. 어른이 되면 또
다시 늙어가는 제 모습에 회의를 느끼겠지요. 그리고 죽음을 두려워
하겠지요. 제가 이렇게 이 글을 쓰고 있는 이 시간들도 얼마 안 있어
사라질 것입니다. 제가 여태껏……

　내 눈길은 폭삭 늙어버린 심정입니다에 묶여 있다. 그 구절이 요
즈음의 내 마음의 어느 부분과 꼭 같다고 여겨진 탓이다. 어쩌면 2
년 전에도 그런 느낌에 휩싸여들었던 것도 같았다. 그러나 물론 지
금의 늙었다는 느낌의 강도와는 비교할 수 없는 것이긴 했지만. 몇
달만 지나면 난 20살이 되는 것이다. 그토록 그 나이에 이르길 기대
해왔으면서 정작 20살과의 대면이 가까워지자 늙은이가 되어버리는
듯한 허허로운 마음이 되기도 한다는 것은……
　수업이 끝나는 벨소리가 울리기 시작했다.
“어때? 재밌니?”
　수현이가 내 귀에 대고 속삭이듯 묻는다. 그래. 모두들 착하고……
난 말끝을 흐리고 만다. 노트를 읽는 동안 예령이를 깜박 잊고 있었
다는 생각을 떠올려서만은 아니었다. 몇 줄의 글로 그 글을 쓴 아이
들에 대해 아는 척을 한다는 것이 내키지 않았던 때문은 아니었을
까. 그리고…… 예령이가 너무나 멀리 떨어져 있다는 생각이 핀이
되어 내 가슴을 찔러대질 않았던가.

　몇억대의 뇌물. 정치적 속죄양. 성역 없는 수사. 뉴스로 들리지도
않을 뉴스를 전하는 아나운서의 목소리는 건조한 억양이다. 너무나
건조하고 무거워서 그 목소리를 듣는 동안에는 내 자신이 재판정으

로 끌려 들어가 있는 느낌이기도 하다.

뉴스를 전하는 아나운서 또한 자신의 목소리를 혼자서 듣게 될 때면 그도 역시 나와 같은 느낌이 들까. 그런데 그 아나운서는 친구나 가족들에게 이야기를 할 때도 지금과 같은 억양이 될까. 그렇다면…… 아니 그렇지는 않겠지.

재판정을 떠올리고 싶지 않은 나는 버스 운전사가 제발 라디오의 스위치를 꺼주기를 바라는 마음이었다. 아니면 소리의 크기나마 줄여주기를. 그러나 검정빛 선글라스를 낀 채 껌을 씹고 있는 버스 운전사는 몇 차례씩이나 급브레이크를 밟는 중에서도 라디오의 뉴스에 귀를 기울이고 있는 모습이다. 높은 자리에서 떵떵거리던 놈들, 지난 여름에는 에어컨 모르고 살았겠어라든가 왕창 뒤집어놓아야 한다구라는 혼잣말을 하는 걸 보면. 그리고 그 같은 말을 할 때의 버스 운전사의 표정과 목소리의 억양이란. 검정빛 선글라스에 가려져 눈빛이 드러나지 않음에도 입언저리의 일그러짐만으로 그가 몹시 뉴스의 주인공들에 대해 통쾌해하고 있음을 알 수 있다. 아니 통쾌해한다는 그 정도 이상이었다. 그러나 더욱 견디기 힘든 기분이 들도록 한 것은 목소리의 살벌함이라고 해야겠다. 사람이 그처럼 언짢은 표정을 짓거나 살벌한 어투로 말한다는 깃이 화기 나고 참기 어렵기만 한 나는 버스의 차창 너머를 보려고 고개를 돌렸다.

변덕스런 날씨. 하늘의 푸른빛이 점점 무거운 잿빛으로 변하면서 그 잿빛이 거리의 상가 건물 속으로 스며들고 있기나 한 것처럼 건물들은 우중충해 보인다. 갖가지 간판들로 휘덮여 있어 더욱 누더기처럼 비쳐들기도 한다. 신경정신과·성형외과·비뇨기과·산부인과 간판들과 자동차 대리점, 한복 가게, 스키며 골프 용구점, 컴퓨터 학원, 꽃집과 철학원, 부동산, 카페와 레코드 가게, 양과자점, 호프집…… 그리고 또 다른 무슨무슨 가게들의 그 무수한 간판들과 거리를 가득 메우고 있는 차들과 저마다 쫓기듯 바쁜 몸짓들로 걸어가는 사람들의 물결.

나는 어깨를 폈다. 차창 너머를 보는 동안 내 시야에 잡혀들었던 그 모든 것들이 투명한 줄을 던져와 내 몸이 꽁꽁 묶여드는 느낌에서 벗어나야 했던 것이다. 살아간다는 것은…… 나이 든다는 것은 더욱 많은 간판들과의 관계맺기처럼 여겨지면서 아아 싫다라고 소리치고 싶은 기분이기만 했던 것이다. 난 내가 원하지 않는 것들과는 결코 관계맺기를 하고 싶지 않다…… 혼잣말을 하는데 가끔씩 찾아오는 머릿속이 멍해지는 멀미 증세가 치솟는다.

서점에서 책을 고르고 있는 동안 난데없이 서가의 그 수많은 책들이 나에게로 무너져내리는 것만 같았던 순간의 아득함, 만원 지하철에서 도저히 사람들 사이를 헤치고 나갈 수 없어 내려야 할 역을 통과할 때 두 다리의 맥풀림과 함께 찾아온 멀미증에 비하면 그래도 지금의 것은 견딜 만한 것이라고나 할까. 서 있질 않고 앉아 있는 덕분일지도 모른다. 그렇긴 해도 여기 이곳을 떠나 다른 곳으로 향하고 싶다는 충동이 되살아나지 않은 것은 아니었다.

다른 곳으로 향한 열망은 이즈음 거의 누를 수 없을 지경으로 강해져 있었다. 그리고 그 열망이 날 지켜주는 울타리 노릇을 해주고 있기도 한 참이었다. 다른 곳에서는 다른 내가 될 수도 있으리라…… 분명 다른 곳만이 다른 나를 만들어줄 수 있으리라. 그 생각은 하나의 출구나 다름없질 않았던가. 어쩌면 난 내일이라도 집과 학교를 훌쩍 떠날 수도 있으리라. 물론 그 떠남은 영원한 떠남을 뜻하는 것은 아닐 것이었다. 단지 며칠만의 떠남조차도 그러나 난 미루고 있을 뿐……

아주 느린 속도로 앞으로 나아갔다, 멈추었다를 되풀이한 끝에 버스가 정류장에 섰다. 전철 정거장과 가까운 지점이어선지 사람들의 왕래가 더더욱 빈번한 이 거리의 상가 건물들 역시 간판들로 휘덮였지만 그러나 신축한 지 얼마 되지 않은 새 건물인 탓으로 조금은 덜 누추해 보인다. 24시간 편의점과 셀프서비스 커피점, 치킨점과 피자점과 체인 국수집들 안은 훤히 들여다보인다. 페인트 냄새가 아직은 감돌고 있을 것 같은 그곳에서 사람들은 마주앉은 사람을 바라보거나 유리벽 너머 거리의 사람들을 바라보기도 하면서 커피를 마시지 않으면 피자를 먹기도 한다. 묵묵히 국수 먹는 일에 몰두하고 있는 사람도 있다. 문득 시장기가 느껴져오는가 했더니 맹렬한 식욕이 날 사로잡기 시작했다.

그때 버스가 출발하지 않았더라면 난 체인점 국수집으로 달려갔을 것만 같다. 그러지 못한 아쉬움 때문일까. 얼마 동안 피자와 유부국수를 떠올리고 그 맛을 혀에 느껴보는 일에 붙들려야만 했다. 이런 순간이면 오직 먹기 위해 살아간다는 생각을 하게도 된다. 생물적 존재로서의 자신을 강하게 의식한다는 것은…… 내키지 않는 일들 중의 하나이다.

라디오에서 떠들어대는 사람은 언제서부터인가 코미디언으로 바뀌었다. 생김새와 말투가 시골 장터를 떠도는 약장수를 생각나게 하는 그도 역시 뇌물과 청산해야 할 전시대의 비리 운운의 말을 쏟아내고 있는 중이었다. 하나같이 옳기만 한 내용의 말들…… 그런데 난 어째선지 그 지극히 옳기만 한 말에 진저리를 치지 않을 수 없는 기분이었다. 예령네 가족들의 심정을 생각하고 있어서…… 라는 이유 때문만은 아닌 것만 같은 지겨움이라니. 누군가 호루라기를 불면 모두가 한방향을 향해서 행진을 하는 듯한 그 일사불란함을 참기 어려웠던 거다. 제단 위의 제물에 바쳐지는 제문들을 언제까지 돌려가며 읽어댈 것인지. 제문을 읽는 목소리들의 그 단호함과 당당함은 왜 그토록 거부감을 불러일으키는 것인지. 지난 시대를 마감하는 제사가 불필요하다는 생각을 하는 것은 아닌데도 단호함과 당당함은 왜 언제나 하나의 틀로만 여겨지는 것인지.

난 다시 한번 라디오를 꺼달라고 소리치고 싶었지만 그렇게 하지는 못했다. 버스 운전사와 내 앞자리의 아주머니들이며 졸음에서 이제 막 깨어난 옆자리의 나이 든 아저씨 모두 코미디언의 말솜씨에 재미있어하는 기색들이었던 것이다. 그러나 설혹 그렇지 않았다고 하더라도 난 역시 침묵 쪽을 택했을 것이 분명했다. 이제 두 정거장 만 지나면 예령네가 살고 있는 빌라 단지와 그리 멀지 않은 정류장 이 나타나게 된다. 교실에서 참았듯 버스 안에서도 참으면 된다. 아 그렇지만 참는다는 것은 얼마나 힘든 일인가. 정치평론가에 부부 생 활 상담가에 교통 문제 전문가 등 맡지 않는 역할이 없는 것만 같은 코미디언이 한 곡조 꽝 하며 들려주는 노래들도 귀에 거슬리고 퍼머 머리에 요란한 꽃무늬가 불꽃처럼 타오르는 느낌인 티셔츠 차림인 앞자리 아주머니들이

"어찌 저리 청산유수란디야? 참말로 잘난 남자여."

"말만 잘하는 줄 알아? 춤솜씨는 또 어떻고? 완전히 예술이드만."

"아니. 저 양반아 춤추는 것은 또 어디서 봤디야?"

"아이구. 이 먹통. 청록회관에 가면 저 양반 재롱 솜씨를 볼 수 있 다고 몇 번씩이나 말해주었잖어."

하고 떠들어대는 것도 못마땅할 뿐이었다. 아주머니들의 나이에 어 울리지 않는 짙은 화장과 그 거칠 것 없어 보이는 표정들 또한. 그리 고 내 옆자리 아저씨가 풍기는 땀 냄새와 감지 않은 머리칼 냄새도 마찬가지였다. 난 물론 냄새나 옷차림, 화장의 솜씨 같은 것으로 사 람을 좋아하거나 싫어해서는 안 된다고 생각하지만 그것은 어디까지 나 생각에 지나지 않을 따름이었다. 그리고 난 언제나 생각의 나침 반에 따라 마음을 움직여가고 싶지도 않았던 것이다. 그러나, 생각 의 위력은 얼마나 대단한가. 누군가를 싫어하고 난 다음의 이 불편 함이란. 게다가 불편한 느낌이란 꼭 조여드는 구두만큼이나 견디기 힘든 것이 아닌가. 난 내 방이 그리워졌다. 그곳에 있을 때면 난 다 른 사람, 다른 세상으로 향한 그리움에 젖어들 수 있었다. 땀 냄새와 감지 않은 머리칼 냄새조차도.

동서남북으로 뚫린 네 갈래 길이 만나는 교차로에서 우회전을 한 뒤로 이제까지의 거북이 운행을 만회하려는 듯 버스가 씽씽 달리면 서 예령을 어서 만나고 싶다는 마음을 누를 수 없어진 나는 그만 버

스 좌석에서 일어나고야 만다. 아직 버스 정류장은 나타나지 않았지만 더는 앉아 있을 수 없었던 것이다.

예령은 그런데 얼마나 심하게 아픈 걸까. 열려 있는 버스 차창으로 날아온 먼지 알갱이가 눈에 박혀들면서 눈꺼풀 안쪽이 따끔거리기 시작한다. 쉽게 가라앉질 않는 그 따끔거림. 심하게 비벼대었더니 눈물이 흐른다. 예령이가 흘렸을 눈물은.

실물과 너무 흡사한, 사람의 손으로 만든 생명 없는 나무들을 흔하게 보게 되면서 때로는 조화처럼 여겨지기도 하는 길가의 플라타너스 나뭇잎들 사이로 언뜻언뜻 비쳐드는 하늘의 회색빛은 두텁다.

광장의 한가운데에는, 흡사 무도회에서 여자에게 춤을 청하는 듯한 자세를 취한 남자의 동상이 서 있다. 말을 타고 있거나 칼을 차고 있지도 않은 걸 보면 분명 장군은 아닐 것만 같다. 누구일까. 그는. 살아 생전 그의 삶은 어떠했기에 죽어서 동상으로 광장에 서게 된 걸까. 그런데 동상인 그는 지금 광장 주변에 모여든 사람들의 시선을 과연 끌어당기고 있기나 한 것인지. 그를 받쳐주고 있는 발 아래의 받침대, 돌로 만들어졌음직한 그곳엔 그가 누구였나를 밝혀줄 몇 줄의 글이 씌어져 있을 것이다. 광장을 오가는 사람들에 정중하게 인사를 청하는 형상이기도 한 그를 쳐다보는 눈길을 찾을 수 없는 터에 받침대의 글줄이야.

정사면체 대리석을, 동서남북 네 방향에 하나씩 놓아 만든 지극히 단순한 형태의 분수대 속에 자리한 그 동상은 어찌 보면 특징 없는 분수대의 특징으로 세워진 듯도 같다. 몇몇 사람들이 앉아 있는 분수대의 낮은 시멘트 울타리는 간이 벤치 노릇을 하기도 하는데 높다랗게 솟은 동상으로 해서 사람들한테 물을 뿜지 않을 때라도 분수대가 그곳에 있음을 알려주는 어떤 표지판 노릇을 해주고 있는 것도 같은 것이다. 그다지도 어울리지 않는 표지판. 동상은 아주 정교한 솜씨로 만들어졌음에 반해 대리석 분수대와 울타리는 너무 밋밋하고 단순한 형태여서 사뭇 이질적으로 보여지고 있었다. 이질적이라는 느낌은 그런데 어디서나 흔히 부딪칠 수 있는 것에 지나지 않는다고 할 수 있었다. 광장 주변의 건물들 중에는 아주 현대적 외양을 하고 있는 것이 있는가 하면 적어도 백여 년 전의 건축 양식을 보여주고 있는 것들 또한 뒤섞여 있는 참이었다. 광장 한 귀퉁이에 자리한 알루미늄 원통들을 세워놓은 듯한 조형물 또한 너무 싸늘하고, 단순하면서도 복잡한 듯한 느낌을 자아내고 있었다. 광장을 오가는 사람들을 자세히 바라보노라면 그들 또한 저마다에게 얼마나 이질적인 존재로 여겨질 것인지.

내 눈길이 오래 머무는 곳은 분수대의 울타리에 혼자 앉아 있는 젊은 처녀 쪽이다. 직각으로 굽힌 왼다리를 오른다리 위에 척하니 올리고서 앞가슴을 쑤욱 내민 듯한 자세를 취한 젊은 처녀. 청바지에 회색 스웨터 차림의 그녀는 광장 북쪽 저편, 교회와 상가가 모여 있는 그늘진 거리 쪽을 쳐다보는 중이다. 광장에는 그녀 말고도 여러 사람들이 있고, 젊은 처녀들 또한 둘씩 또는 셋씩 모여들 있는데 왜 청바지 차림의 그녀가 내 마음속으로 깊이 들어오고 만 것일까. 그녀가 혼자여서? 광장에는 그녀 말고도 혼자인 사람이 몇이나 있다. 중절모에 청색 양복을 입고서 뒷짐을 진 신사 한 사람. 그이는 자신의 그림자를 바라보고 있는 것도 같다. 중절모 신사, 맞은편 위치에 선 중년의 남자는 중절모 신사와는 대조적으로 그림자를 끌면서 걸음을 내딛고 있다. 그런데 그들 두 사람은 어째선지 곧 나타날 누군가를 기다리는 사람들만 같다. 그러니 그들은……

나는 다시금 청바지 처녀를 바라본다. 그녀가 그렇게 앉아 있는 것을 안타까워하며. 그녀가 기운찬 모습으로 일어나주었으면. 그러나 몸을 일으켜세울 줄 모르는 그녀. 그녀는 자신이 걸어왔던 길 쪽을 보고 있나? 그렇다면 지금부터라도 앞으로 가야 할 길을 바라봐주기를. 사방으로 뚫려 있는 길. 당신은 그저 어느 한 방향으로 걸음을 내딛기만 하면 된다. 나는 그녀에게 그렇게 말해주고 싶다. 동시에 나 스스로한테도. 어딘가로 향해 걷는 나를 떠올린 채. 아니 하나의 풍경화가 내 머릿속 스크린에 나타났던 것이다. 풍경화의 전체 색감은 청회색조였다. 비가 조금씩 내리고 있는 회색빛 도로. 도로가로 조각처럼 단단한 모습으로 서 있는 검은빛 침엽수들. 그외에는 모두가 청회색빛으로 덮여 있을 뿐이었다. 청회색빛 안개가 도로 양편의 들판과 하늘과, 하늘과 도로의 끝이 맞닿는 곳의 경계를 무너뜨려놓고 있었던 것이다. 나는 그 하늘과 도로의, 그 경계가 불분명한 지점을 향해 걷고 있었다. 풍경 속의 청회색빛 일부가 되어.

혼자서, 미지의 장소를 향해 가고 있다는 상상은 내 방의 벽이 무너지고 있다는 느낌을 불러일으킨다. 그리고 세상의 모든 곳으로 연결되는 길 위에 서고 싶다는 열망 또한. 길. 세상 속으로…… 네온사인의 불빛이 번쩍이는, 소음과 비틀거림과 더러움으로 가득찬 도시의 어느 길이 아닌 정적과 평온함과 청결한 바람의 숨결을 느낄 수 있는 그런 곳. 그런 곳에서라면 걷잡을 수 없이 마구 돌아가는 내 마음의 풍향계의 움직임을 조금은 잠재울 수 있지 않을까. 무한한 자유에 대한 기대감. 책갈피를 넘기듯 그렇게 하루하루를 넘겨버렸으면 하는 조바심.

내 마음의 풍향계가 가리키는 곳들의 감정 상태였다. 가장 오래 머무는 곳은…… 살고 있다는 실감 없이, 다가오는 앞날의 문들이 저절로 열리기를 기대하면서 지루한 느낌으로 대기 의자에 앉아 있는 것만 같은 느낌, 바로 그것이었다.

대학 입시에 연연하지 않겠다는 일종의 포기 상태 이후, 극도의 조마조마한 초조로움 대신에 날 찾아온 이 지루함이 날 에워싸는 갑옷처럼 여겨질 때가 많았다. 난 때때로 고함이라도 지르고 싶었고 어디론가로 떠나고만 싶었다. 이 변화 없는 삶의 질서로부터 벗어날 수만 있다면.

난 그러나 지금도 내 방의 침대에 앉아 사진집의 책갈피를 넘기는 것이 고작이다. 사진집 속의 그녀가 옴짝할 줄 모르듯 나 또한 마찬

열아홉 살, 투명한 감옥 안에서의 날들 215

가지였다. 그 점을 상기한다는 것이 내키지 않는 난 광장 남쪽 노천 카페의 사람들 속으로 시선을 준다. 유난히 밝은 그곳 언저리의 햇살. 연둣빛 해가리개 양산 둘이 광장 바닥에 둥그런 그늘을 만들고 있는데 그 그늘에 몸을 맡기고 있는 것은 상자에 든 꽃들이었다. 사람들은 모두 햇살을 온몸으로 받고 싶은가보다. 둘씩 또는 셋씩 모여앉아 커피를 마시거나 담배 연기를 내뿜거나 하면서 담소를 하는 그들은 광장에 혼자 서 있거나 앉아 있는 사람들에 비해 훨씬 안정적으로 보이고 있다.

안정적으로? 이상하게 이 순간 난 혼자인 사람들 편에 속해 있음을 느낀다. 혼자일 때라야 사람들은 비로소 그들 자신의 내면의 요구에 귀기울이게 된다고 여겨서일 게다. 전화벨 소리가 그때 집안의 깊은 정적과 얼마 전에야 간신히 붙든 정신의 어떤 몰입 상태를 깨뜨려버렸다. 누구일까? 아버지. 어머니 어쩌면 선미, 아니면…… 침대 머릿장의 동그란 달걀 모양을 한 탁상시계는 11시 5분임을 알려준다.

"정민이냐?"

뜻밖에도 이건우였다. 무슨 일일까. 그애와 헤어진 것은 두 시간 전쯤이었다. 그리고 그애는 제멋대로인 것 같았어도 이렇게 늦은 시각에 전화를 한 적은 없었던 터였다.

"무슨 일이니?"

질책이라도 하는 듯한 목소리로 말하는 나. 이건우한테는 언제나 이런 식이 되고 만다. 별로 너그럽지 못한, 잔소리꾼 누이 행세를 하는 것이다. 그것은 어쩌면 이건우의 여자 친구를 의식하고 있어서일지도 모를 일이다. 수화. 이건우의 여자 친구인 그애는 얼마나 아름다웠던지. 이건우·준하·수화와 함께 있었던 두 시간 남짓 동안 난 나도 모르게 여러 번 수화를 바라보았었다.

"늦었다는 것은 알아."

딸꾹질을 하는 이건우. 술내음이 훅 하고 끼쳐오는 것만 같다.

"수화를 데려다주고 집으로 가는 길이야…… 담배를 사는데 마침 자판기 옆의 공중전화가 비어 있길래…… 제기 벌써 10월이라니."

이건우의 말소리에서 묻어나는 어떤 초조한 느낌. 10월. 락카페 '스타탄생' 앞에서 이건우·수화와 헤어져 준하와 같이 집으로 오는 버스를 기다리는 동안 나 또한 10월의 밤공기가 마음을 헤집는 것을 느꼈었다. 바싹 가까워진 대학 입시. 이런 것과는 아무런 연관이 없는, 그저 투명한 쓸쓸함 속으로 잠겨들었던 것이다. 그리고 그때의 쓸쓸함은 아직 내 마음속에 남아 있지만…… 난 이렇게 생각했다. 이건우가 10월 밤의 쓸쓸함을 말하려고 전화를 한 것은 아닐 거라고. 이건우는 내게 무슨 할 말이 있을 것이다. 뭔가 쉽게 꺼내기 어려운 이야기가. 그애는 언제나 지름길을 좋아했었다. 그것이 그애의 방식이었다. 그런데 지금 이건우는 머뭇거리고 있질 않은가. 왜 이 순간 난 대나무로 촘촘하게 엮어 만든 덫에 갇힌 이건우의 모습을 떠올리는 것일까. 그리고 그것은 내가 그애를 만나는 동안, 처음으로 맞닥뜨리게 된 것이었다.

대부분의 사람들이 잠들어 있을 깊은 밤, 승냥이처럼 도시의 뒷골목을 걷는 이건우. 아니면 정신을 잃을 때까지 술을 퍼마시는 모습. 또는 여자 아이들 속에서 어느 누구의 시선조차 놓치지 않겠다는 듯 자신이 가진 온갖 재담을 펼쳐보이는 모습. 이건우는 늘 그런 영상으로 다가오곤 하질 않았던가. 그런데 왜 줄곧 거칠 것 없어 보이던 그애가 갑자기 덫에서 허우적대고 있는 것처럼 여겨지는 것일까.

"전화받기가 곤란한 거냐? 그럼 그렇다고 말해. 끊어줄 테니까."

점점 더 시비를 거는 투가 되고 마는 이건우의 목소리. 난데없이 왜 내게? 마음만큼 변화하기 쉬운 것이 있으려나. 못마땅하게 여겨지는 이건우. 이즈음의 내 마음의 평화란 것을 나는 너무 과대평가한 모양이다.

"우리 헤어진 뒤에도 너 계속 마신 거구나."

"그래. 퍼마셨지. 온통 꼴보기 싫은 인간들 속에서 살아가려면 그

열아홉 살, 투명한 감옥 안에서의 날들　217

수밖에 더 있겠냐?"

"맨정신으로 견디는 나 같은 사람 생각도 가끔은 해보는 게 좋을
거다."

내 목소리에서 여전히 묻어나는 쌀쌀함. 그것은 어쩌면 이건우로
향한 것이 아닐 수도 있으리라. 어딘가로 여행을 하고 싶다는 생각
을 하면서도 그렇게 할 수 없는 자신에게 화를 내고 있었던 게 아니
었을까. 집을 떠나, 학교를 떠나…… 어딘가에 나 혼자 머무를 수
있다면. 가을 하늘과 가을 산에서 황금빛으로 물들어가는 나뭇잎과
깊은 정적 속에서 지낼 수만 있다면. 그러한 열망은 여전히 가슴속
에서 불덩이로 타오르는데 난 고작 사진집의 갈피를 넘기고 있었을
뿐이었으니.

"그래. 그 점만은 내게 늘 경이롭다. 너희들은 그 점에선 실로 대
단하다고 해야겠지. 제기랄…… 이젠 술 처먹고 난 뒤엔 그러지 않
는 족속들에게 존경심까지 바쳐야 할 모양이구나."

"이건우. 취한 것 같은데 그만 전화 내려놓는 게 좋겠다."

"햐. 정말 김정민양도 믿을 언덕이 아닌 모양이잖아. 꼭 그 따위식
으로 말해야겠냐?"

자동차의 날카로운 경적 소리가 들려온다. 계속해서 몇몇 차들이
급정거를 하는 듯한 소리들도. 고개를 돌려 내 방의 창을 본다. 건너
편 아파트, 거실 창의 불빛, 불이 꺼진 또 다른 아파트 창들의 어둠
과 그 앞에 서 있는 몇 그루 나무들의 실루엣. 그 밤의 정경은 지루
하도록 오랫동안 봐온 것이었다. 내 눈은 저절로 감기었다. 내가 보
기를 원하는 건 움직이는 것. 어디론가로 향하는 두 다리였다.

"말 않는 걸 보니 화가 난 모양이잖아. 하긴 요즘은 골 안 내는 족
속들을 찾기가 어려운 시대니까 김정민양께서도 예외일 리는 없겠
지."

"이건우. 너 수화와 무슨 일 있는 거니?"

내 입에서 불쑥 튀어나온 말을 듣는 동안 난 필경 이건우와 수화

218

사이에 문제가 생긴 거라는 믿음에 사로잡혔다. 락카페 '스타탄생'
에서 함께 있는 동안 수화는 몇 번씩이나 손톱을 씹었고 이건우는
그애한테 뜨거운 눈길을 주지 않았었다. 아니 그 정도가 아니었다.
어쩌면 싫증이 나기까지 한 표정이 아니었던가. 수화한테만이 아니
고 이 세상 사람들 모두에 대해…… 루카스의 머리에도 이젠 돌이
쌓이기 시작했다거나, 잘난 척하는 국어선생 목소리를 들으면 욕지
기가 난다거나 '스타탄생' 안의 여자애들 모두 바람난 암고양이처럼
보인다는 식이었다.
"그러길 바랐다는 투잖아."
　그 어투는 평소의 습관이었을 뿐. 난 이건우가 지금 농담을 하고
싶지 않은 기분임을 알 수 있었다.
"수화 같은 미인은 심미안이 좀더 높은 남자앨 만나야 할 거라는
생각을 하는 편이긴 해."
"그래. 나도 동감이야. 김정민양은 역시 눈이 밝아 핵심을 뚫어보
는 거지. 난 그앨 놓아주려고 한다구."
　이건우는 평소대로, 농담을 하는 투로 말했고 그뒤로 얼마 동안
우리 둘 사이엔 침묵이 놓였다. 수화를 놓아주려고 한다고…… 그
말이 내게 불러일으킨 어떤 석연치 않은 느낌과 그 느낌을 이건우가
알아차린 때문이었을까.
"내가 부탁하려는 것은……"
　수화를 놓아줌에 대한 이야기를 더는 하고 싶지 않다는 듯 이건우
가 약간은 서두르는 듯한 어조로 말하기 시작했다.
"내일 수화를 좀 만나줄 수 있겠냐는 거야."
　갑자기 낮아진 이건우의 말을 듣는 동안 내 팔뚝엔 아주 잘디잔
얼음의 파편들이 박혀드는 것만 같았다. 그리고 내 머릿속 스크린으
로 떠올랐던 영상 하나. 침대의 흰 시트 위엔 천조각 하나 걸치지 않
은 채 누운 여자의 벗은 몸, 직각으로 세운 여자의 다리와 허리께 아
래의 흰 시트를 물들이고 있는 선명한 선혈의 흔적. 그리고 누운 여

성의 손끝에서 퍼져나간 선들의 끄트머리에 연결된 머리가 커다란 태아와, 보랏빛 꽃다발과, 유리병 속에 든 몸 안의 장기 형상을 한 희붐한 물체들. 그 그로테스크한 영상들이 왜 되살아났는지. 그것들은 일주일 전에 읽었던 한 여성 화가의 전기 앞부분에 수록되었던 그림들 중의 하나였었다. 그 그림에 처음 눈길이 닿았을 때의 섬뜩하고도 충격적인 느낌이란.

"왜 대답을 하질 않는 거냐?"

이제는 또 추궁이나 하는 듯한 어조로 말하는 이건우에게 난 재빨리 그래, 그러지 뭐 하고 말해주었다. 갑자기 아주 부드럽고 뭔가 잘못한 일에 대해 보상해주고 싶어하는 마음이 되어. 정말이지 이 순간 내가 떠올렸던 영상들을 이건우가 모른다는 것이 여간 다행스럽지 않았던 것이다. 도무지 이 무슨 엉뚱한 연상이람. 난 스스로에게 싫증이 났고 약간은 황당하기도 했다.

"고맙다. 정민아. 수화가 특히 고마워할 거야."

여느 날과는 분명 다르다. 이건우는. 이건우와 수화 사이에 아무래도 무슨 일이 생긴 게 아닐까. 그런데 왜 달라진 말투의 이건우가 조금도 반갑지 않은 것인지. 너희 둘 사이에 무슨 일이 생긴 거냐는 말이 내 입 속에서 맴돌고만 있다.

"그런데 김정민. 넌 이 가을을 견딜 만한 거냐?"

이건우가 주먹쥔 손으로 공중전화 부스의 한켠을 툭툭 내리치는 듯한 소리가 들려온다. 견딜 만한 거냐? 그 물음이 새삼스레 내 마음을 흔들어놓는다. 일주일 전 예령네 집을 찾아갔지만 그앨 만나지 못하고 돌아서야 했을 때의 허전함이 되살아난 탓이었다…… 예령네 집의 가정부는 예령네 식구 모두가 집을 비웠노라고만 말했다. 난 한동안 우두커니 서 있다 버스 정류장으로 향했는데 그곳에서 정말 뜻밖에도 누군가를 만났었다. 경훈오빠였다. 예령의 동생 예준의 과외선생이었던 경훈오빠를 내가 처음으로 보았던 것은 2년 전의 일이었다. 그리고 그 이후로는 예령이 내게 보내는 편지나 전해주는 이야기를 통해 그 이름을 기억하였을 뿐이었는데 그나마 두 사람은 작년말께서부터 편지 왕래조차도 끊어진 듯했었다. 예령의 어머니 때문이었다. 그러나 난 사실 두 사람의 관계에 대해 제대로 분명하게 알고 있지는 못했다. 예령이 언제나 추상적으로만 얘기한 때문이었다. 그랬던 만큼 선뜻 경훈오빠에게 아는 척을 해야 할지조차도 마음을 정할 수가 없었던 형편이었다. 다행히도 경훈오빠 쪽에서 나에게 아는 척을 해주었다. 오랜만이다…… 정민아 하고. 그때 경훈오빠의 입가에 어렸던 조용하기 그지없는 느낌의 보일 듯 말 듯한 웃음이 왜 그리도 쓸쓸한 기분을 불러일으켰던지. 그리고 그때의 그 얼굴이 왜 지금 내 눈앞에서 어른거리고 있는지. 별다른 뜻은 없는 일이라고 난 스스로에게 말해준다.

"견뎌내야만 해야 하잖아…… 하루가 48시간이 되는 일이라곤 없을 테니까."

그 말을 하는 동안에 난 하마터면 소리내어 울 것만 같았다. 특별한 일은 아니었다. 지금까지 끝없이 아래로 떨어져내리는 듯한 느낌의 회오리바람 속에 휩싸여들 때면 그리 되곤 했던 것이다. 난 단지 얼마 전부터 이제 그 따위 우는 일 따윈 졸업하고 싶다고 생각해왔는데…… 그리고 어느 정도 성공해왔다고 믿었는데…… 그게 아니었던 모양이다.

"그래. 모든 현재는 어제의 내일이다가 내일의 어제가 되게 마련인 거지…… 밤새 어디론가 달려가고 싶은데. 김정민. 너 밤바다 보고 싶지 않으냐?"

횡설수설하는 듯한 이건우와의 통화를 더는 계속하고 싶지 않았던 나는 내일 수화를 만나야 할 시간과 장소를 얘기했다. 어느 한 순간에도 서로의 마음이 한방향에서 만나고 있질 못하다는 느낌 속에서의 말 주고받기. 그 공허함을 견딜 수 없었던 거다.

"내일 만나자. 그럼."

이건우는 그 말을 하고 난 뒤에도 좀더 머뭇대다가 날 놓아주었

다. 쉽게 전화를 받기 전의 상태로 돌아갈 수 없는 내 머릿속은 혼란
스럽다. 난 그앨 놓아주려고 한다구…… 아무래도 이건우와 수화는
헤어지려는 걸까. 그렇다면…… 그건…… 뭐가 뭔지 알 수 없는 기
분이다. 일 년여 전부터, 이건우는 수화에게 깊이 빠져들었다. 드물
게 나한테 전화를 걸어왔을 때도 온통 수화 애기뿐이었다. 수화는
특별한 미인이었으므로 이건우의 그 같은 빠져듦을 당연한 일이라고
생각했다. 그러면서도 때때로 난 수화가 부러웠다. 내가 수화처럼
아름다운 모습이라면. 이건우가 수화한테 빠져들었던 열정의 깊이로
누군가가 나에게로 다가와준다면. 그러나 그런 종류의 부러움의 감
정이 언제나 날 따라다니는 것은 아니었다. 난 아무래도 내 힘으로
어찌해볼 수 없는 일들에 대해선 포기가 빠른 편이었으니까. 포기를
하지 않은 상태에서의 힘듦을 견디느니 포기를 하고 구경꾼의 심정
이 되는 편이 나았던 것이다. 구경꾼의 재미라는 것도 결코 보잘것
없는 것은 아니었으니까. 그런데 구경꾼이 되어선 아무래도 두 사람
사이의 감정상의 기류 상태를 제대로 알 수가 없음을 나는 다시 한
번 깨닫는다. 이건우가 수화를 놓아주려 한다니. 난 이건우한테서
그 말을 듣기 전까진 그런 일이 일어날 줄 생각할 수가 없었던 것이
다. 그런데…… 헤어진다면 그 이유는 무엇일까. 이건우와 수화 생
각을 하는데 왜 불현듯 경훈오빠를 떠올리게 되는지. 그것도 이상한
일이다. 이러한 생각의 뒤죽박죽이 뭐 그렇다고 특별한 일은 아닌
것이다.

　현관의 벨소리가 들려온다. 아버지가 돌아오셨나보다.
"아버지세요?"
"그래."
"그 자식은 틀렸어. 돼먹지 않았다구."
　밤늦은 시각에 고함지르듯 떠들어대는 저 목소리는. 아버지는 혼
자가 아닌 모양이다. 현관문을 여는데 그때 또다시 전화벨 소리가
울린다. 아버지와 손님에게 겨우 고개 숙여 절하는 시늉을 하고선

내 방으로 와 탁상시계부터 본다. 11시 40분. 이건우가 다시? 아니었다.

"정민이니? 나야. 선미."

숨가쁜 어조인 선미 목소리. 무슨 일일까. 꽤 오랫동안 만나지 못한 선미와 나.

"내 말 잘 들어. 정민아."

내게 무슨 말을 할 틈조차 주질 않는 선미는 빠른 속도로 말을 계속한다.

"나, 내일 아침 다섯시에 너네 아파트 단지 놀이터로 갈 거야. 그러니 너도 시간 맞춰 나와라. 꼭 나와야 한다."

제 할 말만을 쏟아낸 뒤 곧장 통화를 끝내버리는 선미. 약간 어리둥절한 기분인 나는 금방 송수화기를 내려놓지 못했다. 너무나 일방적인 통화였던 것이다. 내일 아침 다섯시라니. 무슨 일이 생긴 것일까.

"나는 말이다. 현수야…… 나는 이 김윤모는 몹시 고독하다 이 말이다. 직장에서는 떨려나…… 집에서는 외톨이 신세에…… 마누라하고 애새끼들은 저희들끼리 쑥덕거리다가도 내가 가면 슬금슬금 흩어져가는데…… 야 정말 그 기분 말할 수 없이 후줄근한 거라구."

아버지 친구분은 꽤 취한 것 같다. 얼마 전부터 아버지는 술에 취한 친구분을 집으로 데리고 오는 일이 잦아졌다. 언제나 아버지 주위에는 친구분들이 많은 편이었지만 최근 들어서는 이렇게 늦은 시각에 집으로 와선 새벽녘까지 술 마시는 일이 부쩍 빈번해진 것이다. 이럴 땐 어머니가 있어야 하는데 어머니는 오늘밤 이모네서 지낸다고 했다. 이모부와 이혼을 하겠다고 아우성을 쳤지만 끝내 그럴 수가 없었던 큰이모는 정신과에 다닌다는데 어머니와 함께 시간을 보내는 날들 또한 점점 늘어나고 있었다. 누구나 쓸쓸한 거야, 언니. 언니만 그런 것이 아닌 거야. 큰이모와 통화를 할 때마다 어머니는 여러 번 그 말을 되풀이하곤 했었다. 그럴 때, 어머니 눈빛에 감돌던 쓸쓸함이란. 어머니 역시 쓸쓸해하고 있음을 알 수 있었다. 어디 어머니만이랴. 아버지, 아버지 친구분들 모두 후줄근한 모습들이었다. 밤늦도록, 또는 새벽녘까지 술을 마시는 것도 어쩌면 마음속의 쓸쓸함을 견딜 수 없어서는 아니었을까. 집 밖에서 우연히 맞닥뜨리게 될 때 새롭게 눈에 들어오는 아버지·어머니의 나이 들어가는 모습.

나는 내 방문을 열고 마루로 나갔다. 혹시 어머니한테서 걸려온 전화인가, 궁금해할지도 모를 아버지께 제 친구한테서 온 전화였어요 하고 말하고는 아버지 친구분께 다시 한번 허리를 수그려 절을 했다.

"착실하니 생겼어. 그런데 아들녀석은 어디 있는가."

거실 유리문을 등지고 앉은 아버지 친구분은 날 보며 고개를 끄덕여준 뒤 그렇게 물었고 아버지는 정민이뿐이야 하고 대답했다. 당연히 아들이 있을 거라고 여기는 듯했던 친구분에게 그 대답을 하게 된 것을 약간은 미안해하는 것만 같은 어조로. 거의 언제나 주위 사람들의 마음을 먼저 헤아리는 아버지. 아버지는 그런 탓에 새롭게 시작하는 일에서마다, 남들이 말하는 성공을 거두지 못하는 것일까.

"딸 하나로 종쳤단 말이지. 그거 별로인걸. 나이 들수록 아들한테 의지가 되는 마음이 커지게 마련일 텐데."

아버지 친구분은 특별히 남의 마음을 다치게 할 수 있을 듯한 생김새는 아니었다. 낮에, 술 마시지 않았을 때면 어쩌면 매우 소심하게 여겨질 수도 있을 것만 같기도 한 그분은 자신의 말이 내게 칼처럼 박혀든다는 것을 짐작조차 할 수 없는 걸까.

"그런 걸 진작에 알았더라면 좋았을 텐데."

아버지는 웃음 띤 얼굴로 친구분을 쳐다보는데 무심한 표정이었을 뿐이었다.

"아무래도 아버지 마음을 알아주는 것은 아들녀석 아니겠나?"

어쩌면 저렇게 둔감할까. 아버지 친구분을 못마땅한 눈길로 바라보던 나는 몸을 돌려 싱크대 있는 곳으로 간다. 술상을 차려야 한다

224

는 생각을 하기도 했지만 무엇보다 가슴 어느 한 부분이 뜨끔해왔던 것이다. 난 사실 아버지보다는 어머니께 좀더 깊은 친밀감을 품고 있었던 것이다. 아니, 친밀감이라기보다…… 어머니와 내가 똑같이 여자의 몸으로 태어났다는 것을 떠올릴 때면 하나의 뿌리에 닿아 있다는 그 숙명적 연대감이 가슴을 저리게 만들곤 하질 않았던가. 그 숙명적 연대감은 어머니가 아버지보다 좀더 나한테 자상하다든가, 나와 함께 지내는 시간이 좀더 많다든가 하는 점들과는 아무런 관계가 없는 것이었다. 어머니는 사실 그다지 자상한 편이라고는 할 수 없을 것이었다. 하나뿐인 딸인 나한테 집착하고 몰두하기보다는 어느 정도의 거리를 유지하려고 애써온 편이라는 게 옳을지도 몰랐다. 그 애씀은 특히 내가 고등학생이 된 뒤로 더욱 두드러졌다. 곤두박질치기 시작한 내 등수가 오를 줄을 모르게 되면서 어머니는 나와의 거리 확보가 필요하다고 여기게 되었던 것 같았으니까.

이즈음엔 어머니도 거의 나처럼 대학 입시를, 통과하면 좋겠지만 그렇지 못한다 하더라도 별수없는, 관문들 중의 하나로 여기게 된 모습이었다. 그런 어머니가 다행이다 싶으면서도 때로는 더러 서운하고 낯설게 다가오곤 했던 것도 사실이었다. 어머니는 어머니만의 문제에 골몰해 있는 것처럼 여겨진 닷이었다. 힘들지 않느냐, 너무 무리할 것 없다고 가끔씩 말해주는 편도 아버지였을 뿐. 그런데도 왜 나는 어머니와 더욱 깊이 묶여 있다고 느끼는 걸까. 내가 만약에 아들이라면…… 그랬더라면 아버지와 더욱 밀착된 사이라고 여기었을까. 아버지도 말은 하지 않았지만 그런 생각을 가끔씩 하는 것은 아닐까. 안주감을 찾기 위해 냉장고 문을 열려던 나는 친구분에게 현관 옆의 화장실 문을 손짓으로 가리키고 있는 아버지를 쳐다본다. 깊고 깊은 애착의 염 같은 것이 머물러본 적이 없는 것만 같은 아버지의 두 눈, 좀더 깊어진 눈언저리의 주름살. 그리고 거진 은빛에 가까운 머리칼들. 그 모든 것들이 왜 오늘밤엔 이렇게도 내 마음을 흔들어놓는 것일까.

싫다, 라고 소리지르고 싶기만 한 나는 짐짓 부산스런 몸짓으로 냉장고와 싱크대 안을 뒤져 소주 한 병과 캔맥주 넷, 비닐봉지에 든 땅콩을 찾아냈다. 그리고…… 작은 노트 하나도. 그 작은 노트는 어머니의 것일 게 분명했다. 마음이 급해진 나는 서둘러 캔맥주며 소주·유리컵·땅콩 들을 거실 마루 한가운데에 놓인 상에다 옮겨다 놓아주고선 내 방으로 들어왔다. 작은 노트를 열어보고 싶은 마음을 누르기란 얼마나 힘든 일이었던가. 그렇지만…… 난 ONE WAY란 팻말 앞에 자전거가 한 대 세워진 그림이 앞표지에 그려진 작은 노트를 책상에 올려놓은 다음 가만히 앉아 있기만 한다. 그 노트를 열어보는 일이 어머니 마음속을 훔쳐보려는 짓으로 여겨진 것이다. 그러나 난 이미 그 일에선 전과범이었다. 작년 여름께, 우연히 다용도실에서 찾아내었던 푸른색 비닐가방 속에 들어 있던 노트 하나. 그것은 20대 시절의 어머니의 습작 노트였다. 그런데 이 노트엔 무엇이 씌어 있을까.

"현수야. 우리 나이라는 게 말이다. 새로이 뭔가를 시작하기에는 너무 늦었고…… 그냥 주질러앉았기엔…… 마누라쟁이는 직장에서 떨려났다고 해도 집안에만 박혀 있지 말고 나가라고 성화인데…… 사실 집안 어느 구석도 내 마음 붙일 곳이라곤 없으니 하숙집만 같질 뭔가. 그렇지만 싸돌아다니는 것도 하루이틀이지. 마누라쟁이는 그런 내 사정을 토옹 알려고 하질 않는다구…… 부부라는 거. 그거 순전히 헛껍데기나 다름없데. 자식놈이나 마누라쟁이가 쓸모없는 거 보면 헛살았다 싶고…… 나는 죽을 힘을 다해 살아왔는데…… 회사에서 쓸모없어지니까 집에서도 폐품 취급이라니…… 이제라도 김윤모 인생을 찾아야지 싶고…… 난 말이야. 옛날에는 고갱인가 하는 친구, 완전히 돈 친군 줄 알았는데…… 이제 와서 보니 역시 선구자였지 뭔가…… 그리고 현수…… 자네…… 이상하게 자네가 부럽게 여겨지기도 하고 말이야."

"날…… 부러워하다니."

어이가 없어서인가. 아버지의 웃음 소리는 몹시 허허롭게 들린다.

"솔직하게 말해서 난 늘 현수 자네를, 딱하다고 여겨온 게 사실이네. 신문사에서 해직당했다는 소식을 들었을 때부터…… 그뒤 구멍가게 같은 일을 벌였다 뒤엎었다를 계속하는 동안에도 말로 한 공부, 되로 벌어먹고 사는구나…… 한심해하기까지 했었다구. 학교 우등생이 사회의 낙제생 표본이 자네가 아닐까 생각하기도 했지."

참을 수 없는 갈증이 치밀어올랐지만 난 내 방문을 열고 주방으로 갈 수 없어 가만히 앉아 있기만 했다.

"실제로 그렇다는 걸 누가 모르겠나?"

"아니…… 내가 말하고 싶은 것은…… 우등생이니 낙제생이니 하는 구분이 무의미하게 여겨진다는 점이야…… 요즈음은…… 왜 현수 자네 주위에는 친구들이 모여드나. 왜 모두들 자네를 돕고 싶어하나, 특히 길문이는 자네가 새로이 구멍가게를 열 수 있도록 번번이 작은 힘이 되어주었다고 하더군. 난 말이네. 내가 잘나가고 있는 동안에는 친구녀석들이 현수 자넬 돕고 싶어하는 마음을 약자에 대한 관대함이라고만 여겼는데…… 이제는 그 따위 아니꼬운 생각 따원 청산해버렸다 이거지. 자네는 드물게 욕심이 없는 사람이고…… 경쟁심 같은 것도 없고…… 아마도 녀석들이 자네 주위로 모여들었던 것은 자네하고 있을 때면 편안한 마음이 되는 그 점이 좋아서였을 게야."

"이게 무슨 당치도 않은 엉뚱한 소린가. 나란 위인은 하는 일이 늘 변변치 않다보니 시간을 아껴가며 살아야 할 필요가 없었을 뿐이었던 거지. 난 그저 타고난 성질대로 살았던 거니까 못난 위인 쪽이 맞는 거지."

"지나친 겸손은 자기 비하인 걸 모르나? 어쨌든 난 현수 자네가 부럽네. 생각해보게나. 이 나이가 되어서 마누라쟁이하고 자식놈을 영 못마땅해하는 내 처지란 게 얼마나 흉하고 역겨운지를. 이제라도 마음을 열어야 한다고 다짐해보는데 그게 쉽지 않단 말일세."

"이상한 일이지. 마음은 그렇지 않은데도 식구들한테 속수무책이고 말다니. 모두들 자신이 져야 할 짐이 있는 모양이라고 생각해야 하는 건지. 정민이 엄마도 지금 몹시 힘든 고개를 넘고 있는 것 같은데…… 난 그저 지켜볼 뿐이지 뭔가."

"여자들이 모르는 게 있다구. 그저 자기네 종족들만이 힘들고 괴롭고…… 그런 줄 아는데, 늙어가는 제 얼굴 쳐다보는 것도 여자들 못지않게 서글프고 조연일망정 무대 위에서 얼쩡대다가 슬그머니 소리 없이 퇴장해야 하는 우리네의 그 분노감은 또 얼마나 깊은지 도통 헤아리려고 들지 않질 뭔가. 그저 갱년기네 뭐네 앞세우고선 인생이 허무하다고 아우성쳐대는 것이 자기네들 전매 특허인 줄 알면서 양양대니. 어디 얄미운 게 마누라쟁이뿐이겠어. 딸이고 아들이고…… 요즘 것들은 아주 저희들이 채권단인 줄 알어. 아니 어떻게 부모 은공을 그렇게 모를 수가 있나. 누구네집 부모는…… 뭘 해주고 또 뭘 해주는데…… 이런 식으로 나오는데 그 뻔뻔한 투가 여간 역겨운 게 아니라구. 난 내 일에서도 낙오병이 되고 말았지만 그것보다도 아이들을 잘못 키웠다는 게 특히 맘에 걸린다네. 아니 어떻게 된 것이 애들마다 그 메이커병이 골수에 박혔는지. 부모가 애를 키우는 게 아니고 광고쟁이들 농간에 맡겨둔 꼴이 되었어."

김윤모씨는 현수 네 딸은 어떠하냐고 곧 묻는다. 어른들이 모이면 무슨 대단한 내용의 이야기를 할 것이라고 믿었던 난 실망과 함께 약간은 우습기도 한 기분이다. 우리들이 때때로 부모 흉을 보듯 어른들도 자식들 흉을 보는구나 싶었던 것이다. 밤늦은 시각에 나이 든 남자 어른 둘이서 마주보며 앉아 주고받는 이야기치곤 우습지 않은가.

"우리 정민이는 학교 생활에 별다른 재미를 붙일 수가 없는 모양이야. 그런데도 나름대로 견디어내기 위해 힘껏 애쓰기는 하는 듯싶은데…… 그걸 보자니 안쓰럽지."

"고 3이라고 하질 않았나?"

"그렇지."

"지금은 죽을 힘으로 총력전을 벌여야 할 때가 아닌가. 우리집 마누라쟁이한테 한 가지 쳐줄 점은 아이들 공부 하나는 제대로 시켰다는 거야. 상전처럼 떠받들고, 오직 공부하는 분위기를 만드느라 죽을 용을 써댄 결과 둘 다 명문대 학생으로 만들었으니까."

종잡기 어려운 김윤모씨. 나는 침대에 몸을 웅크려 눕는다. 김윤모씨는 몇 시쯤 돌아가려는 걸까. 그런데 선미는 과연 새벽 5시에 놀이터에 나타날까. 그 시각에 맞추려면 지금부터 잠을 자두어야 할 것이다. 잠들기란 쉽지 않다. 김윤모씨가 계속해서 떠들어대는 탓이다.

"우스운 꼴은 마누라쟁이도 별로 행복하지 않다는 거지. 언젠가 친구하고 전화를 하는 걸 듣자니까 껍데기만 남은 기분이란 거야…… 그래도 그 친구는 나보다야 나은데…… 난 아이들하고 어떻게 말을 해야 할지 그걸 모르겠다니까."

껍데기. 어머니를 사로잡고 있는 어떤 맥풀림도 어머니의 삶을 껍데기라고 여겨서인가. 책상 위의 작은 노트를 본다. 어머니의 마음을 훔쳐보려는 도둑. 그러나 결국 난 작은 노트를 펼치고 만다. 누를 수 없는 호기심을, 어머니를 이해하고 싶다는 욕구라고 생각하고 싶어하며.

무심코 상점들 앞을 지나다 거울에 떠오른 중년 여자의 모습에 흠칫 놀라게 된다. 갑각류의 딱딱한 껍질처럼 굳은 표정, 아무런 열정의 그림자조차 남지 않은, 멍한 눈빛. 누런 빛을 띠고 있는 푸석푸석한 피부를 한, 50대가 내일모레로 다가온 그 여자가 바로 나 자신의 모습이라니.

날마다, 집의 곳곳, 구석진 곳에 먼지가 쌓이듯 내 정신이며 피부에도 시간은 보이지 않는 발톱의 흔적을 남긴 모양이다. 살아오는 동안 나름대로 정신의 긴장을 무너뜨리지 않으려고 애써왔지만…… 그 애씀은 그저 안간힘에 지나지 않았던 모양이다. 아무런 특징이라

곧 찾을 길 없는, 특징없음을 특징으로 하는 볼품없이 나이 든 중년 여자가 나의 모습인 것이다.

이렇게 늙어가누나. 한번도 나 자신이 빛나는 젊음의 꼭대기 지점에서 젊음의 아름다움에 도취해본 적이 없었음에도 늙음을 자각한다는 것은, 한없는 서글픔을…… 생의 후반부로 접어들고 있다는 깨달음이 하염없는 안타까움 속으로 빠져들게 하는 것이다. 이러한 노년에의 예감이 시작된 것은 거진 2년여 전이다. 그때부터 지금껏 내 안의 어떤 기운이 날이면 날마다 조금씩 증발해버렸음을 난 알고 있다.

더 내려갈 수 없는 바닥에 닿아 있음을 느끼곤 한다. 정민이가 없었다면 난 아마 아침과 낮의 경계를 잊은 채로 지내겠지. 나름대로 내가 있어야 할 곳에 날 놓아두고 싶어했던, 몇 해 전까지의 기운이란 조금도 남아 있지 않은 것이다. 공기가 빠져나간, 쭈그러든 풍선 꼴이라고나 할까.

언제까지나 이런 날들이 계속된다면…… 움직이는 박제품이 되고 말다니. 언제쯤이면 이 메마른 시간들 속에서 벗어날 수 있을까. 그래도 너는 벗어나고 싶어는 하는구나. 난 그런 생각조차 해본 지가 오래 되었다. 선배 J언니의 말이다. 시간이 좀더 흐르고 나면 내가 박제품인 것조차 잊게 되는 것일까.

그와 내가 주고받는 말들은 점점 더 줄어든다. 아침에 눈을 뜨고서부터 잠들 때까지 모두 몇 마디의 말이나 입에 올리는지. 편안하지만 재미나 흥겨움은 없는 나날들. 함께 산 20년의 시간은 그를 나의 피붙이처럼 느끼도록 만들어놓은 듯도 같다. 한때, 아주 젊었던 어느 기간 동안 그가 빛처럼 여겨지던 때가 있었다는 것이 잘 믿기지 않는 것은……

젊었던 시절에는 자신이 보고 싶은 면만을 보게 되는 것인지도 모른다. 사랑의 감정이란, 열정이란 맹목적 상태에서만 가능한 것이리

라. 나는 아직도 마음속을 스쳐지나는 여러 상념의 흔적들을 모두 붙잡을 수가 없다. 아니 어쩌면 그것을 피하려 하는지도 모를 일이다. 때때로 습관에 의해 살아가고 있는 것은 아닐까 생각하곤 한다. 변화보다는 권태 쪽을 견디는 것은 역시 습관의 힘이 우리들 삶을 지배하는 힘이 강함을 말해주는 예가 아닐까.

그렇다. 나는 권태롭다고 느낀다.

그 느낌을 불건전하고 피해야 할 재난쯤으로 여기는데도. 내가 살아온 날들을 앞으로도 되풀이하여 견뎌야 한다는 것을 생각할 때면. 그러나 새로운 날들을 계획할 수 있는 힘조차 남아 있지 않은 정도로 맥풀려 있는 나인 것이다.

그가 아닌 다른 사람을 만났더라면 내가 살았던 날들이 좀더 풍성하였을까. 마흔을 훌쩍 넘기고 나서야 분명하게 알게 된 점은 난 결코 그 사람만큼 욕심이 적은 사람이 아니라는 사실이다. 난 그저 욕심이 적은 그의 사람 됨됨이에 이끌렸을 뿐.

그 이끌림이란 삶에서 많은 것을 구하고자 했던 나 자신을 지키려는 어떤 반작용은 아니었을까. 나를 억제하질 않고 놓아두면 어머니처럼 물질적 가치 추구에 몰두하게 될지도 모른다는 두려움이 없었더라도 그에게 그처럼 이끌린다는 게 가능한 일이었을까.

이 무슨 뒤늦은 자기 분석의 놀음을 벌이고 있는지. 그를 만나던 당시의 나는 나 자신에 대해 잘 모르고 있었을 뿐이었다. 20대의 나는 나 자신의 의지가 내 삶을 이끌어간다고 생각했지만 난 이제 그 생각을 별로 믿지 않는다. 그렇다고 운명이란 힘 쪽에 더욱 큰 신뢰를 보내는 것도 아닌 것이다.

제대로 아는 것은 아무것도 없다는 혼돈된 느낌. 그것만이 가장 뚜렷하다고 해야겠지. 아, 그리고 또 하나 있다. 삶의 끝은 죽음이라는 사실. 그 사실은 우리들이 치르는 갖가지 시행착오들을 너그러이 받아들일 수 있게 하고, 수없는 포기들에도 그럴싸한 명분을 부여한다.

그를 닮고 싶어하지 않았더라면.

결국 그를 닮고 싶어했다면……

정민이에겐 무슨 얘기를 해줄 수 있을까. 그애는 올해 대학에 붙는 것을 절대적 과제로 여기지 않는 것이 분명하다. 때때로 가슴 저 깊은 곳으로 얼음물이 흐르는 것 같을 때가 있긴 해도 나 역시 어쩔 수 없는 일이라고 받아들이게 되었다. 정민이도 그를 닮아 어떤 일에도 욕심을 품을 수 없는 것일까.

그애는 아직까지 자신이 진정으로 하고 싶은 일이 무엇인지 찾질 못하였다고 했다. 그러나 그 일을 찾고 싶은 마음의 강함에는 변함이 없다고도.

난 정민이가 대학 입시엔 비록 실패한다고 해도 하고 싶은 일 찾기에선 꼭 성공해주기를, 바라고 또 바라는 마음이다. 요즈음엔 곧잘 눈물을 쏟곤 한다. 그애가 살아야 할 날들을 생각할 때면 어쩔 수 없이 기도하는 마음이 되고 마는 것이다. 정민이에게 내가 살았던 날들과는 다른 날들을 주십시오. 난 그애가, 삶이 우리들에게 줄 수 있는 온갖 아름다운 감정들을 모두 가지게 되기를 기원합니다.

눈앞이 흐려져 노트의 글자들을 읽을 수가 없다. 어머니…… 어머니. 어머니의 어깨에 머리를 기대고 싶은데 어머니는 지금 곁에 없다.

엊저녁부터 계속해서 내리는 비. 이 비가 그치면 계절은 늦가을과 초겨울 사이의 그 이름 붙일 수 없는 어떤 절기로 접어들게 될 것이다. 늦가을 햇살의 온기와 초겨울 대기의 싸늘함이 이마와 어깨에 함께 머무르는 날들. 닫혀 있는 창 너머로 번져나오는 불빛이 더없이 따뜻하게 여겨질 시간들. 그리고 잎 떨군 가로수 아래를 혼자 걷는다는 것이 아픈 상실로 다가올 시간들.

버스에서 내려 예령네가 살고 있는 빌라 단지 안으로 걸어가는 동안 난 잠깐, 예령을 잊은 채 깊은 쓸쓸함 속으로 사로잡혀들었다. 사람과 사람 사이의 부딪침이나 거리의 확인에서 생겨나는 그런 감정이 아닌, 그저 한없이 투명한 쓸쓸함이 몰려왔던 것이다. 그런데 그 쓸쓸함이 이토록 깊은 것은 기척 없이 내리는 빗줄기와 빌라 단지 안의 조용함과도 무관하지 않을 것만 같다.

붉은벽돌로 지은 2층의 단독 주택 같은 빌라들이 여러 채 늘어 서 있는 빌라 단지 안은 사람의 왕래가 눈에 뜨이지 않는다. 대로변에서 오가는 차들의 기척이 간혹 들려오긴 하지만 그 기척들 또한 습한 대기 탓인지 흐릿할 뿐이다. 이곳에 사는 사람들 모두 어딘가로 떠나간 것은 아닐까 싶게 고요한 것이다. 나도 모르게 빨라지는 걸음걸이. 호옥 예령을 못 만날지도 모른다는 걱정이 솟구쳤던 거다. 그 동안 난 예령을 만나고 싶어 얼마나 마음을 조였던가. 몇 차례 전화를 걸었지만 예진언니의 대답은 한결같았다. 예령이는 아직도 너무 많이 아프단다. 그런데 드디어 엊저녁 밤의 통화에선 예령이가 조금은 기운을 되찾았다는 말을 전해들을 수 있었다. 내일 토요일 수업이 끝난 뒤에 예령이를 만나러 오겠니라는 예진언니의 말을 들었을 때 난 마치 죽었던 예령이가 살아난 듯한 기쁨을 맛보았다. 하느님, 감사합니다. 그애가 날 만날 수 있는 기운을 되찾게 해주신 것 정말 감사합니다, 하고 혼잣말을 하지 않을 수 없었을 만큼. 난 하느님을 믿지 않았는데도 그 순간엔 그렇게 웅얼대었던 것이다. 무슨 일이 생기면 으레 가장 나쁜 상황을 떠올리곤 했던 나로선 예령이가 아직도 많이 아프다는 말을 듣게 될 때마다 내가 나쁜 상황을 떠올렸던 때문은 아니었을까 하고 스스로를 책망하곤 하질 않았던가.

드디어 예령네의 빌라에 다다른 나는 큰 숨을 내쉬었다. 빌라 단지와 그 너머 동네의 경계선이 되어주는 야트막한 산이 병풍처럼 빌라 단지를 에워싸고 있는데 예령네의 빌라는 그 산 바로 옆에 자리잡고 있었다. 나는 선뜻 예령네의 빌라 현관문 앞에 가 서지 못한 채 빌라 단지와 산 사이의 키 낮은 흰 나무 울타리를 바라보며 서 있었

다. 비 내음이 스며든 산의 흙냄새, 나뭇잎 냄새를 가슴 깊이 들이마
시며.

　그러다 나무 울타리 문 가까이로 몇 걸음 다가서기도 해보았다.
불현듯 예령을 만나기보다 비에 젖어든 얕은 산자락 사이의 오솔길
을 걷고 싶다는 충동에 이끌린 채. 산이라기보다 나무가 빼꼭 들어
찬 산 모양의 정원이라고 해도 좋을 그곳에는 아직 스러지지 않은
단풍의 아름다움이 남아 있었다. 노랑과 다갈색과 붉은빛으로 물든
나뭇잎들의 어우러짐이란. 쉬임없이 내리는 비로, 곧 나무줄기에서
떨어져내리기 전의 까슬함을 떨쳐버린 그 나뭇잎들은 저마다의 때깔
고움을 자랑하고 있는 참이었다. 그리고 그 아름다움은 가을의 절정
에 이른 단풍이 보여주는 화려함과는 또 다르다. 산이 그 오묘한 갖
가지 빛깔로 불타오르는 듯한 절정기의 단풍들로 휘덮였을 무렵엔
바라만 보아도 그 현란한 빛깔들이 가슴속으로 번져오는 느낌이었
다. 타올라라. 타올라라, 하는 속삭임과 함께.

　그런데 빗줄기에 온몸을 적시는, 이제 곧 흙 속으로 떨어져내릴
나뭇잎들은, 모든 사라져가야 할 것들이 그러한 것처럼 편안하고 고
요한 아름다움을 보여준다. 그 아름다움 속으로 좀더 가까이 다가가
고 싶다. 다가간다는 것은…… 아름다움이든, 슬픔이든…… 무서움
이든…… 내 것으로 얼마쯤 나누어 받게 됨을 의미한다. 난 결국 예
령의 슬픔과 아픔보다는, 비에 젖은 나뭇잎들의 그 정결한 숨결을
가까이하고 싶었나보다. 그럴 리가. 더는 지체하고 싶지 않은 나는
예령네 빌라의 현관문 옆 벽면에 붙은 벨을 누른다. 잠시 후에 문을
열어준 사람은 뜻밖에도 예령어머니다. 예진언니가 날 맞이해줄 거
라고 생각했던 나는 당황한 기분을 숨기지 못한 채 허둥대는 몸짓으
로 윗몸을 수그려 절을 했다.

　"오랜만이다. 정민아."

　예령어머니의 목소리는 여느 때와 똑같이 활기차고 당당하다. 그
점이 못내 이상한 난 선뜻 예령어머니를 바로 쳐다보지 못하고 있었

234

다. 난 예령어머니 또한 예령이처럼 많이 아팠을 것이고…… 그러니
겨우 몸만 움직일 수 있을 거라고 여겼던 것이다.

"정민이도 꺼칠해 보이는구나. 입시가 얼마 남지 않았으니 힘들겠
지…… 그래 어느 대학으로 갈지 방향은 잡아두었니?"

예령어머니의 활기차고 당당한 어조엔 나로 향한 다정함도 깃들여
있음을 느낄 수 있다. 그리고 그 다정함이란 지금껏 내겐 잘 주어지
지 않던 것이었다. 내가 잘못 생각한 것인지는 모르겠지만(아니다,
사람과 사람 사이에 흐르는 감정이 잘못 해석되는 일이란 그리 흔하
지 않다는 것이 내 믿음이라는 게 옳겠다). 예령어머니는 지금껏 내
가 예령의 친구라는 게 그닥 반갑지 않은 듯한 속마음을 별로 숨기
고 싶지 않다는 기색을 보여주었었다. 뭐 그렇다고 나를 드러내놓고
못마땅해했다는 것은 아니지만.

그런데 지금은 날 대하는 표정이며 태도에 친밀함이 느껴져오고
있는 것이다. 그 점을 느끼면서 굳어 있던 내 마음 또한 조금씩 풀어
졌던지 난 예령어머니를 쳐다볼 수 있게 되었다. 화장이며 옷차림
어디 한 곳 허술한 곳이라곤 없다. 놀라운 분이다. 내 마음은 예령어
머니로부터 한걸음 뒷걸음질치기 시작한다. 예령아버지는 아직도 자
유로운 몸이 되지 못한 처지가 아닌가.

"장미가 참 예쁘구나."

예령어머니는 내가 들고 온 장미 꽃다발로 눈길을 주며 말했다.
그때 전화벨이 울렸다. 벽난로 앞쪽으로 놓인 탁자 있는 곳으로 발
걸음을 옮겨가는 예령어머니의 뒷모습을 보며 나는 낮게 숨을 내쉬
었다. 날 에워싸고 있던 높은 벽이 사라져가는 느낌 속에서.

"그래…… 나다. 그럼…… 힘없는 모습 보이지 않으려고 애쓰고 있
어. 애들을 위해서나 그 양반을 위해서도 내가 꿋꿋하게 서 있어야
한다는 걸 잊지 않으니까…… 그럼 이따위 정치판에서…… 기가 막
히고 한심한 마음이야 말해서 뭐하겠니? 우리 그 양반이나 지금 고
생하는 다른 양반들 모두 속죄양 노릇 하느라…… 정말 억울하고 분

한 이 마음을 어떻게 말로 다할 수가 있겠니? 이러다 아르헨티나 꼴 안 된다고 누가 장담하겠어? 여론 정치에 대중의 인기 영합에 몰두해 있는 형편이니 나라 앞날도 걱정이고…… 그래도 고마운 것은 주위 사람들 모두가 하나같이 걱정해주고 도와들 주시려고들 해서…… 그래…… 고맙다……"

통화가 길어질 모양인지 예령어머니는 탁자 옆의 황금빛 비단 의자에 앉는다. 그러면서 날더러 2층으로 올라가라는 눈짓을 보내주었다. 접시며 대접, 유리컵 들이 올려진 찻상을 들고 2층 층계를 내려오던 예진언니가 정민이 왔구나 하고 말한 것은 바로 그 다음이다. "정민이를 만나 얘기하려면 뭔가 먹어야 한다고 했더니 오늘은 죽 한 그릇을 거진 다 비웠어."

찻상 위의 죽이 담겼던 대접과 날 번갈아 쳐다보며 그렇게 말한 예진언니는 이어서 날더러 점심 식사는 했느냐고 묻는데 두 뺨이 훌쩍 꺼진, 여위고 맑았던 얼굴빛이 죽어버린 모습이다. "모두들 이제 와서 그렇게 말들 하나보던데. 이런 방향으로 나라를 끌고 갈 줄 알았으면 누가 표를 찍어주었겠느냐는 거지. 상층부를 타도해야 할 집단으로만 짓이겨놓으면 그 뒷수습을 어떻게 하려는지."

끓어오르는 분노의 감정이 생생히 드러나는 예령어머니의 말소리. "예령이가 널 기다려."

예진언니는 내가 더 이상 자신의 어머니가 통화하는 내용의 말을 듣지 않기를 바라는 기색임을 알 수 있다. 얼마 전부터 어디서나 흔하게 듣는 말 중의 하나인 기득권 운운이 떠오른다. 계속되는 예진어머니 말을 등뒤로 한 채 2층 층계를 오르는 내 머릿속은 정돈되지 않은 여러 가지 생각들로 가득차 있었다. 예진어머니한테서 늘 느껴지던 어떤 껍질 같은 단단함은 정녕 변할 줄 모른다는 것. 변할 줄 모른다는 것은 어쩌면 예진어머니만의 것이 아닌 우리 모두의 것일까 하는 의문…… 그렇지만 사실 내가 예령어머니에 대해 안다

236

고 여기는 것은 예령어머니의 어느 부분에 지나지 않을 수도 있다
는 것 등…… 그리고 예령어머니와 예진언니·예령은 어머니와 딸
사이지만 아주 다른 성품이라는 것. 그 다름의 이유는 무엇일까 하
는 궁금증이 마구 뒤섞여들었던 것이다.

　그런데 2층 작은 거실을 지나 복도 맨 안쪽 방인 예령의 방문 앞
에 이르렀을 때 머릿속의 그 어지러운 생각들은 깨끗이 사라져버렸
다. 난 오직 예령만을 생각했던 것이다. 이제야 예령을 만날 수 있게
되었다는 안도감…… 그애가 날 만날 수는 있지만 아직 완전히 회복
이 되지 않았다는 사실에 대한 안타까움…… 그리고 뭔지 분명하게
나타낼 길이 없는 어떤 거북스러움.
　"예령아."
　난 어쩌면 예령이가 날 만나는 순간에 맛볼지도 모를 어떤 불편한
느낌을 떠올리고 있는지도 몰랐다. 날 떠나지 않는 거북스러움도 그
어떤 불편한 느낌을 염두에 둔 때문은 아니었을까. 예령의 이름을
다시 한번 부른 난 방문의 손잡이로 손을 내밀었는데 그때 먼저 방
문이 열리었다. 나는 성큼 방안으로 들어섰다. 조금 전까지 창을 열
어두었던 것일까. 방안에는 비 내음이 머물고 있다. 하늘도 무겁게
흐린 데다 푸른색 꽃무늬 커튼이 창을 덮고 있어 마악 불을 켜야 할
즈음처럼 어둑한 방. 방의 어두움은 그곳에 서 있는 예령에게도 스
며든 것처럼 보인다. 흰색 면잠옷 위에 연하늘색 스웨터를 입고 있
는 예령은 해 저문 들녘에서 비를 맞고 서 있는 것처럼 보이는 모습
이었던 것이다.
　"정민아."
　날 바라보는 그애의 눈에는 어느덧 웃음이 담겼는데 그 눈을 맞바
라보아야 한다는 것이 얼마나 힘들었던지. 쌍꺼풀 없이 맑고 커다랬
던 예령의 두 눈이 만나지 못한 동안에 더욱 커져버려 얼굴에 눈만
이 있다는 느낌이 두드러진 때문만은 아니었다. 그애가 가지고 있던
그애만의 힘, 혹은 정채가 그 두 눈에서 완전히 사라져버렸음을 너

무나 견디기 힘들었던 것이다.

"많이…… 아주 많이 아팠었구나."

"잘 모르겠어. 그저 자꾸만 잠이 오곤 해서…… 기운을 차릴 수가 없었나봐."

들고 온 장미 꽃다발을 건네주는데 자꾸만 눈물이 쏟아져내릴 것만 같아 난 그만 고개를 수그리고 만다.

"고마워, 정민아. 예진언니가 말해주곤 했어. 정민이가 여러 번 전화해주었다고."

장미꽃 향기를 깊숙이 들이쉬는 예령이 꼭 종이로 만든 커다란 인형만 같아 난 눕는 것이 어떻겠느냐고 조심스레 묻는다.

"나중에…… 지금은 앉아 있고 싶어."

침대에 눕는 것은 생각만으로도 지겹다는 듯 머리를 크게 흔들고 난 예령은 창 쪽으로 놓인 의자 있는 곳으로 간다. 두 개의 의자 사이엔 작은 원탁이 놓여 있고 그 위엔 랩에 싼 샌드위치와 귤·바나나가 담긴 바구니, 오렌지 주스가 담긴 유리병과 유리컵, 그리고 종이 냅킨이 함께 올려져 있다.

"예진언니가 준비해줬어. 좀더 맛난 걸 만들어주고 싶었지만 그러지 못해 미안하다는 말도 전하랬는데."

"이것만으로 성찬이잖아."

샌드위치를 싼 랩을 벗기려는 예령을 만류하는데 문득 작년 여름 예령네의 별장 단지 안의 수영장에서 있었던 일들이 떠오른다. 더없이 푸르렀던 하늘. 수영장 한켠에 차려졌던 탁자 위의 그득했던 갖가지 음식 접시들. 그 많은 음식들을 만들어 내놓으면서도 결코 많다는 생각을 하지 않는 것만 같았던 예령어머니와 예진언니와 예령. 변하기 어려운 생활의 습관들.

"예진언니는 정말 좋은 아내가 될 수 있을 거야."

전혀 염두에 두고 있지 않았던 그 말이 불쑥 튀어나왔던 것은 아무래도 그 수영장에서 예진언니와 함께 있었던 예진언니 약혼자를 떠올린 때문이었으리라. 그러나 그 말을 하고 난 다음 난 곧 하지 않아도 좋을 이야기를 했구나 하고 생각했다. 예령의 얼굴에 순간적으로 스쳐지나간 어떤 떨림의 흔적을 보았던 것이다. 아직 아물지 않은 상처 자국이 또다시 찢기는 듯한 아픔의 그 흔적을 예령은 그러나 숨기고 싶지 않았던지,

"나도 그렇게 믿어. 하지만…… 언젠가의 일일 거야. 예령언니는 파혼했거든" 하고 말해준다.

유리병의 오렌지 주스를 유리컵에 따르려 하던 내 손놀림은 얼마 동안 정지 상태인 채로 있었다. 전혀 생각하지 못했던 파혼이라는 말. 한동안의 어리벙벙한 놀라움이 가라앉으면서 상투적이라는 단어가 내 머릿속 스크린에 떠오르기 시작했다. 똑같은 무게로 저울질되는 양쪽 집안끼리의 만남. 예진언니와 그 약혼자는 서로에 대한 뜨거운 사랑보다는 그 두 사람의 결합을 원하는 주변의 바람에 의해 결혼을 받아들였던 것일까. 상투적인 쪽은 바로 나 자신인 것은 아닐까 하는 물음도 떠오른다. 예진언니의 파혼에 대해 반사적으로 그와 같은 생각을 했다는 것은 나의 사고 구조가 그만큼 상투적 수준에 머물러 있었기 때문이라고 여겨진 것일 게다. 파혼이란 드물지 않게 일어나는 일들 중의 하나인 것이다. 약혼을 하고 난 뒤 서로가 어울리지 않는 상대방임을 알게 된다면 결별 쪽을 택하게 되는 거겠지. 그런데…… 이렇게 아무 말 하지 않는 채로 있어도 좋은 걸까. 무슨 말을 해야 하는 걸까.

"사람들은 아버지 일이 파혼의 이유가 되는 거라고 말들 하는 모양이었어…… 하지만 난…… 그렇게 생각하고 싶지 않아…… 사람 맘이라는 건 절대로 움직일 수 없는 것은 아니잖아. 형식보다는 맘의 요구에 따를 수밖에 없었을지도 모를 일에 대해선…… 그냥 받아들여주어야지 싶어."

예령이 말하는 동안 나는 자꾸만 고개를 끄덕이기만 한다. 사람 맘이라는 건 절대로 움직일 수 없는 것은 아니잖아. 그 말에 수긍하

기만 하면 지독하게도 씁쓰레한 느낌을 떨쳐버릴 수 있을 것도 같은 마음이었기에. 하지만…… 정말 자신의 말과 머릿속이 일치하고 있는 것만 같은 모습인 예령과 다르게 난 내 안의 의심의 싹을 완전히 눌러버리지 못하고 있었다. 예령아버지에게 일어난 그 엄청난 변화가 예진언니의 파혼과 전혀 관계없다고는 할 수 없을 거라는. 그런데도 난 여전히 예령과 똑같은 생각을 하고 있다는 투로 고개를 끄덕이고 있는 것이다. 그렇게 말하는 예령에게서 투명한 아름다움이 느껴져온 때문이었다. 그랬다. 난 언제나 예령이 말하는 어떤 이야기에도 마음이 이끌렸었다.

"무얼 좀 먹어라. 응. 정민아. 수업 마치고 곧장 왔을 거잖아."

예령은 샌드위치가 담긴 바구니를 두 손으로 들어 내 쪽으로 내밀어준다. 예령의 손에 들려진 바구니가 무거운 돌덩어리라도 되는 듯 나는 급하게 샌드위치 한 조각을 집는다.

"먹을 거니까…… 어서 내려놔."

하는 말과 함께. 내가 샌드위치 한 조각을 다 먹을 때까지 내게서 눈을 떼지 않는 예령. 그애는 내가 이 방으로 처음 들어서던 조금 전에 비해 한결 기운을 되찾은 모습이다.

"아주 오랫동안 만나지 못한 것 같았는데…… 이상하지 않니? 정민아. 널 이렇게 바라보고 있으니까…… 그런 생각은……"

예령은 살랑 머리를 저었다. 그러곤 샌드위치를 더 먹어야 한다는 재촉의 말을 덧붙였다. 난 물론 그애가 시키는 대로 한다. 문득 찾아온 침묵. 할 말이 없는 상태에서의 침묵이라기보다 무슨 말부터 끄집어내야 할지 알 수 없는, 곧 다변의 상태로 옮겨가기 직전의 침묵이라 해도 침묵은 여전히 편하지 않게 다가온다. 언제쯤 학교에 나갈 수 있을지. 대학 입시를 치르기는 할 것인지, 동생 예준은 학교에 잘 다니는지 하는 물음들…… 그리고 경훈오빠와는 어떻게 되고 있는지. 이상한 것은 경훈오빠를 떠올리면서 가슴 한켠에 뜨끔한 통증이 느껴졌다는 점이다. 그러자 곧 예령이 내 가슴속의 통증을 알아

보기라도 한 것처럼 당황한 나는 침대에 눕는 것이 어떠하겠느냐고
말했다.

"아니. 조금씩조금씩 앉아 있는 시간을 늘이고 싶어. 그렇게 하지
않으면……"

그 다음은 생각하고 싶지 않다는 듯 예령은 어떻게 지냈어 하고
말을 돌려간다. 어떻게라면…… 몇 마디 말로 간단하게 설명할 요량
이 내겐 없다. 무엇을 공부해야 좋을지 알지도 못한 채 성적에 맞는
어느 대학 어느 과를 선택해야 하는 건지, 그렇게 하지 말아야 하는
건지, 난 아직 마음을 완전히 정하지 못한 참이었다. 여전히 아직까
지도. 어쩌면 난…… 그 둘 중 어느 편을 택한다고 하더라도 그 결
정을 대수롭지 않게 여길 거라는 말을 할 수도 있겠지만…… 그러나
그 말에 확신을 품을 수 없다는 것도 사실이다. 예령이 말했듯 사람
맘이라는 건 절대로 움직일 수 없는 것은 아니니까. 난 다만…… 오
로지 20살이 되기만을 기다린다고 그렇게 말해야 하는 것은 아닐까.
그러나 그 대답만을 떼어놓고 본다면 예령에게 별로 새롭게 들리지
않을 수도 있을 것만 같다. 몇 번씩이나 얘기해온 터였으니까.

"예령이를 어서 빨리 만날 수 있기를 바랐고…… 몇몇 친구들 일로
좀 놀라기도 했고…… 그랬어…… 그리고 다른 친구들은 대학 입시
때문에 모두들 제정신이 아닌 것도 같았지만…… 난 의외로 편안하
게 지내는 편이라고 해야 할 거야. 내가 단념이 빠른 건지 2학년 때
너무 많이 힘들어한 탓으로 이제 날 힘들어할 에너지가 사라져버린
탓인지는 모르겠지만 암튼 이번 입시가 그렇게 대단하게 여겨지질
않는 거야."

언젠가 공부를 정말 하고 싶다고 생각될 때 그때 대학엘 가도 되
는 것 아니겠느냐고 나는 계속해서 말했다. 다른 친구 아닌 예령의
앞이기에 편안하고도 느긋한 어조가 될 수 있었던 것이리라. 예령
만큼은 나에 대해 나 자신보다도 더욱 관대한 시선으로 보아준다는
것을 알고 있질 않았던가.

"많은 사람들이 기본적인 축으로 삼는 시간표가 모든 이들한테 다 합당한 것은 아닐 거라고 믿어."

예령은 자신 또한 이번 대입 시험엔 응하지 않을 거라고 말했다. 그렇구나. 예령이도 나처럼…… 예령아. 난 예령의 손을 잡아 흔들며 마구 소리내어 웃고만 싶었다. 그앨 무척이나 좋아하는데도 언제나 의식하지 않을 수 없었던 거리감이 한 순간에 사라져버리는 듯한 그 기쁨이라니. 뛰어나게 공부를 잘했던 예령. 우리집과는 도무지 비교할 수 없을 지경인 그애네의 부유함, 그리고 그애 아버지의 지위. 이런 것들이 만들어내었던 그 거리감을 이처럼 쉽게 떨쳐버리게 될 줄은 생각조차 못한 일이었기에 더할 나위 없이 기쁜 것이다.

"동지가 생겨 다행이야."

그렇지 않느냐고 반문하며 웃는 예령을 향해 난 약간은 미안해하는 웃음을 머금고서 고개를 끄덕여준다. 하지만 다음 순간 곧 불안한 마음이 되어 어머니가 그래도 괜찮다고 허락을 하셨느냐고 묻지 않을 수 없었다.

"의사 선생님이 그럴 수밖에 없다고 말씀하시니까…… 어머니도 지금은…… 그 동안에 예준이 학교를 미국으로 옮겨야 했고…… 아버지 일 때문에 경황이 없으시잖아. 내가 건강해지는 것만이 중요하다고…… 다른 것은 조금도 중요하지 않다고 그러시는걸."

차츰 낮아지는 예령의 목소리와 짧았던 동안의 생기가 스러지려 하는 창백한 얼굴은 예령이 아직도 회복된 상태가 아님을 말해주는 듯하다. 예령어머니 말은 공연히 꺼내었다고 후회하지만 소용없는 일일 뿐인 것이다. 그 말을 꺼냄으로써 예령의 상태가 얼마나 심각한가를 예령의 입으로 말하게 한 셈이 되고 말았으니까.

"주스를 마시고…… 누워. 그러는 게 좋겠어."

나와의 만남이 예령의 회복을 더디게 할지도 모른다는 생각이 들면서 난 자꾸만 누우라는 말을 되풀이한다. 그애가 대입 시험을 볼 수 없게 된 것에 대해 마냥 좋아라 했던 것도 영 미안할 따름이었다.

"조금은 더 앉아 있을 수 있어. 누워만 있다보면 자꾸만자꾸만 땅속 깊숙한 곳으로 꺼져드는 그런 느낌이 되는데…… 어느 순간에는 나 혼자 굴속 같은 곳에 버려져 있는 것도 같아…… 무척이나……"

말을 쉽게 잇지 못하는 예령. 그애는 그러나 내가 마음 아파할 것을 생각한 듯 짐짓 웃으려고 애쓰며 "아주 간절히 바라는 것은 언젠가는 이루어지게 되는가봐" 하고 말했다.

"많이 아파서 학교에 가질 않게 해달라고 중학교 때 밤마다 기도했는데…… 하느님이 뒤늦게 기도에 응답하신 거잖아."

"예령이도 그랬구나. 난 병원에 입원해보는 게 소원인 적도 있었어."

눈부시도록 하얀 침대 시트, 더없이 깨끗하고 청결한 병원의 입원실마다엔 조용한 음악이 흐른다…… 꽃다발을 들고 병문안 오는 친구들의 얼굴엔 하나같이 날 걱정하는 마음이 어려 있다. 백혈병 환자인 나는 삶과 죽음의 갈림길에 놓여 있어 병문안 오는 친구들을 대할 때마다 어쩌면 영원히 친구들을 보지 못할지도 몰라 마음이 찢어지는 것만 같다. 그러한 상상을 하면서 실제로 눈물을 흘린 적이 얼마나 많았던지. 죽음이란…… 상상 속에서조차 완전한 단절일 뿐이었다. 그랬기 때문에 그것은 하나의 배수진이 되어줄 수 있었던 것도 같았다. 때때로 내가 살고 있는 나날의 삶이 견딜 수 없을 정도로 무의미하게 다가오곤 했을 때마다, 또한 내 자신이 내가 기대하는 모습과 너무 다르다고 여겨질 때마다, 아무도 눈여겨봐주는 이가 없는 미운 오리새끼처럼 여겨질 때마다, 앞으로의 내 삶 또한 지금껏 살아온 날들과 별로 다르지 않을 것 같은 암담함이 짓누를 때마다, 난 죽음을 내가 찾을 수 있는 마지막 친구인 양 떠올리곤 했던 것이다.

굳이 종착역에 도착하기 전에 내 의지대로 어느 역에서나 내릴 수 있는 것처럼 죽음 또한 내가 선택할 수 있으리라고. 난 한때 죽음을 좀더 가까이 느낄 수 있기 위해 약을 사모은 적이 있기도 했었다. 그것은 아직 누구에게도 말한 적이 없는 나만의 비밀이었다. 내가 가장 좋아하는 예령에게조차도 말하지 않았는데 예령에게 내가 이상한 아이로 비쳐들고 싶지 않은 때문이었다. 죽음에의 유혹. 그런 것은 예령과 아무런 연관이 없을 게 분명한 일이었으니까. 그애는 내가 가지지 못한 모든 면들을 자신의 것으로 하고 있었다. 그러니 난 그애에게 모든 것을 말하고 싶다고 여기면서도 그럴 수 없었던 것이다. 어쩌면…… 우리들은 비밀주의자를 원하지 않으면서도 이런저런 이유들로 해서 저마다 비밀의 방을 가질 수밖에 없는 것인지도 모른다. 그렇다면…… 예령에게도 자신만의 비밀의 방이 있는 걸까.

"병원이란 곳은 정말 가까이하고 싶지 않은 곳이란다."

예령은 낮은 한숨을 내쉬었다.

"지긋지긋한 검사랑…… 이 방 저 방으로 실려다니느라 더욱 아플 수밖에 없었던 것 같았어. 어쩌면 아주 어마어마한 병에 걸렸을지도 모른다고 잔뜩 겁을 주더니……"

두통이 시작되기라도 한 것일까. 예령은 자신의 이마를 손바닥으로 누른다.

"지금 현재로선 달리 병인을 찾을 수가 없다. 감기인 것 같다였어."

"감기로 그렇게 심하게 아플 수도 있는 거구나."

감기였다면. 나는 좀 놀라면서도 마음이 놓이는 기분이었다.

"나도 잘 모르겠어. 그저 살아 있다는 것이 힘들고…… 그러니까……"

어느덧 물기로 젖어든 예령의 두 눈. 그리고 그애의 입술 주위로는 경련이 일기 시작했다.

"경훈오빠를 만나서는 안 된다고 한 엄마도…… 고생하시고 계신 아버지도 너무 싫을 때가 있어. 정민아. 우리들한테 잘해주시는 것을 생각하면 절대로 그래선 안 되는데…… 어떻게 딸인 내가 그럴 수 있겠어. 그런데……"

두 손으로 얼굴을 감싼 예령의 어깨는 심하게 흔들린다. 예령이
도…… 이렇게 느닷없이 우는 예령이가 가여우면서 그애가 더없이
가깝게 여겨지는 것은 그애 또한 나처럼 때로는 아버지·어머니를
못마땅해할 수 있다는 점을 알게 되어서일 것이다.
"예령아. 우리들 대부분은 그럴 거라고 생각해. 부모님에 대해 고
마워하면서도 어느 땐 다른 사람들이 내 부모라면 얼마나 좋을까 하
는 생각을 할 수도 있는 일인걸."
"다른 사람들이 내 부모라면 하고?"
울음 섞인 목소리로 예령이 그렇게 묻는 것을 보면 그앤 크게 놀
란 모양이다.
"그래. 다른 사람들이 부모라면 하는 생각. 만화 같은 걸 보면 어
느 날 갑자기 아주 훌륭한 친부모가 나타나곤 했었잖아. 그런 만화
를 볼 때마다 나에게도 그 같은 일이 일어나주길 바라곤 했었는걸.
그런 마음에 비하면 한 순간 부모가 싫어진다는 것은 아무것도 아닌
일이잖니."
난 짐짓 너그럽고 여유있는 어조로 말했다. 눈물을 흘리는 예령을
시켜보아야 한다는 것이 몹시도 힘들었기에 어떻게든 그애의 기분을
밝게 해주고 싶었던 것이다.
"아주 어렸을 때엔 엄마 아버지가 굉장한 어른으로 여겨졌잖아. 모
르는 일이라곤 없고, 잘못 생각한다는 일도 있을 수 없고 언제나 옳
은 일만 생각할 것처럼 그렇게 말이야. 그런데 우리가 조금씩 자랄
수록 엄마 아버지도 그처럼 완벽하지 않다는 것을 알게 되잖아. 우
리 아버진 굉장히 마음이 착한 분이지만…… 나한테 꼭 공부를 잘해
야 한다고 꾸중을 하시지도 않을 만큼 좋은 분이지만…… 난 때로
아버진 왜 그렇게 좁은 테두리 안에서 살아가실까 못마땅해할 때가
있어. 내가 보기에 아버지의 삶은 얼마나 단조로운지 몰라. 난 아버
지가 어떻게 그 매일의 단조로움을 참을 수가 있는지 의아롭기조차
해. 내가 아버지라면 좀더 활동적으로 살 것 같거든. 그리고 아버지

삶이 그러했다면 딸인 나의 나날들도 좀더 다양한 재미들로 가득차게 되었을 것만 같았고…… 그리고 엄마한테도 불만이 전혀 없는 것은 아닌데…… 엄만 언제서부터인가 산다는 게 별로 재미없다고 느끼시는 모양이었어. 그렇지만 재미없음의 상태에서 벗어나기 위한 노력은 하질 않거든. 그냥 혼자서 끙끙대시니까."
"고마워. 정민아."
탁자 위의 종이 냅킨으로 눈물을 닦은 예령은 조금은 마음이 가라앉은 모습이다.
"그런데…… 우리들은 왜 늘상 좋다는 감정 속에서만 지낼 수가 없는지, 난 그게 견디기 힘든다. 정민아. 엄마여서…… 딸의 앞날을 생각하기 때문에 딸의 일에 간섭을 한다는 것도…… 간섭이라고 느끼는 것은 나지만 엄만 그렇게 생각 안 하시잖아. 엄마는 또 엄마의 지혜로 간섭을 하는 것이 옳다고 믿어서겠지. 생각을 하면 할수록…… 엄마는 그렇게 말씀하셨어. 사람에 대한 좋은 감정이라는 것은 영원한 것이 아니라고…… 우리들 나이 때의 감정은 더욱 믿을 수 없는 것이기도 하다고 그러셨어. 그렇다면…… 난 엄마가 그래야 한다고 생각하는 삶의 구도에 맞춰 살아야 할 텐데…… 모르겠어. 엄마처럼 사는 것도 참으로 훌륭하다고 믿지만…… 모르겠어. 엄마의 훌륭함이라는 것도……"
예령은 말을 멈추었다. 울음을 그치기는 했지만 그애 마음속에서 뒤채이는 어떤 멍울이 완전히 풀어지지 않았다는 것을 그애의 눈빛을 통해 난 알아본다. 예령은 아마도…… 처음으로 자신의 아버지의 지위로 해서 누릴 수 있었던 모든 것에 대해 다른 사람의 시선으로 보게 된 것이 아닐까.
"난 지금까지…… 다른 사람들이 아버지 엄마가 되어 나타나는 공상은…… 해본 적이 없었단다. 정민아. 그런데…… 잘 모르겠어. 난 그저 한없이 혼란스럽고……"
예령의 얼굴빛에 깃들인 잿빛이 점차로 뚜렷해져가는 것 같아 겁이 난 나는 이번엔 꼭 누워야 한다고 예령의 손을 잡아 일으켜세운다. 침대에 몸을 눕힌 그앤 계속해서 무슨 말인가를 하고 싶어 했지만 그래선 안 된다며 난 머리를 저었다. 난 그애를 에워싸고 있는 혼란스러움으로부터 그애를 지켜주고 싶기만 했던 것이다.

"미안하다. 정민아. 널 만나 이런 얘기만 하려 한 것은 아니었는데…… 다른 친구들은 어떻게 지내는지 얘길해주겠니?"

예령은 자신의 이야기가 내 마음을 무겁게 하고 있다고 생각했는지 화제를 돌려갔다. 정호나 지영, 유나와 선미, 준하, 그리고 이건우와 수화에 대해서도 예령은 조금은 알고 있었다. 어쩌면 호준이나 두석이 들의 이름까지도 기억하고 있을지도 모를 일이다. 예령과 나는 다른 고등학교를 다니고 있어 서로가 학교에서 만나는 아이들에 대해선 알 수 없는 형편이었다. 그 점이 싫은 난 드물게나마 예령을 만날 때마다 나와 어떤 형태로든지간에 줄긋기를 하게 된 아이들에 대한 이야기를 들려주었다.

그리고 그럴 때마다 정호나 이건우·준하·선미 들도 예령과 함께 만날 수 있다면 얼마나 좋을까 하는 생각을 하곤 했다. 그리고 예령의 학교 친구들에 대해서도 니 또한 우정을 나눌 수 있기를 바라는 마음이기도 했었다.

하지만 아직까지 나의 그 바람은 이루어지지 않았다. 그러나 언젠가는 우리는 커다란 원을 이룰 수 있게 될 것이다. 그런데 지금은 고작 내 친구들에 대한 이야기를 들려주는 것에 만족해야 하는 형편인 것이다.

"선미는, 며칠 집을 나가 있기도 했다고 했어. 3학년이 된 뒤로 성적이 조금씩 떨어지니까 선미도 선미 부모님도 그걸 받아들이기가 힘들었던가봐."

지난달, 어느 날 밤, 자정에 가까운 시각에 전화를 해서 다음날 아침 새벽 다섯시에 우리 아파트 단지 어린이 놀이터에서 날 만나자고 했던 선미. 그러나 정작 놀이터엔 나타나지 않았던 그애는 2시간쯤이 지난 뒤에 고속터미널에 와 있다는 전화를 해주었다. 배낭을 멘 채 혼자 여행을 떠나는 길이라고 했던 선미는 며칠이라도 집과 학교를 떠나지 않으면 자신은 아파트에서 투신 자살을 할지도 모른 다는 끔찍한 얘길 했던 터였다. 난 날 천재로 낳아주지 않은 부모를 미워하고, 천재도 아닌 주제에 한때 천재나 된 듯 착각 속에 빠졌던 날 미워하느라 미칠 것만 같아. 정민아. 미움이란 정말 끔찍한 거 야. 그것은 하루종일 칼이 되어 내 심장을 찔러. 그렇게 소리쳤던 선 미. 난 예령에게 선미가 내게 들려주었던 그 날카로운 어조의 말을 전하지는 않는다. 유나가 80kg이 된 자신의 몸을 비관한 나머지 음 식 먹기를 거부하는 거식증 증세를 보이기도 했다가 마침내는 정신 과에 입원하게 되었다는 소식도. 내게 보내는 편지마다 새로운 남자 친구 자랑이 빠뜨려지지 않는다는 이야기도.

"준하는 영화감독이 되고 싶다는 꿈을 일단 접기로 한 뒤로는 성적 이 꾸준히 올라 의대에 원서를 낼 수는 있는 수준인 것 같아. 그리고 정호는 여전히 식당 일을 하면서 학교 공부에도 열심인 모양이야."

난 요즈음엔 거의 친구들을 만나지 못한다는 것, 준하·이건우· 수화를 지난달에 한번 만난 것도 몇 달 만의 일이었다고 말을 이어 간다. 그러자 고개를 끄덕이기만 했던 예령이 건우와 수화랑은 계속 그렇게 열심히 만나고 있느냐고 물어왔다.

"그애들은……"

이건우와 수화. 내 또래 친구들이지만 그애들을 이해한다는 것이 쉽지 않은 난 어쩔 수 없이 머뭇댈 수밖에 없다.

"그애들은 서로들한테 아주 열렬하게 빠져들었다고…… 그랬던 것 같았는데…… 혹시 그만 만나는 것은 아니겠지?"

예령은 진정으로 건우와 수화와의 관계가 궁금한 모양이다. 그리 고 예령의 그 같은 궁금증이 난 반갑고 고맙기까지 한 마음이지만, 그 둘에 대해 어떻게 말해주어야 할지. 지난달, 어느 날 밤 이건우는 밤늦은 시각에 내게 전화를 한 적이 있었다. 그때 이건우는 자신은 이제 그애를 놓아주려 한다는 것과 날더러 수화를 한번만 만나달라는 등 횡설수설을 했었다. 둘 사이에 무슨 문제가 생겼나보다. 그렇게만 생각하며 약속한 장소에 수화를 만나러 갔을 때 그 자리에 나왔던 이건우는 수화가 임신 중절 수술을 받아야 하는데 내가 함께 가주기를 부탁한다는 말을 해왔었다.

그때의 내 놀라움이란. 난 나도 모르게 그 둘을 뚫어져라 쳐다보았지만 아무래도 임신이란 사실을 실감할 수가 없어 멍할 따름이었다. 갑자기 이건우와 수화가 나와는 다른 세계에 속하는 것만 같았고 그애들과 곧장 헤어져 집으로 돌아가고 싶기만 한 마음이기도 했었다. 그러나 그러는 중에서도 난 이건우의 전화를 받고 있던 당시 내 머릿속에 떠올랐던 하나의 영상을 상기해내었다. 알몸의 여자가 흰 시트 위에 피를 흘리며 누워 있던 그것은 그 얼마 전에 내가 책에서 보았던 그림이었다. 유산하는 여자의 황량한 내면을 나타내는 듯한 그 그림을 이건우의 전화를 받으면서 떠올렸던 것은…… 결국 이건우와 수화 사이에 그런 일이 있을 수도 있다는 잠재 의식 때문이 아니었던가.

그러나…… 그런데도 내 놀라움은, 내가 받았던 충격은 대단하지 않을 수 없었다. 사랑의 감정은 아름답지만 임신이라는 사실은 전혀 아름답지 않게 다가온 때문이었다. 게다가 이건우를 더욱 참기 어려웠던 것은 수화와는 그만 만날 것이라는 얘기를 한 그 순간이었다. 더더욱 이해할 수 없었던 점은 수화의 반응이었다. 건우가 그러기를 바란다면 그렇게 할 수밖에 없는 일이잖아. 너무나 맑아 오래 바라보노라면 물밑이 훤히 들여다보이는 투명한 바닷속으로 가라앉는 기분이 들게 하는 수화의 두 눈은 그 말을 할 때에도 그저 아름답기만 했을 뿐이었다. 수화 넌 이건우를 비난해야 하는 거야 하고 나는 말해주고 싶었다. 그러나 수화란 아이는 대체 어떤 아이인가 하는 물음이 날 온통 사로잡으면서 난 어떤 말도 입 밖으로 밀어낼 수가 없었다. 감정의 문제에 있어서만큼은 정직해야 할 것만 같았다구. 정

민이 넌 날 나쁜 놈으로 여길 수도 있겠지만 어쩌면 그런 발상이야
말로 습관화된 피해 의식에서 비롯된 것인지도 모르는 거야. 너의
마음에 들기 위해선 이럴 때 무슨 말을 해야 한다는 것쯤 모르는 것
은 아냐.

이건우의 말을 더 이상은 듣고 싶지 않았던 나는 그만 의자에서
일어나고야 말았다. 수화의 보호자 노릇은 네 몫이야라는 말을 남긴
채. 그 일이 있고 난 뒤 이건우는 한번 만나자는 전화를 주었지만 난
바쁘다는 말로 전화를 끊었다. 지금 생각하면 그렇게까지 할 필요는
없었다고 여겨지지만 그 당시엔 이건우를 만나고 싶지 않은 마음을
어쩔 수가 없었던 것이다.

"이건우하고 수화는 이제 더 이상 만나지 않을 모양이던데."

그 정도로만 말해야 하는 것인지, 아니면 수화의 임신 사실에 대
해서까지 말해야 할지, 망설인 끝에 난 내가 아는 모든 것을 말해야
한다고 생각했다. 얼마 동안 망설였던 이유는 무엇이었을까. 그것은
아마도 예령이 이건우에 대해 나쁜 생각을 하게 될지도 모른다는 우
려 때문이었으리라. 내가 이건우를 못마땅해하는 것은 괜찮지만 예
령이 그러는 것은 막아주고 싶다는 이 이상한 마음의 움직임. 그 우
스꽝스런 마음의 움직임에 반발이라도 하듯 난 이건우와 수화를 만
났던 일에 대해 말해준다.

"이건우가 궤변을 늘어놓는다고 생각하지 않니?…… 난 그애가 말
을 거칠게 하기는 해도 그렇게까지 제멋대로일 거라고 생각하진 않
았는데 내가 잘못 알았던 것 같아."

어쩔 수 없이 사뭇 흥분한 어조로 말하게 되는 나.

"글쎄. 난 이건우에 대해 잘 모르지만 무조건 무책임한 애라고 말
할 수는 없을 것 같아. 아니…… 그애가 보여준 충동적인 행동 때문
에 그애의 좋은 점을 못 본 척해서는 안 되는 게 아닐까."

나의 짐작과는 달리 예령은 크게 놀라지 않은 차분한 목소리로 그
렇게 말했다. 난 약간 머쓱한 기분이 들었고 우리들은 아니 난, 결국

내가 생각하는 방식을 나 아닌 다른 친구들도 할 거라고 믿어왔었음을 또 한번 깨닫는다. 사람들은 저마다 다른 방식으로 생각한다는 사실을 머리로는 받아들이면서도 정작 어떤 순간엔 나와 같으리라고 믿어버리게 되는 것이다. 그리고 그 생각하는 방식의 다름을 확인하는 순간엔 약간의 실망감과 신선한 놀라움을 함께 맛보게 되기도 하는 터였다. 그런데 그 약간의 실망감이란 다른 아이들의 경우였을 뿐 예령이 내게 주는 쪽은 언제나 신선한 놀라움이었다.

그애가 보여준 충동적인 행동 때문에 그애의 좋은 점을 못 본 척해서는 안 되는 게 아닐까. 난 예령의 그 말에서, 바로 그렇게 말할 수 있는 점이 예령다움의 실체라고 생각했다.

"예령인 언제나 좋은 쪽으로 생각하지. 그 면을 내가 얼마나 부러워하는지 넌 모를 거야."

난 솔직하게 나의 부러움을 털어놓는다.

"언제나라니…… 절대로 그렇지 않아. 정민아."

예령은 내 말에 크게 놀랐는지 윗몸을 일으켜세우기까지 한다.

"난 그저…… 다른 어느 때보다도 비난을 받는 사람의 입장이 될 수밖에 없으니까…… 비난을 받는 사람한테도 뭔가 좋은 점이 있을 거라는 말을 하고 싶은 맘이니까……"

그 말을 하는 동안 예령의 두 뺨은 잠시 붉어졌다가 원래의 창백함으로 되돌아왔다. 그 순간적인 뺨의 붉어짐은 스스로를 변명한다고 여기는 데서 생겨난 부끄러움이었음을 난 알아본다. 마치 내 자신의 것인 것처럼.

"정민아. 난…… 경훈오빠가 이건우처럼 행동할 수 있는 사람이라면…… 하는 생각을 했었단다."

두 눈을 꼬옥 감은 채 속삭이듯 낮은 목소리로 엉뚱하게도 경훈오빠에 대해 말하는 예령. 어쩌면…… 난 또다시 크게 놀라지 않을 수 없다. 경훈오빠로 향한 감정이 얼마나 깊었으면 예령이 그렇게 말할 수 있나 싶어서. 병든 어머니와 나이 든 누이와 함께 셋방에서 살아간다는 경훈오빠는 그러나 이건우와는 아주 많이 다른 사람일 것이었다. 경훈오빠가 한때 이건우가 수화한테 빠져들었던 그 열렬함으로 예령을 사랑한다고 해도 그는 자신의 열렬함을 쉽게 드러낼 것 같지는 않은 터였다. 어머니와의 유대감이 특별히 강한 예령의 손목을 잡고서 자신의 자리로 끌어들인다는 것을 경훈오빠한테서 기대할 수 있을까.

지난달. 내가 무작정 예령을 만나러 왔다가 만나지 못하고 돌아가는 길에 버스 정류장에서 정말 우연히 부딪쳤던 경훈오빠. 그날 그의 모습에선 2년 전 예령과 더불어 처음 만났을 때의 청결한 느낌보다는 뭔가 지친 기색이 뚜렷해 보였다. 작년 예령네의 별장에 초대받았을 때 예령이 내게 들려주었던 말에 의하면 경훈오빠 어머니는 때때로 정신의 온전함을 놓쳐버릴 때가 있다고 했다. 큰아들을 잃어버린 후유증일 거라는 게 경훈오빠의 설명이라고도 했다. 그 후유증을 앓고 있는 것은 어머니만이 아니고 식구들 모두의 것이기도 하다며 경훈오빠는 예령을 자신의 식구들이 세들어 사는 셋방으로 데려가기도 했다질 않았던가.

난 예령한테서 들었던, 예령과 경훈오빠 어머니의 만남에 대한 이야기를 나의 푸른 노트에 적어두기도 한 참이었다. 짧은 소설의 형태로. 그 얘기를 할 때의 예령의 괴로움이 나의 것인 양 다가온 때문이었다. 그러나 그뒤로 예령한테서 경훈오빠 애길 들은 적이 없었는데 그애의 감정은 변함없었던 모양이다.

"경훈오빠가…… 그 자리에 가만히 서 있는 것처럼 보이는 것은 예령이 널 생각해서일지도 모르잖아. 경훈오빠는 이건우처럼 제멋대로인 사람이 아니니까 예령이가 대학생이 될 때를 기다리고 있을 수도 있는 일인걸."

말하는 동안 난 자신의 이야기에 대한 믿음이 점점 뚜렷해졌지만 예령은 머리를 젓기만 했다. 나는 계속해서 부득불 내 말이 옳을 거라고 고집을 부려보지만 예령은 경훈오빠는 내가 우리집의 일부라고 믿으니까라는 말을 되풀이할 뿐이었다. 그러는 예령을 지켜보는 동안 난 놀랍게도 무슨 생각을 했던가. 예령을 안 이후 처음으로 예령이가 딱하다는 생각을 하게 된 참이었다.

"예령아. 난 예령이가 경훈오빠를 향해 먼저 다가설 수도 있다고 생각하는데."

"내가?"

예령과 나의 눈길이 부딪쳤다. 먼저 눈을 감은 쪽은 예령이었다.

"시간은 얼마든지 있잖아. 내 말은 제대로 시작해보기도 전에 포기해서는 안 된다는 거야."

말이라는 것은 스스로에게 최면을 걸어주는 위력을 지녔나보다. 예령의 손을 잡아주는 난 문득 내 안의 어떤 힘을 느낄 수 있었다. 얼마 전부터 내게서 떠나가버린 것만 같았던 열정이라는 이름의 힘을. 대학 입시를 통과하든 그렇지 않든간에 개의치 않을 거라는 평화스러운 체념 상태가 계속되는 동안 난 또 반작용으로 20살 이후의 날들에 대해 꿈꾸는 일에 게을러졌던 터였다. 그런데…… 경훈오빠에게 드러낼 수 없는 감정으로 스스로를 묶고 있는 예령을 지켜보는 동안 난 예령아, 정민아. 너희들은 무엇이든 할 수 있다고 소리치고 싶은 열정에 휩싸여든 것이다.

진정으로 원하는 일이라면 무엇이든 할 수 있다고 생각하자, 내 눈앞으로 시원스런 길이 펼쳐지는 듯한 이 상쾌한 느낌. 바리케이드도 없으며 발목을 묶는 족쇄 따윈 보이지 않는 더없이 넓은 길.

"그래. 정민이 말이 옳아. 제대로 시작해보기도 전에 포기해서는 안 되는 거겠지."

눈을 뜬 예령이 내 손을 꼬옥 잡으며 날 향해 웃어준다.

"이상한 일은 정민아. 난 나 혼자서도 그런 생각을 하지 않았던 것은 아니었단다. 그렇지만 나 혼자선…… 생각은 생각으로 그칠 뿐이었지. 그런데…… 넌 내게 어떤 힘을 주었어. 고맙다. 정민아."

예령은 침대에서 몸을 일으켜세우려고 했지만 난 두 손으로 그애

의 어깨를 눌러 꼼짝하지 못하도록 한다. 너무 많은 말을 한 탓인지,
예령의 얼굴에 어린 웃음기에도 불구하고 그애가 너무 지친 것처럼
보였던 것이다.

"이제부턴 좀 자는 게 좋을 것 같아. 예령아. 어서 빨리 회복하려
면 내 말을 들어야 해요."

난 정말 예령의 언니라도 된 듯 이불을 끌어올려 덮어주며 말했
다.

"고맙다. 정민아……"

예령은 무슨 말인가를 더 하고 싶어했지만 침묵하라는 뜻으로 난
내 입술에 손가락을 가져다 대곤 방문 쪽으로 뒷걸음치기 시작했다.
방문을 열고 나가기 전에 나는 다시 한번 그애 곁으로 다가가서 그
애한테 품고 있는 내 고마움을 꼭 전하고 싶은 충동에 불현듯 휩싸
여들었다. 작년 7월, 그애가 내게 보내준 편지의 어느 구절들만큼
내게 큰 기쁨을 준 것이 또 있을까. 정민아. 난 너를 떠올릴 때면 너
에겐 외부 세계의 바람이 닿지 않는 너만의 고요하고 흔들리지 않는
비밀의 방이 있을 거라고 믿게 된다. 어떤 삶이 다가오더라도 물러
서려 하질 않는 단단한 정신으로 충만된 그 비밀의 방. 그 방은 분명
해가 지날수록 좀더 많은 이야기로 채워질 것이고…… 그 이야기들
은 내 마음까지도 설레게 할 것이다.

내 자신이 더없이 초라하게 여겨질 때마다, 내 마음속이 캄캄한
굴속으로 여겨질 때마다 그 구절을 떠올리곤 했던 나. 나는 그러나
정민에게 다가가질 않고 조용히 방문을 닫는다. 지금의 정민에게 필
요한 것은 다른 무엇이 아닌 휴식이라고 여긴 것이다.

휘이이잉. 바람 소리는 드높다. 집안의 유리창들은 바람이 지나갈
때마다 타악기처럼 제 몸을 떨며 드르륵대는 소리를 낸다. 뚝 덜커
덩 하고 무엇인가가 굴러떨어지는 소리도 들려온다. 비라도 쏟아져
내리려는 것일까. 하늘은 무겁게 흐려 있고 집 안의 공기는 눅눅하

다. 앞마당의 나무들은 여러 방향으로 허리를 수그렸다 폈다를 계속
한다. 연못가의 라일락·무화과나무 들은 덩치 큰 향나무나 석류나
무에 비해 더욱 중심을 잡지 못하고 허우적댄다. 움직이는 두터운
장막 같은 안개는 점점 짙어져 앞마당과 골목길의 담장을 무너뜨린
다.

여기까지 쓰고 난 나는 나의 푸른 노트를 타악 덮고 만다. 김정민
넌 지금 무얼 하고 있는 거냐 하는 물음이 떠오른 순간이었다. 바람
소리니 안개니 라일락나무 따위를 쓰고 있노라면 내 마음속에서 뒤
채이던 드센 폭풍우가 조금은 숨을 죽여줄 것으로 기대했지만 그러
나 기대했던 대로 되지는 않았던 것이다.

게다가 그 글쓰기란 것이 2년 전 이맘때쯤 외할머니를 병문안하러
어머니와 함께 내려왔던 그 다음날, 내가 외할머니 방 창에서 보았
던 풍경을 되살려내는 것이었으니 더더욱 우스꽝스런 일로 여겨졌을
수밖에. 이상한 점은 2년 전의 풍경에 대해선 세세하게 떠올릴 수
있음에 비해 지금 내 눈에 비쳐드는 전경은 그저 회색빛으로만 다가
올 뿐임에랴.

대체 무슨 짓을 하는 것인지. 입속말을 하며 의자에서 일어난 나
는 그러나 곧 다시금 주저앉는다. 거친 숨을 내쉬며 얕은 잠에 빠져
든 외할머니 쪽을 보지 않으려고 애쓰면서. 그러나 잠시 후 나는 외
할머니가 누운 침대 쪽으로 다가가본다. 마치 숨쉬는 송장이기나 하
듯 참혹한 늙음이 두드러져 보이는 외할머니 모습. 화장기 없는 외
할머니의 얼굴 피부는 사람의 것이라기보다 마구 구겨놓은 먼지 앉
은 시멘트 포장지를 연상케 한다. 그리고 얼굴의 어느 한 부분조차
피해가지 않고서 온통 자리잡고 있는 주름살들.

불현듯 다락방의 상자갑 안에 들어 있던 사진 속에서 본 외할머니
의 갈래머리 모습이 되살아나면서 내 눈에선 눈물이 흘러내린다. 시
간은 여학교 시절의 그 고운 소녀 얼굴을 지금의 외할머니 모습으로

변모시켜놓았다. 문득 괴물의 무서운 손으로 다가오는 시간…… 혜
진언니가 죽음을 택한 것도 시간 속의 그 무서움을 깨우친 때문이었
나. 온몸이 떨려온다. 아직도 혜진언니의 죽음이 믿기지 않으면서도
혜진언니가 이 세상에 존재하지 않음을 받아들여야 한다는 것이 너
무 벅찬 일이었던 것이다.

큰이모부와 큰이모께 먼저 떠나게 되어 죄송하다는, 그다지도 짧
은 편지만을 남겨놓았다는 혜진언니. 혜진언니를 죽음에 이르도록
한 것은 대체 무엇이었을까. 큰이모부와 큰이모와의 사이가 나빴다
는 것 말고, 생각나는 것이라고는 없다. 큰이모는 혜진언니가 대학
생이 된 뒤로 큰이모부와의 이혼을 원한다며 예전에 혜진언니 몫으
로 사두었던 아파트에서 지내는 날이 많았었다. 그랬던 만큼 큰이모
가 혜진언니한테도 당신의 괴로움을 털어놓았겠지만 그러나…… 그
렇다고 해서 죽음까지 택한다는 것은.

큰이모는 그 이유를 알고 있을까.

유서니 일기장 같은 것이라곤 남겨진 것이 없다니 큰이모 또한 모
를 것이 분명하리라. 혜진언니와 좀더 가깝게 지냈더라면 좋았을 것
이라고 뒤늦은 후회도 해보았지만 소용없는 일일 뿐. 큰이모와 어머
니는 큰이모가 서울에서 지내는 날들의 경우엔 거의 매일이다시피
만나곤 했지만 나와 혜진언니는 일 년에 몇 번 얼굴만을 보는 사이
였다.

어쩐지 쉽게 다가갈 수 없었던 혜진언니. 혜진언니 눈을 보고 있
으면 누구도 자신이 금을 그은 울타리 너머로 들어오는 것을 받아들
이지 않겠다는 마음이 전해져오는 것만 같았다. 사람들을 대하는 목
소리며 태도는 더없이 예의바르지만 혼자만의 세계를 고집하는 듯한
완강함이 너무 뚜렷하게 느껴지곤 하질 않았던가.

모두가 부러워하는 명문대학교에 들어간 지 2년 만에 죽음을 택했
다니. 난 어머니께 혜진언니가 어머니한테 무슨 이야기를 한 적이
없었느냐고 물어보기도 했었다. 그애는 토옹 제 마음속을 열어보인

256

적이 없었어 하고 머리를 저었던 어머니.

풀 길 없는 수수께끼. 혜진언니 마음속으로 숨어들어 죽음 속으로 뛰어들도록 만든 그 괴물의 정체는 정말 무엇인지. 그런데 그 괴물과의 싸움에서 지고 말았던 순간, 혜진언니의 마음은 어떠했었을까. 혜진언니도 나름으로는 그 괴물과 피나는 싸움 끝에 더는 싸울 기운이 없었던 나머지…… 그러나 그럴 수밖에 없었던 남모르는 아픔이 아무리 깊었다 하더라도…… 혜진언니가 큰이모의 고통을 헤아릴 수만 있었더라면…… 죽음을 택하지는 않을 수 있었으리라.

가엾은 혜진언니, 큰이모. 혜진언니가 죽음을 택했다는 소식을 들은 것은 3주일 전이었는데 그 동안 난 거의 언제나 죽음을 떠올린 채로 지내왔었다. 길을 걷다가도, 책갈피를 넘기다가도 나도 모르게 눈물을 주르륵 쏟곤 했었다. 죽음을 택할 수밖에 없었던 순간의 혜진언니는 얼마나 끔찍하도록 쓸쓸하였던 것이었을까 하고. 그런데도 앓아 누운 외할머니와 몸을 추스르지 못하는 큰이모를 보게 되자 난 또 혜진언니를 탓하고 싶어졌던 것이다. 사람에게는 저마다의 고통의 몫이 있으며 산다는 것은 그 고통의 몫을 받아들이는 과정임을 혜진언니가 받아들였다면…… 죽음에 이르지는 않았을 것만 같았던 것이다.

혜진언니에 비하면 모든 면에서 뒤처지는 나 또한 도무지 두드러지는 점이라곤 없는 자신의 평범성에 진저리를 치면서도 별수없이 그런 자신을 받아들이려고 노력하는 터였다. 어디 나뿐일까. 내 주위의 친구들 모두 저마다의 고통을 지니고 있었다. 예령은 예령대로, 선미는 선미대로, 준하는 준하대로, 유나는 유나대로, 정호는 정호대로, 이건우는 이건우대로.

그 중에서도 정호의 힘듦이란 얼마나 큰 것일까. 그런데도 정호는 씩씩하게 그 힘듦의 무게를 잘 견디어가고 있는 것이다. 그애를 생각할 때면 내 몫의 어려움에 대해 말한다는 것이 어쩐지 엄살을 떠는 것만 같곤 했었다.

그애를 무척이나 좋아하면서도 학년이 바뀐 뒤로 정호 곁으로 좀
더 가까이 다가가지 않았던 것도 바로 충분히, 힘껏 살지 않으면서
엄살떨기만을 좋아한다는 그 느낌을 피하고 싶었던 때문이었으리라.
난 자신이 게으르다는 것, 또 쉽게 정호 흉내를 낼 수가 없다는 것을
2학년 여름방학 한 달을 그애와 함께 분식집에서 일하는 동안에 너
무나 잘 알게 되었던 형편이었다. 바로 그렇기 때문에 정호를 그리
워하는 마음이 이토록 깊은 것인지도 모를 일이다.
　내가 혜진언니와 친하게 지낼 수 있었더라면…… 그랬더라면 혜진
언니와 정호 또한 서로를 좋아할 수 있었으리라…… 그랬더라면……
나는 자신도 모르게 머리를 저었다. 그와 같은 생각이 대체 무슨 소
용이 있단 말인가 하고 한숨을 내쉬면서. 그런 후엔 곧 푸른 노트를
펴선 정호에게 보내는 글을 쓰기 시작한다.

　정호에게
　너를 한번이라도 떠올리지 않는 날이라곤 없으면서도 널 만난
지는 꽤 오래 되었다. 너와 같은 반이었던 2학년 그때가 좋았다는
생각을 얼마나 자주 하는지.
　너가 일 년 내내 교실 뒷벽 게시판에 붙여주었던 시들. 삶에 대
한 희망과 아름다움이 묻어나던 구절들. 그것들이 없었더라면 우
리들의 2학년 교실은 메마르고 건조한 사각의 수용소에 불과했을
테지.
　난 특히 여름 방학 동안 너와 함께 분식집에서 일하는 동안에
알게 되었던 정호 너의 그 인내심을 잊지 못할 것이다. 하루종일
뜨거운 불 앞에서 국수를 말아내고 만두를 튀겨내던 땀투성이의
너의 모습.
　난 지금까지 정호 널 만나기 전까지, 너와 같은 친구가 있으리
라고는 상상해본 적이 없었다. 신문과 우유 배달, 그리고 식당 일
로 넌 너의 병든 어머니와 너의 생활을 꾸려왔다고 했다. 3학년이

258

되고 난 뒤에도 넌 여전히 방학 때면 하루종일 분식집에서 일했었
다고 했다. 그러나 그 같은 부지런함은 너의 좋은 점들 중에서 극
히 한 부분에 지나지 않는다고 해야겠지.

책으로 향한 너의 그 열렬한 관심, 너 자신이 처해 있는 어려움
을 과장하지도 않고, 비명을 지르지도 않으며 받아들이는 그 너그
러운 태도, 사람들에 대한 포용력. 그런데 정작 너의 가장 좋은
점은 아직도 말하지 못했다는 느낌이 드는 것은 왜일까.

정호 널 그렇게도 좋아하는데(아니 좋아할 뿐 아니라 감탄하고
있다고 해야 할 것이다) 3학년이 되어 반이 바뀐 뒤로 난 너한테
로 선뜻 다가갈 수가 없었다. 대학 입시가 주는 압박감은 아마 핑
계에 불과할 테고…… 난 아마도 너와 함께 있을 때의 날 견디기
힘들었기 때문에 너와의 거리를 좁히려 하지 않았던 것만 같았다.

널 생각할 때마다 나의 작음이, 초라함이 두드러졌던 것이었어.
널 그토록 좋아하는데도 결국 내 자신의 건사가 더욱 중요했던 거
겠지.

쓰고 싶은 이야기는 많았음에도 난 여기서 멈추어야만 했다. 외할
머니가 잠에서 깨어난 기척이 들려왔던 것이다. 푸른 노트를 덮은
뒤 난 외할머니가 누운 침대 곁으로 다가간다.

"할머니, 무얼 좀 드시겠어요?"

겨울이면 기관지염으로 고생하신다는 외할머니. 재작년 이맘때에
도 이 자리에서 외할머니께 주스라도 드시겠느냐고 물었던 것이 생
각난다. 그때에 비해 지금의 외할머니는 더더욱 기운이 없어 보인
다.

"아니다. 생각이 없어."

외할머니는 곧 서 있지 말고 앉으라고 말했다. 난 순순히 둥근 탁
자 앞의 우단 의자를 가져와 앉는다.

"참…… 세월이 빠르지. 우리 정민이가 내년이면 스무 살이니……
스무 살은 참 좋은 나이가 아니냐…… 이 할미한테도 분명 스무 살
나이 때가 있었을 텐데."

옛날 일을 더듬는 듯한 외할머니의 눈길은 천장을 향했다가 나의
얼굴로 천천히 옮겨온다.

"이 할미는 말이다…… 이 할미가 누려보지 못했던 모든 것을 내
새끼들은 누려보았으면 했는데…… 쓸데없이 욕심을 부렸다는 것을
이제야 알겠구나."

외할머니는 변하셨다. 부자인 큰이모부와 큰이모가 전혀 행복하지
않은 결혼 생활을 해왔다는 것, 그리고 혜진언니의 죽음을 통해 어
떤 충격을 받으신 게 확실하다. 재작년 이맘때 난 아버지의 무능함
을 못마땅해했던 외할머니께 큰이모가 아주 행복하다고 생각하세요
하고 물은 적이 있었다. 네 큰이모네는 걱정할 것이 없다. 중심지에
빌딩을 몇 개나 가지고 있질 않니. 주저하지 않고 그렇게 대답했던
외할머니께 난, 그렇지만 제가 보기에 큰이모는 어쩐지 슬퍼 보이는
데요 하고 내 느낌을 밝혔고 그러자 외할머니는 그건 정민이 네가
잘못 본 것이지. 그렇게 부자로 살면서 슬퍼한다는 것이 말이나 되
는 얘기냐 하고 받아 말했다. 그리고 계속해서 큰이모네 사는 것이
부럽지 않느냐고도 물었다. 부럽지 않다고 난 말했고 그러자 외할머
니는 욕심이 없는 것은 좋은 일이지만 그러다 보면 언제나 뒤처지게
된다고도 말해주었다. 그때의 외할머니는 내게 얼마나 부담스럽게
다가왔던지.

"미국에 있는 너희 막내이모한테서 얼마 전에 편지가 왔는데……
학위 공부를 그만두어야겠다고 하더라…… 어머니를 기쁘게 해드리
기 위해서 지금까지 애썼지만 이제는…… 더는 그럴 힘이 남아 있지
않다고 말이다."

외할머니는 내게 눈물을 보이고 싶지 않았던 걸까. 눈을 몇 번씩
이나 껌벅였지만 눈언저리가 축축해지는 것을 막을 수는 없었다.

"너희 막내이모는…… 편지에다 이렇게 적어놓았더라. 어머니께 학위 공부 그만두겠다고 말해야 하는 것이…… 죽는 일만큼이나…… 힘들고 괴로운 일이라고…… 이 할미는 그런 것도 모르고……"

말끝을 흐렸던 외할머니는 너희 막내이모가 올해 나이가 서른여섯이나 되었는데…… 이렇게 될 줄 알았더라면…… 혼잣말하듯 낮게 말했다. 어머니와 나이 차이가 많이 벌어진다는 것을 알고는 있었지만 구체적으로 막내이모의 나이에 대해 생각해보지 않았던 것일까. 4년만 지나면 막내이모도 40대로 접어드는구나 싶어, 어쩐지 가슴이 쿵 하고 내려앉는 느낌이 든다. 40대란 내게 아무래도 재미없는 연배로 다가올 뿐이었던 것이다.

그러나 내 기억에 남아 있는 막내이모는 아주 젊은 모습일 뿐이어서 곧 막내이모의 40대는 조금도 가엾게 여겨지지 않을 거라고 난 생각했다. 대학을 서울에서 졸업하고, 고향으로 내려가 그곳에서 대학원을 마친 뒤 시간 강사 노릇을 몇 해 하다 제대로 공부를 해야겠다며 유학길에 올랐던 막내이모.

"이 할미의 공연한 욕심 때문에…… 너희 막내이모가 지금까지 하지 않아도 좋을 고생을 해야만 했던 깃을 생각하면…… 마음이 찢기는 것처럼 아프기만 하구나."

"할머니 욕심 때문이라고 생각하지 마세요. 막내이모가 공부를 하고 싶어하지 않았더라면 할머니가 아무리 등을 떼밀었다고 해도 꼼짝하지 않으셨을 텐데요."

"아니야. 이 할미 때문이었어. 꼭 미국박사가 되어야만 큰소리치며 살아갈 수 있는 것처럼 늘상 말하고는 했었으니. 그리고 말이다. 이 할미 생각으로는 공부에도 때가 있을 듯도 싶어 빨리빨리 학위를 끝내야 한다고 재촉을 해대었는데…… 그게 다 너희 막내이모를 얼마나 힘들게 했겠나 싶어…… 모든 것이 그저 후회가 될 뿐이다."

스스로를 깊이 자책하는 외할머니를 지켜본다는 일이 왜 이리도 힘든 것일까. 차라리 외할머니가 언제나처럼 "모든 일에는 때가 있는 법이다. 지금 너희 때는 공부를 하는 것이 앞날을 준비하는 가장 좋은 방법이기도 한 거지. 무엇이 되고 싶은지 잘 생각해보아야 한다"는 말, 내가 몹시 듣기 싫어했던 그 말을 되풀이해서 들려준다면 내 마음이 차라리 편할 것만 같질 않은가.

"그저…… 식구들끼리 오손도손 정답게 살아가면 그것으로 좋은 것인데…… 그런데 할미는……"

무슨 말을 삼키려는 듯 훅 하고 깊은 숨을 들이켜는 외할머니. 외할머니는 끝내 외할아버지와 정답게 지내오지 못했다는 것을 내게 말하고 싶지 않았던 걸까.

"그런데…… 식구들끼리 정답게 산다는 것도 정말로 얼마나 어려운 일인지…… 모르겠다…… 이 할미는 아들을 두지 못해 그것 때문에 한평생 마음 아픈 일을 겪어야 했는데…… 너희 큰이모네는 또 아들이 있어도…… 저 모양이니…… 여자로서 살아가는 일이 너무 힘드니까…… 이 할미는 너희 막내이모한테 든든한 직업이 있어주었으면 했던 것인데…… 이제는 아무것도 모르겠다는 생각이 들 뿐이구나. 적지 않은 나이를 먹고서…… 살아갈 날도 그리 많이 남았다고는 할 수 없는 이 나이가 되어서 아무것도 모르겠다고 여겨지니…… 헛살아온 것만 같구나."

한동안, 외할머니도 나도 입을 열지 않는다. 외할머니는 기진한 탓으로, 나는 또 그런 외할머니가 너무나 가여워진 탓이었으리라. 알 수 없는 삶의 모범 답안. 외할머니의 웅얼거림 같은 이야기를 듣고 있는 동안 난 정말이지 내가 외할머니의 손녀가 아닌, 외할머니의 친구가 되어버린 느낌이었다. 외할머니의 친구인 내가 열아홉 살의 나를 바라보며 가엾은 것, 살아가는 많은 날들 동안 넌 얼마나 많은 길을 돌아가야 할까 하고 안쓰러워하는 듯한 그런 느낌.

그러자 열아홉 살인 내가 머리를 흔들기 시작했다. 아주아주 격렬하게. 내 두 다리는 튼튼하고 내 심장 또한 튼튼해서 난 정답을 알 수 없는 삶의 바닷속으로 뛰어드는 것을 두려워하지 않는다라고 입속말로 소리치며. 그렇게 하지 않으면 외할머니의 친구인 마음이 깊어져 그만 울음이라도 터뜨릴 것만 같았던 것이다.

"정민이는 이번에 시험을 보지 않을 거라고 했다지?"

길게 여겨지는 얼만가의 침묵이 흐른 뒤 외할머니가 그렇게 물어왔다.

"네."

네라고만 말해서는 안 될 것만 같은 난 지금은 무슨 공부를 하고 싶은지 알 수 없지만…… 시간이 지나면 그걸 알게 될 것이라고 말했다. 그러고선 외할머니가 어떤 반응을 보여줄 것인지 기다려보지만 외할머니의 입은 열리지 않는다. 역시 내가 대학 입시를 포기했다는 것이 외할머니 마음을 아프게 했구나. 난 외할머니 곁을 떠나고 싶어졌는데 그때 마침 어머니가 방문을 열고 들어왔다.

"좀…… 어떠세요?"

지금까지 큰이모 곁에 머물렀던 어머니 얼굴에는 피곤함이 뚜렷하게 드러나 있다. 그리고 이마며 눈 가장자리의 주름살들이 눈에 뜨이게 깊어졌다는 것 또한 알 수 있다.

"근애는 기운을 차린 것 같더냐?"

"이제 겨우…… 잠이 들었어요."

늙어가는 어머니, 이젠 별로 더 늙을 수 없을 정도로 늙어버린 외할머니를 바라본다는 것이 괴롭기만 한 나는 우단 의자에서 일어난다.

"앉아라."

외할머니는 내가 일어서기를 기다렸다는 듯 어머니더러 우단 의자에 앉으라는 눈짓을 보내었다.

"너도 쉬어야 할 텐데…… 그런데 정민이 말이다. 2차 대학이나 전문대라도 시험을 보도록 하는 것이 낫질 않겠어?"

외할머니는 나의 대학 포기를 끝내 막고 싶으신가보다. 난 정말이지 안타깝기만 한 마음이다. 절대로 대학 진학을 하지 않겠다는 것도 아니고 내가 무엇을 공부하고 싶은지, 그것을 찾아냈을 때, 그때 대학엘 가려 한다고, 말씀을 드렸는데도 내 일을 나한테 맡겨둔다는 것이 그리도 힘드는 것인지.

난 어머니 쪽을 쳐다본다. 어머니가 날 도와주려나 하는 기대를 품고서.

"그냥 정민이를 믿어보려고 하는데요."

어떤 머뭇댐도 느껴지지 않는 투로 말하는 어머니. 어머니가 내 일을 나한테 맡기겠다고 말해준 것은 지난달이었는데 그러나 그때엔 사실 일말의 아쉬움이 깃들인 얼굴이었다. 하지만 지금 내 눈엔 그 아쉬움이 보이질 않고 있는 것이다.

"어떤 길이 모범 답안인지, 가장 많은 사람들이 걸어가는 길만이 모범 답안인 것인지, 잘 모르겠다는 생각이 들 때도 있어요…… 어찌 생각하면…… 한걸음만 비켜 서서 생각하면 좀 빨리 걸어가거나…… 몇 발자국 뒤처져서 걷는 것이 큰 차이가 있는 것이 아니라고 여겨지기도 하던데요. 그러나 무엇보다도 모든 것을 편안하게 받아들이자, 그렇게 마음을 먹지 않으면 우선 제가 견디기가 힘들어서요. 자식을 부모가 생각하는 방향으로 끌고 가는 것도 결국은 힘이 있어야 하는데…… 어머니. 저한테는 그런 힘이 별로 남아 있지 않은 모양이에요…… 정민이한테는 서운하게 들릴지 어떨지 모르겠지만…… 어쩌면 제가 정민이를 제 마음속에서 저만큼 떼어놓았는지도 모르지요."

외할머니를 바라보며 이야기를 하던 어머니가 "떼어놓았는지도"를 말할 때쯤부터 내게로 얼굴을 돌리며 웃는다.

"떼어놓고 싶다고 그럴 수만 있다면 그것은 부모자식간이 아닌 게지."

어머니와 외할머니는 계속해서 부모 자식간의 그 끈질긴 집착에 관한 이야기를 주고받는다. 그러는 동안 어머니께로 솟아나는 새로운 정다움과 고마운 감정에 휩싸여든 나는 어머니한테서 눈을 떼지 못하고 있었다. 무거운 등짐을 내려놓은 것만 같은 어머니 표정을 거듭 확인하고 싶어서. 그것으로도 부족했던 것일까. 난 또 어머니의 작은 노트에서 읽었던 어느 구절을 떠올리기도 한 참이었다.

때때로 습관에 의해 살아가고 있는 것은 아닐까 생각하곤 한다. 변화보다는 권태 쪽을 견디는 것은 역시 습관의 힘이 우리들 삶을 지배하는 힘이 강함을 말해주는 예가 아닐까. 그렇다. 나는 권태롭다고 느낀다. 그 느낌은 불건전하고 피해야 할 재난쯤으로 여기는데도. 내가 살아온 날들을 앞으로도 되풀이하여 견뎌야 한다는 것을 생각할 때면…… 그러나 새로운 날들을 계획할 수 있는 힘조차 남아 있지 않을 정도로 맥풀려 있는 나인 것이다.

난 아마도 줄곧 그 구절에 마음을 쓰고 있었던 모양이다. 어머니 얼굴에서 권태로움의 흔적이 조금이라도 엷어졌나를 이처럼 확인하고 싶어하는 것을 보면. 아픈 외할머니 앞이어서 그런가. 어머니는 피곤해 보이는 중에서도 마음의 편안함이 깃들인 눈빛을 하고 있는 것도 같다.
"생각해보면 정민이가 건강하고…… 제 나름으로는 위축되지를 않고서 이만큼 자라주었다는 것도 큰 고마움이라고 여겨지는데요. 제 마음을 쏟을 무엇을 아직은 찾지 못했지만…… 그것을 찾고자 하는 마음이 펄펄 끓고 있으니까 언젠가는 무엇을 두 손으로 꽈악 잡게 되겠죠."
날 격려해주고 싶었던지 어머니는 '펄펄'을 특히 힘주어 말했다.
"에미도 결국은 정민애비 마음을 닮게 된 것 같구나. 그런데 그 욕심 없는 김서방한테서 나온 딸이 펄펄 끓는 마음이라니. 그건 좀 믿기지 않는다만."
"김서방 딸이 어머니 외손녀이기도 하니까요."
"그래. 그렇다면 우리 정민이한테 기대를 걸어볼 수도 있겠다."

어머니도, 외할머니도, 나도 다 함께 벙긋대며 웃는다. 어머니가 나타나기 전까지 외할머니 얼굴에 웃음이 실릴 거라곤 생각할 수 없었던 난 어머니로 향한 감사함으로 가슴이 터질 것만 같다. 왜 이 순간 어머니의 작은 노트에 적힌 어느 구절이 또다시 떠오르는지.

난 정민이가 대학 입시엔 비록 실패한다고 해도 하고 싶은 일 찾기에선 꼭 성공해주기를, 바라고 또 바라는 마음이다. 요즈음엔 곧잘 눈물을 쏟곤 한다. 그애가 살아야 할 날들을 생각할 때면 어쩔 수 없이 기도하는 마음이 되고 마는 것이다. 정민이에게 내가 살았던 날들과는 다른 날들을 주십시오. 난 그애가, 삶이 우리들에게 줄 수 있는 온갖 아름다운 감정들을 모두 가지게 되기를 기원합니다.

아, 어머니. 나는 어머니의 어깨를 와락 등뒤에서 껴안는다. 어머니, 나, 외할머니, 우리 셋은 모두 다 함께 웃고 있지만 그러나 서로에게 웃음을 보여주는 세 사람의 마음속에서 한 줄기 눈물이 흘러내리는 것을 어찌 모를 수가 있으랴. 가여운 혜진언니. 가여운 큰이모. 그만 울음이 터져나올 것만 같아진 나는 외할머니 방을 나와 앞마당으로 나간다.

아침나절 내내 흐렸던 하늘은 12월의 하늘답지 않게, 마치 봄날의 그것처럼 해맑은 푸른빛이다. 바다 저편에서 불어오는 바람에도 어느덧 봄날의 부드러운 입김이 실려 있는 것도 같다.

아아. 스무 살의 3월이 되면 난 온갖 금지 구역으로부터 놓여나는 자유인이 될 것이다. 자유인. 입속말로서나마 자유인을 외치는 동안 터질 것 같은 마음이 되고 만 내가 한껏 기대에 부푼 두 눈으로 보고 있는 것은 무엇이었던가. 세상의 모든 아침을 보기 위해 길 떠나는 나의 모습, 바로 그것이었다.

푸른 몸으로 글쓰기

김 혜 순

　김향숙의 『스무 살이 되기 전의 날들』은 청소년소설이다. 청소년소설이라 함은 청소년이 그 주인공이면서 아울러 청소년층이 읽기에 좋은 소설을 말한다. 성장소설과 청소년소설을 구분하여본다면 성장소설이 소설의 주인공이 성장한 후 그의 지나온 기간을 회고하여 무엇이 그 성장의 밑거름이었으며 아픔이었나를 낱낱이 회고하는 형식이라면(회고체를 의도적으로 배제한 경우도 있지만) 청소년소설은 청소년이 그 소설의 주인공이어서 자신의 당대와 그 시기를 그 시기의 언어 수준 그대로, 사상 수준 그대로 이야기를 전개해나가는 소설이라고 볼 수 있다. 그래서 대부분의 성장소설은 과거의 어느 특정한 시간이 소설의 시간대로 사용되지만, 청소년소설은 현재 이 시간이 소설의 시간대로 씌어지고 있는 것이 대부분이다. 덧붙여 말하면 성장소설의 주인공이 설사 그가 어느 특정한 시기의 화자, 그러니까 어린이나 청소년의 어조를 그대로 사용한다고 하더라도 소설가 스스로의 문제 의식과 인간에 대한 이해를 포함하고 있는 문제를 구사한다면 청소년소설은 될수록 그런 소설가의 자기 의도는 숨기고 청소년기에 처한 인물의 문제를 그대로 적나라하게, 현상 자체를 중요시

하면서 언술하고 있다는 점일 것이다. 그래서 성장소설의 주인공은
시대적 문제, 또는 이데올로기적 문제를 저변에 깔고 있는 것이 대
부분이지만 청소년소설은 그런 것보다는 청소년기의 방황 그 자체가
소설쓰기의 중요한 모티프가 된다는 사실이다. 그러기에 청소년소설
의 독자는 한층 연령이 아래로 내려갈 수 있는 이점이 있으며, 공감
의 폭 또한 그 아래 연령층에서 더 증폭될 수 있을 것이다.

김향숙의 「스무 살이 되기 전의 날들」은 열일곱 살에서 열아홉 살
까지, 그러니까 고등학교 1학년에서 3학년까지를 힘겹게 지내오는
여학생 김정민의 1인칭 서술로 된 소설이다. 이 소설의 언술자는 지
금 현재 서울에서 그 나이를 살고 있는(그러니까 성장소설의 주인공들
처럼 과거의 어느 시기에 그 나이를 보낸 주인공이 아닌) 여학생이다.
이 여학생은 지금의 한국의 대부분의 고등학생이 그렇듯이 입시 위
주의 교육 풍토 안에서 나름대로 지독한 고통을 감내하고 있는 여학
생이다. 김향숙은 이 소설을 통해 고등학생이 된 여학생의 시선으로
입시 제도 안에 묶인 이 나이의 고등학생들과 이들을 키우는 부모
세대를 낱낱이 해부한다. 그러나 그 해부는 어른의 시선이 아닌 여
학생의 시선에 의해서 진행되기 때문에 감정적·피상적·추상적·상
투적 목소리를 그대로 포함한다.

이 소설은 한 편의 장편소설로도 읽히지만 네 개의 중편으로도 읽
힌다. 주인공과 등장인물이 같으며 사건의 순서도 시간순으로 일어
나고 있기 때문에 하나의 소설로 읽어도 무방하지만 그러나 네 편의
중편으로도 나누어 읽어도 무방하다. 그 이유는 각 중편이 나름대로
의 각각 독립된 구성 방법으로 짜여져 있기 때문이다.

또한 이 소설은 세 가지 언술 형태로 짜여져 있는데 첫번째 부분
은 묘사 부분으로서 자연 풍경이나 주인공의 할머니 방, 혹은 주인
공의 친구 예령이가 대학생 애인의 집을 방문하는 장면, 그림이나
사진에 대한 묘사이다. 이 묘사 부분은 이 소설에서 매우 암시적인
코드로 사용되고 있다. 김향숙은 이 묘사 부분을 가장 객관적으로

언술함으로써 가장 아름다운 문체를 만들어낸다. 두번째 언술 형태는 서술 부분이다. 이 부분은 각각의 중편소설을 독립적으로 읽을 경우 앞의 중편에서 일어난 사건을 알지 못하므로 뒤의 중편에서 일어난 사건을 이해할 수 없게 될 때를 대비해 사건의 맥락을 되짚어 설명해야 할 경우, 혹은 주인공이 어떤 사건 속에서 자신의 심경이나 판단을 개입시킬 경우에 사용되는 언술 형태이다. 이 언술 형태가 주인공의 언어 수준을 가장 적나라하게 나타내는 부분이다. 이 부분에서 우리는 주인공의 미숙함과 피상적인 사고를 그대로 전달받는다. 이 부분을 주인공의 수준에서 읽지 않는 경우 독자는 혼란에 빠질 수도 있다. 왜냐하면 그것이 작가의 판단 미숙이나 오문이 아닌가 하는 오해를 불러일으킬 수도 있기 때문이다. 다음으로 독백의 언술이다. 이 독백은 주인공이 일기 '푸른 노트'를 쓰거나 등장인물들이 편지나 크리스마스 카드를 쓸 때 등장하는데 이 독백의 언술은 상황을 연결시키는 코드가 되기도 하지만 소설의 핵심을 전달하는 데 가장 중요한 구실을 한다. 그러나 '푸른 노트'는 어머니의 '회색 노트,' 냉장고 속에서 발견한 '수첩'처럼 묘사문으로도 씌어져 주인공의 심리 상태나 소설 전체의 의미를 암시적으로 전달하기도 한다.
　이를테면 주인공의 남자 친구 이건우와의 전화 통화 내용을 언술한 부분을 보면 다음과 같이 그 언술 형태가 짜여져 있다.

　i) 침대의 흰 시트 위엔 천조각 하나 걸치지 않은 채 누운 여자의 몸, 직각으로 세운 여자의 다리와 허리께 아래의 흰 시트를 물들이고 있는 선명한 선혈의 흔적, 그리고 누운 여성의 손끝에서 퍼져나간 선들의 끄트머리에 연결된 머리가 커다란 태아와, 보랏빛 꽃다발과, 유리병 속에 든 몸의 장기 형상을 한 희붐한 물체들.

　ii) 그러는 중에서도 나는 이건우의 전화를 받고 있던 당시 내 머릿속에 떠올랐던 영상 하나를 상기해내었다. 알몸의 여자가 흰 시트 위에 피를 흘리며 누워 있던 그것은 얼마 전에 내가 책에서 보았던 그림 이었다. 유산하는 여자의 황량한 내면을 나타내는 듯한 그 그림을 이 건우의 전화를 받으면서 떠올렸던 것은…… 결국 이건우와 수화 사이 에 그런 일이 있을 수도 있다는 잠재 의식 때문이 아니었던가.

iii) 이건우의 말을 더 이상은 듣고 싶지 않았던 나는 그만 의자에서 일어나고야 말았다. 수화의 보호자 노릇은 네 몫이야라는 말을 남긴 채.

위의 인용문에서처럼 i)은 프리다 칼로의 그림, 「헨리포드 병원」을 묘사한 것이고, ii)는 얼마 시간이 지난 후에 자신이 이건우의 전화 를 받는 동안에 떠올렸던 그림의 내용과 같은 사건을 실제 일에서 맞닥뜨리게 된 일을 결합시켜보는 서술의 부분이고, iii)은 사건의 전 말을 독백적 언술로 전달해주는 부분이다. i)의 묘사 문장은 이 소설 에서 '징조 단위'의 코드로 사용된다. 이 소설의 화자인 김정민은 늦 은 밤 친구의 전화를 받으면서 느닷없이 멕시코 여성 화가의 유산하 는 순간을 그린 그림을 떠올린다. 그 그림의 내용을 묘사한 i)의 문 장은 ii)의 반복된 서술에 의해 그것이 사실로 나타남을 경험하게 된 다. 그러다 화자는 얼마 후 병들어 기동이 불편해진 친구 예령을 찾 아가 이건우와 수화의 얘기를 들려주는 과정에서 그 사건을 반추하 고, 친구의 충동적 성격에 화가 났었음을 상기한다. 그래서 iii)과 같 은 판단을 내릴 수밖에 없었다는 독백을 하게 되는 것이다. 물론 이 독백은 친구와의 대화중에 일어난 일이므로 대화체로 처리할 수 있 었겠지만 작가는 이를 독백으로 처리하여, 화자의 심리 상태를 더 적나라하게 직접 화법으로 전달되도록 하고 있다. 이러한 작가의 화 자의 직접 화법, 그러니까 청소년이 청소년 스스로의 미숙함 그대로 를 드러내게 하는 방법은 대화중에 그들의 어법을 십분 발휘하도록 하는 방법과 일맥상통한다. 이를테면, "우리 엄마가 예령엄마 같았으면 난 우리 엄말 반쯤 죽여놓았을 거야.” “내가 무슨 못 할 말을 한 것도 아닌데 준하 넌 왜 벌레 씹은 쌍통이냐?” “우리집 꼰대는 나만 보면 혈압이 오른다는 거예요. 야구방망이로 마구 얻어터진 적이 한두 번이 아닌데…… 난 꼰대가 답답하면서도 불쌍해요.” “정민아, 영애(담임선생님 이름)한테 당한 것 속상해할 필요 없다는 거다. 영애가 발작하는 꼴을 보여준 게 한두 번이 아니잖아.” 같은 그들이 즐겨 사용하는 비속어를 그대로 차용함으로써 전달 효과를 높인다는 점이다. 이렇듯 작가가 독백과 대화를 그들의 언어 수준 그대로 구사한다는 것은 그들 나이가 경험하게 되는 제반 문제가 그만큼 심각하고, 그리고 그 문제 전달이 무엇보다 절실한 문제이기에 예술적 형상화보다는 그것을 날것 그대로 전달해보겠다는 의지가 큰 것이었기 때문이라고 보여진다. 그래서 “실망이기도 하고 다행스럽기도 한 기분” “사람들 사이에 없을 수 없는 일이란 있지 않을 거란 생각해 본 적 없어?” “나는 하마터면 커피잔을 엎지를 뻔했다. 순간적으로 당황한 느낌이 들면서의 일이었다.” 같은 명사와 형용사의 나열, 전달되기에 혼란스러운 문장의 구성, 명사형의 남발에 의한 문어체적 문장 따위가 미숙한 언어 구사 능력을 가진 여학생의 수준을 그대로 반영하는 것으로 읽힌다.

이 소설의 화자인 김정민은 고등학교 3년간을 거쳐가는 평범한 여학생이다. 무엇 하나 특정적으로 내세울 것이 없는, 아마 대부분의 고등학생들과 표정과 경험과 생각이 같은 그런 여학생이다. 이렇듯 평범한 여학생을 통하여 작가는 이 시기에 처한 우리나라 청소년의 문제를 적나라하게 드러낸다. 큰 사건이 하나도 일어나지 않음으로써 더욱 그들의 문제를 심각하게 드러나게 하려는 역설적인 의도가 소설 속에서 작용하고 있다. 평범하기 그지없는 여학생인 화자는 자신의 문제를 사회병리적 문제나 사회 구성의 문제 속에서 찾기보다는 자신과 자신의 주변에서 그 원인을 찾고 있다.

　대학의 문을 넘을 수 있는 숫자는 제한되어 있다. 난 대학에 가지 못한다는 것을 괴로워하는 것이 아니다. 대학에 가고 싶어하지 않으면서 대학을 지상 목표로 여기는 아이들 속에 그들과 같은 일행이기나 한 것처럼 함께 머물러 있어야 한다는 것이 참기 어려울 뿐. 그리고 그 견딤은 날 서서히 망가뜨리게 될 것이다. 나 자신을 부끄러운 존재로 여겨야 하는 느낌은 내 안에 존재하는 살고 싶어하는 욕구를 죽게 만드니까.

　시험을 앞두고 있을 때의 그 암담함, 책 속의 글자들이 내게만 그 뜻을 감추고 있는 암호로만 다가올 때의 그 막막함. 그 진흙뻘 같은 암담함과 막막함 속에서 내가 조금씩조금씩 작아져가는 듯만 싶은 두려움이라니. 음악을 듣건, 책을 읽건 방 청소나 서랍 정리를 하든지 간에 용기 없는 도망자의 마음이 되고 마는 답답함.

우선 화자는 자신에게 '죽고 싶을' 만큼의 억압을 일으키는 기제로 시험이나 대학을 지상 목표로 하는 아이들 속에서의 견딤을 들고 있다. 그런 화자 자신의 상태를 화자는 "작은 감옥, 투명한 감옥, 투명한 벽 속, 압축기 위에서 몸을 누이고 있는 것만 같은 초조함"이라고 표현하고 있다. 이런 초조함은 "아이들은 한걸음씩 또박또박 걸어가는데 나는 제자리걸음을 하고 있다니"와 같은 명문대 입학이 지상 목표인 학교 생활뿐만이 아니라 화자인 김정민을 둘러싸고 있는 어른들에 대한 관찰 속에서도 나타난다.

우선 김정민의 아버지는 김정민과 종종 동일시되고 있는 인물로서 해직 언론인이다. 그는 해직 후 각종의 조그만 사업들을 벌여보지만 언제나 가계를 쪼들리게 하고, 날이 갈수록 아파트의 평수를 줄이게 만드는 장본인이다. 그는 김정민에 의해 "깊고 깊은 애착의 염 같은 것이 머물러본 적이 없는 것만 같은 아버지의 두 눈 좀더 깊은 눈언

저리의 주름살"을 지닌 인물들로 관찰된다. 그런 그 때문에 어머니
는 황폐감을 맛보게 된다. 그러나 다행히 그에게서 정민은 억압의
느낌보다는 동일시의 느낌을 갖는다. 반면에 어머니는 딸에게 스스
로 무엇을 하고 싶은지를 발견하기를 바라면서 아울러 딸의 친구들
에게도 자신의 삶의 주인은 결국 그 자신들임을 일깨워주는 역할을
담당하는 어머니이다. 그 어머니는 비교적 소설 속에서 긍정적 평가
를 받고 있고, 김정민이 친구들로부터 부러움을 사게 되는 원인을
제공하는 장본인이지만 "앞날에 대한 선택이 내 몫이 되면 난 언젠
가 핑계될 대상을 가질 수 없게 될 것"이라는 우려를 딸이 갖도록 만
들어주어, 그녀 또한 어떤 면에서 억압적 존재이기도 하다. 그러니
까 김정민은 친구들의 어머니와는 그 종류가 다른 자신의 어머니가
준 자유를 도리어 무겁게 여기고 있는 것이다. 어머니는 고등학교의
상담 교사로서 활동하기도 했던 분으로 소설 속의 여러 인물들의 상
담 역할을 맡기도 했지만 딸에게만은 좋은 상담역이 되지 못했던 것
같다. 그래서 딸은 어머니가 친구들과의 동석 자리에서 사라지면 도
리어 "문득 느껴져오는 자유로운 공기"를 마시게 되는 것이다. 또,
어느 땐, 만화 속에서처럼 이머니가 아닌 다른 어머니가 자신의 친
부모라고 주장하면서 나타나주길 바라기까지 한다. 그래서, 김정민
의 어머니는 상담자로서의 어머니보다는 원초적으로 고뇌하는 여자
로서, 혹은 그 고뇌를 들켜버린 어머니로서, 혹은 외할머니와 외할
머니의 어머니, 그 먼먼 어머니들로부터 면면히 이어져 내려오는 원
초적 생명의 끈으로써 더욱 딸에게 연결감을 주고, 신뢰어린 애정을
받는다. 어머니는 딸에게 자신이 청소년 시절에 썼던 '회색 노트'를
들켜 보임으로써, 혹은 냉장고 속에 감춰둔 일기를 들켜버림으로써
딸과 더욱 연결되는 존재로 드러난다. 여기에서 작가가 의도했던 자
녀 사랑의 본질적 모습이 어느 정도 드러난다고도 볼 수 있다. 즉,
이 소설 속에서 등장하는 어머니의 어머니, 즉 외할머니가 화자를
향하여 이 세상의 행복의 척도는 얼마나 부(富)를 많이 가지고 있느

냐 하는 것이며, 할머니의 손녀 또한 그런 부를 축적하기 위해서는 결혼에 필요한 학벌을 지녀야 한다는 세속적인 논리를 펴고 있음에도 불구하고, 그래서 그런 결혼을 하지 않은 화자의 어머니와 반목하고 있음에도 불구하고, 화자는 그 할머니가 병들어 누워 있을 때 훨씬 연민과 애정을 할머니에게서 느끼게 되는 것도 그러한 맥락 속에서 살펴봐야 할 것이다. 그 밖에, 소설에 등장하는 어른들은 모두 화자의 눈에 비정상적인 모습으로 비쳐진다. 김정민과 가장 친한 친구인 예령의 어머니는 남편의 정치적인 자리와 부를 밑천으로 그의 딸들에게 철저한 신부 교육을 시키는 어머니이다. 그래서 명문 대학 입학은 신부 교육의 부차적인 목적이 된다. 이 어머니는 화자를 좋아하지 않는다. 왜냐하면 김정민의 집안이 부도 권력도 없기 때문이다. 화자의 큰이모는 외할머니의 강요에 의하여 부유한 사람과 결혼했지만 드디어는 파경에 이르러 딸인 혜진이 자살하게까지 상황을 몰고 가는 인물이다. 화자의 삼촌은 전교조 활동을 하다가 해직되었고, 그가 가진 교육에 대한 건전한 생각으로 말미암아 화자의 존경을 받았었지만, '계급 의식'을 갖게 된 이후 아내가 가출해버리고 가정이 없어진 인물로서 화자는 그가 점점 편협해져가는 것을 지켜본다. 반면에 작은삼촌은 행복한 가정을 가지고, 사업도 잘 꾸려가고 있지만 늘 대학 졸업장이 없는 것이 콤플렉스인 인물이다. 작은삼촌은 그런 자신의 콤플렉스를 자신의 아이들에게 투사하여 공부를 지상의 목표로 정해준 인물이다. 이외에도 딸만 둔 김정민의 가정을 이상하게 생각하는 남성 우월주의를 내심 표출하는 아버지의 친구, 수학 시험의 성적이 좋지 않다고 정민의 어머니를 불러 수학 과외를 시켜야 대학에 들어갈 수 있다고 강요하거나 김정민의 '푸른 노트'를 빼앗아 수업 시간에 낭독시키는 김영애 선생 등이 김정민의 눈에 비친 어른들의 모습이다. 김정민은 그런 어른들의 모습을 "어른이 된다는 것은 결국 다른 생김새에도 불구하고 생각은 닮은꼴로 변해가는 과정인지도 모르겠다. 어른들은 오직 얼마나 더 부자가 되느냐

하는 것과 아이들에게 어떻게 하면 더 좋은 성적을 올리게 하는가에
만 관심을 두고 살아가는 것 같다"고 관찰한다. 입시 중심의 교육 과
정과 어른들의 삶의 방식이 김정민에게 억압 기제로 작용한다면 반
면에 친구들과의 관계는 김정민에게 어떤 동류 의식을 심어준다. 김
정민은 그들과 '반항' 또는 '남다름'으로 묶인다. 먼저, 김정민은 예
령이 "어른들의 작은 복제품 같은 느낌이 없기 때문에" 그녀와 친구
가 되기를 갈망한다. 반면에 예령은 김정민에게 편지를 보내 "난 너
를 떠올릴 때면 너에겐 외부 세계의 바람이 닿지 않는 너만의 고요
하고 흔들리지 않는 비밀의 방이 있을 거라고 믿게 된다. 어떤 삶이
다가오더라도 물러서려 하질 않는 단단한 정신으로 충만된 그 비밀
의 방, 그 방은 분명 해가 지날수록 좀더 많은 이야기로 채워질 것이
고……"라고 하여 김정민의 남다른 세계를 존중해준다. 즉, 이 둘의
사이는 서로가 가진 어른들의 세계와는 다른 남다른 세계를 존중해
주는 것으로 이어지는 관계이다. 이외에도 김정민의 친구로는 영화
감독이 되고 싶었으나 아버지의 강요에 의해 의과대학 수험 준비를
하고 있는 준하, "왜 언제나 포장지로 싼 말들만 주고받아야 하는지
모르겠어"라면서 마구 거친 말을 내쏟으며 다니는, 그러나 충동적인
성격을 자제하지 못해 여자 친구를 임신시키고 김정민으로부터 따돌
림을 받는 이건우 같은 남자 친구들이 있다. 또, 같은 학교내의 친구
들로서, "나처럼 수업에는 흥미가 없어 만화책을 읽거나 쪽지에 무
엇인가를 적으면서 시간을 보내는" 지영이, 수업 시간에 '푸른 노트'
를 빼앗겨 낭독하던 날, "숨을 쉬고 있으면서도 전혀 숨쉬고 있지 못
한 듯한 이 괴로움"이란 구절 때문에 김정민을 따라나서준 선미와
유나, 분식집 주방에서 국수 삶기와 밥하기 같은 거친 노동을 아르
바이트로 택했으면서도 많은 책을 읽어 학급 게시판에 시와 책 속의
한 구절을 갖다 붙이길 좋아하는 정호 등이 있다. 이런 친구들은 김
정민과 '남다름'으로 묶이기도 하고, '반항'으로 묶이기도 한다. 김
정민은 정호에겐 동성애와 같은 느낌을 갖기도 하고, 선미와 유나에

게선 동류 의식을 느끼기도 한다. 그래서 김정민은 술 마시기, 담배 피우기, 집에 안 들어가기 같은 파행적 행동으로 '반항'해보기도 한다. 그러나 이들 모두는 열아홉 살의 종착역에서 극도의 괴로움을 겪는다. 우등생인 선미는 "난 날 천재로 낳아주지 않은 부모를 미워하고, 천재도 아닌 주제에 한때 천재나 된 듯 착각 속에 빠졌던 날 미워하느라 미칠 것만 같아. 정민아, 미움이란 정말 끔찍한 거야, 그것은 하루종일 칼이 되어 내 심장을 찔러"라는 편지를 쓰고 난 후 가출해버린다. 유나는 80kg이 된 자신의 몸을 비관한 나머지 음식 먹기를 거부하는 거식증 증세를 보이기도 했다가 마침내는 정신과에 입원한다. 그리고, 예령이는 아버지의 파멸과 함께 병들어 입시를 포기하게 되고, 건우는 여자 친구를 임신시키고, 그 아이와 헤어진다. 준하는 "아버지를 벽이라고 말하면서도 스스로 그 벽에 갇혀" 의과 대학 공부를 시작한다. 이런 나락의 길이 열아홉 살을 맞는 '남다른' 친구들의 길이다. 이 길들을 관찰하고 있는 김정민은 이 나락의 길을 벗어나는 방법을 나름대로 구축해가는데 그것은 화자의 의도라기보다는 화자의 자연스런 "내면의 요구에 귀기울이는 모습"으로 그려진다. 그것은 어쩌면 친구인 예령이 갈파한 대로 "비밀의 방"에 이야기를 새기고 있는 모습 때문인지도 모르겠다.

김정민의 비밀의 방은 '푸른 노트 쓰기, 아프기, 편지 쓰기, 사진집 들여다보기, 모성과의 친화성 발견하기'로 채워져 있다. 이러한 행위 기제들은 모두 자신들의 '내면 바라보기'로서 여성으로서의 자의식 발견하기와 이어져 있다. 특히, '푸른 노트'를 쓰는 행위는 이 모든 행위를 수렴하는 행위로서 여성으로서의 화자가 한 사람의 여성으로서 홀로 서는 과정을 보여준다. 말하자면 김정민은 남아 선호에 대한 분노, 또는 친구 이건우와 수화의 무책임한 행동에 대한 분노, 외할머니의 고집에 대한 거리감을 통해 가부장적 사고에 대한 반발을 직접적으로 표출하고도 있지만 '푸른 노트' 쓰기와 같은 내밀한 행동을 통하여 '몸으로 글쓰기'를 혼자만의 시간에 실천에 옮기고 있다고 보아야 할 것이다. 그래서 '푸른 노트' 쓰기는 소설 속의 한 행위로서 존재하고 있다고 보기보다는 그러한 글쓰기의 언술법 자체가 이 소설의 전체 언술의 구성 원리가 되고 있다고 보아야 할 것이다.

'푸른 노트'는 화자의 글쓰기를 담아내는 그릇의 이름이다. 김정민은 이 글쓰기를 통하여 사물을 관찰하고, 어른들을 관찰하며, 꿈을 기록한다. "ㅈ은 천천히 오른손을 뻗어 왼쪽 어깨를 만져본다. 두 눈은 거의 감겨진 채다. 손에 와 닿는 맨살의 감촉. 굳게 다물렸던 ㅈ의 입술 사이로 아주 약간의 틈이 생겼다. 차가운 물줄기가 가슴 저 깊은 곳으로 스며드는 것만 같은 느낌 속에서. 아니 차가운 물줄기가 아닌 뜨거운 전류가 아니었을까" 같은 문장처럼 자신의 숨은 욕망도 적나라하게 드러내며, 그 나이의 여성이 갖는 본능적인 불안·쾌락마저도 담아낸다. 그러나 무엇보다도 '푸른 노트' 쓰기의 핵심은 여성적 연대감을 발견해가는 과정으로서의 글쓰기라는 점이다. '푸른 노트'는 김정민의 어머니의 젊은 시절의 일기인 '회색 노트'와 얽혀들어 모성적 세계를 화자에게 발견케 하기도 하고, 커다란 여성적 글쓰기의 원형을 스스로 만들어내기도 한다.

i) 몸을 일으켜세워 걸음을 내디딜 정도의 힘이 남아 있지 않았던 것이다. 누군가가 내 옆에 있어준다면…… 나는 풍뎅이처럼 누운 채 사립문 너머의 길을 본다. 인적이 없는 좁은 길. 길의 오른켠은 대나무숲으로 이어져 있다.

ii) 외할머니가 사립문을 열고 들어서고 있었다. 나는 외할머니가 아이고 내 강아지 하고 날 끌어안을 때까지 꼼짝하지 않았다. 난 아마도 어머니를 기다리고 있었던 것이었으리라. 외손녀를 며칠이나마 곁에 두고 싶어했던 외할머니의 마음을 헤아려 날 외가댁으로 보냈었던 어머니가 날 데리러 달려와주기를 기다리고 또 기다렸던 것이었으리라.

iii) 눈까풀 안쪽에 남아 있는 열기와 따끔거리는 통증 때문에 나는 읽고 있던 회색 노트를 덮고 눈을 감는다. 주위는 조용하다. 몇 시나 되었을까. 지독한 감기몸살 증세 때문에 나는 어제 오늘 학교를 가지 못하고 이렇게 누워 있다.

iv) 어머니. 입속말로 나는 어머니를 불러본다. 지난 달 몸살감기로 학교를 쉬었던 그날처럼 어머니가 내 옆을 지켜준다면 얼마나 좋을까…… 안방 문앞에 바싹 다가와 있는 나는 그만 참지 못하고서 방문을 두드리고야 만다. 어느 여름날 오후 외가댁 사립문 너머로 뻗어 있는 대나무 숲길을 바라보며 어머니가 오기를 하염없이 기다리던 그 어린 소녀가 바로 나라는 생각에 휩싸인 채.

위의 인용 중에서 앞의 i), ii)는 어머니의 글쓰기이고, 뒤의 iii), iv)는 나의 독백이다. 나는 어머니와 마찬가지로 병에 걸린 어느 날, 어머니를 기다린다. 아울러 어머니의 존재가 나에게로 오기를 애타게 열망한다. i), ii)의 인용문에서 어머니는 어머니의 어머니가 오기를 기다리지만, 나는 나의 어머니에게로 능동적으로 다가가려 한다.

위의 인용문들은 세번째 중편인 「열여덟 살 여름」에 들어 있다. 이 중편은 어머니의 '회색 노트'로부터 시작하여 '내'가 어머니의 방문을 두드리는 것으로 끝나고 있는데 화자는 "내 어깨 위에 놓인 쓸쓸함의 솔이 좀더 두터워진 날" 어머니의 일기 속의 어머니를 기다리는 인물이(즉, 어머니의 어린 시절) 현재의 자신으로 일체화되는 경험을 하게 된다. 이 경험 속에서 화자는 열여덟 살 여름의 지독한 감기몸살을 벗어나, 다시 여름 방학의 지독한 아르바이트까지도 벗어나 일상으로 되돌아갈 수 있는 힘을 얻는다. 물론 여기에서 이 중편의 처음인 어머니의 '회색 노트'와 어머니의 방 사이엔 김정민 자신의 '푸른 노트'가 존재한다. 그는 '푸른 노트'를 통하여 그가 열여덟 살 여름에 어떻게 삶을 끔찍이도 사랑하고, 당당하게 삶을 영위하는지를 보여준 정호라는 아이를 알게 되었으며, 그 아이와 지독한 노동인 식당일 아르바이트를 통하여 다시 생활로 돌아가게 되었는지를 낱낱이 보여준다. 그 낱낱이 보여진 일상을 어머니의 '회색 노트'와 자신의 '푸른 노트'가 연결된 어머니와의 일체감이 감싸고 있다. 말하자면 화자는 글쓰기라는 행동을 통하여 어머니와 합일되는 경험을 하게 되는 것이다. 글쓰기와 아울러 읽기를 통해서도 김정민은 어머니와의 일체감을 느낀다. 이를테면 "제 몫으로 지고 있는 짐이 너무 무겁다고 느껴질 때, 생각하라. 얼마나 무거워야 가벼워지는지를. 내가 아직 자유로운 영혼, 들새처럼 날으는 영혼의 힘으로 살지 못한다면, 그것은 내 짐이 아직 무겁지 못하기 때문이다"와 같은 어머니가 읽고 밑줄 쳐놓은 구절이나 어머니가 읽던 시집·그림책 같은 것을 다시 읽으면서, 자신과 같은 '족쇄'가 어머니에게도 채워져 있음을 간접적으로 느끼게 되고, 아울러 상담자로서의 어머니보다는 여성으로서의 어머니와 일체감을 느끼게 되는 것이다. 그러한 어머니는 모성을 뿜어주는 어머니라기보다는, "가슴속에 황량한 가을 벌판을 숨긴," 아픈 내면을 가진 어머니, 자기 표현을 할 줄 아는 어머니, 딸에게 나약함을 들킨 어머니이다.

   '회색 노트'는 '푸른 상자' 속에 담겨져 딸인 화자에게 발견된다.

   화자는 '푸른 상자'를 열고 '회색 노트'를 꺼내어 읽는다.

   그리하여 자신의 '푸른 노트' 속에 어머니의 '회색 노트'를 집어넣는다.

   결국 어머니의 '회색 노트'는 화자의 것으로 수렴된다.

   '사진집 들여다보기' 또한 김정민의 비밀의 방에서 일어나는 일의 일부분이다. 김정민은 가끔 사진집을 들여다본다. 그녀는 어느 날 미술관에서 그림을 관람하는 사람들을 자세히 묘사한 사진을 들여다본다. 그는 그 그림 속에서 미술관 관람을 통하여 선생님 앞에 누워서도 그림을 감상할 수 있는 자유가 있는, 자유로운 자세의 아이들에게서 자신들의 세계와는 다른 세계가 있다는 것을 깨닫는다. 아울러 그녀는 사진의 스트디움과 푼크툼의 자세한 관찰을 통하여 자신의 묘사하기를 맘껏 발휘해본다. 말하자면 사진 정면에 찍힌 사람들과 아울러 사진 속의 사람들의 옷차림·표정, 그것들로부터 비롯된 그들의 사회적 위치와 생활 습관, 잘 만드는 음식, 생활 태도, 직업까지 모두 추측해보고 분석해본다. 이 사진 들여다보기는 김정민에게 "투명한 벽 속에서 빠져나갈 수 있는 유일한 출구"로 여겨진다. 김정민은 사진 찍기를 "삶의 한때를 재생시켜주는 사진. 사진기의 렌즈는 그물망이다. 눈이 보았던 것, 열심히 보는 순간에도 죄다 보지 못하고 놓치게 되는 자잘한 것까지도 거두어들인다"고 나름대로 평가한다. 이러한 사진 작가들이 찍은 사진 들여다보기에 대한 열정은 자신의 글쓰기에 대한 열정과 일맥상통한다. 김정민은 그러한 이유 때문에 사진을 보는 순간을 "어두운 내 마음의 방에 꼬마 전등 하나가 밝혀진 느낌"이라고 기뻐한다.

비둘기를 안아본 일이 있는가? 가녀린 심장으로부터 날개로, 깃털 끝으로 전해오는 그 묘한 느낌…… 그렇다. 비둘기는 떨고 있는 것이다. 등뒤로 덮쳐오는 두려움에 비둘기는 떨고 있는 것이다. 그리고 우리의 사로잡힌 영혼 또한 그러하다.

이 글은 '캘리포니아'란 분식집에서 발견한 낙서의 일부분이다. '편지 쓰기, 낙서 하기, 노트 돌려 쓰기' 같은 글쓰기 또한 '몸으로 글쓰기'의 한 모습으로 일체감 느끼기의 한 도구이다. 그 중에서 '편지 쓰기'는 김정민 또래의 유일한 도피처이다. 김정민은 예령의 참모습은 예령의 어머니와의 허위에 찬 생활 속에 있지 않고, "그애의 참모습은 결국 그애가 나한테 보내준 편지 속에 있다는 믿음"을 갖고 있다. 이만큼 이들의 편지 쓰기는 이들의 참모습 드러내기의 유일한 장치이다. 이들은 편지를 주고받으면서 "공부를 잘한다는 것이 그 사람의 본질적인 중요성과는 아무런 관계가 없다는 것, 또는 하나의 목표를 정해놓고 살아서 그것을 이룬 사람들은 결코 그렇지 않았던 사람들의 다양한 감정을 모를 것"이라는 사실을 서로 토로한다. 그들은 학교 생활 속에서, 혹은 어른들의 충고 속에선 아무것도 얻지 못하지만 서로간의 글쓴 것 돌려보기, 함께 보기를 통해서 모든 것을 토로하고, 느끼고, 토론하고, 또 배운다. 그리하여 여성이고, 또한 청소년인 이들의 글쓰기는 똑같은 모습의 어른들이 만들어 놓은 세계에 대한 대안적 창조 행위로서 그들의 삶 속에서 기능한다.

『스무 살이 되기 전의 날들』은 우리나라에서 그 전례를 찾아보기 힘든 청소년소설의 한 유형이다. 김향숙은 이 소설을 통하여 청소년의 눈으로 그들의 문제를 낱낱이 바라보고, 그들의 '언어 수준'을 그대로 유지한 문체를 구사함으로써 드문 성취를 이룩했다. 특히, 현재 이 땅에서 살고 있는 청소년이 당면하고 있는 가장 절실하고, 심각한 문제를 소설화함으로써 소설에 현장이 살아 있게끔 했다. 그러나 단순히 교육 현장의 고발이 이 소설의 목적은 아니다.

　아울러 『스무 살이 되기 전의 날들』은 페미니즘소설의 한 유형이다. 여성 화자의 내면 깊숙이 자리한 비밀의 방에서의 글쓰기를 통하여 여성적 글쓰기가 어떻게 여성의 홀로 서기에 관여하는지를 보여주었다. 더구나 화자의 글쓰기가 어머니의 글쓰기와 친구들의 글쓰기, 또는 다른 예술 텍스트 바라보기를 싸안게 하여 여성적 자아의 크기를 시간적·공간적으로 확대하여 시스터후드가 어떻게 남성적·제도적 세계를 이겨 나아가는지를 보여주었다. 또한, 화자의 글쓰기 안에 "삶이 기쁨이고, 몰입이고, 축제이기를 간절히 바라"는 열망을 담아 '몸으로 글쓰기'의 한 모범을 실천해 보여주었다.

작가 후기

부끄럽게도 늘 비명을 지르며 살아왔다는 생각을 지울 수가 없습니다.

얼마 전부터는 나이 들어가는 여자의 쓸쓸함으로, 그 앞서의 어느 시기 동안은 글쓰기의 어려움 때문에, 그리고 좀더 젊었던 시절엔 제가 있어야 할 자리를 찾아헤매느라 그러했습니다.

언제나 그 당시의 힘듦이 가장 무겁다고 여겼겠지만 돌이켜 생각해보면 스무 살이 되길 간절히 열망했던 10대 후반의 날들이야말로, 아이도 어른도 아닌 그 어정쩡함으로 무척이나 힘든 시간들이 아니었을까 싶습니다.

학교와 집만을 오가야 했던 시계추 같은 나날들. 맨살갗을 시멘트 바닥에 비비듯 모든 일에 예민하게, 또 아프게 반응했던 그 숱한 날들. 오직 공부만으로 가득차 있던 그 지루한 날들을 병풍처럼 접을 수가 있다면 얼마나 좋을까, 밤마다 시간의 축지법을 생각했던 그 기다림의 나날들.

그 모든 날들의 기억을 더듬어보겠다고 마음먹은 것은 꽤 여러 해 전이었지만 정작 작년 늦가을께야 시작할 수 있었습니다. 일 년 전, 늦가을은 제가 가고자 한 먼 길이 한없이 멀게만 여겨지던, 마음과 두 다리 모두가 지쳐 있던 무렵이었습니다. 저는 어쩌면 열일곱, 열여덟, 열아홉 살로 되돌아가는 여행을 통해 기다림만큼이나 깊은 그 연배의 삶에 대한 뜨거운 열정을 조금이나마 나누어 가질 수 있기를 바랐던 것인지도 모릅니다.

　그 모양새가 어떠한 꼴로 마무리되었는지, 지금 저는 아무것도 헤아리고 싶지가 않습니다. 이 이야기가 자신의 삶에서, 주인될 그날을 간절히 기대하는 젊은 친구들에게 작은 위안이 되길 바랄 뿐입니다.
　책을 내도록 도와주신 문학과지성사 편집부 여러분들께 깊은 고마움을 전합니다.

1993년 11월
김 향 숙

김향숙 연작장편소설
스무 살이 되기 전의 날들

초판발행/ 1993년 12월 8일
5쇄발행/ 1998년 9월 6일

지은이/ 김향숙
펴낸이/ 김병익
펴낸곳/ ㈜**문학과지성사**
등록번호/ 제10-918호(1993. 12. 16)

서울 마포구 서교동 363-12호 무원빌딩(121-210)
편집: 338)7224~5 · 7266~7 FAX 323)4180
영업: 338)7222~3 · 7245 FAX 338)7221

ⓒ 김향숙, 1993. Printed in Seoul, Korea
ISBN 89-320-0667-9

값 7,000원

* 잘못된 책은 바꾸어드립니다.
* 지은이와 협의에 의해 인지는 생략합니다.

* 이 책의 판권은 지은이와 문학과지성사에 있습니다.
  양측의 서면 동의 없는 무단 전재 및 복제를 금합니다.